insel taschenbuch 5016
Anna Lönnqvist
Wiedersehen in Stockholm

Wer Inga Lindström mag, wird Anna Lönnqvist lieben

An einem bezaubernden Abend in Stockholms Tivoli Gröna Lund lernen sich Ella und Ben kennen. Sie verbringen eine magische Zeit zusammen und verlieben sich auf den ersten Blick. Am nächsten Morgen steigt Ben in den Zug zurück nach Nordschweden, wo er wohnt, aber beide sind sich sicher: Sie sehen sich wieder.

Doch die Dinge entwickeln sich anders und plötzlich sind zwölf Jahre vergangen. Ella ist in einer glücklichen Beziehung mit ihrem Jugendfreund Leon und arbeitet als freie Autorin. Sie hat gerade von ihrer Verlegerin den Auftrag bekommen, die Biografie der legendären Unternehmerin Fredrika Bergh zu schreiben. Beim Verlagsfest sieht Ella plötzlich jemanden, den sie für immer vergessen wollte: Ben. Er ist mit ihrer Verlegerin befreundet, Fredrika seine Mentorin. Ella beschließt, ihn zu ignorieren. Ein lang vergangener Abend wird ihr jetziges Leben nicht verändern. Oder doch? Denn je mehr sie über Fredrikas bewegtes Leben schreibt, desto mehr hinterfragt sie ihr eigenes ...

Anna Lönnqvist, geboren 1973 im schwedischen Luleå, ist Autorin von Feelgood-Romanen. Für ihre Bücher wurde sie vielfach ausgezeichnet, u. a. mit dem schwedischen Feelgood-Preis für den Roman des Jahres 2019. *Wiedersehen in Stockholm* ist ihr erstes Buch in deutscher Übersetzung und ihr siebter Roman. Auf Instagram kann man ihr unter @annalonnqvist folgen.

Regine Elsässer, geboren 1946 in Erlangen, studierte in Köln, Hamburg und Turku Germanistik, Theaterwissenschaften und Skandinavistik. Seit 1983 ist sie als Übersetzerin tätig. Regine Elsässer lebt in Mannheim.

Anna Lönnqvist

WIEDERSEHEN IN STOCKHOLM

———

Roman

Aus dem Schwedischen
von Regine Elsässer

INSEL VERLAG

Die Originalausgabe erschien 2021 unter dem Titel
En kväll i juni bei Norstedts, Stockholm.

Klimaneutral
Druckprodukt
ClimatePartner.com/14438-2110-1001

3. Auflage 2024

Erste Auflage 2024
insel taschenbuch 5016
Deutsche Erstausgabe
© der deutschsprachigen Ausgabe Insel Verlag
Anton Kippenberg GmbH & Co. KG, Berlin, 2024
© Anna Lönnqvist 2021
Alle Rechte vorbehalten. Wir behalten uns auch
eine Nutzung des Werks für Text und Data Mining
im Sinne von § 44b UrhG vor.
Umschlaggestaltung: zero-media.net, München
Umschlagabbildungen: FinePic®, München
Satz: Satz-Offizin Hümmer GmbH, Waldbüttelbrunn
Druck: CPI books GmbH, Leck
Printed in Germany
ISBN 978-3-458-68316-2

www.insel-verlag.de

Als ich aus der Achterbahn des Vergnügungsparks Gröna Lund stolpere und meine Cousine und ihr Freund in Richtung der nächsten Attraktion verschwinden, habe ich das Gefühl, etwas ist anders. Seit vielen Jahren ist es eine Tradition, dass Josefin und ich einmal im Sommer Gröna Lund besuchen, obwohl ich diese Art von Unterhaltung eigentlich nicht leiden kann. Mein Magen verkrampft sich, wenn ich im freien Fall hinuntergeschleudert werde, und schon bevor es passiert, verspüre ich eine kribbelnde Nervosität.

Ich schaue mich noch einmal um, sie und ihr Freund sind noch nicht lange zusammen und werden mich nicht vermissen, wenn ich jetzt gehe. Im Gegenteil, ich tue ihnen einen großen Gefallen. Eigentlich sollte auch Leon, mein bester Freund seit ewigen Zeiten, an diesem Abend mitkommen. Nachdem er kurzfristig abgesagt hatte, waren wir nur noch zu dritt. Auch er hätte es wohl besser gefunden, wenn wir den Besuch in Gröna Lund verschoben hätten, bis er doch Zeit gehabt hätte.

Ich mache einen halbherzigen Versuch, meiner Cousine etwas zuzurufen oder zuzuwinken, aber sie sieht und hört nichts – ein weiteres Zeichen dafür, dass sie mich nicht vermissen wird, wenn ich jetzt gehe. Ich fühle mich ein bisschen schuldig, als ich mich für den einfachen Weg entscheide und ihr eine SMS schicke, anstatt ihr hinterherzulaufen und zu sagen, dass ich nach Hause fahre. Zum Glück habe ich den Vergnügungspark noch nicht verlassen, als ich ihre Antwort bekomme, sie verstehe mich. Am Tor des Parks entspannen sich meine Schultern, und ich spüre, wie eine Last von mir weicht. Beim Gedanken, nicht in einer weiteren Attraktion kopfüber zu hängen, muss ich richtig lächeln. Als ich zur Seite schaue, sehe ich, dass der junge Mann neben mir auch lächelt. Wir halten beide inne und nicken uns dann verständnisvoll zu. Er war mir schon im Park aufgefallen, er hatte genauso einsam ausgesehen, wie ich mich fühlte, obwohl ich in Gesellschaft war. Aber das war nicht der einzige Grund, warum er mein Interesse geweckt hatte – und sicher das von einigen anderen. Seine große, schlanke Gestalt, sein schön geschnittenes Gesicht und seine kohlschwarzen welligen Haare zogen die Blicke auf sich, auch die meinen. Es war, als hätte ich ihn stundenlang angestarrt, obwohl es in Wirklichkeit nur ein paar Sekunden waren. Alles um mich herum verblasste.

Und dann saßen wir zufällig nebeneinander, als ich das erste Mal mit der Achterbahn fahren musste. Sein erschrockener Gesichtsausdruck und wie er sich an die Haltestange klammerte, zeigten deutlich, dies war ebenso wenig seine Lieblingsbeschäftigung wie meine. Mit einem verlegenen Lachen konstatierten wir das sogar beim Aussteigen.

Ich schaue weg. Dann schaue ich wieder zu ihm. Er hat Lachgrübchen und lächelt mich direkt an.

»Hallo, du schon wieder! Hast du auch aufgegeben?«

»Ich fühle mich wie durch die Mangel gedreht.«

Er schüttelt leicht den Kopf. »Ich weiß selbst nicht so recht, wie ich hier gelandet bin, aber ich muss ein paar Stunden totschlagen, bis mein Zug nach Hause abfährt. Und weil ich diesen Vergnügungspark nicht mehr besucht habe, seit ich ganz klein war, dachte ich …« Er zuckt mit einer Schulter und lächelt wieder. »Es wäre vielleicht mal wieder an der Zeit.«

Ich nicke. »Und wo ist zu Hause?«

»Kiruna.«

»Kiruna?« Meine Stimme klettert ein paar Oktaven. »Das hört man nicht.«

Er lacht. »Ich bin in Västerås geboren und aufgewachsen und habe bis vor ein paar Jahren dort gewohnt. Und mein Vater stammt aus England.«

»Wie in aller Welt landet man da in Kiruna?«

»Mein Vater hat ein Unternehmen, das Industriepumpen herstellt. Er möchte sein Geschäft ausbauen und plant Projekte mit einer Firma in Kiruna. Meine Mutter und ich konnten natürlich nicht in Västerås bleiben, und sie wollte nicht, dass mein Vater ...« Sein Lächeln wirkt etwas angespannt. »Tja, er sollte nicht allein in der Dunkelheit und Kälte ausharren müssen.«

»Das kann ich gut verstehen. Entschuldige meine Reaktion. Ich war noch nie Kiruna, es ist bestimmt sehr schön da oben. Jetzt ist wohl Mitternachtssonne? Und ich könnte mir vorstellen, dass man dort ganz prima Ski fahren kann und so!«

»Schon, aber wir können alle nicht Ski fahren.« Er lacht ein wenig. »Aber das Projekt ist bald zu Ende, in einem Jahr bin ich mit dem Gymnasium fertig, dann ziehe ich von dort weg. Du bist aus Stockholm, stimmt's? Kommst du oft hierher?« Er schaut mich unter dem langen Pony, der ihm über die Augen gefallen ist, an, dann streicht er ihn zur Seite. Er hat schöne Augen. Groß und warm, und vor allem dunkel. Sie faszinieren mich, so wie seine ganze Erscheinung. Ich bilde es mir sicher ein, aber ich habe das Gefühl, dass er eine alte Seele hat. Oder er hat zumindest eine Geschichte zu erzählen. Wenn nicht mehrere.

»Ich komme von der Insel Resarö – das liegt nördlich von Stockholm«, sage ich etwas unkonzentriert. »Und ja, einmal im Jahr komme ich hierher, obwohl ich überhaupt nicht gerne Karussell fahre. Seit ich denken kann, ist es in unserer Familie eine Tradition, am Anfang des Sommers in den Park zu gehen. Meine Mutter und meine Tante haben damit angefangen, als wir noch klein waren – meine Schwester, meine Cousine und ich –, um das Ende des Schuljahrs und den Beginn der Sommerferien zu feiern. Und dann haben meine Cousine und ich diese Tradition einfach beibehalten. Heute war es allerdings ein wenig angestrengt. Meine Cousine hat einen Neuen, und mein Freund Leon konnte nicht, also ...«

»... warst du das dritte Rad am Wagen?«, fügt er hinzu.

»Genau. Ich habe beschlossen, die Turteltäubchen jetzt in Ruhe zu lassen.« Meine Wangen glühen. Das alles interessiert ihn bestimmt nicht.

Aber er lächelt. »Das Paar, das in der Achterbahn vor uns saß?«

Ich strahle. »Ja, die beiden haben immer die Arme in die Luft gestreckt, wenn es wieder abwärts ging.«

»Dummköpfe.« Seine Augen blitzen.

»Wirklich! Übrigens, ich heiße Ella.«

»Und ich bin Ben, Ben Canavan. Und jetzt, Ella, bist du also auf dem Weg nach Hause nach ...« Er kneift die Augen zusammen. »Nach Resarö?«

»Ja, eigentlich schon. Ich muss nur schauen, wann ein Bus von der Technischen Hochschule fährt. Wann geht dein Zug nach Kiruna?«

»Heute Nacht um zwei. Der normale Nachtzug war ausgebucht, ich muss also ein paarmal umsteigen. Ich war ein paar Tage bei einem Freund in Västerås, und eigentlich wollten wir zusammen zu einem Festival fahren, aber das klappte irgendwie nicht ...« Ein Schatten huscht über sein Gesicht.

Wir gehen in Richtung Djurgårdsvägen, und ich schaue auf meine Armbanduhr. Kurz nach acht. »Aha, du hast also sechs Stunden vor dir, die du totschlagen musst. Was willst du bis um zwei Uhr machen?«

Ben kratzt sich im Nacken und lächelt schief. »Tja, ich hatte ja gedacht, ein bisschen länger im Park zu bleiben. Ich werde wohl ein wenig umherschlendern, einen Hamburger oder so essen und mich dann in den Bahnhof setzen und warten. Ich habe mein Gepäck dort eingeschlossen. Das ist schon okay«, fährt er fort, als er mein besorgtes Gesicht bemerkt, »allein der Weg von hier in die City ist ja ganz schön weit, wenn man zu Fuß geht.«

»Das klingt nach einem guten Plan«, sage ich, als wir an der Ampel über die Straße gehen. »Aber sechs Stunden ... Das ist eine lange Zeit. Kann ich mir kaum vorstellen.«

Er lächelt entwaffnend und macht eine Handbewegung. »Es ist ein schöner Abend.«

Es ist ein wunderbarer Abend. Da kann ich ihm nur zustimmen. Es ist ungewöhnlich lau für die Jahreszeit, und fast alle Menschen, die uns entgegenkommen, sehen fröhlich aus. Es liegt eine Art Erwartung in der Luft, wie so oft an einem Freitagabend, aber auch die Hoffnung auf einen langen, warmen Sommer, in dem alles passieren kann.

Ich schüttele meine merkwürdigen Gedanken ab, bleibe stehen und schaue hinüber zur Haltestelle, wo die Straßenbahn in die City abfährt. Ich würde auch gern ein Stück zu Fuß gehen. Ich sitze dann ja noch eine Stunde im Bus.

»Du kannst mir gerne Gesellschaft leisten«, sagt Ben, als würde er meine Gedanken lesen. »Oder hast du es eilig, nach Hause zu kommen?«

»Nein, überhaupt nicht.« Ich erröte ein wenig, meine Antwort kam sehr schnell, und ich wünsche mir sehr, mein Gesicht würde nicht so leicht die Farbe wechseln. »Oder wir könnten zusammen bis zur Brücke gehen. Dann muss ich weiter zur Technischen …«

»Das klingt nach einem Plan.«

Ich schaue ihn an. Die dunklen Wimpern rahmen seine Augen, wir wechseln einen Blick des Einverständnisses, und ich spüre, wie mir innerlich ganz warm wird.

Wir schlendern nebeneinander die Straße entlang. Schweigend. Seit wir uns entschieden haben, noch ein wenig Zeit miteinander zu verbringen, scheinen wir beide nicht zu wissen, was wir sagen sollen. Als ich ihn vorhin am Eingang des Parks sah, dachte ich: »Ach, hallo, du scheinst das hier auch nicht zu mögen. Wie schön, dich zu sehen!« Jetzt bin ich mir seiner Gegenwart bewusst, seiner Größe, direkt neben mir. Als unsere nackten Arme sich aus Versehen berühren, zucken wir beide zusammen, als hätten wir uns verbrannt. Wir lächeln uns zu.

Ich schiebe die Stofftasche auf meiner Schulter zurecht, in ihr habe ich meine Jeansjacke, eine Strickjacke, mein Schminktäschchen und diverse andere Sachen.

»Was macht man denn in Kiruna, wenn man nicht gerne Ski fährt?«, frage ich in einem Versuch, die Stimmung zu lockern.

»Das kann man sich wirklich fragen«, sagt er mit einem Lächeln. »Die Leute in Kiruna fahren meistens Skooter, habe ich den Eindruck. Oder sie jagen und fischen. Da ich hauptsächlich vor meinem Computer sitze und Musik produziere, bin ich für sie ein wenig komisch. Also, ich *versuche*, Musik zu produzieren, so sollte man es nennen«, fügt er schnell hinzu, als er meine erhobene Augenbraue sieht. »Die Zeit vergeht ziemlich schnell, wenn man sich mit so was beschäftigt.« Ben lacht leise.

Ich verziehe den Mund. »Kann ich mir vorstellen. So hältst du es also in Kiruna aus?«

»Aushalten, auf jeden Fall. Nein, das klingt ein wenig negativ.« Ben versucht, das Gesagte mit einem Lachen abzumildern, aber etwas in seinem Blick sagt mir, dass ein wenig Ernst darin liegt. »Ich mache jetzt schon so viele Jahre Musik, das hat nicht wirklich was mit Kiruna zu tun. Und ganz ehrlich, Kiruna ist eigentlich ganz okay, ich kenne nur fast niemanden dort. Es ist unglaublich schön! Wenn es nur nicht so weit weg wäre.«

»Weit weg von Stockholm und auch von Västerås«, sage ich. Wir kommen an der Einfahrt zur Skansen-Bergbahn vorbei, an der Reiterstatue von Karl XV. und am Rosendalsvägen, bis wir schließlich eine Allee erreichen. Die milde Abendluft streicht durch das Laub der Linden.

»Wirklich. Weit weg von allem! Man hat das Gefühl, am Ende der Welt zu sein – und dabei geht Schweden nach Kiruna noch viele hundert Kilometer weiter.«

»Wir leben in einem langgestreckten Land«, konstatiere ich und schäme mich fast, weil ich noch nie weiter nördlich als Sundsvall war. Aber meine Familie hat keine Verwandten oder

Freunde im Norden. Außerdem läuft unser Leben seit vielen Jahren im Leerlauf. Ich will das meinen Eltern nicht vorwerfen. Meine Welt brach seit dem tragischen Ereignis zusammen und zerbarst in Millionen Stücke. Wie schrecklich muss es da für sie sein?

Mein Herz scheint einen Moment aus dem Takt zu kommen, und ich erinnere mich, dass ich Leon habe – ich weiß nicht, was ich ohne ihn getan hätte, oder wenn seine Familie nicht unsere Nachbarn gewesen wären.

»Du willst also nach dem Gymnasium weiter Musik machen?«, frage ich Ben.

Er zupft ein Blatt von einer Linde und fährt mit seinem Finger daran entlang. »Das wäre natürlich ein Traum, aber die Musikbranche ist ziemlich taff, irgendwann werde ich einsehen, dass es ein Traum bleiben muss.«

»Sag doch nicht so was!«

Ben wirft das Blatt weg und lächelt. »Ich könnte mir tatsächlich vorstellen, Musiklehrer zu werden, nur damit ich weiter was mit Musik machen kann. Das klingt ein wenig nach Nerd und verrückt?«

»Überhaupt nicht. Das klingt, als würdest du wirklich mögen, was du machst.« Man sieht es ihm auch an, wenn er über Musik spricht. Seine Augen leuchten richtig.

Er streicht sich die Haare zurück. »Musik ist das Einzige, was mich wirklich interessiert. Außer Mädchen, natürlich.« Er lacht. »Was machst du denn gern, Ella? Wir reden ja nur über mich.«

»Nicht ganz, oder? Ich bin viel mit meinem besten Freund Leon zusammen. Und dann schreibe ich gern.«

Ben schaut mich neugierig an. »Was schreibst du denn?«

Wir nähern uns der Djurgårdsbrücke, und ich gehe etwas langsamer. »Vor allem kleine Artikel und Glossen«, sage ich. »Ich bin Redakteurin unserer Schülerzeitung. Aber ich schreibe auch kleine Geschichten und Gedichte, und ...«, ich schaue ihn aus dem Augenwinkel an, zögere. Seine lockigen Haare glänzen blauschwarz in der jetzt ziemlich tiefstehenden Sonne, ich kann kaum meinen Blick losreißen. »Songtexte.«

Seine Augen weiten sich. »Wirklich? Singst du denn auch?«

»Nein!«, sage ich, fast ein wenig scharf. Auf jeden Fall nicht, wenn andere mich hören, denke ich. »Schreiben, das ist mein Ding, das Singen gehörte meiner Schwester«, erkläre ich. »Und ich schreibe nur Songtexte, wenn ich ...« Ich schaue geradeaus und beiße die Zähne zusammen. Warum habe ich nur damit angefangen. »Vergiss es.«

Ben schaut mich schweigend an. »Stell dir vor, was wir für ein Duo werden könnten! Ich produziere die Musik, und du singst.« Seine Augen blitzen, und ich steige auf den Jargon ein.

»Ja, das wäre was. Die Krux ist bloß, dass du in Kiruna wohnst.« Der Gedanke macht mich auf einmal merkwürdig traurig. Wie der, dass ich gleich abbiegen und allein durch Östermalm wandern muss. Ich werfe einen Blick auf die stattlichen Wohnhäuser am Strandvägen. Der Spaziergang hierher war kürzer, als ich dachte.

»Ich werde nicht immer dort wohnen«, sagt Ben.

Ich lächle schief, bleibe mitten auf der Brücke stehen und schaue über die Bucht, die in der Abendsonne glitzert, und die eleganten Boote, die zum Königlichen Motorbootclub gehören. Ben stellt sich neben mich, mit den Unterarmen auf dem Geländer. »Könntest du mir nicht was vorsingen? Etwas, das du geschrieben hast?«

Ich schaue mich um. Überall wimmelt es von Menschen. Ganze Gruppen von Menschen sind an uns vorbeigekommen. »Ich habe doch gesagt, dass ich nicht ...«

Er berührt sacht meine Hand. Ich zucke und schaue auf unsere Hände, obwohl sie sich nicht mehr berühren. »Ich weiß, aber mein Gefühl sagt etwas anderes. Sorry, ich dränge mich auf. Ich merke es selbst. Ich lass dich in Ruhe.«

»So aufdringlich bist du nun auch wieder nicht.« Ich will gar nicht, dass er mich in Ruhe lässt, denke ich. Ich will, dass er ... mein Blick landet auf seinen Lippen, bewegt sich weiter zu seinen langen Fingern, die mich gerade berührt haben. Mein Magen zieht sich zusammen, ich schließe einen Moment die Augen, um wieder zu mir zu kommen. »Ich schreibe, ich singe nicht«, murmle ich, als würde das eine das andere ausschließen. Die Wahrheit ist, dass ich meiner Schwester das Singen nicht wegnehmen will. Das könnte ich ihr nie antun und mir auch nicht. Das Singen ist meine liebste Erinnerung an sie und wird immer nur zu ihr gehören.

»Ja, das hast du gesagt. Aber irgendetwas an deiner Stimme ... ich bin sicher, sie ist etwas Besonderes«, beharrt Ben.

Ich schüttle den Kopf, er hebt die Hände und lacht. »Okay, kein Wort mehr davon. Versprochen!«

Ich seufze laut vor Erleichterung. Zu meinem Erstaunen höre ich mich dann sagen: »Meine Songtexte entstehen, wenn mir meine Schwester am meisten fehlt. Es ist, als würde ich ihre Stimme hören, wenn ich sie singe.« Ich beuge mich über das Geländer und schaue ins Wasser. »Das klingt psycho, oder?«

»Das klingt sehr schön«, sagt Ben sanft, »aber dann singst du ja?«

»Na ja, ich würde es nicht singen nennen ... Aber man kann ja keine Songtexte schreiben und nicht singen, verstehst du?«

Ben nickt rasch und scheint dann entschlossen zu sein, das Thema zu wechseln. Ich bin ihm dankbar, dass er nicht nach meiner Schwester fragt, ich erzähle eigentlich nie von ihr, wenn ich jemanden kennenlerne. Obwohl er ... Mein Herz klopft immer heftiger. Ben ist kein Fremder für mich. Irgendwie habe ich das Gefühl, ihn schon zu kennen, obwohl ich fast nichts über ihn weiß. Als hätte ich ihn gekannt, als wir verängstigt nebeneinander in der Achterbahn saßen.

Es durchfährt mich. Meine Schwester liebte Achterbahnen und so was. Vielleicht war es deshalb so wichtig, die Tradition beizubehalten. Als würde ich sie sonst im Stich lassen. Und das schwesterliche Band zwischen uns war wirklich stark.

Ich merke, dass ich in Gedanken versunken bin, und stelle mich mit dem Rücken ans Geländer. Ich schaue auf die andere Seite und seufze unwillkürlich.

»Ist es so weit?«, fragt Ben.

Ich zucke mit der Schulter. »Der Letzte um halb zwölf, den sollte man nicht verpassen.«

»Dann solltest du ihn auch nicht verpassen«, sagt er schlicht. »Aber ... bis dahin ist ja noch ziemlich viel Zeit.«

Ich biege den Kopf nach hinten und schaue zu ihm hoch, ich habe, glaube ich, noch nie so dunkle Augen gesehen. »Das ist es ja«, flüstere ich. Auf einmal habe ich das Gefühl, als sei es fast nicht möglich, den Abend nicht zu verlängern. »Ich könnte vielleicht ... den Plan revidieren.«

Sein Mund verzieht sich zu einem Lächeln. Wir gehen weiter über die Brücke und biegen dann ab zum Kai, der am Strandvägen entlangläuft.

* * *

Nach einer guten Weile sind wir erst ein paar hundert Meter weiter gekommen und haben uns auf eine Bank am Kai gesetzt. Schön restaurierte alte Boote mit hohen Masten liegen hier vertäut, das Wasser gluckst gegen die Bootswände. Zuerst haben wir darüber gesprochen, wie es wäre, auf so einem Boot zu wohnen. Dann nahmen unsere Gespräche andere Wege, und jetzt sitzen wir immer noch hier.

»Bist du öfter auf dem Wasser?«, fragt Ben.

Ich blinzele in die Sonne, die als brennend gelber Schein am Himmel steht. »Heutzutage eher selten. Ich, Leon und mein...« Ich halte inne. »Früher sind wir oft Wasserski gefahren, aber das ist ein paar Jahre her, meine Eltern haben unser Boot verkauft«, sage ich dann. »Und du?«

»Nein, das kann man nicht sagen. Wir haben nie ein Boot gehabt. Mein Vater arbeitet so viel, dass... Und wenn er nicht arbeitet...« Ben schweigt wieder und schüttelt ein wenig den Kopf, dann treffen sich unsere Blicke wieder. »Warum hat er denn heute Abend nicht mitkommen können? Dein bester Freund.«

Ich schaue Ben erstaunt an. »Behältst du wirklich alles, was ich sage?«

Er schaut einen Moment zur Seite, es scheint ihm unangenehm zu sein. »Kommt dir das komisch vor? Dann könnte ich diesen Knopf ausschalten.«

»Nein, das brauchst du nicht. Es ist nur so, andere Leute sind normalerweise nicht so aufmerksam.« Das Gefühl, das in mir hochsteigt, wenn ich daran denke, ist nicht so vernünftig, wie mir lieb wäre.

»Also, dein bester Freund ...?«, erinnert er mich nach einer kleinen Weile.

»Leons Großmutter ist krank geworden, er wollte hinfahren und nach ihr schauen.«

Ben runzelt die Stirn. »Ernsthaft krank?«

»Nein, nur erkältet und ein bisschen Fieber, glaube ich. Aber so ist Leon eben, er kümmert sich um alle, die er mag.«

»Auch um dich?«

»Definitiv!«

Ben lächelt, aber ich sehe, wie seine Gedanken in Bewegung geraten und er über meine Antwort nachgrübelt.

»Möchtest du mich nicht fragen, wie es funktioniert, die beste Freundin eines Jungen zu sein?«, komme ich ihm zuvor. »Das fragen nämlich alle.«

»Wenn ihr beste Freunde seid, dann scheint es ja zu funktionieren«, antwortet er mit einem Schulterzucken.

Das war die Antwort, die ich bekommen wollte, aber dennoch spüre ich eine leichte, unerklärliche Enttäuschung.

»Seid ihr schon lange befreundet?«, fragt er dann.

»Seit der ersten Klasse. Seine Familie zog in das Haus neben uns auf Resarö, und seither sind wir Freunde.«

Ben stößt einen Pfiff aus. »Nächste Nachbarn und beste Freunde. Das klingt fast zu gut, um wahr zu sein.«

Ich habe plötzlich einen Frosch im Hals und muss schlucken. »Leon ist sehr wichtig für mich, aber ehrlich gesagt, es war nicht immer ganz einfach. Es kommt zum Beispiel oft vor, dass seine Freundinnen mich nicht mögen.«

Ben schaut mich von der Seite an, und seine Lachgrübchen zucken leicht.

»Das kann ich verstehen. Wenn ich Leons Freundin wäre, dann würde ich auch eifersüchtig werden.«

»Ich weiß nicht, ob das der Grund ist ... ich bin vielleicht nicht ganz einfach ... als Person.«

Ben stupst mich leicht in die Seite und lacht. »Na klar! Und deine Freunde, mögen die Leon?«

»Ich verliebe mich nicht so leicht, glaube ich. Auf jeden Fall nicht wie Leon«, antworte ich ausweichend. »Aber ich kann ihm ja nicht vorwerfen, dass er an die Liebe glaubt, wenn es darum geht. Ganz ehrlich, es fühlt sich eher an wie so eine Art Stress, als hätte er es eilig, jemanden zu finden. Und das ist in letzter Zeit immer schlimmer geworden.«

»Ich bin da eher wie du«, sagt Ben nachdenklich. »Warst du schon mal richtig verliebt? In wen warst du zum ersten Mal verliebt?«

Ich sehe Leon vor mir, wie damals, als ich sieben war. Wie er ein wenig unbeholfen Sachen schleppt, als sie einzogen. Er ging neben den großen Kerlen von der Umzugsfirma, ein warmes Gefühl breitete sich in mir aus, und ich wusste zwei Dinge: dass wir Freunde werden würden und dass ich verliebt war.

»Du lächelst? An wen denkst du?«

»An Leon, ja.«

Ben schaut mich erstaunt an. »Ich dachte, du...«

Ich schüttele den Kopf. »Ich war erst sieben, es war also ein sehr unschuldiges Verliebtsein.«

Ben muss lachen. »Okay, okay ... Und du hast danach nie mehr ...? Und er?«

»Nein!«, sage ich mit Bestimmtheit. »Und du? Warst du schon einmal verliebt?«

Er schüttelt den Kopf. »Nee ...«

»Komm schon, ich habe es auch erzählt. Jetzt bist du dran!«

»Es hat schon Mädchen gegeben, aber ich war noch in keine richtig verliebt. Ich war so sehr mit anderen Dingen beschäftigt.« Er windet sich ein wenig.

»Hat die Musik all deine Liebe bekommen?« Dieser Gedanke ist irgendwie romantisch und gleichzeitig auch traurig.

In seinen Mundwinkeln spielt ein Lächeln, aber dann legt sich die Stirn in tiefe Falten. »Tja ... Schön wär's.«

Ich schaue ihn nachdenklich an.

»Ja, wie ich schon sagte, das mit der Liebe ist nicht so einfach«, sagt er abwehrend. Unsere Blicke treffen sich, dann wenden wir uns beide ab, ich spüre, wie die Härchen auf den Armen sich aufstellen.

Er trommelt mit der Hand auf seinen Oberschenkel. »Hast du auch manchmal das Gefühl, dass so vieles in dieser Welt falsch ist? Also, dass die Menschen falsch sind? Ich weiß nicht, ob ich selbst so viel besser bin. Wir verwenden große Mühe darauf, uns zu verstellen, der Gedanke, jemand könnte herausfinden, wer wir wirklich sind ...« Er kratzt mit dem Finger an einem losen Holzstückchen an der Bank.

Der macht einem zu viel Angst, vervollständige ich im Kopf und antworte dann leise: »Ja, natürlich.«

Ben schnipst das Holzstückchen weg.

»Das hat jetzt bestimmt ganz schrecklich geklungen. Und es wäre auch ziemlich anstrengend, wenn alle immer und überall offen wären ...« Er lächelt schief.

Ich schaue ihn nachdenklich an. »Ja. Aber mir hat gefallen, dass du... dass ich... Wir beide uns doch getraut haben, unser wahres Ich zu zeigen, als wir da auf der Achterbahn in der Luft hingen.«

»Ja, wenn man quasi dem Tod ins Auge schaut, ist es schwer, nicht seine wahren Gefühle zu zeigen«, antwortet er mit einem Grinsen.

Ich lache, aber dann fühle ich mich ein bisschen niedergeschlagen. »Manchmal ist es vielleicht am einfachsten, die Dinge für sich zu behalten. Mehr schafft man nicht...« Ich schaue nach unten. Kurz darauf bemerke ich, wie Bens kleiner Finger auf der Bank sich meinem nähert. In einer winzigen Bewegung verhaken sich die Finger. Nur ein paar Sekunden lang. Ich sitze ganz still, bis der Augenblick vorüber ist und ich merke, dass ich die Luft angehalten habe.

»Ja, das stimmt«, murmelt er. »Aber wie auch immer: Erzähl mir was von dir, das ich nicht weiß und das du mir veraten könntest.«

Ich spüre, wie ich den Mundwinkel hochziehe. »Ich liebe Plätzchenteig. Ich backe nie Plätzchen, ich esse immer nur den Teig. Jetzt bist du dran.«

Ben lacht. »Wie sollte ich das übertreffen können? Aber okay.« Er schaut aufs Wasser hinaus. »Ich habe keine Geschwister, und es fehlt mir sehr. Ich glaube, manches wäre sehr viel einfacher.«

Einfacher und schwieriger, denke ich und spüre einen Stich im Herzen. Ich folge den Konturen seines Gesichts mit dem Blick. Die Augenbrauen sind nachdenklich zusammengezogen. Plötzlich sieht er so traurig und sehnsüchtig aus, ich spüre es wie einen Schlag im Magen. »Geschwister sind wunderbar«, sage ich mit leiser Stimme und muss schlucken, aber dann kann ich nichts mehr sagen. »Apropos teilen«, fahre ich nach einer kleinen Weile fort, »was produzierst du denn für eine Art von Musik? Das hast du noch gar nicht erzählt.« Es ist mir ein klein wenig peinlich, dass ich so schnell das Thema gewechselt habe, aber ich möchte es auch gerne wissen.

Er schaut mich an, als ob er in Gedanken immer noch ganz woanders wäre.

»Ist es House, Tanzmusik …?« Ich betrachte ihn von der Seite. »Und du hast natürlich nicht zufällig etwas bei dir, was du gemacht hast? Ich würde es gerne hören.«

Er fasst an seine Hosentasche und sieht plötzlich unsicher aus. »Doch, ich habe ein paar Lieder auf meinem iPod, aber ich weiß nicht, ob …« Er kramt ihn heraus und sucht ein Lied, das er mir vielleicht vorspielen könnte. »Sag, wenn es zu laut ist«, murmelt er, steckt die Kopfhörer in meine Ohren und drückt auf Play.

Schnelle, elektronische Beats dringen in meine Ohren. Es klingt richtig gut. Aber erst nach einer kleinen Weile, wenn das Tempo ein wenig abnimmt und ich eine Art Mischung aus Tanzmusik, Pop und Schlager höre, geht der Song richtig ab. Mehr als das. Die Musik aus den Kopfhörern dringt direkt ins Herz, ich schließe die Augen und lasse mich mitreißen. Ich habe so etwas noch nie gehört. Und gleichzeitig kommt es mir irgendwie bekannt vor. Als die Musik verklingt und ich die Augen öffne, drücke ich meine Hand an den Mund, ich bin mir plötzlich bewusst, dass ich bei den letzten Takten mitgesungen habe. Ich schaue mich um, aber außer uns ist niemand da. Dann schaue ich Ben fast erschrocken an und gebe ihm die Kopfhörer zurück.

Er schaut mich abwartend an. »Hast du einen eigenen Song-text mitgesungen?«

Ich nicke langsam. »Es hat sich einfach so ergeben ... der Text schien so gut zu passen.«

»Das habe ich mir doch gedacht, du kannst wirklich singen! Und gib es zu, meine Musik und deine Texte scheinen perfekt zueinanderzupassen.« Er schaut mich an, seine großen Augen sind voller Wärme, er beugt sich vor und legt mir vorsichtig eine Haarlocke hinters Ohr.

Seine Berührung lässt mich erschauern, und ich richte mich schnell auf.

»Entschuldige. Ich musste einfach ... deine Haare berühren.« Es sieht aus, als wolle er sich weiter weg setzen, aber ich lege eine Hand auf seinen Arm und halte ihn zurück.

»Es hat mir gefallen.«

»Schön«, sagt er und schaut mir in die Augen.

Mein Herz schlägt so fest, ich bin sicher, dass er es hören muss, und einen Moment lang kann ich fast nicht weiterspre-chen. »Ja, in diesem Song passen Text und Musik auf jeden Fall perfekt zusammen«, flüstere ich dann. Oder war es nur Einbil-dung? Aber wenn ich an das Gefühl von gerade eben zurück-denke, dann geht es mir durch Mark und Bein. Der Rhythmus und der Pulsschlag seiner Musik harmonieren perfekt mit mei-nem Text. Vielleicht, weil ... Ich schaue Ben vorsichtig und ein wenig ängstlich an. Trotz der Munterkeit in der Musik gibt es einen Hauch von Dunkelheit, genau wie in meinen Texten.

Ich fange seinen Blick. »Versprich mir, dass du weiter Musik produzierst, Ben. Was ich gehört habe, das war fantastisch! Du wirst es mit mir zu tun bekommen, wenn du dich nicht der Musik widmest und stattdessen etwas anderes tust. Nur, damit du es weißt.«

»Ist das eine Drohung oder ein Versprechen?«, sagt er mit einem gedämpften Lachen. Dann schluckt er so fest, dass sein Adamsapfel hüpft.

Mein Blick fällt auf meine Uhr, mein Hals schnürt sich zusammen. Es ist schon fast zehn. In nur eineinhalb Stunden fährt mein letzter Bus. Gerade noch hatte ich das Gefühl, als hätten wir unendlich viel Zeit. Jetzt wünsche ich mir, ich könnte die Zeit anhalten, wir könnten außerhalb der Zeit leben. Ich schaue in den Himmel, er ist unwiderstehlich, ein abstraktes Aquarell in vielen Nuancen aus Orange, Lila und Rot. Vielleicht wird das Leben nie mehr so schön sein wie gerade in diesem Augenblick? Das ist ein sehr deprimierender Gedanke, ich schiebe ihn schnell weg. Und doch schaudert es mich.

Ben zögert ein wenig, dann legt er vorsichtig einen Arm um mich. Ich hole tief Luft und lege meinen Kopf an seine Schulter und atme einen wunderbaren, beruhigenden Duft ein. Er zieht mich näher zu sich, und ich lasse mich von seiner Körperwärme umfangen.

Das fühlt sich gut an, viel zu gut.

»Ich wünschte mir, dass wir zusammen den Sonnenuntergang sehen könnten«, flüstert Ben. »Wo kann man ihn in Stockholm am besten sehen?«

Ich hebe vorsichtig meinen Kopf. So aus der Nähe sehe ich ein paar Bartstoppeln unterhalb von seinen Wangenknochen. »In der Innenstadt auf Södermalm, aber bis wir dorthin spaziert sind, ist es schon lange dunkel.«

»Die Hügel von Söder«, murmelt Ben. »Und wenn wir ein

Taxi nehmen? Könnten wir es schaffen?« Er lässt mich los und steht so schnell von der Bank auf, dass ich kaum mitbekomme, was passiert. Dann schaut er in den Verkehr auf der Straße, als ob es schon entschieden wäre.

»Aber das ist wahnsinnig teuer«, sage ich und stelle mich neben ihn.

»So teuer wird es nicht sein, und ich bezahle! Ich will wirklich den Sonnenuntergang zusammen mit dir sehen. Komm!«

Er nimmt meine Hand und zieht mich auf die Straße. Wir überqueren sie schnell, können kaum nach links und rechts schauen, und wir haben Glück, dass wir nicht überfahren werden. Er winkt nach einem Taxi und sagt dem Fahrer, wir hätten es sehr eilig. Dann sind wir unterwegs nach Södermalm. Wir schauen uns an und müssen ein Grinsen unterdrücken. Es fühlt sich schon sehr verrückt an, mit dem Taxi zu fahren, nur um einen Sonnenuntergang zu sehen, den wir vielleicht trotzdem verpassen. Aber unter dem Lachen sind wir beide ganz ernst. Ben bewegt seine Hand auf dem Sitz zu meiner. Ich sehe, wie meine Hand sich von alleine öffnet und sich um seine Finger schließt, sie drückt.

Zehn Minuten später sind wir in der Nähe des Skinnarviksberget ausgestiegen, weiter kommt man nicht mit dem Auto. In dem Moment, in dem wir auf die Felsen weit über dem Söder Mälarstrand geklettert sind, versinkt die Sonne tiefrot am Horizont und färbt den Himmel in Rosa und Gold – als hätte sie alle Farbschattierungen, die es an diesem Abend gibt –, und dann entzündet sich Stockholm in einem rotgoldenen Schein. Ben steht hinter mir und betrachtet das Schauspiel, die sanfte warme Abendluft weht über uns. Nach einer kleinen Weile legt er seine

Arme um mich, und ich lehne meinen Rücken an seine Brust. Es gibt keine Worte, um diese fast unwirkliche Schönheit, die uns umgibt, zu beschreiben oder für die starken Gefühle, die durch mich hindurchströmen.

Die Nähe zu Ben lässt mein Herz immer wilder schlagen, um mich mit Sauerstoff zu versorgen. Am Ende habe ich das Gefühl, als wolle es sich aus der Brust pochen. Ich drehe mich um und schaue ihn an.

Er lächelt mich sanft an und streichelt meine Wangen und Lippen, er beißt sich dabei in die Unterlippe. Ein leichtes Zittern breitet sich bis zu meinem Nacken und auf den Armen aus. Er fasst mich unter dem Kinn, und ich spüre, wie ich mich auf die Zehen stelle. Jetzt sind es nur noch ein paar Zentimeter zwischen uns, und er schaut mich an, eine stumme Frage ist in sein Gesicht geschrieben. Der Abstand zwischen uns wird kleiner, bis unsere Lippen sich berühren. Er schließt die Augen und küsst mich, langsam und zärtlich. Das elektrische Zittern entlang des Rückgrats findet Widerhall irgendwo in der Magengegend, ich schwanke hin und her. Meine Arme legen sich um ihn, seine Hände drücken meine Schultern, der Kuss wird intensiver. Seine Lippen sind so weich und warm. Ich schmiege mich an ihn, bin wie berauscht, schwindelig. Er drückt mich fester an sich, und ich forme mich nach seinem Körper, lege die Arme um seinen Hals.

Aber dann pfeift jemand hinter uns, und wir zucken beide zusammen. Die Stimmen und das Lachen, die zwischen den Felsen hallen, werden immer lauter, wir sind hier oben keineswegs allein. Widerwillig lösen wir uns voneinander.

Ben drückt ein wenig atemlos seine Stirn an meine und flüstert: »Ich wünschte, wir wären hier allein. Können wir irgendwo hingehen, wo…« Seine Stimme ist jetzt dunkler. »Wo sich nicht halb Stockholm aufhält?«, sagt Ben schließlich und murmelt, das sei auf jeden Fall ein Vorteil von Kiruna, da gäbe es genug Platz, um allein zu sein.

Ich denke ein wenig nach, natürlich gibt es abgelegenere Plätze. Aber ich bin ja auch nicht wirklich von hier. Außerdem muss ich den Bus bekommen, obwohl ich spüre, dass ich das verdrängen möchte. »Ich kenne eine Stelle, wo ich ein paarmal gebadet habe. Vielleicht sind da jetzt am Abend nicht so viele Leute. Auf jeden Fall nicht nach Sonnenuntergang. Aber es ist ein Stück zu Fuß…«

Ben nickt. »Dann müssen wir gleich los«, antwortet er, als würde auch er erkennen, dass uns die Zeit davonläuft. Die Abenddämmerung hat sich über die Stadt gesenkt, aber es wird noch eine Weile dauern, bis es ganz dunkel ist. »Lass uns dort hin!« Er verschränkt seine Finger mit meinen und lächelt.

»Na klar.« Wir gehen die Felsen hinunter und auf einem Fußweg durch den Park bis hinunter zur Heleneborgsgatan.

»Wohin gehen wir?«, fragt er, als wir auf der schmalen Straße sind.

»Auf die Insel Långholmen. Dort gibt es ein Felsenbad. Aber wir wollen nicht zum eigentlichen Felsenbad, sondern ein Stück weiter weg.«

Wir folgen der Heleneborgsgatan, die nach einer Weile breiter wird. Die Straßenlaternen über uns werfen ein warmes Licht auf die Hauswände. Aus den offenen Fenstern strömt leises Gemurmel, dann wird es wieder still, und wir biegen ab in die Pålsundsgatan, gehen die Treppe hinunter zum Söder Mälarstrand, mit Blick auf die Pålsundsbrücke. Nachdem wir sie überquert haben, sind wir endlich auf Långholmen.

»Nur noch ein Stückchen«, sage ich zu Ben und frage mich, was wir da eigentlich machen, ich ziehe ihn in die Dunkelheit auf einen schmalen Weg direkt unter der Westbrücke. »Das war vielleicht doch keine so gute Idee«, sage ich, als wir über einen Stein stolpern und beinahe hingefallen wären.

»Doch…«, sagt Ben etwas zögernd.

Dann erreichen wir eine Felsplatte, wo es heller ist, und kurz darauf sind wir an dem Strand auf der jenseitigen Seite der Insel. Wir bewegen uns vorsichtig durch das Gebüsch, um weiter weg von der Brücke zu kommen. Schließlich sind wir an einer Stelle mit kleinen Bäumen und Büschen, die ich die ganze Zeit im Kopf gehabt hatte.

»Auf jeden Fall sind wir allein«, stelle ich nach einem kurzen Blick fest.

»Hier ist es perfekt«, sagt Ben fröhlich. »Sollen wir hinunter zum Wasser gehen?«

Wir ziehen Schuhe und Strümpfe aus und setzen uns auf einen flachen Felsen, so nah am Wasser, dass die Wellen über unsere nackten Füße spielen. Die Luft zwischen uns scheint vor Sehnsucht zu vibrieren, und auf einmal scheinen wir beide nicht mehr zu wissen, was wir sagen oder tun sollen. Ich schiele auf meine Uhr und plätschere dann etwas gestresst mit dem einen Fuß im Wasser. Die Andeutung eines Lächelns ist auf Bens Lippen zu sehen. Er nimmt meine Hand und dreht sie um, streichelt die Handfläche langsam und sorgfältig mit dem Daumen, es ist fast provozierend. Seine warmen Finger lassen sich viel Zeit, streicheln meinen Hals und mein Kinn, dass ich es fast nicht mehr aushalte. Mein Magen zieht sich zusammen vor Erwartung. Die Tatsache, dass die Zeit nicht auf unserer Seite ist, verwandelt die Sehnsucht in Verzweiflung.

Ich schließe die Augen, und als seine Lippen die meinen finden, öffne ich sie gleich wieder, ich möchte in diesem Moment ganz gegenwärtig sein. Ich lehne mich an seine Schulter, als wir uns küssen, obwohl wir vom Halbdunkel umschlossen sind, sehe ich, dass sein Blick sich verändert. Jede Berührung seiner Zunge lässt mich innerlich erzittern.

Er steckt seine Finger in meine Locken, lässt sie durch meine Haare gleiten und faltet seine Hände in meinem Nacken. Unsere Lippen begegnen sich, gleiten auseinander.

Wir stehen auf, damit wir näher beieinander sein können, wir küssen uns ohne Unterbrechung. Wir küssen uns, als hätten wir keine andere Wahl, als wäre es lebenswichtig und ebenso wichtig, wie zu atmen. Ben hält mich so fest in seinen Armen, dass ich jeden Zentimeter seines Körpers spüren kann, trotz der Lagen von Kleidung, die uns trennen. Ich schwanke, drücke mich an ihn. Meine Hitze mischt sich mit der seinigen, es ist fast unerträglich heiß.

Schließlich legt Ben seine Hände um meine Wangen und hält mich ein Stück von sich weg, als wolle er meinen Anblick hier und jetzt in sich aufnehmen. Dann küsst er meine Augenlider, meine Stirn und hält mich dann ganz still und nahe an sich in den Armen, obwohl wir beide vor Ungeduld und Frustration zittern.

Ich möchte ihn eigentlich nicht daran erinnern, tue es jedoch trotzdem. »Es ist schon…«

»… viel zu spät, nicht wahr?«, antwortet Ben.

Ich nicke, den Kopf an seine Brust gedrückt, es brennt im Hals, weil die Wirklichkeit uns einholt. Ich weiß eigentlich nicht, was ich mir dabei gedacht habe, als ich vorschlug, hierherzukommen. Ich wollte einfach mehr Zeit mit Ben verbringen, noch ein bisschen länger in dieser surrealistischen Blase verbleiben, mit dem hoffnungslosen, weltfremden Wunsch, dass sie nie platzen würde.

»Und es gibt wirklich keine Möglichkeit, dass du…? Gibt es wirklich keinen späteren Bus, den du nehmen könntest, oder jemanden in der Stadt, bei dem du…?« Er lässt seine Hände über meinen Rücken kreisen.

Ich habe in den letzten Minuten intensiv darüber nachgedacht und sage: »Keinen späteren Bus, aber meine Cousine wohnt auf Gärdet. Ich hatte ihr gesagt, ich würde nach Hause fahren.« Obwohl, was spielt das eigentlich für eine Rolle? Ich wäre im Moment bereit, mich ziemlich zu blamieren, wenn ich nur eine Möglichkeit bekäme, die Zeit mit Ben hinauszuziehen. Ich mache mich vorsichtig los. »Ich rufe sie an.«

Ich gehe ein paar Schritte zur Seite und hole mein Handy aus der Tasche, ich bete im Stillen, dass Josefin antwortet. Ich mache mir schon Sorgen, als sie erst beim dritten Klingeln rangeht.

»Alles geregelt«, sage ich zu Ben, nachdem ich einer erstaunten Josefin erzählt hatte, dass ich noch in der Stadt sei und einen Schlafplatz brauche und ihr später alles erklären würde. »Hoffentlich ist Josefin noch wach und kann mir aufmachen. Es darf nicht zu spät werden.« Aber was, wenn sie einschläft? Was soll ich dann machen? Ich schreibe auch meiner Mutter eine SMS, dass ich bei meiner Cousine übernachte.

Ben schaut mich schuldbewusst an. »Ich hoffe wirklich nicht, dass du Probleme bekommst, aber ich freue mich so, dass du noch eine Weile bleibst. Nur dass du das weißt.« Seine Worte beruhigen mich ein wenig. Und ich freue mich auch über die zusätzliche Zeit, die wir gewonnen haben. Ich bin richtig erleichtert, als Ben seine Arme um mich legt, mich an sich zieht. Sein Atem streichelt zärtlich meine Lippen, wir zittern am ganzen Körper, als wir uns in die Augen schauen. »Sollen wir baden gehen?«, flüstert er und küsst mich sanft.

»Baden?« Mich schaudert beim bloßen Gedanken, ich schaue hinunter auf das dunkle Wasser. »Es ist bestimmt saukalt.« Und wir haben ja auch keine Badesachen oder Handtücher dabei, denke ich. Aber würde uns das hindern? Auf einmal spüre ich, dass ich wirklich alles aus diesem Augenblick herausholen will, jegliche Unruhe und Angst von mir werfen. Und bevor mir Zweifel kommen, lasse ich Ben los und lächle ihn herausfordernd an. »Okay, wer als Letzter ...« Ich laufe hinunter zum Wasser, er folgt mir lachend. Wir ziehen uns schnell aus und springen hinein.

Mir bleibt fast die Luft weg, Ben ebenso, als das kühle Wasser unsere Körper umschließt. »Shit, wie kalt!«, ruft er und wedelt mit den Armen, aber dann taucht er unter. Als er wieder an die Oberfläche kommt, schüttelt er den Kopf, seine Haare wirbeln um sein Gesicht, die Wassertropfen fliegen wie Regen durch die Luft. Wir schauen uns an und lachen, dann schwimmen wir hinaus, bis die Dunkelheit uns ganz umschließt, lassen uns auf den kaum spürbaren Wellen treiben, Hand in Hand. Die Sterne treten immer deutlicher an dem dunkelblauen Himmel hervor. Es sieht fast so aus, als ginge da oben jemand umher und würde einen nach dem anderen anzünden, bis der ganze Himmel voller glitzernder Kristalle ist.

Wir drehen uns um, küssen uns, aber bald frieren wir so sehr, dass unsere Zähne klappern, und wir schwimmen wieder an Land. Wir trocknen uns notdürftig mit der Strickjacke ab, die ich in meiner Tasche habe, wir tauschen Blicke aus, betrachten unsere nackten Körper, und dann klammern wir uns fest aneinander. Ich presse meine Brust an seinen Brustkorb. Meinen Bauch und meine Oberschenkel an seine. Ben bedeckt mein Gesicht mit Küssen, von der Stirn über die Wangenknochen und schließlich den Mund. Wir küssen uns, bis meine Lippen fast nichts mehr spüren und meine eben noch so kühle Haut beinahe brennt.

Auf einmal erscheint der Mond am Himmel und erhellt sein Gesicht. Als ich in seine Augen schaue, die in tausend verzauberten Nuancen schimmern, fühle ich eine so intensive, tiefe Verbindung mit ihm, wie ich sie noch nie mit einem anderen Menschen verspürt habe. Das sollte nicht so sein, konnte eigentlich nicht sein. Aber dieses Gefühl breitet sich in meinem ganzen Körper aus und übernimmt mein Herz. Ich lege meine Wange fest auf seine Brust.

So stehen wir, ich weiß nicht, wie lange, bis wir am ganzen Körper zittern. Wir ziehen uns schweigend wieder an und setzen uns ein Stück weiter oben auf den Felsen. Wir schauen zu dem fast vollen Mond hinauf und hinunter auf die länglichen Lichtstreifen, die sich in dem nun fast schwarzen Wasser spiegeln. Die Wellen steigen an den Felsen hoch und sinken wieder zurück, sie bringen einen schwachen Wind mit sich, gesättigt von der Feuchtigkeit des späten Abends. Man hört nur ein schwaches Glucksen und in der Ferne ein leises Verkehrsrauschen. Ben hält mich fest, streichelt meine Haare, wir schweigen, sind erfüllt von dem, was wir geteilt haben, und von unseren eigenen Gedanken, dann plaudern wir über alles Mögliche. Nur nicht über uns.

Mir wird wieder bewusst, dass die Uhr unerbittlich tickt und die Zeit uns ein weiteres Mal davonläuft. Ich suche nervös mein Handy in der Tasche. Schlaf jetzt bloß nicht ein, Josefin, denke ich. Aber ich kann auch nicht erwarten, dass sie ewig lang wach bleibt.

Ben scheint meine Unruhe zu sehen, wir gehen zurück zum Söder Mälarstrand und dann weiter zu Hornstull. Am Würstchenstand, der die halbe Nacht geöffnet hat, bestellen wir ein Grillwürstchen. Als ich gerade den letzten Bissen geschluckt habe, schickt Josefin eine Mitteilung, sie möchte nicht mehr viel länger warten, bis ich auftauche. Ich zeige Ben diese Mitteilung.

»Dann musst du gleich losfahren«, nickt er.

»Ja, das muss ich wohl...« Ich kann froh sein, dass ich bei ihr übernachten kann, wenn man bedenkt, dass ihr Freund sicher auch da ist.

»Aha, dann leistest du den Turteltäubchen Gesellschaft?«, sagt Ben und streicht mir lachend über den Rücken.

»Ja, leider«, murmele ich und werde ernst, weil ich daran denken muss, dass Ben bald weit weg von mir sein wird.

Er duckt sich ein wenig und sucht meinen Blick. »Wir werden uns wiedersehen!«

Ich möchte daran glauben, sehe es aber noch nicht geschehen. Nein, so darf ich nicht denken. Dass ich vielleicht vergeblich darauf warten werde, dass es passiert.

Auf ewig.

Ich kann Ben nicht anschauen. Er hebt mein Kinn an, damit ich es muss. »Das wird die längste Zugfahrt meines Lebens. Dieser Abend ... Wer hätte das ahnen können?« Er lächelt ein wenig, aber das Lächeln erreicht nicht seine Augen, er scheint ebenso wie ich zu sehr von der Situation ergriffen zu sein, um noch etwas sagen zu können.

Die Luft ist dichter geworden. Plötzlich fällt es fast schwer zu atmen.

»Also ab in die U-Bahn, ja?«, sagt Ben munter und zeigt auf das U-Bahn-Schild ein Stück weiter weg.

Ich nicke. »Ja, ich nehme die Bahn nach Ropsten, weil ich nach Gärdet muss. Aber die hält davor am Hauptbahnhof.«

»Dann kann ich dort aussteigen. Perfekt!«

Meine Gefühle sind alles andere als perfekt, meine Schritte hinunter zur U-Bahn sind schwer wie Blei. Vier Minuten, bis der Zug kommt. Ben umarmt mich schweigend – fest, er drückt seine Nase in meine Haare. Ich spüre sein Herz schlagen und wünsche mir, ihn nie mehr loslassen zu müssen, aber dann rauschen die Gleise. Ein Windhauch kündigt den Zug an.

»Und wie jetzt weiter?«, fragt er, nachdem wir eingestiegen sind. »Gib doch bitte deine Telefonnummer in mein Handy ein, damit sie richtig ist.« Er reicht mir sein Handy, und ich mache, was er sagt. Dann küsst er mich sanft, reibt seine Nase an meiner. »Ich schicke dir bald eine Nachricht, damit du auch meine Nummer hast. Und Ella, ich möchte dich wirklich wiedersehen. Ich sage das nicht nur so. Wir müssen es schaffen. Wir müssen Kontakt halten!« Er klingt jetzt fast verzweifelt.

Ich nicke heftig und schlucke. Das müssen wir. Alles andere ist undenkbar. Die Welt ist irgendwie anders, als hätte ich etwas

Großes und Umwälzendes erlebt, und ich würde es ihm gerne sagen. Ich weiß aber nicht so recht, wie ich es erklären könnte, ohne ihn zu erschrecken, deswegen sage ich nichts.

Wir nähern uns dem Hauptbahnhof. Ben zieht mich an sich, und wir küssen uns, fast verzweifelt, ein letztes Mal. »Wir hören und sehen uns bald wieder, Ella.« Seine Stimme scheint zu brechen, und ich kann nicht einmal antworten. Als würde etwas in meinem Hals stecken und es verhindern.

»Versprich mir, dass du mir eine Nachricht schickst!«, bekomme ich heraus, als der Zug hält und die Türen sich öffnen.

»Ich verspreche es! Ich mag dich wirklich, Ella!«

»Ich mag dich auch!«

Ben gibt mir noch einen Kuss, dann steigt er aus. Ein Gefühl von Panik kommt in mir hoch, ich würde ihn so gerne bitten zu bleiben. Ich würde ihm gerne hinterherlaufen, aber die Türen schließen sich, und als unsere Blicke sich durch das Fenster treffen, versuche ich, mir jedes Detail seines Gesichts einzuprägen, damit es dableibt, bis wir uns wiedersehen. Oder um bis ans Ende des Lebens zu reichen.

Ben wirft mir eine Kusshand zu und versucht zu lächeln, aber seine Lippen verziehen sich eher zu einer Art Grimasse. Dann fährt der Zug los, und Ben verschwindet aus meinem Gesichtsfeld.

KAPITEL 1

Mai 2019,
zwölf Jahre später

Ich drücke meine Stirn an die Scheibe der Balkontür. Der Regen fällt schräg auf den Balkon, mindestens die Hälfte ist nass geworden. Es fühlt sich an, als würde es seit Monaten regnen, als wäre es Herbst, dabei haben wir Frühling. Ich kann mich kaum daran erinnern, auf dem Balkon gesessen zu haben, und ich sehne mich intensiv nach einem Land weit weg. Weit weg von diesem ewigen Regen und dem Leben hier und jetzt, das an sich keineswegs schlecht ist. Nur ein wenig eintönig und vielleicht nicht ganz so, wie ich es mir vorgestellt habe.

Ich höre, wie das Mailprogramm im Laptop, der auf dem Küchentisch steht, pling macht, und gehe zurück in die Küche. Ich setze mich und klicke auf die Mail und das Manuskript, auf das ich gewartet habe, und ich denke, wie undankbar ich bin. Ich habe eine Arbeit, die mir Spaß macht und die zudem noch sehr frei ist. Mein Arbeitsplatz ist hier zu Hause in der Wohnung, außer wenn ich hin und wieder Termine in der Stadt habe oder in einem der Verlage, für die ich arbeite. Ich kann im Großen und Ganzen selbst bestimmen, wie viel und wann ich arbeiten will. Ich bewohne die kleine, pittoreske Einzimmerwohnung vom Beginn des zwanzigsten Jahrhunderts zwar nur als Untermieterin, aber die Besitzerin ist ins Ausland gezogen, auf unbestimmte Zeit, und ich muss mir keine Sorgen machen, dass ich demnächst ausziehen muss. Sie hat wie gesagt einen Balkon, der ist ein zusätzliches Zimmer, wenn das Wetter es zulässt und man sich draußen aufhalten kann. Leon hat eine etwas größere Einzimmerwohnung, wo wir oft zusammen sind.

Ich habe wirklich keinen Grund zu klagen, außer dass … Ich blicke vom Bildschirm auf und sehe den grauen, regnerischen Vorhang vor dem Fenster. Es tropft melancholisch aufs Fensterbrett. Vielleicht beruht mein Gemütszustand nur auf etwas so Banalem wie dem Wetter? Das beeinflusst uns Bewohner der nördlichen Breiten mehr, als wir manchmal ahnen. Vielleicht werde ich deshalb dieses merkwürdige, depressive Gefühl nicht los, das sich in letzter Zeit immer häufiger aufdrängt: dass vom Leben nichts bleibt als Erinnerung. Das ist natürlich ein völlig verrücktes Gefühl, wenn man bedenkt, dass ich erst vor ein paar Wochen dreißig geworden bin und dass der größere Teil meines Lebens noch vor mir liegt, liegen sollte.

Oder ich bin auf einmal so erwachsen und reif geworden, dass ich das Leben nicht mehr idealisiere, was einem ein bisschen traurig vorkommen könnte. Aber nein, das wäre dann schon viel früher passiert. Im nächsten Augenblick frage ich mich, welche Wege meine Gedanken eigentlich nehmen. Ich muss mich zusammenreißen.

Ich überfliege rasch das erste Kapitel des Manuskripts, achte besonders auf die Änderungen, die ich der Autorin vorgeschlagen hatte. Ich komme nicht sehr weit, da klingelt das Handy. Ärgerlich schaue ich, wer es ist. Aber als ich sehe, welcher Name auf dem Display steht, breitet sich ein Lächeln auf meinen Lippen aus, und ich nehme das Gespräch sofort an. Josefin und ich, wir sehen und hören uns regelmäßig, aber sie ist in ihrem Job viel unterwegs, und es ist eine ganze Weile her, dass ich etwas von ihr gehört habe.

»Hallo, schöne Fremde, lange nichts gehört.«

»Hallo! Ich bin so enttäuscht«, beginnt Josefin. »Nein, ich bin wütend. Nicht auf dich.«

»Ja«, sage ich zögernd und frage sie, was los ist.

»Kann ich es dir erklären? Hast du Zeit?« Ihre Stimme klingt angestrengt, als sei sie draußen unterwegs und hätte es eilig, oder als wolle sie zum Hauptpunkt des Gesprächs kommen. »Als ich noch jünger war, da war ich sicher, es gibt jede Menge Menschen, mit denen man gut zurechtkommt.«

»Du meinst, wenn man einen verliert, dann…«

»… findet man schnell jemand Neues«, antwortet Josefin. »Aber das stimmt so nicht. Erinnerst du dich an Ted, mit dem ich ziemlich lang zusammen war, als wir studiert haben?«

»War das der, der nach Australien gegangen ist, um dort zu studieren, und dann blieb? Ja, klar, wir haben uns ja ziemlich oft gesehen.«

»Ja. Ted und ich, wir haben uns wirklich gut verstanden. Ich hatte so das Gefühl, er wäre ›mein Mensch‹, verstehst du, was ich meine? Ich habe trotzdem versucht, mir einzureden, dass es okay war, Schluss zu machen, als er wegzog. Meine erste große Liebe sollte eben nicht ein Leben lang andauern. Ich sollte erheblich mehr vom Leben entdecken. Und vor allem sollte es mehr und größere Lieben geben als ihn, die würden schon irgendwo auf mich warten.«

Ich brumme zur Bestätigung und reibe einen Kaffeefleck vom Tisch. »Aber du warst schon sehr traurig, als es zwischen euch zu Ende war.« Vielleicht sollte ich Josefin nicht daran erinnern, monatelang hatte man den Eindruck, dass nichts sie zum Lächeln bringen konnte.

»Ja, das stimmt«, antwortet sie mit einer so aufrichtigen Stimme, dass ich ganz still werde. »Die Sache ist ja die, es ist gar nicht so leicht, jemanden zu finden, der so zu einem passt. Das ist total schwer und kommt selten vor. Bei vielen passiert es nie, und weder eine Person noch die Lieben sind austauschbar. Klar.«

Ich höre, wie sie schluckt. Das darauffolgende Schweigen ist voller Hoffnungslosigkeit, und ich spüre, dass das, was sie gesagt hat, mich sehr berührt. Ich drücke das Handy fester ans Ohr. »Was ist denn passiert?«, frage ich vorsichtig.

»Ich habe Ted getroffen, ausgerechnet ihn, gestern Nachmittag in Heathrow. Er kam aus Schweden, hatte seine Eltern besucht und war auf dem Weg zurück nach Australien. Ich war auf dem Weg nach Hause nach Stockholm, nachdem ich ein paar Tage im Büro in London war. Wir hatten beide etwas Zeit, bis unsere Flüge gingen, und wir beschlossen, zusammen einen Kaffee zu trinken. Es war ja alles so lange her ...«

»Habt ihr eigentlich Kontakt gehabt, nachdem er weggezogen war?«

»Ganz am Anfang haben wir hin und wieder gemailt, aber vor allem ich fand es anstrengend, den Kontakt zu halten. Aber als wir uns jetzt trafen, war es, als wäre überhaupt keine Zeit vergangen, seit wir zusammen waren. Wir waren irgendwie direkt auf der gleichen Wellenlänge und konnten fast nicht aufhören, miteinander zu reden. Das war ein so tolles Gefühl!« Ihre Stimme ist jetzt wärmer und fröhlicher, und ich lächele.

»Dann musst du halt nach Australien fahren und ihn besuchen!«

»Alles war superschön, bis ich erfuhr, dass er verheiratet ist«, fügt sie mit einem Seufzer hinzu.

»Oje.« Ich sinke in meinen Stuhl, ein schweres Schweigen ist zwischen uns. »Du«, sage ich zögernd, »das klingt ja fast so, als würdest du es bereuen, dass ihr Schluss gemacht habt, als er wegzog, aber ihr hattet ja eigentlich keine andere Wahl. Eine Fernbeziehung mit jemandem, der so weit weg wohnt, das geht doch nicht.«

»Nein, aber Tatsache ist, ich *hatte* eine Wahl«, sagt sie finster. »Deswegen ärgere ich mich so über mich selbst. Ted hatte mich gefragt, ob ich mit ihm nach Australien kommen will.«

»Was! Wirklich? Das hast du mir nie erzählt. Warum…?« Ich stehe auf und gehe zur Spüle, um mir ein Glas Wasser zu holen. »Das klingt wie ein Abenteuer«, sage ich leise.

»Ich weiß!«, sagt Josefin laut, und es klingt fast so, als würde sie mit der Hand auf etwas schlagen. »Ich hätte natürlich mitkommen sollen. Aber ich war hier noch mitten im Studium, und ich wollte nicht so ein Mädchen sein, das ihr Leben für einen Mann aufgibt. Ich habe mir eingebildet, selbstständig sein zu müssen. Es war so blöd, dass ich mein Studium so ernst genommen habe, ich hätte auch einfach ein Jahr Pause machen können oder so. Du weißt doch, meine Mutter hat immer gesagt, wie wichtig es sei, nicht von jemandem abhängig zu sein. Ich nehme an, das hat mich stark geprägt, obwohl es natürlich nicht ihre Schuld war, dass ich nicht mitgefahren bin. Ich hatte, glaube ich, einfach Angst.«

»Ach je!« Was sie erzählt, geht mir zu Herzen. Ich weiß ja, dass meine Tante, die Josefin allein großgezogen hat, ständig betont hat, wie wichtig es sei, im Leben allein zurechtzukommen. Und es ist natürlich wichtig. Ich hätte mir nur gewünscht, dass sie nicht schon damals so praktisch gedacht hätte.

Sie seufzt tief. »Was vorbei ist, ist vorbei, und es ist eigentlich wahnsinnig, sich jetzt damit zu befassen. Es ist so lange her.«

»Aber jetzt hast du Ted getroffen und wurdest daran erinnert, wie sehr du ihn immer noch magst«, sage ich sanft, nehme mein Glas Wasser zum Tisch und setze mich.

»Ja«, flüstert sie. »Wenn ich ihn nicht gestern getroffen hätte, wäre alles gut. Obwohl, das ist nicht ganz wahr«, korrigiert sie sich, »ich habe im Lauf der Jahre immer wieder an ihn gedacht. Und wenn ich einen Mann getroffen habe, dann habe ich ihn mit Ted verglichen. Ich nehme an, das war zwischen dir und Leon genauso, bis er endlich eingesehen hat, dass ihr zusammengehört. Ach, ich würde so gerne haben, was ihr beide habt«, fährt Josefin fort. »Ich möchte auch mit meinem Seelenverwandten zusammen sein! Aber vielleicht ist das zu viel verlangt? Und ihr kennt euch ja schon eine halbe Ewigkeit.«

»Es ist allerdings…« Ich trinke einen großen Schluck Wasser. *Seelenverwandte.* Das klingt so großartig, ich habe das Gefühl, Josefin glorifiziert die Beziehung zwischen Leon und mir. Alle scheinen das zu machen, weil wir zuerst beste Freunde waren. »Du wirst schon noch jemanden treffen, Josefin«, sage ich und versuche, die Aufmerksamkeit wieder auf sie zu lenken. »Da draußen gibt es bestimmt mehr als einen Ted.« In dem Moment, wo ich das sage, würde ich gern überzeugter klingen, als ich mich fühle.

»Seit wir zusammen waren, ist keiner mehr aufgetaucht, der so war wie er«, sagt Josefin niedergeschlagen. »Es wäre schon sehr eigenartig, wenn er wirklich der ›einzige Mensch‹ für mich gewesen und jetzt alles vorbei wäre.«

Ich drehe das Glas vor mir auf dem Tisch. »Das glaube ich nicht, aber weil er deine erste große Liebe war, kannst du ihn nur schwer vergessen.« Auf einmal taucht ein Gesicht auf meiner Netzhaut auf. Ich schließe fest die Augen, damit es verschwindet.

»Wie auch immer, ich will dich nicht länger stören«, sagt sie entschuldigend. »Ich habe dich bestimmt mit meinem Anruf unterbrochen. Entschuldige, dass ich dich so überfallen habe und du nicht auflegen konntest.«

Ich werfe einen Blick auf meinen Laptop. Der Bildschirm ist im Ruhezustand und dunkel. Ja, ich *war* mit etwas beschäftigt, aber ich hatte kaum mit der Arbeit begonnen, als Josefin anrief. Und ich wollte mit ihr sprechen.

»Das macht gar nichts. Du kannst mich jederzeit anrufen, wann du willst. Das weißt du. Aber jetzt muss ich Schluss machen«, sage ich, als ich höre, dass es an der Tür klopft. »Leon ist da, wir wollen zusammen zu Mittag essen. Aber ich kann dich vielleicht später noch einmal anrufen? Ich möchte nicht, dass du traurig bist…«

»Ich fühle mich schon besser, jetzt, wo wir geredet haben«, versichert sie mir, ihre Stimme klingt jedoch so niedergeschlagen, dass ich das Gegenteil ahne. Josefin glaubt, wie gesagt, immer, dass sie stark und selbstständig sein muss, das ist ein Erbe von ihrer Mutter. Aber ich freue mich auch, dass sie sich mir anvertraut hat. Das macht sie nicht immer.

»Grüße an Leon, bis bald!«, sagt sie.

Zögernd beende ich das Gespräch und gehe in den Flur, um die Tür aufzumachen.

»Eine Portion Sushi, bitte sehr?« Leon reicht mir die Tüte mit

Sushi, das hatten wir verabredet, und stellt den Regenschirm ab. »Alles okay?« Er zieht die Schuhe aus und gibt mir einen Kuss auf die Wange.

»Ja, schon. Ich habe gerade mit Josefin telefoniert und soll dich grüßen.«

»Grüße zurück. Wie geht es ihr denn?«

»Ganz ... gut«, sage ich und erzähle ihm nicht, dass Josefin keineswegs besonders vergnügt war. Ich weiß nicht, warum, aber unser Gespräch hat Gedanken und Erinnerungen geweckt, die ich lange von mir weggeschoben habe, und ich möchte sie auch weiterhin auf Abstand halten.

Leon runzelt die Stirn. »Du scheinst nicht ganz sicher zu sein? Oder bist du nur hungrig, wie ich?«

Ich nicke und schiebe dann meinen Laptop beiseite, damit ich die Schachtel mit dem Sushi auf den Küchentisch stellen kann.

»Hast du dich für das Verlagsfest am Donnerstag schon vorbereitet?« Leon streicht mir über die Wange, dann setzen wir uns an den Tisch. »Ich wäre gerne mitgekommen. Das ist mal wieder typisch, ausgerechnet an diesem Abend haben wir unser Personalfest in der Schule, und es geht nicht. Aber das ist wohl so um diese Jahreszeit.« Er bricht seine Stäbchen auseinander und nimmt ein Stück Lachs-Sushi.

Ich folge seinem Beispiel, und obwohl ich Sushi sonst mag, ist es, als würde das Stück Fisch in meinem Mund größer werden, ich muss ganz schnell schlucken. »Ja, scheint so zu sein. Es ist nur so, ich habe das Gefühl, man erwartet von mir, dass ich den ganzen Abend Kontakte knüpfe, und das finde ich gar nicht lustig. Aber vielleicht wird es ja richtig nett, wenn ich erst mal dort bin.«

»Man trifft immer jemanden, den man lange nicht gesehen hat, auf solchen Festen. Und wir können uns ja Nachrichten schreiben, wenn es langweilig wird. Ich werde auch nicht sehr lang bleiben.« Leon legt seine Hand auf meine.

»Ich auch nicht.« Die Wärme von Leons Hand überzeugt mich. Ich finde es anstrengend, bei solchen Veranstaltungen Smalltalk zu machen, aber er hat bestimmt recht: man trifft eigentlich immer jemanden, mit dem man wirklich reden möchte. Und das Fest beim Verlag Bergh ist aus Karrieresicht wichtig für mich. »Du, Leon«, sage ich dann mit einer ernsteren Stimme: »hast du auch manchmal das Gefühl, dass das Leben ... irgendwie ..., dass das Leben nicht so wurde ...« *Wie wir es uns gedacht hatten,* denke ich im Stillen, als mir klar wird, die Worte könnten ihn verletzen. Und im Übrigen, unser Leben zusammen war doch *beinahe* so, wie ich es mir gedacht hatte.

Mein Leben ist so.

Ich habe nur das Gefühl, das Gespräch mit Josefin hat Überlegungen in Gang gesetzt, die ich schon hatte, bevor sie anrief. Als ob der Rest meines Lebens vor mir läge, ohne jegliche Überraschungen. Leon isst und plaudert, ich merke, wie meine Gedanken davonlaufen, und ich spüre wieder mal eine plötzliche, starke Sehnsucht, woanders zu sein.

KAPITEL 2

»Hast du in letzter Zeit mit deinen Eltern gesprochen?«, fragt Leon, als er sich am nächsten Morgen für die Arbeit fertig macht.

»Nein, das ist schon etwas länger her.« Es versetzt mir einen Stich. Eigentlich ist es normal, dass wir nicht regelmäßig miteinander sprechen. Aber dieses Mal ist es wirklich sehr lange her, ich mache mir ein wenig Sorgen. Ich sollte meine Eltern unbedingt anrufen.

»Ich verstehe nicht, warum sie sich nicht …« Leon seufzt. Dann dreht er sich zu mir um, er knöpft meinen Morgenmantel auf und wieder zu, als fände er, ich hätte es zu schlampig gemacht. Vielleicht möchte er mich auch nur umsorgen. »Ich hätte fast gesagt ›zusammennehmen können‹«, fährt er fort, »aber das klingt ein wenig zu streng. Es ist ja trotz allem schon sehr lange her, dass deine Schwester …«

Ich nicke, bevor er den Satz beenden kann. Ich kann jetzt nicht mit ihm darüber reden. »Es ist, wie es ist.«

Leon streichelt meine Hüfte. »Das kann ja lustig werden, wenn das so weitergeht und wir eine Familie gründen.«

»Wir wohnen ja noch nicht einmal zusammen!«, sage ich. Ich weiß ja, dass Leon nur mein Bestes will, aber ich finde es anstrengend, wenn er ständig meine Eltern kritisiert. Besonders weil sie ihn immer gemocht haben. Manchmal frage ich mich, ob Leon und ich ein Paar geworden wären, wenn sie nicht … Ich schiebe den Gedanken von mir weg. Natürlich war es nicht so. Aber nach allem, was meine Eltern durchgemacht haben, möchte ich nicht, dass sie sich um mich Sorgen machen.

Leon spricht ja nur laut aus, was ich selbst im Lauf der Jahre geäußert habe, denke ich dann. Er hat so manches ertragen müssen, und er war immer da für mich, wenn meine Eltern es nicht waren.

»Genau, wir wohnen nicht zusammen, das ist schon sehr merkwürdig. Das finden alle«, sagt Leon. »Wir sollten Nägel mit Köpfen machen und eine Wohnung kaufen. Es ist doch irgendwie verrückt, dass wir jeder in einer Einzimmerwohnung sitzen, wenn wir gemeinsam eine Dreizimmerwohnung kaufen könnten.«

»Dabei sind wir doch fast immer zusammen?«

»Ein Grund mehr, eine Wohnung zu kaufen«, betont Leon. »Und du wohnst außerdem noch zur Untermiete, das ist immer ein wenig unsicher.« Er reibt sich eine Falte, die sich zwischen seinen Augenbrauen gebildet hat.

Ich weiß nicht, ob es an seiner Körpersprache und Stimme liegt, aber es klingt so pragmatisch, wenn er davon spricht – als ginge es vor allem darum, was praktisch und sicher ist und überhaupt nicht um Romantik und den Wunsch, zusammen zu sein. Wie immer, wenn dieses Thema zur Sprache kommt, wächst in mir Widerstand. »Ich frage mich nur, ob es so günstig ist, ausgerechnet jetzt deine Wohnung zu verkaufen«, merke ich vorsichtig an. »Sind die Preise nicht gerade gesunken?«

»Schon, ein wenig, aber es wird ja auch billiger, etwas zu kaufen, das gleicht sich also aus.« Er schaut mich forschend an, dann sagt er: »Wir können schon noch ein wenig warten.«

Ich merke, dass ich die Luft angehalten habe, und atme schnell aus. »Vielleicht noch eine kleine Weile?«, murmele ich.

»Aber nicht zu lange. Ich weiß ehrlich gesagt nicht, worauf wir noch warten.«

Wenn er so etwas sagt, zieht sich mein Bauch zusammen. Stimmt schon, wir sind jetzt seit fünf Jahren zusammen, und Leon hat es irgendwie schon immer in meinem Leben gegeben. Es gibt wirklich keinen Anlass, noch zu warten. Aber irgendwie ... Ich muss immer wieder daran denken, wie wir ein Paar wurden. Und an die Zeit davor. Wie es jetzt ist. Ich habe schon gehofft, dass ... Doch ich sehe es ein, vermutlich habe ich zu große Erwartungen. Und ich weiß, viele beneiden mich.

Ich lasse den Blick über meinen gutaussehenden Freund schweifen, packe dann den Kragen seines Pullovers und ziehe ihn an mich. Aber unsere Lippen treffen sich nicht so, wie ich es mir gedacht hatte, und ich muss schlucken, als er mich nur auf die Stirn küsst.

»Ich muss los. Hanna und ich müssen noch etwas besprechen, bevor wir anfangen können.« Leon arbeitet als Lehrer, und in der Schule gibt es keine Gleitzeit. Er und Hanna – sie ist Lehrerin in der Parallelklasse – verbringen viel Zeit miteinander und bereiten den Unterricht gemeinsam vor. Er streicht mir über die Wange. »Du, wir sehen uns heute Abend. Dann können wir nach einer Wohnung schauen. Sogar die Kinder in der Schule finden es merkwürdig, dass wir nicht zusammenwohnen.«

Ich lächle ein wenig und nicke, aber das komische Gefühl im Bauch wird stärker. »Okay, ja, dann ist es wohl an der Zeit. Woher wissen sie das überhaupt?«

Er nimmt meine Hand. »Weil ich so viel von dir erzähle. Und sie sind sehr neugierig, meine Kinder.«

Jetzt muss ich tatsächlich lächeln. Meine Kinder. Leon spricht immer mit so einer Wärme in der Stimme von ihnen, ich werde fast ein wenig schwach.

Und es ist ja wirklich an der Zeit. Es gibt tatsächlich keine Gründe, noch länger zu warten, denke ich wieder. Leon hat nicht nur immer einen selbstverständlichen Platz in meinem Leben gehabt, er war die Stütze meines Lebens, seit ich dreizehn war und meine Schwester verloren habe. Als wir erfuhren, dass Liv nicht mehr lange zu leben hatte, da sagte sie zu mir, sie würde immer bei mir sein, wie bisher, auch wenn sie auf die andere Seite gegangen wäre und ich sie nicht mehr sehen könnte. Das hat mich für den Moment getröstet, aber als sie dann starb, war es mir unmöglich, in ihren Worten Trost zu finden. Doch dann war Leon für mich da.

»Du bist nicht allein, Ella. Du hast mich, das weißt du doch?«, hatte er gesagt, meine Tränen getrocknet und mich in den Arm genommen. »Und das wird immer so sein.« Durch seine weiche Stimme und die feste Umarmung war das Eis in meinen Adern geschmolzen. Das war an dem Tag, als Liv starb. Meine Eltern waren so sehr von ihrem eigenen Kummer erfüllt, ich weiß nicht, was ich ohne ihn gemacht hätte.

Ich lasse meinen Blick noch einmal über Leon wandern, er steht mit dem Rücken zu mir im Flur und zieht seine Jacke an. Die heruntergerutschte Jeans, sein Nacken unter der etwas strubbeligen Frisur … Mein Herz ist voller Zärtlichkeit für ihn, ich spüre bereits jetzt, dass er mir fehlt, obwohl er doch noch da ist. Ich möchte ihm nah sein. Noch näher, als wir es sowieso schon sind.

Er schaut zu mir. »Sollen wir uns einen gemütlichen Abend mit *Modern Familiy* und etwas Gutem zum Essen nach der Arbeit machen? Ich kann was mitbringen.«

Ich nicke und lächle. Wir sitzen derzeit fast immer zu Hause, aber ein gemütlicher Abend kann ja auch zu etwas anderem führen. Leon liebt gemütliche Abende. Früher war das anders, da hatte er einige wildere Jahre.

»Das klingt gut«, nicke ich. »Oder wir könnten einen Film gucken?«

»Aber du findest *Modern Familiy* doch toll!«

Nein, du findest sie toll, wollte ich antworten. Ja, ich mag die Serie auch. Wer nicht? Aber nach der gefühlt siebenundzwanzigsten Staffel reicht es allmählich, und ich surfe oft auf meinem Handy herum, wenn sie läuft. Leon hingegen sitzt wie festgenagelt vor dem Fernseher.

»Okay, dann schauen wir das. Alles prima«, sage ich.

»Mehr als prima.« Er drückt meine Hand, und gerade, als ich ihn auf den Mund küssen will, dreht er sich weg. Schon wieder.

Als Leon die Haustür hinter sich geschlossen hat, bleibe ich im Flur stehen, die Hand auf den Lippen, und vermisse den Kuss, den ich nicht bekommen habe.

KAPITEL 3

Ich schaue in das enorme, bläulich schimmernde, bis zur Decke reichende Aquarium, das den Eingangsbereich des Verlags Bergh teilt. Clownfische, Doktorfische und andere Salzwasserfische, deren Namen ich nicht kenne, schwimmen vorbei. Die großen Korallen bewegen sich, sind lebendig. Als befände man sich mitten in *Findet Nemo*, nur auf dem Land. Ich betrachte diese künstliche Unterwasserwelt nicht zum ersten Mal, aber sie ist immer noch genauso verzaubernd. Ich folge einem Fisch mit den Augen, nippe an meinem Glas, verschluckte mich fast an meinem Getränk, als mir plötzlich bewusst wird, dass ich in die Augen eines Menschen auf der anderen Seite des Aquariums schaue. Der Mann ist ebenso erstaunt wie ich. Er sieht fast verängstigt aus und wendet sich rasch ab.

Ich starre ihn immer noch an, das kann doch nicht sein...? Ich sehe ein Gespenst. Aber diese Augen, die mich gerade angeschaut haben... Vor gerade ein paar Tagen waren sie auf meiner Netzhaut. Und ich kenne nur einen Menschen, der so schönes, dunkel glänzendes Haar hat.

Ich stehe da wie festgefroren, dann bewege ich mich instinktiv ans andere Ende des Aquariums. Als ich um die Ecke komme, sehe ich, wie der Mann im dunklen Anzug und weißem Hemd Richtung Festsaal eilt. Gerade als er durch die gebogene Öffnung zum Saal verschwindet, schaut er über die Schulter. Mir bleibt fast das Herz stehen. Es hätte nicht viel gefehlt, und das Glas wäre mir aus der Hand geglitten. Wieder fliegt mein Blick über ihn, als könnte er sich jederzeit in seine Atome auflösen.

Was macht er hier, auf diesem Verlagsfest? In Stockholm? Ich hatte mir eingebildet, fast gehofft, er wäre in Kiruna geblieben. Aber das kann er natürlich trotzdem getan haben.

Ich will ihm nachlaufen, aber dann fällt mir ein, wie alles war. Meine Wangen glühen, ich will mich nur noch verstecken, gehe also rasch zu den Toiletten. Sobald ich mich eingeschlossen habe und allein bin, trinke ich mein Glas aus und lehne mich an die Wand. In meinem Kopf dröhnt es, als würde er explodieren. Ich hole ein paarmal tief Luft und wünsche mir, ich könnte den Rest des Abends hierbleiben.

Ist es wirklich möglich, dass er es war? Ich massiere mir die Stirn und schließe die Augen. Ja, ich weiß, dass er es war, er sah genauso geschockt aus wie ich.

Jemand rüttelt an der Toilettentür. Mein Gott, kann man denn nirgendwo allein mit seinen Gedanken sein? Mit sich? Ich warte noch ein paar Minuten, aber dann stresst mich das Gemurmel und Getrampel vor der Tür, ich nehme mich zusammen und gehe hinaus. Und ich kann doch nicht zulassen, dass es mich so berührt. Immer noch. Aber ich schaffe es auch nicht, wieder in den Festsaal zu gehen, den ich nur für eine kurze Atempause verlassen hatte. Und doch scheint mein Blick ihn die ganze Zeit zu suchen.

Dann taucht er plötzlich wieder auf. Ich hole tief Luft, ich muss einfach auf ihn zugehen. Dann steht ein anderer junger Mann im Anzug neben ihm. Sie sehen beide ernst aus, beginnen dann eine Konversation mit einer älteren Dame auf Krücken. Nicht einmal ihre selbstverständliche Würde kann meine Aufmerksamkeit fangen.

Ich stelle mich so hin, dass das Aquarium mich verdeckt, und betrachte ihn genau. Er sieht eher aus wie ein Anwalt aus *Suits* als wie ein junger Mann mit Musikträumen, aber sonst ist er wie damals. Die Haare sind jetzt ein wenig kürzer, nicht zu kurz und gepflegt – zu meiner großen Erleichterung. Es sieht einfach natürlich aus. Die jungenhaften Züge haben sich verändert, er sieht reifer aus. Mein Blick kann sich nicht von ihm losreißen. Und andererseits sieht er irgendwie steif aus. Wie ein … Geschäftsmann. Das stört mich. Das passt nicht zu meinem Bild von ihm.

Zu Ben Canavan.

Ich habe mich natürlich auch verändert, meine Haare sind allerdings immer noch genauso hoffnungslos lockig. Ich versuche, sie glattzustreichen, dann wende ich mich ab, ich kann doch nicht hier stehen und ihn anstarren. Ich frage mich nur, wie ich jetzt in seinen Augen aussehe, ob er sich an mich erinnert. Auf einmal überkommt mich eine Woge der Enttäuschung, dass ich den Schock in seinem Blick missverstanden haben könnte. Wir haben uns schließlich nur ein paar Stunden gesehen. Wir waren erst achtzehn. Das könnte auch erklären, warum er nie … Ich senke den Blick bei dieser Erinnerung. Sehr schnell wurde klar, dass ich diesen wenigen Stunden zu viel Bedeutung zugemessen hatte, während er sie offenbar als das verstand, was es war, eine zufällige Zerstreuung, als er an einem warmen Junitag in Stockholm Halt machte.

»Ein faszinierendes Aquarium, nicht wahr?«

Ich zucke zusammen, als ich seine Stimme höre, und drehe mich um. Er ist jetzt allein. Ich nicke vorsichtig und habe wieder dieses schreckliche Gefühl, dass er mich vielleicht nicht wiedererkennt. Du liebe Güte – das wäre fast noch schlimmer, als dass ich mich an den gemeinsamen Abend geklammert habe, als würde der wirklich etwas bedeuten. Ich bekomme keinen Ton heraus.

»Was, wie ...?«, sagt er schließlich.

»Ich wollte gerade das Gleiche fragen.«

Wir lachen, ein wenig peinlich berührt. Er holt tief Luft, als wolle er noch etwas sagen. In dem Moment sehe ich, wie der Mann, mit dem Ben zusammengestanden hatte, vom Eingang aus gestikuliert. »Kommst du?«, ruft er.

Ben nickt, dann schaut er mich wieder an. »Ich muss ... gehen.« Er zeigt mit dem Daumen nach hinten und bewegt sich auf den anderen Mann zu. »Aber es war nett, sich fast getroffen zu haben.«

»Ja«, sage ich erstaunt. Jetzt klingt es wirklich so, als wisse er nicht, wer ich bin. Mich kann man offenbar sehr leicht vergessen.

Ben geht ein paar Schritte rückwärts, dann dreht er sich auf dem Absatz um. Ich versuche, ihm nicht nachzuschauen, ich bekomme fast eine Nackenstarre davon, nicht in Ben Canavans Richtung zu schauen. Als jedoch die massive Eingangstür quietscht, kann ich mich nicht mehr zurückhalten und sehe hin, genau in dem Moment, als Ben sich zu mir umdreht. Im nächsten Augenblick ist er verschwunden, ich kann den Ausdruck in seinen Augen nicht deuten.

Ich bleibe stehen, bis ich mich beinahe ein bisschen wackelig auf den Beinen fühle, und begebe mich dann zu einem der großen Fenster, die zum Innenhof gehen. Ich beuge mich vor und bemerke fast nicht, dass der untere Teil des Fensters beschlägt.

»Du siehst aus, als hättest du gerade ein Gespenst gesehen«, höre ich eine Frauenstimme neben mir sagen.

»Ich glaube, genau das habe ich«, flüstere ich vor mich hin. Es fühlt sich zumindest genauso surrealistisch an wie der Juniabend, an dem Ben und ich uns getroffen haben. Wie im Traum. Seine dunklen Augen, die mich eben angesehen haben. Das Gesicht, das jetzt ein paar dünne Linien um die Augen und den Mund hat, ist mit den Jahren noch schöner geworden. Das kleine Muttermal auf der linken Wange, das ich einmal gestreichelt habe und das ich zu vergessen geglaubt habe. Ich hole tief Luft und versuche, den gefühlsmäßigen Aufruhr, der ihn mir zu explodieren droht, in Schach zu halten, dann schaue ich zur Seite, und unsere Blicke treffen sich. Es ist die gleiche Dame, mit der Ben vor einer Weile geplaudert hat.

Ihre Unterarme ruhen leicht auf ihren Krücken. Aber trotz der Krücken und des eingegipsten Fußes, der unter ihrem eleganten, knöchellangen Kleid hervorschaut, hat sie eine so gerade Haltung, dass jede Primaballerina hätte neidisch werden können.

»Versteckst du dich vor jemandem?«, fragt sie.

»Nun ja …« Nicht mehr, denke ich. »Er ist gerade gegangen.«

Es war nett, sich fast getroffen zu haben. Bens Worte hallen in mir nach, gefolgt von den Worten, die Leon zu mir sagte, als wir vor einigen Tagen über das Fest sprachen: *Man trifft auf solchen Festen immer jemanden, den man lange nicht gesehen hat.* Mich schaudert, und ich reibe meine Arme.

»Und du?«, frage ich die Frau.

»Ob ich mich verstecke?« Sie lacht, ein wenig trocken. »Irgendwie schon, vermute ich. Ich mag diese Art von Veranstaltungen nicht. Ich kann mit Fug und Recht sagen, dass ich sie reichlich genossen habe.«

Ich schaue sie neugierig an. »Ich mag sie auch nicht besonders«, gebe ich zu, »aber ich bin freiberufliche Lektorin, und solche Veranstaltungen sind deshalb ziemlich wichtig für mich.«

»Da muss man sich natürlich vermarkten«, stellt sie fest und schüttelt den Kopf, sodass ein paar silbergraue Strähnen ihres ansonsten dunklen Pagenschnitts hinter die Ohren fliegen.

»Ja, selbst wenn an einem solchen Abend nicht sehr viel über Arbeit gesprochen wird, muss ich doch im Bewusstsein der Leute bleiben. Ich muss einen Eindruck hinterlassen.«

»Aber den erzeugst du doch vor allem durch deine Arbeit«, sagt sie hellsichtig. »Was schreibst du?«

»Ich arbeite vor allem als Lektorin und helfe anderen, ihre Texte zu formulieren, aber ich habe auch schon ein paar Mal als Ghostwriterin gearbeitet.«

»Ghostwriterin ...« Es klingt fast herablassend. »Ich habe gerade einen Ghostwriter. Anfang nächsten Jahres sollen meine Memoiren erscheinen.«

»Ach ja? Im Verlag Bergh? Deshalb bist du also heute Abend hier.« Ich betrachte sie etwas genauer, fange ein wenig an zu schwitzen. Ich sollte vielleicht wissen, wer sie ist, so lang ist die Publikationsliste des Verlags nicht. Obwohl Bergh, verglichen mit den Großen der Branche, ein kleiner Verlag ist, haben sie es seit dem Start vor vier Jahren geschafft, richtig große Namen an sich zu binden, und besonders Biografien machen einen Teil des Erfolgs aus.

»Ich glaube zwar nicht, dass jemand etwas über mein Leben lesen will«, fährt die Frau fort. »Ich habe fast mein ganzes Leben in Vorständen verbracht. Aber der Verlag glaubt es offenbar, und da Marielle meine Nichte ist, hat sie natürlich als Erste das Recht, das Buch herauszubringen.«

Ich schaue sie verblüfft an. »Du bist also die Tante von Marielle?« *Das erklärt die Sache*, denke ich. Ich weiß nicht besonders viel über die geheimnisvolle und reiche Familie Bergh und das Geschäftsimperium, das seit Generationen weitervererbt wird. Marielle Bergh spricht selten über ihre Familie. Das Verlagsgeschäft ist auch nicht Teil des Konzerns, das betreibt sie ganz alleine. Aber ich weiß, dass Marielles Tante, die Tochter ihres Vorgängers, sehr lange am Ruder saß.

Ich wollte sie gerade nach ihrem Namen fragen, da taucht Marielle in der großen Tür des Festsaals auf, unsere Blicke wenden sich ihr zu. Zur Feier des Tages sieht sie aus wie ein Filmstar, in einem weiten, weißen Kleid, hohen Stöckelschuhen, ihr langes dunkles Haar fällt den Rücken hinab. Sie ist eine richtige Schönheit, aber auch eine der gescheitesten und scharfsinnigen Personen, die ich je getroffen habe. Das muss man wohl auch sein, wenn man mit fünfunddreißig schon einen eigenen Verlag leitet.

Bösartige Stimmen weisen natürlich darauf hin, dass es nicht besonders schwierig ist, so weit zu kommen wie Marielle, wenn man einer so vermögenden und erfolgreichen Familie, wie die Familie Bergh es ist, angehört, aber ich habe enormen Respekt vor ihr. Und aus irgendeinem Grund hat sie immer an mich geglaubt und mir neue Aufträge gegeben.

»Marielle ist wirklich unglaublich tüchtig und geschickt«, sage ich, als sie wieder im Gewimmel verschwunden ist. »Ich bin sehr dankbar, mit ihr arbeiten zu dürfen.«

»Ja, sowohl sie als auch ihr Halbbruder Gustaf haben hochgesteckte Ziele«, bestätigt die Frau. »Aber eigentlich hatten sie auch nie eine andere Wahl, genau wie ich.« Ich hebe fragend

die Augenbrauen, bekomme jedoch keine weiteren Erklärungen.
»Gustaf hat übrigens vor einer Weile hier auf dem Fest vorbeigeschaut. Zum Ärger ihres Vaters, vermute ich.«

Ich schaue sie wieder fragend an.

»Eine lange Geschichte«, fährt sie fort und blickt über den Raum, anstatt mich anzuschauen, »aber Marcus – ihr Vater und mein Bruder – ist immer noch stinksauer auf Marielle, dass sie den Namen Bergh als Verlagsnamen verwendet. Der Verlag hat ja nichts mit den anderen Tätigkeiten des Konzerns zu tun, und Kultur steht bei ihm nicht besonders hoch im Kurs.«

»Aha«, sage ich ein wenig erstaunt und denke mir, dass in der Familie Bergh einiges unter der Oberfläche köchelt und die Beziehungen zwischen den Familienmitgliedern nicht ohne Intrigen sind.

»Ich habe übrigens bemerkt, dass du mit Gustafs Freund gesprochen hast«, fährt die Dame fort.

Ich muss blinzeln. »Meinst du…?« Ich schaffe es nicht, seinen Namen laut auszusprechen.

»Ben Canavan, ja. Sie sind richtig gute Freunde, er und Gustaf. Vielleicht nicht so erstaunlich, wenn man bedenkt, dass sie die gleiche Position innehaben. Ich kannte auch seinen Vater. Deshalb hat Ben mich gefragt… Und Gustaf schien es ja okay zu finden«, überlegt sie, wie für sich selbst. »Nein, genug herumgestanden und geplaudert«, sagt sie rasch, als habe sie auf einmal den Eindruck, schon viel zu viel geredet zu haben. »Ich muss einen Wagen rufen und mich nach Hause begeben. Ade!«, sagt sie streng und verschwindet auf ihren Krücken.

Ich schaue ihr erstaunt hinterher. Sie hat das Gespräch wirklich sehr abrupt beendet. »Danke für das Plauderstündchen und alles Gute mit dem Buch!«, rufe ich ihr rasch hinterher. Selbst wenn sie zögerlich in Bezug auf die Memoiren war, bin ich sicher, dass viele Leute sich dafür interessieren, hinter die Kulissen der Wirtschaftselite zu schauen, und ganz besonders, wenn sie aus dem Blickwinkel einer Frau beschrieben werden.

Als sie außer Sichtweite ist, hole ich mein Handy heraus und google ihren Namen. Fredrika Bergh, ja, genau. So war es. Diesen Namen hatte ich auf jeden Fall schon gehört. Als ich weiterlesen möchte, erscheint eine SMS von Leon. Er fragt, ob es nicht allmählich Zeit sei, nach Hause zu kommen. Ich schreibe ihm rasch ja, bin erleichtert, dass auch ich eine Ausrede habe, das Fest zu verlassen.

Als ich das Verlagsgebäude am Karlaplan verlasse, ist jedoch nicht Leon in meinen Gedanken. Sondern Ben Canavan. Ich schaue vorsichtig um mich, als könnte ich ihn wiedersehen. Die Wahrheit ist, ich habe nie wieder so mit jemandem gesprochen wie mit ihm an diesem Juniabend im Jahr 2007. Und ich habe nie wieder so etwas erlebt. Ich weiß, dass ich diesen gemeinsamen Abend romantisiere, weil er sich um unsere vagen Versprechungen, als wir uns trennten, nicht scherte. Dennoch überkommt mich eine fast verbotene Traurigkeit bei dem Gedanken, nie mehr so etwas erleben zu dürfen.

KAPITEL 4

Schon am nächsten Tag bin ich wieder im Verlag Bergh, um künftige Buchprojekte mit Marielle zu diskutieren. Ich bin etwas zu früh und setze mich mit einer Tasse Kaffee in einen der Sessel im Flur vor den Konferenzräumen. Ich weiß nicht, meine wievielte Tasse Kaffee das ist. Ich habe das Gefühl, in der letzten Nacht kein Auge zugemacht zu haben, alle meine Sinne waren übererregt. Ich wünschte, ich hätte Ben gestern nicht getroffen und wäre nicht an seine Existenz erinnert worden. Jetzt ist es so, als hätte man mir ein Treffen genommen, auf das ich schon lange nicht mehr zu hoffen gewagt hatte.

Leon hatte kaum die Augen zugemacht, da war er schon eingeschlafen, ich lag jedoch noch lange wach und drehte mich im Bett hin und her. Ich bin noch einmal jede Sekunde durchgegangen, von dem Moment an, als ich Ben auf dem Fest gesehen hatte, bis er verschwand, und habe versucht, mir einen Reim darauf zu machen. Ich hatte mir ganz einfach nicht vorstellen können, es würde so zugehen, sollten wir uns noch einmal begegnen. Irgendwo tief in mir drinnen habe ich natürlich die ganze Zeit überlegt, wohin er verschwunden war, was wohl passiert war, aber nun war es schon eine Weile her, dass ich darüber nachgedacht habe.

Meine Gedanken wandern zurück, aber nicht zu diesem Juniabend, sondern zu der schrecklichen Zeit danach, von der ich geglaubt hatte, ich hätte sie ganz verdrängt. Ich erinnere mich, wie ich jeden Tag darauf gewartet habe, dass er sich melden würde. Ich bewachte mein Handy wie einen Schatz, obwohl ich schon in der Nacht, als wir uns trennten, tief in mir spürte, dass er sich nicht melden würde. Denn ansonsten hätte er mir sofort eine Nachricht geschickt, noch bevor er in den Zug nach Kiruna gestiegen war. Das hatte ich gehofft: dass wir die ganze Nacht per SMS kommunizieren würden. Dass ich in kurzer Zeit mehr SMS als jemals schicken würde. Durch unsere Mitteilungen würde ich die Zugreise durch Schweden mit ihm zusammen machen. Ich wäre dabei, wenn er sich in der kleinen Zugtoilette die Zähne putzen und später auf die Liege in seinem Abteil klettern würde. Ich könnte ihm Gesellschaft leisten, wenn er früh am Morgen in einem gottverlassenen Ort würde umsteigen müssen.

Aber stattdessen war ich noch nicht einmal bei Josefin zu Hause angekommen, da sank meine Hoffnung. Jede Minute, in der mein Telefon sich nicht meldete, schlug mein Herz unregelmäßiger. Es war nicht leicht, sich nicht betrogen und verlassen zu fühlen, die schöne neue Welt wurde plötzlich trübe. Dann wurde ich wütend auf Ben – das half ein wenig –, bis ich mir einredete, dass es so auch viel besser sei, schließlich wohnte er in Kiruna. Und das sagt man ja so, ohne es wirklich zu meinen: *Wir müssen in Kontakt bleiben!* Das habe ich auch schon gesagt.

Nur nicht zu so jemandem wie ihm.

Und ich bekam auch die Person, die er an dem Abend mit mir war, und sein Benehmen danach nicht zusammen. Er kam mir so aufrichtig und ehrlich vor. Ich durchschaue so was normalerweise und fühle innerlich, wenn es nicht stimmt.

Wie konnte er mich küssen, so wie er es getan hat, und dann war ich ihm gleichgültig, als hätte es mich nie gegeben? Wie konnte er mich so in seinen Armen halten, wie auf dem Bahnsteig der U-Bahn, kurz bevor wir uns trennten, als würde ich ihm wirklich etwas bedeuten? Warum hat er sich so bemüht, alles zu behalten, was ich ihm an diesem Abend erzählt habe, wenn er es doch hinterher sofort vergessen wollte?

Aber vielleicht hatte alles einen Sinn für ihn, in dem Moment. Vielleicht hatte er in Kiruna eine Freundin, die auf ihn wartete? Am Ende waren es auf jeden Fall nur Floskeln und leere Worte, sinnlose Handlungen, denen ich allzu viel Bedeutung beimaß. Die perfekten Erinnerungen wurden beschmutzt und durch Erniedrigung ersetzt.

Leon hat natürlich gemerkt, wie niedergeschlagen ich zu jener Zeit war, obwohl ich ihm nie erzählt habe, warum – und er hat auch nie gefragt. Ich weiß, er geht einfach davon aus, dass mir meine Schwester mehr als sonst fehlte. Das ärgerte mich ein wenig, denn wenn er ein bisschen schlecht gelaunt war, dann lag das immer an einem Mädchen, mit dem es nicht so richtig lief. Aber er war ein Licht in der Dunkelheit, wie immer, und er munterte mich auf. Und ich lebte mein Leben, wie man es eben so macht.

Es war eine Teenie-Schwärmerei. Die späten Teenagerjahre, flüstert rasch eine Stimme in mir. Und kann man sich überhaupt so schnell in jemanden verlieben? So unwirklich der Abend mit Ben auch war, ich kann seither keinen Sonnenuntergang sehen, ohne an ihn zu denken. Und ich kann nie im Dunkeln baden gehen, ohne ihn vor meinem inneren Auge zu sehen. Das wird mir nun klar, und mein Herz zieht sich zusammen. Kein Mann, der mir seitdem über den Weg gelaufen ist, schien gut genug zu sein, außer Leon. Aber er hatte ja schon immer einen besonderen Platz in meinem Herzen. Ich habe Leon immer geliebt, irgendwie.

Plötzlich kommt Marielles Chevalier-King-Charles-Spaniel durch den Flur gerannt und reißt mich aus meinen Gedanken.

»Nein, Tess. Komm her!«, höre ich Marielle rufen, bevor sie und ein Mann, den ich als Carl Sjödin erkenne, um die Ecke kommen. Ich sperre die Augen auf. Carl Sjödin ist nicht nur ein sehr erfolgreicher Krimiautor, sowohl in Schweden als auch im Ausland, er hat auch eine ganze Reihe von Promi-Biografien geschrieben.

Als Tess abrupt bei mir stehen bleibt und ihre Schnauze auf meine Füße legt, freuen wir uns über das Wiedersehen. Ich beuge mich hinab und kraule sie hinter den Ohren, ich streichle ihr weiches Fell, bis sie schließlich ihrem Frauchen gehorcht. Mit traurigen Augen trottet sie zu ihrem Korb am Ende des Flures, wo Marielle und Carl Sjödin stehen geblieben sind. Sie scheinen in eine intensive Diskussion vertieft zu sein. Als ich den Namen Fredrika Bergh höre, muss ich die Ohren spitzen.

»Es tut mir leid, aber es funktioniert einfach nicht, Marielle!«, ruft Carl aus. »Ich kann machen, was ich will, aber ich bekomme Fredrika nicht zum Sprechen. Sie ist verschlossen wie eine Auster! Und das wenige, was sie mir mitteilt, das hätte ich auch googeln können. Ich weiß nicht, was das Problem ist... Vielleicht gibt es über ihr Leben nicht mehr zu sagen?«

»Ja, es ist nicht leicht, an sie heranzukommen«, bestätigt Marielle sofort. »Und es wurde nicht besser, als ihr Mann gestorben ist. Aber sie war zu ihrer Zeit eine der wichtigsten Personen im Wirtschaftsleben. Sie ist die Frau, die es am weitesten gebracht hat, und wir brauchen solche Vorbilder! Ich bin überzeugt davon, das Buch wird sich verkaufen wie warme Semmeln, wenn es erst einmal erschienen ist.«

»Bist du dir da wirklich sicher?«, fügt Carl skeptisch hinzu.
»Ich verstehe, dass du das gerne hättest, schließlich ist Fredrika deine Tante. Und der Name verkauft sich natürlich. Aber die Idee ist doch, dass so ein Buch Inspiration geben soll, genau wie du gerade gesagt hast. Aber *sie* kommt einem nicht sehr inspiriert vor, wenn du verstehst, was ich meine. Ich glaube, ehrlich gesagt, nicht, dass sie es machen will.«

»Doch«, sagt Marielle, die nicht klein beigeben will. »Fredrika hat immer eine ausgesprochen große Integrität besessen, war zurückhaltend. Du hast doch gemerkt, wie es gestern auf dem Fest war? Sie hat ja kaum mit jemandem geredet, außer ihrem Bruder.«

»Sie hat mit mir gesprochen«, rutscht es plötzlich aus mir heraus. Ich halte mir die Hand vor den Mund, aber es ist zu spät. Ihre Blicke wenden sich mir zu. »Entschuldigung, ich wollte eurem Gespräch nicht lauschen. Aber es war fast unmöglich, nicht zu hören, was ihr gesagt habt.« Ich merke, wie meine Wangen hochrot werden.

»Du hast dich also gestern mit Fredrika unterhalten?«, sagt Marielle erstaunt und stellt sich mit schräg gelegtem Kopf etwas näher zu mir.

Ich drehe mich in meinem Sessel. »Ja, allerdings nicht sehr lange.«

»Und was hat sie gesagt? Aber das musst du natürlich nicht erzählen.«

Ich zucke leicht mit den Schultern. »Sie hat nichts Spezielles gesagt, nur dass sie Smalltalk nicht mag. Und dann hat sie von den Memoiren erzählt und ein wenig über eure Familie. Sie schien sehr stolz auf dich zu sein.« Ich nicke in Marielles Richtung.

»Und dann …« Ich klemme die Hände zwischen meine Beine. »Ja, sie schien tatsächlich nicht sehr begeistert von dem Buch zu sein, hat sich wohl gefragt, wer sich für ihr Leben interessieren könnte.«

»Da siehst du es!«, sagt Carl zu Marielle, leise triumphierend. Ich sehe, dass sie ein wenig blass wird, und bereue, was ich zuletzt gesagt habe. »Wie auch immer, ich habe Probleme damit. Wenn du mit mir zum Ausgang kommst, erkläre ich es näher«, fährt Carl fort. Er lächelt mir zu, dann verschwinden sie in Richtung Tür.

Kurze Zeit später kommt Marielle eilig und mit gerunzelter Stirn zurück. »Oh, Ella! Jetzt brauche ich deine Hilfe«, sagt sie und setzt sich in den Sessel neben mich. »Wir haben Probleme mit Fredrikas Memoiren, das hast du ja bemerkt, und diese Probleme sind gerade noch größer geworden. Carl Sjödin, den du eben getroffen hast, sollte sie schreiben. Aber er reist in ein paar Wochen in die USA, wo sein neues Buch erscheinen wird. Er hatte damit gerechnet, die Interviews mit Fredrika bis dahin abgeschlossen zu haben, dann wollte er den Sommer über in den USA zwischen seinen Auftritten das Buch schreiben. Aber nun haben die Interviews länger gedauert, als er dachte, diesen Plan können wir also in die Tonne treten. Er wird ganz einfach nicht …« Sie schüttelt den Kopf und verzieht das Gesicht zu einer Grimasse. »Carl und sein Agent haben entschieden, dass er sich da herausziehen muss. Sein Agent kann mich jeden Moment anrufen, um die vertraglichen Angelegenheiten mit mir zu besprechen.« Marielle wirft einen Blick auf die Uhr an der Wand und brummt leise: »Was für ein Glück, dass wir das Projekt mehr oder weniger geheim gehalten haben.« Dann schaut sie mich hilfesuchend an. »Könntest du dir nicht vorstellen, einen Versuch zu wagen?«

Mein Blick streift über ihr Gesicht. »Meinst du …?« Sie kann doch wohl nicht meinen, was ich glaube? Das kommt mir undenkbar vor.

Marielle lächelt mich freundlich an. »Die Sache ist die, Fredrika kann … Wie soll ich das sagen? Sie kann etwas schwierig sein, ja. Es gibt nicht viele Leute, mit denen sie spontan spricht, wie sie es offenbar mit dir getan hat. Deshalb kam mir der Gedanke, dass du vielleicht das Projekt übernehmen könntest. Die Biografie, die du im letzten Jahr über die …« Marielle schnipst mit den Fingern, »Schwimmerin geschrieben hast, hat mir gut gefallen. Schade, dass sie nicht bei uns erschienen ist.«

»Du meinst Therese Alshammar?«

»Ja, genau.«

»Aber die Memoiren von Fredrika Bergh zu schreiben, das wäre schon etwas ganz anderes. Meinst du diesen Vorschlag ernst? Ich verstehe, dass du in der Klemme bist, jetzt wo Carl Sjödin sich so plötzlich ausgeklinkt hat, aber …« Mir dreht sich leicht der Kopf. Ich kann ihn doch wohl nicht ersetzen, denke ich.

Marielle berührt mich leicht am Ellenbogen und lächelt mich wieder an. »Mir läuft die Zeit davon, und wenn ich mich jetzt auf die Suche nach einem Ersatz machen muss …« Sie kneift die Lippen zusammen und schüttelt den Kopf. »Aber das bedeutet nicht, dass ich in dich weniger Vertrauen habe. Dein CV ist ziemlich imponierend. Carl ist später am Nachmittag mit Fredrika verabredet, den Termin hat er noch nicht abgesagt. Was hältst du davon, wenn du diesen Termin wahrnimmst? Das Treffen ist bei ihr zu Hause in ihrer Wohnung in der Banérgatan, ein paar hundert Meter von hier. Ich werde sie natürlich vorher anrufen und ihr alles erklären und sie vorwarnen, dass du kommst. Wenn ihr beide miteinander zurechtkommt, nachdem ihr euch getroffen habt, hoffe ich, dass du in Erwägung ziehen kannst, die von Carl begonnene Arbeit fortzuführen.«

Ich schaue Marielle erstaunt an, aber sie scheint es wirklich ernst zu meinen. Selten ist mir der Ausdruck blitzschnell so wahr vorgekommen. »Also, ich fühle mich natürlich unglaublich geehrt, überhaupt gefragt zu werden …« Ich schaue auf meine Hände. »Aber eigentlich bin ich ja hier, um …«

»… das andere Projekt, von dem wir vor ein paar Wochen gesprochen haben, zu diskutieren«, beendet Marielle lächelnd meinen Satz. »In diesem Fall ist es mir doch lieber, wenn du die Memoiren übernimmst. Ich hoffe, dass du danach nicht schon ausgebucht bist?«, sagt sie vorsichtig. »Aber ich will dich überhaupt nicht zu etwas zwingen. Ich würde mich freuen, wenn du heute Nachmittag Fredrika treffen könntest, damit du ein Gefühl für die Aufgabe bekommst, und danach werden wir sehen.«

Ich nicke langsam, erstaunt. Das ist fast ein wenig verrückt. Aber ich habe heute Nachmittag keinen anderen Termin, weil der mit Marielle vielleicht länger gedauert hätte. Und zu einem neuen Auftrag nein zu sagen, das ist wirklich schwierig. Besonders, wenn es sich um einen so großen, prestigeträchtigen Auftrag wie diesen handelt. Als Marielle mich vor ein paar Wochen kontaktierte, hatte ich mir schon Sorgen über die Lücken in meinem Auftragsbuch im Sommer gemacht. Aber das schien sich nun zu füllen. Und wenn es ihr lieber war, dass ich die Memoiren übernehme, dann …

Es wird allerdings ein ziemlicher Druck werden. Ich schaue

Marielle sorgenvoll an, dann kommt mir ein Gedanke: dass Ben offenbar ein guter Freund von Gustaf, dem Neffen von Fredrika ist und die drei gestern auf dem Fest miteinander gesprochen haben. Aber eigentlich hat das ja nichts damit zu tun, und meine kurze Begegnung mit Ben ist immer noch schwer zu fassen. Und doch kann ich den Gedanken nicht loslassen, Bens Freundschaft mit dem Neffen könnte bedeuten, dass er vielleicht auch Fredrika kennt und ich ihn wiedertreffen könnte, wenn ich diesen Auftrag annehme. Aber eigentlich wäre das ein Grund, ihn nicht anzunehmen, denke ich dann.

Im nächsten Moment höre ich mich sagen: »Okay, aber bitte hab nicht allzu große Hoffnungen.« Ich wünsche mir nur, dass Marielle keinen übertriebenen Glauben an meine Fähigkeiten hat, nur weil ich erwähnt habe, dass ich auf dem Fest mit Fredrika gesprochen habe. Vor allem, wenn ich bedenke, wie schnell und beinahe abrupt Fredrika unser Gespräch beendet hat. »Ich meine, wenn es Carl Sjödin nicht gelungen ist, wie ...?«

»Carl ist gut, aber du bist es auch«, sagt Marielle aufmunternd. »Und wenn man die Memoiren von jemandem schreiben soll, kommt es auf die persönliche Chemie an. Das scheint bei den beiden nicht der Fall gewesen zu sein. Apropos Carl, gerade ruft sein Agent an«, sagt sie, als das Telefon, das sie in der Hand hält, zu vibrieren beginnt. »Ich schicke dir die Adresse und Telefonnummer von Fredrika, wir reden, wenn du dort gewesen bist. Und wir werden uns danach natürlich regelmäßig abstimmen. Mach dir keine Sorgen.« Sie steht aus dem Sessel auf, nimmt das Gespräch entgegen, verschwindet in das nächste freie Konferenzzimmer und schließt die Tür.

KAPITEL 5

»Ich habe was zum Kaffee mitgebracht. So spät am Nachmittag bekomme ich immer Lust auf etwas Süßes.« Ich reiche Fredrika Bergh eine Tüte mit Gebäck, dann ziehe ich meinen Mantel aus und hänge ihn auf.

Sie schaut mich abwartend an, sie ist genauso tadellos gekleidet wie auf dem Fest, eine helle Kaschmirjacke und einen langen Rock in der gleichen Farbe und aus dem gleichen Material. »Ja, dann muss ich wohl Kaffee machen«, sagt sie schließlich und sieht nicht besonders erfreut aus, als käme ich und würde ihr Arbeit und Umstände machen.

Ich schlucke nervös. »Das ist nicht nötig«, sage ich so munter, wie ich kann, und folge ihr in die Wohnung. Als wir gestern miteinander sprachen, hatte ich den Eindruck, sie sei erfrischend geradeheraus. Jetzt frage ich mich, wie groß die Chance ist, dass es mit der Chemie zwischen uns besser klappt als zwischen ihr und Carl Sjödin.

»Natürlich brauchen wir Kaffee zu den Zimtschnecken, allerdings trinke ich normalerweise so spät keinen mehr. Du kannst dich schon mal setzen!«, sagt sie, als wir einen großen, salonartigen Raum betreten und sie dann, auf ihre Krücken gestützt, verschwindet. Nach einer Weile höre ich leises Klappern, und dass irgendwo weiter hinten in der Wohnung Wasser läuft.

Mein Magen zieht sich zusammen. Eigentlich hätte ich den Kaffee kochen sollen und nicht sie, dann hätte sie nicht auf Krücken hin- und herlaufen müssen. Dabei war das Gebäck als Schmiermittel gedacht.

Ich schaue mich um, teure Designmöbel und geschmackvoll ausgewählte Antiquitäten. An den Wänden hängen große Kunstwerke, das Parkett bedecken dicke Teppiche. Von der Decke hängt ein glitzernder Kristallleuchter, und die hohen Fenster zur Banérgatan geben Licht und Raum. Es ist elegant, schön, aber völlig unpersönlich. Soweit ich es von meinem Standort aus beurteilen kann, sieht es auch in der übrigen Wohnung so aus. Es fühlt sich nicht an wie ein Ort, an dem man wohnt.

Am nächstgelegenen Fenster gibt es eine Sitzgruppe, ich setze mich in einen der Sessel, ein Stück weiter weg kann man Wasser glitzern sehen, wenn man sich ein wenig streckt. Fredrikas Wohnung liegt einen Steinwurf vom Strandvägen entfernt.

»Was für eine schöne Wohnung«, sage ich höflich, als ich Fredrika aus dem Augenwinkel bemerke. Sie balanciert ein reich bestücktes Tablett und schleicht ohne Krücken vorwärts, ich stehe sofort auf und gehe ihr entgegen, um ihr zu helfen. Aber sie tut so, als sähe sie mich nicht, und setzt mit verbissenem Gesicht den Weg zum Tisch fort.

Ich lasse mich wieder in den Sessel fallen, Fredrika deckt den Tisch. Feines Porzellan, ein schöner Glasteller mit dem Gebäck, eine Kaffeekanne und ein Milchkännchen.

Fredrika gießt uns unter angespanntem Schweigen Kaffee ein, dann setzt sie sich an die andere Seite des Tischs. »Ja, an der Wohnung gibt es nichts auszusetzen«, sagt sie und schaut rasch um sich. »Aber ich wohne hier kaum mehr, und ehrlich gesagt, habe ich mich hier nie richtig wohl gefühlt, obwohl wir schon Anfang der siebziger Jahre hierhergezogen sind. Ich bin jetzt nur wegen des Unfalls hier, aber heute Abend fahre ich endlich wieder zurück nach Strandbacka.« Sie schiebt mir das Milchkännchen zu, ich gieße mir Milch ein, obwohl ich es eigentlich vorziehe, den Kaffee schwarz zu trinken.

»Es ist sicher anstrengend, einen Gips zu haben und mit Krücken gehen zu müssen«, sage ich ein wenig unbeholfen, als sich wieder ein unangenehmes Schweigen zwischen uns ausbreitet. Ich habe das Gefühl, das wird ein ziemlich angestrengter Besuch.

Fredrika nippt vorsichtig an ihrem Kaffee. »Ja, ein Beinbruch war eigentlich nicht geplant. Und wenn meine Ärztin bestimmen könnte, dann würde sie mir das Reiten für immer verbieten. Der Beinbruch ist gewissermaßen das Ergebnis davon. Aber ich lasse mich nicht mehr davon abhalten, auf Strandbacka zu leben.« Sowohl ihr Blick als auch ihre Körpersprache sagen mir, dieser Ort Strandbacka, von dem sie spricht, hat einen ganz besonderen Platz in ihrem Herzen.

Ich nehme meinen Löffel und rühre um. »Ist Strandbacka weit von hier?«, frage ich.

Sie schaut aus dem Fenster. Sie hat immer noch den warmen Glanz in den Augen. »Nein, nicht besonders. Es liegt am Mälarsee, gegenüber vom Schloss Rosersberg, wenn du das kennst.«

Ich nicke, ich war zwar noch nie dort, aber das Schloss liegt wohl nicht allzu weit entfernt vom Flughafen Arlanda, wenn ich mich recht erinnere.

»Man fährt jedoch nicht den gleichen Weg wie zum Schloss«, kommentiert Fredrika, als hätte sie meine Gedanken gelesen. Dann macht sie eine Geste Richtung Gebäckteller. »Greif zu«, ermahnt sie mich.

Ich tue, was sie sagt, aber ich warte, bis sie isst, dann beiße auch ich in die Zimtschnecke. Ein wunderbar buttriger und süßer Geschmack mit Kardamom füllt den Gaumen. Ich bin so froh, dass ich das Gebäck in der Banérbäckerei gekauft habe. Es ist so gut und so frisch, wie ich gehofft habe, auch wenn Fredrika mit keiner Miene verrät, ob es ihr schmeckt.

»Es muss dir merkwürdig vorkommen, dass ich anstelle von Carl Sjödin hier auftauche.« Ich lege das Gebäck auf meinen Teller und wische mir ein paar Krümel aus den Mundwinkeln. »Marielle hat doch hoffentlich erklärt, dass er terminliche Probleme hat? Was ihm natürlich schrecklich leidtut!«, füge ich hinzu, obwohl ich kaum diesen Eindruck hatte und ich Carl Sjödin auch nicht entschuldigen muss. Marielle hat das vermutlich schon ausreichend getan. »Er wollte natürlich sehr gern deine Memoiren schreiben.«

Fredrika hebt zweifelnd eine Augenbraue.

Ich schlage die Beine übereinander und schüttele den Kopf. »Du hattest vermutlich die Erwartung, dass ein Autor mit mehr Erfahrung ihn ersetzen würde. Es ging ja alles so schnell. Ich war zufällig im Verlag, als Marielle von ihm unterrichtet wurde, und da hat sie mich gefragt. Aber du kannst bestimmt jemand anderen vorschlagen, wenn du das möchtest. Ich meine, wenn ich nicht ... Wenn wir nicht ...« Ich beiße mir auf die Zunge. Was mache ich da? Ich weiß wirklich nicht, ob ich die richtige Person für diesen Auftrag bin, aber ich muss mich auch nicht kleiner machen. Das hilft niemandem, am allerwenigsten Marielle. Sie hat sehr deutlich gesagt, dass sie keine Lust hat, nach einem Autor zu suchen, und ich ihr Vertrauen habe. Das möchte ich wirklich nicht verlieren, und zudem vielleicht arbeitslos werden oder zumindest keine Aufträge mehr vom Verlag Bergh bekommen.

Fredrikas Gesichtsausdruck ist unergründlich, meine Anspannung wächst. Ich würde gerne hinzufügen, dass ich mich auf eine Zusammenarbeit mit ihr wirklich freue, aber noch bin ich mir da nicht sicher, und ich habe Angst, meine Worte könnten falsch klingen.

»Ich glaube, wir wissen beide, dass Carl dies nicht im geringsten bedauert«, sagt sie schließlich. »Und wie ich dir schon gestern auf dem Fest gesagt habe, bin auch ich nicht von den Memoiren überzeugt. Aber ich habe einen Vertrag unterschrieben, wenn meine Unterschrift auf einem Papier steht, dann halte ich mich daran.«

Ich nicke und muss die Lippen zusammenkneifen, um nicht über ihre versteckte Spitze gegen Carl Sjödin zu lächeln. Beide Seiten haben deutlich gemacht, dass ihre Zusammenkünfte, gelinde gesagt, ein wenig mühsam waren.

»Die Leute bedrängen mich seit Jahren, so ein Buch herauszugeben«, fährt Fredrika fort. »Man macht das offenbar, wenn man so eine Position wie ich hatte: ein paar Jahre nach dem Ende der Karriere gibt man seine Memoiren heraus. Aber es gibt doch schon jede Menge solcher Bücher auf dem Markt! Was soll ich da noch hinzufügen?« Sie macht eine Handbewegung. »Ich hätte mich wirklich nicht überreden lassen sollen. Aber jetzt ist es, wie es ist, deshalb sollten wir das Beste aus der Situation machen.« Sie streckt sich ein wenig, was sie öfter wieder tut – als würde eine innere Stimme sie daran erinnern, gerade zu sitzen.

Ich betrachte sie nachdenklich. Ich bin nicht sicher, ob sie bisher ernsthaft versucht hat, das Beste aus der Situation zu machen. Diesen Eindruck hat Carl Sjödin wirklich nicht vermittelt.

Aber vielleicht hat er sich auch nicht darum bemüht. Was Fredrika angeht, so wird es hoffentlich besser. Ich frage mich nur, wie ich sie zu einer positiveren Einstellung bringen soll.

Ich folge mit dem Finger einer unsichtbaren Naht im weißen Tischtuch auf dem Tisch und versuche es mit einem Lächeln. »Sicher, es gibt schon eine Reihe solcher Bücher. Da hast du ganz recht. Aber ich glaube, du könntest mit deiner weiblichen Perspektive etwas beitragen…«

»Meiner weiblichen Perspektive?«, unterbricht sie mich mit einem ungeduldigen Stöhnen und verdreht die Augen. »Ich bitte dich…«

Ich schlage erschrocken die Augen nieder, mein Lächeln friert ein. Das war offensichtlich nicht die richtige Antwort. Überhaupt nicht. Ich hefte meinen Blick auf ein beruhigendes Gemälde hinter ihr und versuche, einen anderen Ansatzpunkt zu finden. »Du hast viele Jahre lang einen großen Konzern geleitet, und du bist nicht irgendeine Frau.« Fredrika war eine Art Ikone in der Wirtschaft, während ihrer ganzen Karriere. Ich hatte noch nicht genug Zeit, um ausreichend Informationen zu finden, bevor ich hierherkam. »Außerdem ist Berghs International ein Familienkonzern, das ist interessant, und zudem konntet ihr die Unternehmensleitung in der Familie halten. Denn es stimmt doch, dass vor dir dein Vater und dein Großvater – der die Firma ja gegründet hat – den Konzern geleitet haben? Und bitte korrigiere mich, wenn ich etwas behaupte, was nicht stimmt.«

Fredrika nickt langsam und scheint darauf zu warten, dass ich fortfahre. Ich habe einen ganz trockenen Mund und trinke einen Schluck Kaffee. »Die Führung wurde seit Generationen vererbt – das allein ist bemerkenswert. War es denn selbstverständlich, dass du nach deinem Vater den Konzern übernehmen und ihn als seine Nachfolgerin leiten würdest?«

Fredrikas Blick ist ein wenig erstaunt, als wäre es das erste Mal, dass jemand ihr diese Frage stellt. Sie dreht an dem mit kleinen diskreten Diamanten verzierten Ring am Mittelfinger. »Nein, das war nicht selbstverständlich. Wenn es nach mir gegangen wäre …« Sie unterbricht sich abrupt und senkt die Stimme. »Ich stand an einem Scheideweg und glaubte, ein ganz anderes Leben führen zu können.«

»Aha?«, sage ich überrascht. Das war nicht die Antwort, die ich erwartet habe, und ich stolpere innerlich über ihre Wortwahl. Ein *ganz* anderes Leben. »Aha, willst du damit sagen, dass du vielleicht gar nicht in die Wirtschaft wolltest? Oder verstehe ich das falsch?« Ich hebe die Hände zu einer abwehrenden Geste.

Fredrika dreht weiter ihren Ring und blickt zu Boden. »Nein, das wäre dann ein ganz anderes Leben für mich gewesen. Aber vielleicht konnte ich meinen Vater nicht enttäuschen. Und ich glaube …, ich meine, ich *weiß*«, korrigiert sie sich rasch und hebt den Kopf, »ich habe am Ende richtig entschieden. Er ließ mir keine andere Wahl«, murmelt sie dann, wie für sich selbst.

Auf einmal fällt mir ein, dass Fredrika auf dem Fest andeutete, sie habe eigentlich nie eine andere Wahl gehabt. »Du meinst, dein Vater?«, sage ich.

Fredrika antwortet nicht. Mit abwesendem Blick nimmt sie ein Stück von dem Gebäck, sie scheint auf einmal in Gedanken ganz weit weg zu sein.

»Aber ich habe meine Arbeit gern gemacht«, unterstreicht sie, als sie den Bissen mit einem Schluck Kaffee heruntergespült hat und mich wieder anschaut. »Und mein Mann liebte die seine, das war auch der Grund, warum wir zu jener Zeit meistens hier in dieser Wohnung gelebt haben. Wir hatten beide lange Arbeitstage, und es war natürlich praktisch, dass ich zu Fuß nach Hause gehen konnte. Außerdem hatte ich früher viele repräsentative Pflichten hier. Jede Menge Abendessen und Cocktails«, seufzt sie leicht und wechselt einen Blick mit mir.

Ich nicke verständnisvoll und denke, das ist vielleicht auch der Grund für die etwas steife Einrichtung.

»Auch wenn unsere Karrieren uns sehr in Anspruch nahmen, hätte ich mir gewünscht, ich und mein Mann ...« Sie lächelt angespannt. »Gegen Ende fuhr ich immer öfter nach Strandbacka, auch werktags, und er blieb in der Stadt. Ich musste einfach hinaus und frische Luft atmen, bevor wieder ein neuer Tag begann. Und seit dem Tod meines Mannes wohne ich mehr oder weniger ganz auf Strandbacka. Dort habe ich auch meine Pferde.«

Ich beuge mich vor. »Das klingt wunderbar, ein Pferdestall! Ist dein Mann erst kürzlich gestorben?«, frage ich dann vorsichtig, es ist vielleicht ein sensibles Thema.

Fredrika schaut auf ihre Hände – zart und elegant manikürt, mit rosa Nägeln, aber die Adern und die kleinen Altersflecken auf dem Handrücken zeigen, dass sie gelebt hat. »Nein, das kann man nicht behaupten. Ich bin nun seit fast zehn Jahren Witwe. Man spricht selten darüber, aber die Männer sterben oft früher. Er hatte das Pech, ein schwaches Herz zu haben – und dazu noch der Stress in der Firma. Nach seinem Tod verlor ich auch ein wenig die Lust und habe mich nach ein paar Jahren zurückgezogen.«

»Das tut mir leid«, sage ich und füge vorsichtig hinzu: »Man kann seine Arbeit mögen, auch wenn sie stressig ist.«

Ich trinke meinen inzwischen kalt gewordenen Kaffee aus. Als ich zu Fredrika hinüberblicke, sehe ich, dass etwas mit ihrem Gesicht geschehen ist. Sie scheint erneut in ihren Gedanken verschwunden zu sein. Vielleicht denkt sie an ihren Mann, den sie verloren hat? Es tut mir sehr leid, sie daran erinnert zu haben. Erst als im Nebenzimmer ein Telefon klingelt, zuckt sie zusammen und steht rasch auf, um dranzugehen. Kurze Zeit später kommt sie wieder herein, sie hat das Telefon in der Hand.

»Es tut mir sehr leid«, sagt sie und legt die Hand über den Hörer, »aber ich kann jetzt nicht mehr weitersprechen. Eine meiner Stuten bekommt ein Fohlen, ich muss jetzt sofort hinaus nach Strandbacka, nicht erst heute Abend, wie ich es geplant hatte.«

»Oje«, sage ich. »Ja, natürlich. Selbstverständlich musst du rausfahren.« Ich hatte das Gefühl, als hätten wir kaum miteinander gesprochen, aber nach einem Blick auf meine Uhr sehe ich, dass ich eine gute Stunde hier bin. Und die Ankunft eines Fohlens ist in dieser Welt erheblich wichtiger, das verstehe ich. Ich stehe auf, wippe mich auf den Füßen hin und her. »Ja, wir werden sehen, ob … wann wir uns wiedersehen.«

»Sehr bald, nehme ich an?«, sagt Fredrika und neigt den Kopf zur Seite. »Wenn ich Marielle richtig verstanden habe, wird die Zeit knapp, weil ich ein paar Wochen mit Carl vergeudet habe. Wenn du es bis zum Termin schaffen willst, dann müssen wir sofort ein paar Sitzungen vereinbaren.«

»Ja … sicher«, sage ich zögernd, denn ich dachte, sie würde sich erst mit Marielle abstimmen wollen und dann entscheiden, ob wir zusammenarbeiten können. Ich weiß nicht, ob sie mich ohne mein Wissen einer Art Test unterzogen hat. Aber wie immer der Test auch aussah, ich scheine ihn bestanden zu haben – zumindest für den Moment. Und ich will das nicht infrage stellen. Marielle wird erleichtert sein, wenn ich ihr dies mitteile. Das ist fast das Wichtigste für mich.

»Ruf mich doch bitte morgen an, wenn ich meinen Kalender vor mir habe, dann können wir ein paar Termine vereinbaren«, fährt Fredrika ein wenig angestrengt fort. »Montagmorgen würde auf jeden Fall passen. Und es müsste natürlich draußen auf Strandbacka sein, dort werde ich mich in nächster Zeit aufhalten. Das ist doch hoffentlich kein Problem? Mit dem Auto dauert es keine fünfundvierzig Minuten.«

»Und ohne Auto?«

Fredrika schüttelt den Kopf, als ob das keine Alternative wäre.

»Okay, das wird schon gehen, obwohl ... Ich werde eine Lösung finden«, sage ich. Ich kann mir bestimmt Leons Auto ausleihen, denke ich. Es ist nur eine ziemliche Schrottkiste, und jedes Mal, wenn ich es fahre, habe ich Angst, dass es zusammenbricht.

»Ich muss leider.« Fredrika wedelt leicht mit dem Telefon in der Hand, scheint unbedingt mit der Person in der Leitung weitersprechen zu wollen. »Du findest hinaus?«

»Ja, natürlich. Hoffentlich geht alles gut mit dem Fohlen, und danke ... danke für heute.«

Ich gehe in den Flur, ziehe meinen Mantel an und denke über unser Gespräch nach. Auch wenn wir noch nicht viel besprechen konnten, hat Fredrika doch einige interessante Dinge gesagt. Über den Scheideweg, an dem sie stand, und dass es für sie eigentlich nicht selbstverständlich war, eine leitende Funktion im Konzern zu übernehmen und ihrem Vater nachzufolgen. Dass sie einmal geglaubt hat, ein ganz anderes Leben führen zu können.

KAPITEL 6
Sommer 1968

»Fredrika?!« Die Stimme ihres Vaters in dem langen Flur ließ sie zusammenzucken, sie hörte, wie er sich ihrem Zimmer näherte. Fredrika steckte den Vertrag, den sie am Morgen bekommen hatte, in die Schreibtischschublade. Sie war nach dem Abschluss ihres Studiums an der Universität von Uppsala wieder nach Hause gezogen. Das war nun ein Jahr her, aber sie hatte sich immer noch nicht daran gewöhnt, wieder bei ihren Eltern zu wohnen. Hoffentlich würde sie sich nicht daran gewöhnen müssen. Sie hatte eine kleine Mietwohnung in der Nähe des Vanadisplatzes gefunden, und mit dem Gehalt von Berghs International würde sie die Miete problemlos bezahlen können. Sie wusste nur noch nicht, wie sie es ihren Eltern beibringen sollte.

Ihre Eltern wollten ihr eine Wohnung kaufen, und das hätte wohl jede andere junge Frau akzeptiert. Mit Freuden! Und wenn sie das nicht wollte, dann musste sie es erklären. Aber wie? Sie würden das mit der Mietwohnung nicht verstehen, oder dass sie sein wollte wie alle anderen, auch wenn sie das selbstverständlich nicht war, denn sie gehörte zur Familie Bergh.

Während des Studiums war es ihr fast gelungen, sich normal zu fühlen. Oder sie hatte sich nur eingebildet, in der Menge zu verschwinden. Gleichwie, es war ein unglaublich befreiendes Gefühl gewesen. Jetzt fühlte sie sich in eine Ecke gedrängt, aus der sie nie wieder herauskommen würde. Vielleicht hätte sie nach dem Studium doch nicht im Familienunternehmen anfangen sollen?

Fredrika zog die Schreibtischschublade wieder auf und legte eine Hand vorsichtig auf das Vertragsdokument, das sie nur noch unterschreiben musste, dann könnte sie in die Wohnung am Vanadisplatz einziehen. Allerdings würden die Eltern, ganz besonders ihr Vater, das als eine persönliche Beleidigung ansehen. Wenn sie andererseits damit einverstanden wäre, dass sie in eine Wohnung für sie investierten, müsste sie ihnen ewig dankbar sein, auch wenn sie nicht so dachten, das wusste sie. Das war wirklich kein bisschen besser. Sie hatten vor acht Jahren ihrem großen Bruder eine Wohnung gekauft, und Marcus hatte keine Sekunde gezögert, dieses Angebot anzunehmen. Das machte man so in ihren Kreisen, man besorgte den Kindern die erste Wohnung, und damit war es gut.

Aber für Fredrika war es eine große Sache, und auch wenn die Eltern keine Gegenleistung von ihr erwarteten, war es ihr ganz besonders wichtig, ihre Freiheit zu behalten, selbst wenn diese auch nur eine Illusion war. Sie wollte von niemandem abhängig sein.

Es klopfte an der Tür. Sie ließ den Vertrag in die Schreibtischschublade fallen, schob sie zu und drehte den Stuhl zur Tür um, die bereits geöffnet wurde. Der Vater stand auf der Schwelle, er füllte fast die ganze Türöffnung aus. Es erstaunte sie immer noch, dass er so stattlich war und sie selbst so klein und zart, offenbar war sie in dieser Hinsicht nach ihrer Mutter gekommen. In allem anderen hatte es den Anschein, als wären sie und ihre Mutter kaum miteinander verwandt.

Aber der Vater war wirklich ein stattlicher Mann, dachte sie, seine Körpergröße, seine weich zurückgekämmten Haare, die auf höchst attraktive Weise ergraut waren, bleistiftgrau mit silbrigen Strähnen.

Er räusperte sich diskret. »Ich wollte nur sichergehen, dass du für das Essen heute Abend vorbereitet bist?«

Fredrika zeigte auf sich. War sie nicht, das konnte er doch sehen? Die Haare waren zu einem Knoten zusammengefasst, sie trug Jeans und ein gestreiftes T-Shirt. Das waren ihre Lieblingsklamotten, aber das trug man nicht bei einem formellen Empfang. Außerdem wusste sie, wie sehr ihr Vater Jeans verabscheute. Aber in Bezug auf sie war er meistens nachsichtig, er rümpfte höchstens die Nase, wenn er ihren Aufzug sah.

Er lehnte sich an den Türrahmen und steckte die Hand in die Tasche seiner tadellos gebügelten Chino-Hosen. »Ich wollte damit nicht sagen, dass du noch nicht umgezogen bist. Das schaffst du, schließlich sind es noch drei Stunden, bis wir uns versammeln. Ich meine, bist du mental bereit? Wir bekommen nicht jeden Tag Besuch aus New York, und wenn es mit dem Essen heute Abend gut läuft und auch mit dem Termin morgen, dann ...«

Fredrika streckte ihm eine beruhigende Hand entgegen und lächelte. Er brauchte den Satz nicht zu beenden, sie verstand auch so, was dieser Besuch bedeutete. Berghs International war nicht nur in Schweden, sondern auch in vielen anderen Ländern aktiv, gründete ständig neue Niederlassungen, aber das große Land im Westen war natürlich besonders wichtig. »Ich werde mich benehmen, Vater. Du brauchst dir keine Sorgen zu machen. Aber ich glaube, die Amerikaner wollen viel lieber mit Marcus sprechen als mit mir. Er wird schließlich dein Nachfolger, und das wissen sie. Und Marcus wird es sich nicht nehmen lassen, ihnen das heute Abend zu erzählen.« Sie lächelte verschmitzt, ihr älterer Bruder ließ keine Gelegenheit aus, jedem von seiner fabelhaften Zukunft im Familienunternehmen zu berichten. Und wie toll er in allem war. Das machte ihr nichts mehr aus. Das war schon immer so gewesen, Fredrika hatte sich daran gewöhnt.

Ihrem Vater machte es umso mehr aus, und er gab sich wirklich Mühe, Fredrika teilhaben zu lassen, damit sie präsent war und nicht ständig im Schatten des Bruders stand. Als Fredrika zehn Jahre alt war, hatte sie eine Zeitlang völlig aufgehört zu sprechen. Es war gewissermaßen sinnlos, es hörte ihr doch niemand zu. Und irgendwie fand sie, es hatte etwas für sich, nichts zu sagen und das Ganze von außen zu betrachten. Alles wurde irgendwie deutlicher. Der Vater war jedoch zutiefst besorgt über ihr Schweigen, mehr als die Mutter, die ihre Aufmerksamkeit vor allem auf Marcus richtete.

»Was Marcus angeht, ich habe ihn gebeten, heute Abend zu Hause zu bleiben«, sagte ihr Vater jetzt.

Fredrika hörte sich selbst aufstöhnen und fragte sich, ob sie richtig gehört hatte. »Aber warum? Es ist doch sehr eigenartig, wenn man bedenkt, dass er…«

Ihr Vater sah ausgesprochen irritiert aus, er trat mit einem großen Schritt ins Zimmer. »Marcus wird gar nichts! Es ist einzig und allein seine Idee. Von mir hat er die nicht. Leider geht er überall herum und erzählt allen Leuten, dass er mein Nachfolger wird, das wird allmählich zum Problem für uns. Dieser Art von falschen Gerüchten müssen wir unbedingt Einhalt gebieten, besonders in der jetzigen Lage, das wirst du doch verstehen. Deshalb nimmt er weder an dem Essen noch an den Terminen mit den Amerikanern teil.«

Fredrika betrachtete den unerschütterlichen Gesichtsausdruck ihres Vaters, und ausnahmsweise hatte sie Mitleid mit ihrem Bruder. Sie konnte sich kaum vorstellen, wie enttäuscht er nun sein musste. »Ist das nicht eine sehr harte Strafe?«, fragte sie. »Marcus redet ja seit Wochen über den Besuch aus den USA. Kannst du ihn nicht einfach bitten, sich etwas zurückzuhalten?« Wenn Marcus das überhaupt konnte, dachte sie dann. Er müsste schon eine Persönlichkeitsveränderung durchmachen, sollte ihm das gelingen. Aber, nichts war unmöglich, wenn man es wirklich wollte, und Marcus wollte wirklich Konzernchef werden.

Als ihr Vater nicht antwortete, drehte sie sich auf dem Sessel und fuhr fort: »Du weißt, dass ich meinen Bruder nicht immer verteidige, aber warum kann er denn nicht deine Rolle übernehmen, wenn du dich irgendwann entscheidest, aufzuhören?« Fredrika verstand es wirklich nicht. »Er arbeitet doch wirklich hart für dieses Ziel.«

Ihr Vater setzte sich auf einen Stuhl neben sie und seufzte tief. »Bei Marcus klingt es so, als würde er hart arbeiten. Er ist, wie gesagt, ein guter Redner, dein Bruder. Aber um ein Unternehmen zu leiten, braucht es mehr. Man muss ruhig sein, besonnen, klug ...«

»Wie du«, sagte Fredrika lächelnd und strich dem Vater liebevoll über den Arm.

Seine Gesichtszüge wurden weicher. »Und wie du, mein Schatz.«

Sie nahm die Hand von seinem Arm, spürte eine gewisse Frustration in sich aufkommen. Ihr Vater hatte in letzter Zeit immer öfter angedeutet, dass der Bruder nicht an die Spitze des Unternehmens gehörte und gleichzeitig sie gerühmt, sie besäße alle Qualitäten, die es dafür brauchte. Aber sie hatte keinerlei Ambitionen in diese Richtung. Sie hatte einen ganz anderen Plan für die Zukunft. Im Moment gefiel es ihr, bei Berghs International zu arbeiten. Außerdem hatte sie sich bisher nicht getraut, den Kampf mit ihrem Vater aufzunehmen und die Stelle abzulehnen, die einzig und allein für sie geschaffen worden war, als sie aus Uppsala zurückkam. Chefin der Geschäftsentwicklung. Was bedeutete das überhaupt? Nach einem Jahr auf dem Posten wusste sie es immer noch nicht, und schlimmer, sie war auch nicht sehr interessiert daran, es herauszufinden. Sie ging jeden Tag zur Arbeit und erfüllte ihre Pflicht, und das würde sie machen, bis sie so viel Geld zusammengespart hatte, um ihren Plan in die Tat umzusetzen. Oder genauer, ihren und Johns Plan. Dann würde sie dem Büroleben für immer ade sagen.

Das Problem war, sie führte ihre Arbeit ein bisschen zu gut aus, entgegen aller Erwartungen, wenn man ihrem Vater und seinen Bundesgenossen glaubte. Sie missverstanden Pflichtgefühl und Sorgfalt mit Engagement. Und daran war sie ganz alleine selbst schuld. Es lag an ihr, dass sie sich so eingeengt fühlte und die erstrebte Selbstständigkeit in Gefahr war. Wie sollte sie sich losmachen, wenn es so weit war, ohne ihren Vater zutiefst zu verletzen. Denn das war das Letzte, was sie wollte.

In ihrer Vorstellung hatte sie noch viele Jahre Zeit, um mit ihm über das Leben zu sprechen, das sie wirklich leben wollte. Sie würde es bald machen, versprach sie sich selbst. Es sollte keine Überraschung werden, weder für ihn noch für jemand anderen. Deswegen musste sie so bald wie möglich den Mietvertrag unterschreiben, das wurde ihr klar. Das war der erste Schritt in dem großen Plan für die wirkliche Freiheit. Der Gedanke daran ließ ein wenig Hoffnung in ihr wachsen.

Im nächsten Moment war sie wieder ganz niedergeschlagen und ließ den Kopf hängen, es spannte im Nacken, und ihr Pferdeschwanz fiel nach vorne. Sie konnte die Wohnung erst im Herbst beziehen, und bis dahin hatte sie einen langen, unerträglichen Sommer in der Stadt vor sich. Sie wusste nicht, wie sie das aushalten sollte.

Aber vielleicht gab es auch dafür eine Lösung? Ein Gedanke begann, in ihr zu reifen. Wenn ihr Vater ihre Idee guthieß, konnte sie zudem die ganze Zeit in Johns Nähe sein, nicht nur an den Wochenenden wie jetzt. Sie würden sich jeden Abend treffen können, und jede Nacht. Sie sah seine lebhaften goldbraunen Augen vor sich und zitterte innerlich, wenn sie an seine Küsse dachte, die ihr Herz, ja ihr ganzes Ich explodieren ließen. Ihr Herz schlug heftig, wenn sie nur an ihn dachte, und einen Moment lang glaubte sie, ihr Vater könnte durch das T-Shirt hindurchsehen, wie heftig es schlug. Sie beherrschte sich blitzschnell. Als sie aufsah und ihren Vater anschaute, war ihre Laune um einige Grade gestiegen.

»Woran denkst du, mein Herz?« Er beugte sich vor und strich ihr über die Wange.

»Du weißt doch, dass ich kein Stadtkind bin?«

Er schaute sie mit einem stillen Lächeln an. »Das weiß ich. Du bist immer am liebsten draußen auf Strandbacka gewesen.«

»Ja, weil wir dort die Pferde haben.«

»Auch das.« Er lächelte wieder.

»Das heißt nicht, dass ich mich mit euch in der Wohnung nicht wohl fühle, aber wir haben ja darüber gesprochen, dass ich im Herbst ausziehen werde und bis dahin ... Es ist ja auch Sommer ...« Sie zuckte leicht mit den Schultern.

»Was hast du dir ausgedacht?« Er lachte. »Ich spüre, wie die Frage in der Luft hängt.«

»Dürfte ich den Sommer über auf Strandbacka wohnen? Ich verspreche, dass ich ganz früh aufstehe und jeden Morgen um acht im Büro bin. Und am Abend bleibe ich so lange, wie ich gebraucht werde. Du brauchst dir keine Sorgen zu machen.«

»Das ist das Letzte, worüber ich mir Sorgen mache«, sagte er, und sie sah, dass sein Lächeln sich wieder in eine besorgte Miene verwandelte.

Sie wollte sich nicht entmutigen lassen. »Und du und Mutter, ihr seid ja im Sommer sowieso nicht draußen, ihr fahrt doch an die Riviera und nach Falsterbo.«

»Wenn ich nicht arbeite, ja, aber das tue ich die meiste Zeit«, erinnerte er sie.

»Und dann wohnt ihr hier.« Sie legte ihre Hand auf sein Knie. »Ich kann doch auf Strandbacka wohnen, wenn sonst niemand da ist?«, fragte sie und bemühte sich so zu klingen, als wäre das selbstverständlich.

Sie sah, dass ihr Vater über ihre Sturheit lächeln musste, dann jedoch ging sein Blick aus dem Fenster. »Wirst du denn Henry nicht vermissen?«, sagte er leichthin. »Er wird übrigens heute Abend an dem Essen teilnehmen. Ich habe ihn gebeten, den Platz von Marcus einzunehmen.«

Sie schaute ihn erstaunt an, war ganz verwirrt und geriet dann außer sich. »Du hast was? Wie gesagt, ich nehme Marcus nicht oft in Schutz, aber er gehört zur Familie, und dass er auf diese Weise beiseitegeschoben wird zugunsten von Henry, das ist doch sehr eigenartig.« Nicht genug damit, dass der Bruder beim Abendessen nicht willkommen war, Henry, ihr Freund aus

Kindertagen sollte ihn offenbar ersetzen, wenn sie den Vater richtig verstanden hatte. Um noch zusätzlich Salz in die Wunde zu streuen. Marcus war bestimmt außer sich, und das zu Recht. Sie fragte sich, was ihr Vater vorhatte.

Der Vater ließ sich jedoch nicht provozieren. »Marcus wird sich bald wieder einkriegen. Ich habe ihm erklärt, warum ich mich so entschieden habe«, antwortete er ruhig. »Es ist nicht so, wie du denkst, ich habe andere Pläne für ihn. Er wird stellvertretender Chef für den Lebensmittelbereich, jetzt, wo Karsten so überraschend gekündigt hat, und er muss sich darauf konzentrieren. Es ist nicht nötig, ihn in Diskussionen einzubeziehen, wenn etwas anderes seine volle Aufmerksamkeit verlangt.«

Fredrika versuchte, die Informationen in sich aufzunehmen. »Warum hast du das nicht gleich gesagt?«, sagte sie etwas ärgerlich. Aber durch diese Klarstellung war es auf jeden Fall nicht völlig unlogisch, warum Marcus nicht an dem Essen teilnehmen würde, obwohl sie immer noch glaubte, es wäre ein geschickter Schachzug in Bezug auf die Zukunft gewesen. Berghs International bestand aus mehreren Abteilungen, und im Bereich der Lebensmittel gab es keine Pläne für Niederlassungen außerhalb von Schweden. Im industriellen Sektor, wo alles gegen Ende des neunzehnten Jahrhunderts begonnen hatte, als ihr Großvater Eisenwerke in Avesta und Borlänge gründete, war man seit langem international aufgestellt. Die Strategie war jetzt, Technikunternehmen in ausgewählten Nischenmärkten zu erwerben und weiterzuentwickeln, und davon gab es viele in den USA, deshalb der Besuch aus New York.

»Aber findet Marcus diese Entwicklung wirklich okay?«, musste Fredrika fragen, sie suchte den Blick ihres Vaters. Sie konnte es nicht wirklich glauben.

»Absolut«, versicherte er. »Natürlich wollte Marcus es nicht zugeben, aber ich glaube, er ist froh und stolz über seine neue Rolle.«

»Vielleicht«, sagte sie zögernd, denn es war schließlich nur die Position eines *stellvertretenden* Chefs, »und er hofft wohl vor allem, dass es ihn einen Schritt näher an deine Position bringen wird.« Es ist schwierig, das allerhöchste Huhn zu werden, wenn man nicht schon eines der höchsten war.

Der Vater wich ihrem Blick aus und murmelte etwas Unverständliches. Dann sagte er rasch: »Jetzt sprechen wir nicht mehr über Marcus. Ich möchte über dich sprechen. Und über Henry.«

»Ich bin froh, dass du an ihn glaubst«, antwortete Fredrika und drückte sich absichtlich missverständlich aus. Henry, er war Jurist, hatte auch direkt nach seinem Examen eine Anstellung bei Berghs International bekommen, und er wurde, ebenso wie sie, sehr für das gelobt, was er erreichte.

»Ich glaube an euch beide«, antwortete er und insinuierte schon wieder etwas anderes, als sie sich wünschte. »Ich habe gesehen, wie er dich anschaut, Fredrika«, sagte der Vater leise und gab einfach nicht nach. »Du brauchst jemanden wie ihn, wenn es in Zukunft stürmisch um dich herum wird. Er sieht dich als ebenbürtig an und muss nicht unbedingt selbst im Mittelpunkt stehen.«

Fredrika machte eine leichte Handbewegung und seufzte. Sie hatte keine Lust mehr, so zu tun, als wisse sie nicht, was der Vater meinte. »Henry ist ein sehr guter Freund von mir, aber Liebe ist etwas anderes, ist mehr.«

Ihr Vater schärfte sowohl seinen Blick als auch seinen Ton. »Freundschaft ist der Grund für alle lebenslangen Beziehungen, glaub mir das.«

»Vor allem, wenn man bedenkt, wie gute Freunde ihr seid, du und Mutter, ja?«, konnte Fredrika sich nicht verkneifen, bereute es jedoch sofort, als sie den verletzten Gesichtsausdruck ihres Vaters sah. »Entschuldige«, flüsterte sie, obwohl sie sich, wie schon so viele Male zuvor, fragte, warum sie verheiratet waren. Ihre Eltern schienen keine Gemeinsamkeiten zu haben, und heutzutage waren sie nur zusammen, wenn sie mussten – wie im Urlaub –, und auch da verbrachten sie möglichst viel Zeit in der Gesellschaft von anderen. Getrennte Schlafzimmer hatten sie schon, so lange sie sich erinnern konnte.

»Ich möchte dich nur davor bewahren, dich zu blamieren«, murmelte der Vater und rutschte mit dem Stuhl über den Boden. Sie wussten beide, was er damit meinte. Ihr Vater wusste, dass sie und John, der als Pferdepfleger auf Strandbacka arbeitete, »miteinander Umgang hatten« – er konnte es einfach nicht anders nennen. Es gefiel ihm überhaupt nicht, obwohl er nichts gegen John als Person einzuwenden hatte.

Sie konnte sich wohl kaum blamieren, wenn sie die Liebe ihres Lebens getroffen hatte? Aber sie wusste auch, es war nicht der Moment, mit ihrem Vater darüber zu diskutieren, nicht, wenn sie den Sommer über auf Strandbacka wohnen wollte.

»Vertraue mir«, sagte sie nur, nahm seine Hand und drückte sie, »und was Henry betrifft, ihn sehe ich den ganzen Tag. Und abends macht er Überstunden, hat nie Zeit, für uns macht es also keinen großen Unterschied, wenn ich ein paar Monate nicht in der Stadt bin.«

Ihr Vater rieb sich die Stirn. »Ja, das stimmt wohl. Ich darf ihn nicht so unter Druck setzen.« Er schaute sie besorgt an.

»Er setzt sich selbst unter Druck«, sagte sie und drückte noch einmal die Hand des Vaters. »Und danke, dass ich im Sommer auf Strandbacka wohnen darf!« Sie gab ihm einen Kuss auf die Wange und stand auf, um so zu markieren, dass das Gespräch beendet war.

Der Gesichtsausdruck ihres Vaters wechselte von Erstaunen zu Missmut. »Habe ich wirklich ja gesagt?«

»Ich bin sicher, dass du das getan hast«, sagte sie und konnte ihre Glücksgefühle nicht verbergen.

Sie und John würden einen ganzen Sommer zusammen haben und gemeinsame Pläne schmieden und jeden Abend in den Armen des anderen einschlafen. Und im Herbst würde sie dann in der kleinen Einzimmerwohnung am Vanadisplatz Zuflucht finden. Sie hatte schon oft Angstgefühle angesichts der Zukunft verspürt, auch wenn sie das nicht wirklich vor sich selbst zugeben wollte. Nun drückte sie ihre gefalteten Hände auf die Brust, so licht hatte die Zukunft schon lange nicht mehr ausgesehen.

KAPITEL 7

Mai 2019

»Ist es okay, wenn ich dein Auto nehme, ich muss morgen nach Strandbacka? Wir sind ja sowieso bei dir, also …« Leons Peugeot steht ganz in der Nähe seiner Wohnung in der Västmannagatan.

»Klar, du kannst es nehmen«, sagt Leon und scrollt weiter auf seinem Handy, halb im Bett liegend. »Ich gehe ja sowieso immer zu Fuß in die Schule.«

»Meinst du, ich schaffe das, ihre Memoiren zu schreiben?« Ich lasse mich neben ihm aufs Bett fallen. »Das Buch muss wirklich gut werden, in Anbetracht dessen, wer sie ist.« Und wenn man meine zukünftige Karriere bedenkt, überlege ich für mich. Ich bin auf einmal schrecklich nervös, dabei habe ich noch gar nicht richtig mit dem Auftrag begonnen.

»Ganz bestimmt.« Leon schaut kurz hoch, dann wieder auf sein Handy. »Eine Studie, die ich für die Schule lesen muss«, murmelt er. »Hanna liest sie auch.«

Ich nicke. Dann muss er natürlich weiterlesen. Sobald von meiner Arbeit die Rede ist, beendet Leon das Gespräch, bevor es noch richtig begonnen hat, zumindest kommt es mir so vor. Oder bin ich ungerecht? Er sagt immer etwas, kurz und aufmunternd, genau wie eben. Aber er war überhaupt nicht erstaunt, als ich ihm erzählte, dass ich diesen Auftrag bekommen würde. Er wollte auch nicht viel über Fredrika Bergh als Person hören. Vielleicht kann ich ihm das auch nicht vorwerfen. Allerdings … Ich hatte mich jetzt bestimmt eine Stunde im Badezimmer eingeschlossen. Sorgfältig den Körper rasiert, und mich mit einer neuen, eigentlich viel zu teuren Lotion eingecremt. Ich hatte Parfum aufgetragen und mir die Haare geföhnt, obwohl ich ins Bett gehen wollte. Außerdem trug ich ein seidenes Nachthemd, das ich fast nie benutze, weil mein Schlafanzug aus Baumwolle viel gemütlicher zum Schlafen ist. Ich hatte gehofft, dass Leon bemerken würde, wie ich mich angestrengt habe.

»Komm!«, sagt er und streckt auf einmal die Hand nach mir aus. Obwohl er nicht vom Handy hochschaut, beginne ich zu hoffen. Ich rutsche hinüber zu Leon und lege mich neben ihn, bohre den Kopf an seinen Hals. »Du riechst gut«, sagt er und schnüffelt an meinen Haaren, dann liest er weiter.

»Du auch.« Ich atme den Geruch seiner warmen Haut ein. Ich streichle seine nackte Brust und schiebe ein Bein über seins.

Er rutscht weg. »Ich lese, Ella«, erinnert er mich. »Und ich bin heute Abend wirklich müde.« Er gähnt ein wenig, wie um es zu unterstreichen.

Ich ziehe mein Nachthemd hoch, der Ausschnitt ist ein wenig nach unten gerutscht, ich schlucke ein Gefühl von Beschämung herunter, wofür es keinen Grund gibt. Frage mich nur, warum ich mir solche Mühe gegeben habe mit dem Zurechtmachen. Aber vielleicht habe ich es ja genauso für mich wie für Leon gemacht? Es ist ein schönes Gefühl, sich frisch und sauber schlafen zu legen, wohlriechend und eingecremt. Ein guter Start in die neue Woche, die morgen beginnt.

Stille breitet sich zwischen uns aus, das ist derzeit nichts Ungewöhnliches. Und irgendwie ist es auch ein entspanntes Schweigen. Nur manchmal fühlt es sich an, als hätten wir uns nichts mehr zu sagen. Als gäbe es nur noch Gesprächsthemen über praktische

Dinge. Aber vielleicht ist das ja so, wenn man fast alles vom anderen weiß und schon so lange zusammen ist?

Plötzlich sehe ich, wie Leon über etwas lächelt, das er in seinem Handy liest. Kurz darauf bewegen seine Finger sich lautlos über den Bildschirm, als würde er eine Kurznachricht schreiben. Ich runzele die Stirn. Auf einmal scheint er überhaupt nicht mehr müde zu sein. Ein Klingeln durchbricht unser Schweigen. Zögernd wende ich mich von Leon ab und strecke mich nach meinem Handy, das auf dem Nachttisch liegt. Als ich sehe, dass es meine Mutter ist, nehme ich das Gespräch sofort an. Ich habe ein paarmal versucht, sie anzurufen, habe sie jedoch nie erreicht. »Wie geht es?«, frage ich ängstlich.

»Es geht... gut. Wieso, warum fragst du?«, antwortet sie.

Ich versuche, mich nicht darüber zu ärgern, dass meine Mutter so kurz angebunden ist. »Na ja, ich dachte bloß...« Es ist nämlich keine Selbstverständlichkeit, dass es ihr gut geht. Irgendwie muss das Leben ja auch für meine Eltern weitergehen. Und schließlich ist der Tod meiner Schwester inzwischen siebzehn Jahre her. Aber meine Eltern haben beide hin und wieder ihre Tiefs, manchmal richtig schlimm. »Ich habe so lange nichts von euch gehört.«

Sie zögert ein wenig. »Es war einfach viel los in letzter Zeit.«

»Kann ich irgendwie behilflich sein?«, frage ich vorsichtig.

»Nein, wie solltest du uns helfen können?«, stößt sie hervor. »Es gibt nur eins, was uns helfen könnte«, murmelt sie dann.

Meine Hand klammert sich um das Handy. Natürlich. Ich weiß es ja, das Einzige, was helfen könnte, wäre, dass meine Schwester zurückkommt. Und doch schmerzen mich die Worte meiner Mutter. »Ich habe nur gedacht, wir haben uns schon sehr lange nicht mehr gesehen«, sage ich mit so munterer Stimme, wie ich nur kann. Ich habe meine Eltern seit Weihnachten nicht mehr besucht, und auch da war es nur ein sehr kurzer Zwischenstopp in meinem Elternhaus, bevor Leon und ich zu seinen Eltern weiterfuhren. Sie wohnen nicht mehr auf Resarö, sie sind die meiste Zeit in ihrem Sommerhaus auf Singö, aber sie haben auch eine kleine Wohnung in Norrtälje. Ich räuspere mich, als Mutter nicht antwortet. »Ich könnte ja demnächst mal vorbeikommen?«

»Ja, vielleicht ...« Sie schluckt und sagt eine Weile nichts mehr. »Im Moment passt es allerdings nicht so gut.«

Ich ziehe die Decke hoch, halte sie fest. »Okay.«

»Ich muss jetzt Schluss machen.« Sie hat auf einmal eine sehr gestresste und angestrengte Stimme.

»Ja, ist gut«, sage ich, obwohl wir gerade erst angefangen haben, miteinander zu sprechen – und schließlich hat sie mich angerufen.

»Tschüss, Ella!«

Ich halte mir immer noch das Handy ans Ohr, dann spüre ich einen Krampf in der Bauchgegend. Ich lege es weg, krümme mich ein wenig zusammen und halte die Hände vors Gesicht.

»Deine Mutter?«, seufzt Leon.

Ich nicke und kann die Hände nicht vom Gesicht nehmen. Meine Eltern sind schon manchmal etwas zurückhaltend, aber eigentlich nicht so. Sie wollte nicht einmal, dass ich sie besuchen komme!

»Du ...«, Leon zieht mich zu sich und hält mich in den Armen. »Manchmal denke ich, es wäre vielleicht besser, wenn ihr überhaupt keinen Kontakt mehr hättet? Du regst dich doch nur über sie auf. Was für ein Glück, dass du uns hast. Meine Mutter hat übrigens neulich gesagt, dass sie dich vermisst.«

»Ich vermisse sie auch.« Es ist eine Weile her, dass ich Leons Eltern gesehen habe, aber ich weiß, ihre Tür steht immer für mich offen. Es ist natürlich ein Glück, dass ich Leon und sie habe, vor allem, weil meine eigenen Eltern seit dem Tod meiner Schwester nicht so für mich da sein konnten. Und wenn man bedenkt, wie abweisend meine Mutter gerade war. Ich habe wirklich allen Grund, dankbar zu sein.

Dennoch wird alles nur schlimmer, wenn Leon so darauf hinweist. Es tut dann noch mehr weh. Und wenn ich mal sage, dass ich meine eigenen Eltern vermisse, habe ich fast den Eindruck, als würde er mir das übelnehmen.

Aber wahrscheinlich ist es nur Fürsorglichkeit. Er möchte mich davor bewahren, verletzt, traurig und enttäuscht zu sein.

Ich hatte allerdings auch schon bessere Zeiten mit meinen Eltern – besonders in den letzten Jahren. Als hätte nach dem Tod meiner Schwester eine bestimmte Zeit verstreichen müssen, als müssten wir ein neues Verhältnis zueinander finden, jetzt, wo es sie nicht mehr gab. Aber seit Weihnachten waren sie, wenn ich es recht bedenke, doch sehr distanziert. Vielleicht sollte ich mich damit abfinden, so wie Leon sagt. Um mich zu schützen.

Oder gibt es einen anderen Grund? Ich hatte so ein eigenartiges, fast unangenehmes Gefühl, als ich mit meiner Mutter sprach, es hat mich vage an etwas erinnert, konnte es jedoch nicht richtig fassen.

Leon küsst meine Haare. »Wir schlafen jetzt, ja? Morgen ist Montag.«

»Ja«, flüstere ich.

Als er den Arm ausstreckt, um die Lampe über dem Bett auszumachen, treffen sich unsere Blicke. »Übrigens, wem hast du vorhin eine SMS geschrieben?«

»Ach, das war nur Hanna.«

»Aha, also was Geschäftliches.« Ich kuschele mich in Leons Arme und spüre seinen warmen Atem im Nacken.

»Ja. Mach dir keine Sorgen.«

Ich erschrecke. Jetzt *mache* ich mir fast ein wenig Sorgen. Nicht weil er Hanna oder anderen Kollegen SMS schreibt, sondern weil er nie so etwas sagt. Ich kenne Hanna überhaupt nicht, Leon spricht nur immer öfter und intensiver über sie, seit sie im Herbst an seiner Schule angefangen hat.

Aber dann küsst er mich im Nacken und zieht mich zu sich. Ich entspanne mich in seinen Armen. Leon hält mich fest, bis es uns beiden zu warm wird. Wir liegen kaum auf unseren Kissen, da zuckt er schon und ist im Land des Schlafs, genau wie immer. Ich hingegen starre an die Decke, weiß, dass ich jetzt nicht einschlafen kann, meine Gedanken gehen auf Reisen.

Ich denke über meine Eltern nach und über meine Schwester und darüber, dass die Dinge nie so werden, wie man denkt. Auf einmal denke ich an Ben Canavan, und wie alle Sicherheit in einem Augenblick weggewischt werden kann. Man hat von etwas geglaubt, dass es echt ist, und dann hat es sich als das Gegenteil entpuppt. Dennoch konnte ich ihn nicht aus meinen Gedanken tilgen. Nicht ganz. Das fühlt sich jetzt unglaublich peinlich und beschämend an.

Der Mann, der neben mir im Bett liegt, ist echt, ebenso wie das, was Leon für mich empfindet – was wir für einander empfinden. Darauf kann man sich wirklich verlassen, das war schon immer so, auch bevor wir ein Paar wurden.

Ich schaue hinüber zu Leon und kann nicht verstehen, dass ich Ben überhaupt Zutritt zu meinen Gedanken gewähre, wenn ich ihn habe. Und doch erscheinen die Erinnerungen an einen Juniabend vor langer Zeit auf meiner Netzhaut, kaum dass ich die Augen schließe, und da ist Leon nicht dabei.

KAPITEL 8

Als ich über den Hügel fahre und hinunter zu Strandbacka rolle, muss ich tief Luft holen. Es ist, als würde ich mich in ein ganz wunderbares Gemälde bewegen. Weit in der Ferne, jenseits des Wassers, erheben sich das Schloss und der Schlosspark von Rosersberg. Fredrikas Haus ist auch groß, wie ein Gutshof, aber überhaupt nicht protzig. Es ist hell und einladend, honiggelb gestrichen und mit Sprossenfenstern, die kleinen Scheiben glitzern munter in der vormittäglichen Sonne – alles ist in ein warmes, dichtbelaubtes Grün gebettet. Um die Stützen der Veranda an der Vorderseite schlingen sich Grünpflanzen. Die dichten Wolken, die heute Morgen beim Aufstehen den Himmel bedeckten, haben sich jetzt verzogen, und breite Streifen blauen Himmels werden sichtbar. An einem Steg unten am Wasser sind ein Motorboot und ein Segelboot vertäut, und dort sieht man auch einen niedlichen, gelben Pavillon. Auf der anderen Seite des Wendeplatzes steht ein weiteres großes, gelbgestrichenes Gebäude, das muss der Stall sein, dahinter breiten sich enorme Weideflächen aus. Dort grasen ein paar Pferde. Neben dem Kiesweg gibt es einen Obstgarten mit blühenden Apfel- und Pflaumenbäumen. Als ich den Motor abgestellt habe und ausgestiegen bin, schlägt mir der betörende Duft eines großen Traubenkirschenbaums entgegen, der neben dem Wendeplatz steht, auch der unverkennbare Geruch nach Pferd und Stall ist zu vernehmen, aus dem Innern des Stalls hört man das Schnauben von Pferden und das Klappern von Hufen.

Ich gehe auf Fredrika zu, die auf der breiten Steintreppe zur

Veranda auf mich wartet, ein ungemein erhebendes Gefühl erfüllt mich. »Was ist das für ein wunderbarer Ort!«

»Ja, es gefällt mir hier«, antwortete Fredrika bescheiden, ihr Blick strahlt eine ganz andere Wärme aus, als bei unserer Begegnung letzte Woche in ihrer Wohnung, sie macht einen viel entspannteren Eindruck.

Hinzu kommt, dass es der erste richtig warme Frühlingstag ist, obwohl wir schon fast Mitte Mai haben. Es ist beinahe sommerlich warm. Die Temperaturen haben lange zwischen zehn und fünfzehn Grad gependelt, aber auf der Fahrt hierher zeigte das Thermometer im Auto knapp zwanzig Grad. Die Sonne wärmt den Rücken, ich bin froh, dass ich eine kurzärmelige Bluse zu meinen weiten Hosen trage. Fredrika ist auch leicht angezogen, sie trägt einen dünnen Rock mit passendem Oberteil; sie scheint eine Vorliebe für Sets zu haben.

»Hast du ohne Probleme hierhergefunden?«, fragt sie, dabei stützt sie sich vorsichtig auf den eingegipsten Fuß und tritt auf den Kiesweg, der sich zwischen der Veranda und dem Wendeplatz entlangschlängelt.

Ich streiche mir ein paar Locken aus der Stirn. »Ja, ich habe einfach gemacht, was das Navi in meinem Handy gesagt hat. Mehr Sorgen mache ich mir über das Auto meines Freundes. Das ist nicht in allerbestem Zustand.« Ich werfe einen Blick zurück auf Leons silberfarbenen Peugeot 206. Er hat ihn vor ein paar Jahren von seiner Großmutter geerbt, und das Auto war da schon nicht mehr das neueste. Seither ist er öfter in der Werkstatt gewesen, als ich zählen kann. Leon hat oft davon gesprochen, ihn zu verkaufen. Aber er scheint sich nicht wirklich von ihm trennen zu können, aus nostalgischen Gründen, und ich muss wohl dankbar sein, dass ich ihn jederzeit ausleihen kann.

»Ist es ein Problem für dich, dass ich dich gebeten habe, hier herauszukommen?« Fredrika schaut mich an.

»Nein, das ist kein Problem«, beteure ich. Jetzt wo ich hier bin, ist alles okay. Es ist wirklich das erste Mal seit langer Zeit, dass ich wieder ordentlich Luft holen kann. »Kommt Marielle dich öfter hier besuchen?«, frage ich.

»Nein, weder sie noch … jemand anders. Marielle hat natürlich keine Zeit – sie arbeitet ja Tag und Nacht«, sagt Fredrika schnell, bückt sich und rupft ein paar Löwenzahnpflanzen aus dem Kiesweg heraus. »Außerdem ist sie ein Stadtkind, genau wie mein Mann es gewesen ist. Henry kam nur selten hier heraus.«

»Verstehe. Ist es nicht langweilig, so wenig Gesellschaft zu haben?«, sage ich zögernd.

»Ich zieh es eigentlich vor, hier allein zu sein.« Fredrika wirft die Löwenzahnpflanzen auf die Treppe, sie wird sich später darum kümmern. Sie rückt die Brille, die sie auf den Kopf geschoben hat, um die Pagenfrisur zu bändigen, zurecht. »Und ich bin nicht allein, ich habe ja mein Personal im Stall.«

Ich lächle. »Natürlich. Dein Bruder und dein Neffe kommen also auch nicht so oft hier heraus?«, frage ich vorsichtig, ich möchte die Lage peilen und wissen, wie es um die Beziehung zu ihnen bestellt ist.

»Marcus?«, sagt Fredrika beinahe schnaubend. »Nein, nie! Außer einmal im Jahr, wenn ich mein Sommerfest veranstalte. Und Gustaf ist auch sehr beschäftigt, genau wie Marielle. Er ist ja jetzt Geschäftsführer für Berghs International.«

»Aha«, sage ich zögernd, etwas erstaunt über ihre Reaktion, und dass sie offenbar einmal im Jahr hier ein großes Fest veranstaltet, obwohl sie doch schon mehrfach betont hat, wie sehr sie Einladungen und Ähnliches verabscheut. Sie scheint gerne für sich zu bleiben.

Ich nehme zur Kenntnis, was sie gesagt hat, und auf einmal verkrampft sich mein Herz. Wenn Gustaf nicht herkommt, dann werde ich auch Ben nie hier sehen. Nicht dass ich das wollte! Ich schäme mich beinahe sofort.

»Wir sind alle so verschieden«, fährt Fredrika fort, jetzt etwas ruhiger. »Ich ziehe die Stille hier draußen vor«, sagt sie und macht eine Handbewegung, »und das war auch zu Zeiten von Berghs International so.«

Hier draußen auf Strandbacka ist es wirklich ruhig und still, es liegt ein wenig abseits, umgeben von Äckern, Weiden und Wasser und einem großen Wald ein Stück weiter weg. »Ich bin auf Resarö groß geworden, ich verstehe sehr gut, was du meinst«, sage ich und schaue Richtung Mälarsee.

Als ich noch zu Hause bei meinen Eltern lebte, wollte ich nichts lieber als in die Stadt ziehen. Aber jetzt ertappe ich mich oft dabei, dass ich mich nach der offenen Landschaft und der frischen Luft sehne. In meinem Kinderzimmer aufzuwachen, mit dem Meer und dem Himmel direkt vor dem Fenster, die vielen Blautöne, so weit das Auge reicht. Das sind trostreiche Momente, die ich immer in mir tragen werde, obwohl auch viel Schwarz in unsere Leben gedrungen ist.

»Ich bin eher in der Stadt groß geworden«, sagt Fredrika, »aber wir hatten ja immer auch Strandbacka. Das Gut hat erst meinen Eltern gehört, und weil wir auch damals schon Pferde hatten, bin ich so oft wie möglich hierhergekommen. Als ich älter war, habe ich viel Zeit allein hier verbracht, und ungefähr ein Jahr nach Ende meines Studiums habe ich einen ganzen Sommer hier gewohnt und bin jeden Tag zur Arbeit bei Berghs in die Stadt gependelt. Das war wirklich ein Sommer …« Fredrika scheint sich in die Vergangenheit zu träumen. »Allerdings, danach …« Sie verzieht das Gesicht und sieht beinahe gequält aus. »Aus mancherlei Gründen war ich viele Jahre überhaupt nicht hier. Nach der Heirat mit Henry gab es eine Unterbrechung, ich habe auch sehr viel gearbeitet. Jetzt muss ich weder auf ihn, die Arbeit, noch sonst etwas Rücksicht nehmen – wir haben ja nie Kinder bekommen«, fügt sie rasch hinzu, damit ich nicht fragen muss. »Ich kann also so oft ich will hier sein. Mein Mann hat sich allerdings auch nie eingemischt. Henry war ein sehr unkomplizierter Ehemann.«

»Vermisst du ihn sehr?«, frage ich leise und ziehe mit meinem Ballerinaschuh einen Kreis in den Kies.

»Er war mein bester Freund«, konstatiert sie, und mehr braucht es nicht, damit ich verstehe. »Ja, wie gehen wir nun vor?«, fragt sie dann und streckt sich. »Die Interviews mit Carl waren eher Verhöre, und das möchte ich nicht mehr. Und angesichts des schönen Wetters möchte ich auch gerne draußen bleiben.«

»Ich möchte wirklich nicht, dass es sich wie ein Verhör anfühlt«, sage ich und schüttle den Kopf, »und natürlich nutzen wir das Wetter aus. Wir waren bisher ja nicht gerade verwöhnt mit Sonne und Wärme. Du kannst mir gerne das Anwesen zeigen, während wir sprechen, wenn es okay ist, dass … ja ich kann natürlich keine Notizen machen, wenn …«

»Du willst also das Gespräch aufnehmen? Wie Carl«, antwortet Fredrika irritiert.

Ich sinke ein wenig in mich zusammen. »Heute würde ich es tatsächlich vorziehen, aber ich kann natürlich auch versuchen, mir alles zu merken, was du sagst. Kein Problem«, füge ich hinzu. Es soll sich nicht so anhören, als könne ich mich nicht fokussieren.

Fredrika seufzt ein wenig frustriert. »Dann ist es wohl am besten, wenn ich dich das Gespräch aufnehmen lasse.«

»Wenn es okay ist?«, sage ich vorsichtig und schaue auf ihren eingegipsten Fuß. »Kannst du denn überhaupt umhergehen? Ich würde mir gerne das Anwesen zeigen lassen, aber nur, wenn es dir nicht zu viel ist.«

Fredrika streckt ihren feingliedrigen Körper und geht dann mit Hilfe der Krücken auf dem Kiesweg voraus. »Doch, doch, der Arzt hat mir geraten, mich zu bewegen. Nicht zu viel, aber der Bruch heilt wohl schneller.«

Ich nicke und folge ihr. »Das ist wohl so. Bessere Blutzirkulation und so ...«

Wir überqueren den Wendeplatz und biegen in einen Kiesweg ein, der zum Wasser führt. Eine leicht abschüssige Rasenfläche breitet sich zwischen einzelnen großen alten Eichen auf beiden Seiten des Weges aus. Der weiße, fast blendende Kies knirscht, und eine Weile ist nichts anderes zu hören.

Ich denke darüber nach, wie viel Zeit Fredrika offenbar alleine hier zugebracht hat, und versuche zu verstehen, wie das Verhältnis zu ihrem Mann war. »Dein Mann hatte also nichts dagegen, wenn du öfter hier warst als er?«, sage ich, nachdem ich diskret die Aufnahmefunktion meines Handys gedrückt habe.

»Nein, er wusste, dass ich das brauche. Und, wie gesagt, mein Mann war ein einfacher Lebenspartner. Unsere Ehe war…«, Fredrika bleibt kurz stehen und schaut in den Himmel, als suche sie nach dem richtigen Wort, »… geschmeidig«, sagt sie schließlich. »Zwischen uns gab es ein Grundvertrauen, wir konnten einander ein ziemlich großes Maß an Freiheit geben, und auch wenn wir nicht ständig zusammen waren, so waren wir doch beste Freunde. Er war auch mein wichtigster Ratgeber im Job. Ich habe mich immer zuerst an Henry gewandt, wenn ich eine schwierige Entscheidung zu treffen hatte.«

Das kommt mir bekannt vor, und ich lächle. »Das ist ein bisschen wie bei mir und Leon, meinem Freund. Wir waren beste Freunde, seit wir in die erste Klasse gingen, wir kennen einander in- und auswendig. Leon hat es in meinem Leben immer gegeben«, füge ich rasch hinzu. »Zumindest habe ich so ein Gefühl.«

Fredrika schaut mich von der Seite her an und nickt. »Henry und ich waren auch Kindheitsfreunde, aber von ihm aus war da schon von Anfang an noch etwas anderes. Er hatte schon früh ein Auge auf mich geworfen, auch wenn ich das nicht wahrhaben wollte. Ich musste fast fünfundzwanzig Jahre alt werden, bis ich mich seinem Werben ergeben habe. Zum großen Verdruss meines Vaters«, fügt sie hinzu. »Henry war von Anfang an sein Favorit gewesen, am Ende wurde er es, und mein Vater war zufrieden. Wie alt bist du eigentlich?« Sie schaut mich neugierig an.

»Dreißig, es ist also wirklich an der Zeit für Leon und mich, ja… zu heiraten.« Und dann Kinder und ein eigenes Häuschen, dachte ich – denn das ist ja wohl der nächste Schritt nach der

Wohnung. Warum bekomme ich beinahe klaustrophobische Gefühle, wenn ich daran denke?

»Ach was, so eilig ist es wohl doch noch nicht?«, sagt Fredrika, als wir uns dem Strand nähern. »Und heutzutage heiraten viele ja überhaupt nicht mehr.«

»Ja, das stimmt.« Der Druck auf meiner Brust lässt nach. Ich bleibe neben dem Pavillon stehen, lasse den Blick über die Bucht schweifen, die völlig still und glatt vor uns liegt, kaum ein Kräuseln auf der Wasseroberfläche. »Aber das ist wohl ein Wunschtraum? Mit seinem besten Freund zusammen zu sein.« Ich schaue hinüber zu Fredrika, denke, dass sie mir zustimmt, aber stattdessen presst sie die Lippen zusammen und bekommt eine fast unsichtbare Falte zwischen den Augenbrauen. Ist das womöglich die Trauer um ihren Mann, die ich da bemerke?

Auf einmal zieht sich auch in meinem Hals alles zusammen, ich bin dankbar, als Fredrikas Stimme mich aus meinen Gedanken weckt: »Ich weiß nicht, ob du dich für Pferde interessierst, aber ich würde gerne nach dem Neuankömmling im Stall schauen. Ist es okay, wenn wir dort vorbeigehen?«

»Unbedingt!« Wir gehen den Kiesweg zurück. Als ich versuchen möchte, unser Gespräch wieder auf Fredrikas Leben zu richten, kommt sie mir zuvor:

»Hast du schon immer Schreiben als deinen Beruf gesehen?«

Ich ärgere mich ein wenig über mich selbst, weil ich so langsam reagiere. »Ja, immer. Als ich aufs Gymnasium ging, träumte ich davon, Journalistin zu werden, aber das, was ich jetzt mache, gefällt mir auch sehr.«

»Na klar! Besonders, wenn du hier mit mir spazieren gehst«, sagt Fredrika lachend.

Ich bekomme rote Wangen. »Aber es ist wahr!«

»Und warum bist du keine Journalistin geworden?«

Ich zucke mit den Schultern. »Ich weiß nicht so recht. Vielleicht war ich auf die allerbeste Ausbildung eingestellt, und als meine Noten dafür nicht reichten, war es, als würde mich der Ehrgeiz verlassen.« Ich weiß, damals dachte ich, alles oder nichts, obwohl es jede Menge Wege zum Beruf der Journalistin gibt. Keiner dieser Wege hätte meine Eltern jedoch dazu gebracht, mich mit anderen Augen zu sehen. Aber das kann ich jetzt nicht sagen.

»Hauptsache, du arbeitest mit etwas, für das du eine Leidenschaft spürst, dann...«, sagt sie.

»Und das tue ich!«

Fredrika lacht über meinen Eifer, dies zu beweisen, dann wird sie wieder ernst. »Es ist nicht leicht, etwas zu finden, für das man wirklich starke Gefühle empfindet. Aber wenn man es tut, sollte man daran festhalten und versuchen, sich auf diesem Gebiet weiterzuentwickeln. Das ist mein Rat.«

»So wie du es bei Berghs International gemacht hast?«, frage ich, aber meine Frage wird vom Dröhnen eines Flugzeugs über uns verschluckt.

Ich habe das Gefühl, Fredrika hätte mir auf diese Frage sowieso nicht mit ja geantwortet. Sie hat zwar gesagt, dass sie ihre Arbeit mochte, aber gleichzeitig auch erwähnt, ihr Mann habe seine Arbeit *geliebt*. Obwohl sie behauptete, sie habe richtig gewählt, als sie die Rolle der Konzernchefin übernahm, hat es ganz offenbar auch noch andere Möglichkeiten gegeben, für die sie sich hätte entscheiden können, die vielleicht verlockender waren, auch wenn sie das abzustreiten versucht. Ihre Worte

von unserer letzten Begegnung klangen noch in meinen Ohren:

Wenn ich hätte entscheiden dürfen...
Er ließ mir keine Wahl.

Klingt fast so, als hätte man sie in diese Rolle gezwungen,
denke ich jetzt. Auf den letzten Metern zum Stall scheint Fredrika etwas abwesend zu sein.

Doch sobald wir den Stall betreten haben, wacht sie wieder
auf, ihr Gesicht strahlt. Ich lasse sie vorausgehen und bemerke
sogleich ein entzückendes, kleines hellbraunes Fohlen mit weißer Blesse, genau wie die Stute daneben. Wir bleiben vor der
Box stehen, Fredrika streckt die Hand aus und krault die Stute
hinter dem Ohr und ermuntert mich, das Fohlen zu streicheln.
Es fühlt sich beinahe an wie eine heilige Handlung, dass sie mir
dieses neue kleine Geschöpf vorstellt. Ehrfürchtig und vorsichtig streiche ich den Hals des Fohlens. Es scheint ihm zu gefallen,
es drückt sich sofort gegen meine Hand. Ich schaue glücklich zu
Fredrika hinüber, sie lächelt, und für eine ziemlich lange Zeit
richtet sich unsere Aufmerksamkeit auf die Pferde, und wir sagen nichts. Es ist, als würde die Stunde dies verlangen.

Als wir schließlich weiter durch den Stall gehen und dann
hinaus auf die Weiden am anderen Ende des Gebäudes, nehmen
wir unser Gespräch wieder auf. Ich versuche, es auf Fredrikas
Lebensgeschichte zu dirigieren, bekomme jedoch nur ein paar
pflichtschuldige Antworten. Sie spielt die Fragen gerne an mich
zurück, ich muss immer wieder an das Leben denken, das sie nie
gelebt hat und über das sie nicht sprechen will. Ich habe das Gefühl, diese Geschichte könnte am interessantesten sein.

KAPITEL 9

»Ich habe wieder mit Tinder angefangen«, sagt Josefin, als wir uns endlich wiedersehen. Wir haben es schließlich geschafft, uns zu verabreden, zwischen all ihren Geschäftsreisen nach London und Amsterdam und wohin auch immer ihr Job als Marketingleiterin eines Spieleunternehmens sie führt.

»Wirklich? Ich dachte, du hättest es ganz aufgegeben.« Ich schiebe meine Sonnenbrille auf die Stirn und schließe mein Fahrrad am Eingang des Rålambshovsparks an. Josefin wohnt jetzt in Fredhäll, wir haben zu Hause bei ihr eine Kleinigkeit gegessen und dann beschlossen, einen Abendspaziergang zu machen, bevor ich wieder in meine Wohnung in der Birkastan radle.

Josefin holt tief Luft. »Das dachte ich auch, aber was soll ich machen? Ich lerne niemanden kennen, wenn ich ausgehe, und außerdem gehe ich fast nie aus. Und noch etwas, ich überlege auch, meinen Job zu kündigen«, sagt sie fröhlich.

Ich starre sie an. »Du hast doch eine raketenmäßige Karriere gemacht? Was ist denn los, Josefin?«

Meine Cousine fährt sich mit den Fingern durch die langen Haare, sie fallen wie ein goldener Schwall ihren Rücken hinunter, sie überlegt, was sie antworten soll. Was das Aussehen angeht, so sind wir der genaue Gegensatz. Ich, mit meinen feurigen, lockigen Haaren und jeder Menge Sommersprossen, und sie mit den hellen, glatten Haaren und der blassen Haut. Ich bin kaum einhundertsechzig Zentimeter groß, Josefin mindestens einhundertfünfundsiebzig Zentimeter. Josefin ist beinahe ein Abbild meiner Schwester – deshalb schmerzt es mich manchmal, wenn ich sie anschaue –, aber Josefins Mutter und meine Mutter sehen sich auch sehr ähnlich. Ich komme offensichtlich nach meinem Vater.

Als wir klein waren, glaubten alle, die es nicht wussten, dass Josefin und Liv Schwestern seien und nicht Liv und ich. Aber Josefin und ich, wir hatten als Gleichaltrige mehr gemeinsam als sie und Liv, und nichts und niemand in der ganzen Welt hätte an der geschwisterlichen Beziehung zwischen mir und Liv rütteln können.

Josefin wendet sich mir zu und sagt: »Erstens ist es umweltmäßig nicht zu verantworten, dass ich so viel umherreise, und wenn ich versuche, das mit meinem Chef zu besprechen, dann hört er einfach nicht zu. Es stimmt, ich habe auch ein paar Besprechungen online«, sagt sie mit einem Schulterzucken, »aber er besteht darauf, dass ich weiterhin reise. Er behauptet, die physische Anwesenheit sei *so* wichtig, es ist wirklich keine moderne Führung, man kann sich genauso gut am Bildschirm treffen. Und zweitens ...« Sie macht ein paar Schritte weg vom Weg, stellt sich ans Ufer und schaut über den Riddarfjärden, hinüber zu Långholmen. »Irgendwie brenne ich nicht für das, was ich mache. Es war mir wichtig, Karriere zu machen und Geld zu verdienen, aber jetzt, wo ich es tue ...« Sie wirft mir einen verlegenen Blick zu. »Das klingt bestimmt total nach Klischee, aber ich fühle mich innerlich irgendwie leer, wie eine Maschine, die einfach aufs nächste Ziel hinarbeitet, das nächste Quartal, den nächsten Bericht ... finde ich das cool oder wichtig? Nein!«

Ich schaue Josefin sorgenvoll an. Dann nehme ich sie in den Arm. »Wenn du solche Gefühle hast, dann musst du natürlich aufhören. Und es ist total verrückt, dass du weiter so viel umherreisen sollst. Nur, du hast dich so unglaublich angestrengt in diesem Job!« Sie hat ihm in den letzten Jahren wirklich einen großen Teil ihres Lebens gegeben, aber selbst das ist ein guter Grund, zu kündigen. Und ganz besonders, wenn es sich nicht mehr richtig anfühlt. »Was möchtest du stattdessen tun?«

Josefin grinst. »Ich weiß nicht! Meine Mutter rastet aus, wenn ich kündige. Auf jeden Fall, wenn ich nicht sofort einen genauso guten Job finde. Oder richtiger gesagt einen genauso gut bezahlten.« Sie verdreht die Augen.

Ich stöhne. »Sie sollte das lassen! Ich verstehe, wie sie denkt, weil sie immer kämpfen musste, damit sie zurechtkommt, aber ...«

»Ja, es ist wirklich das Allerletzte, dass man mit einem Lohn als Krankenschwester kaum zurechtkommt, wenn man allein ist und ein Kind hat«, ergänzt Josefin.

Ich nicke rasch. »Total! Aber was ich eigentlich sagen wollte, ist, dass du endlich dein Leben leben musst.«

»So wie du?«, sagt Josefin und dreht den Kopf so, dass die Abendsonne ihr direkt ins Gesicht scheint. Sie blinzelt, dann beschattet sie die Augen mit der Hand. »Ich bin so stolz auf dich, ganz ehrlich. Nicht nur, dass du deine eigene Firma hast, jetzt schreibst du auch noch die Memoiren von Fredrika Bergh. Was du danach für Aufträge bekommen wirst! Ich habe allerdings kaum gewusst, wer sie ist, bevor du es mir erzählt hast«, gibt sie dann zu.

Ich lächle. »Ich wusste auch nicht viel mehr. Aber wenn den Kritikern das Buch nicht gefällt oder es sich nicht verkauft, dann ist es eher das Ende meiner Karriere.« Ich spüre wieder den Druck, diesen Druck, etwas zu leisten. Ich will wirklich nicht, dass Marielle denkt, es wäre die falsche Entscheidung gewesen, mir diese Chance zu geben. »Und ein Einzelunternehmen, das kann jeder aufmachen«, sage ich dann zu Josefin. »Ich habe keine Angestellten, um die ich mich kümmern muss, es gibt ja nur mich. Außerdem…« Ich druckse ein wenig herum. »Nach dem Besuch bei Fredrika auf Strandbacka gestern habe ich über etwas nachgedacht.«

»Worüber?«

Ich bücke mich und tauche eine Hand ins Wasser. »Sie sprach davon, wie wichtig es ist, mit Leidenschaft bei seiner Arbeit zu sein. Und ja, ich liebe das Schreiben, das ist es nicht, aber bei meiner Arbeit geht es um noch so viel mehr. Manchmal ist es genauso, wie du gerade deine Arbeit beschrieben hast: eine ständige Jagd nach dem nächsten Auftrag, um Geld zu verdienen und leben zu können. Ich mag die Arbeit als Freelancerin, und ich habe mich selbst dafür entschieden, aber es ist schon hart. Und in letzter Zeit hatte ich so ein merkwürdiges Gefühl, dass das Leben irgendwie… zu Ende ist. Ich weiß nicht, warum.« Mich schaudert es ein wenig, ich ziehe die Hand aus dem Wasser und stehe auf. Es hat bestimmt keine siebzehn Grad.

»Zu Ende?«, sagt Josefin, sie scheint schockiert zu sein über das, was ich hervorgebracht habe.

Ich lache, ein wenig angespannt. »Nicht direkt zu Ende, aber ich weiß irgendwie, was jeden Tag passiert, und das schon ziemlich lange. Oder so, im Kleinen ist das Leben ja voller Überraschungen: noch Anfang letzter Woche hatte ich ja keine Ahnung, dass ich mich den größten Teil des Sommers mit diesen Memoiren befassen würde. Diese Art von Überraschungen macht mir Bauchschmerzen, besonders bevor es passiert. Ansonsten passiert irgendwie nichts Unerwartetes in meinem Leben.« Indem ich das sage, komme ich mir enorm undankbar vor. Wie viel erwartet man von seinem Leben?

»Aber du und Leon, es geht euch doch gut zusammen?«, fragt Josefin vorsichtig. »Sag bitte, dass es stimmt!« Sie packt mich leicht am Arm. »Ich verliere nämlich sonst den Glauben... An allem. Wenn nicht einmal ihr...« Ihr blauer Blick hält mich fest, dann lässt sie mich los.

»Es geht uns supergut!«, versichere ich ihr. »Es ist nur...« ich kneife den Mund zusammen, als sie mich wieder forschend anschaut. Ich wünschte, ich könnte mich von dem rhythmisch plätschernden Wasser zu unseren Füßen zur Ruhe wiegen lassen.

»Sicher?«

Ich schiebe die zwiespältigen Gefühle von mir weg. »Ganz sicher. Und ich habe übertrieben, ich habe nur eine kleine, temporäre Flaute – mental. Deshalb habe ich mich so drastisch ausgedrückt«, plappere ich weiter. »Unser Gespräch scheint auf Abwege geraten zu sein. Du willst deinen Job kündigen, weil der dir offensichtlich nicht guttut, also solltest du selbstverständlich nicht weitermachen. Das hätten wir jetzt also entschieden.« Josefin muss grinsen, ich bin plötzlich so selbstsicher, und ich fahre fort: »Also dann erzähl mal von Tinder.«

Ihre Gesichtszüge erstarren ein wenig. »Seit ich das Konto wieder aktiviert habe, war ich erst bei einem Date. Vielleicht werde ich meinen Ted wieder nicht finden, aber ich möchte nicht allein bleiben. Einen Versuch ist es immer wert. Leon war doch auch ziemlich aktiv bei Tinder, bevor ihr ein Paar wurdet, oder?«

»Ja, er hat sich mit ziemlich vielen Frauen getroffen.«

Josefin runzelt nachdenklich die Stirn. »Was hat das mit dir gemacht? Ich meine, auch wenn ihr nur Freunde wart, damals ...«

Das gibt mir einen Stich ins Herz. »Ganz ehrlich, das war die anstrengendste Zeit unserer Freundschaft. Leon hat darauf bestanden, mit mir über jedes Date zu sprechen, bis zu einer gewissen Grenze kann man ja zuhören und Ratschläge geben, aber dann wird es zu anstrengend. Wie gut befreundet man auch ist, damals habe ich mich richtig unzulänglich gefühlt.«

»Und er hat eigentlich die ganze Zeit nur dich gewollt, aber nicht geglaubt, dich bekommen zu können«, sagt Josefin. Sie schüttelt den Kopf und seufzt. »Was für ein Glück, dass ihr das am Ende herausbekommen habt!«

»Ja, das war tatsächlich das Einzige, worüber wir nie richtig sprechen konnten. Über unsere Gefühle für einander. Das war zu sensibel.« *Und zu kompliziert,* fügt eine Stimme in mir hinzu. Ich weiß eigentlich nicht, ob er die ganze Zeit wirklich mich haben wollte. Ich habe mich oft gefragt, ob das nicht eine nachträgliche Konstruktion seinerseits war. Ich war ja die meiste Zeit, als er bei Tinder aktiv war, Single. Irgendetwas an seinen Überlegungen stimmt also nicht.

»Ich habe neulich etwas ganz Dummes gemacht«, bekennt Josefin auf einmal. »Ted hat mir über Facebook eine Freundschaftsanfrage geschickt, zur gleichen Zeit haben wir angefangen, einander auf Instagram zu folgen.«

»Okay«, sage ich zögernd und bin nicht sicher, ob ich das, was jetzt kommt, hören will.

»Wir haben ja keinerlei Kontakt miteinander gehabt, uns Nachrichten geschickt oder so. Er ist ja verheiratet!«, sagt Josefin, als könnte sie meine Gedanken lesen. »Ich habe alles gelesen, was er je gepostet hat. Er schreibt so schöne Betrachtungen über alles Mögliche, lange Texte, und ich habe plötzlich verstanden, wie sehr er mir fehlt. Ted war sehr leidenschaftlich, sowohl als wir ... ähm, ja, du verstehst schon, was ich meine«, sagt sie und errötet ein wenig, »aber auch als Person, und es gibt wahrlich nicht viele Männer, die ihre Gefühle so ausdrücken können wie er. Ich weiß, wir waren ziemlich jung, als wir zusammen waren, aber unsere Liebe war echt. Ich verstehe überhaupt nicht mehr, warum ich nicht mit ihm nach Australien gegangen bin.«

Ich lege ihr die Hand auf den Rücken. »Aber du weißt doch gar nicht, wie es zwischen euch weitergegangen wäre.«

»Nein, das stimmt, und ich werde auch nicht mehr darüber jammern! Aber es war, als müsste ich mich immer tiefer in meinen Liebeskummer wühlen, als ich seine Instagram-Posts las.« Sie lässt den Kopf hängen, die langen Haare fallen wie eine Gardine vor ihr Gesicht.

Ich streiche ihr über den Rücken. »Dann bist du wieder zu Tinder, um dich noch ein bisschen mehr zu quälen?«

»Ja, genau.« Sie schiebt die Haare weg und schaut mich unglücklich an. »Ich wünsche mir, man könnte Ted klonen, und dieser Klon würde hier in Stockholm auftauchen. Oder, alles was ich will, ist ja, dass ich mich noch einmal so intensiv verliebe wie in ihn.«

»Das ist kein kleiner Wunsch«, sage ich und merke zu spät, was ich gesagt habe. »Oh, entschuldige. Ich habe es nicht so gemeint.« Woher kamen diese Worte jetzt?

Josefin runzelt die Stirn. »Ist zwischen Leon und dir wirklich alles in Ordnung? Ich habe das Gefühl, dass ...« Sie schweigt.

Ich nicke. »Alles ist so wunderbar, wie ich es mir nur wünschen kann. Ich liebe ihn, und er liebt mich. Wir werden vermutlich immer zusammenbleiben. Es ist nur, dass er …, dass wir …«
Ich gehe noch einen Schritt vorwärts, die Wellen, die über die Steine am Strand spülen, berühren fast meine Schuhe. Dann schaue ich hinüber zu den Felsen auf Långholmen und versuche, die Bilder, die in meinem Kopf auftauchen, zu verdrängen. Warum sind wir ausgerechnet hier stehen geblieben? »Zwischen uns gibt es vielleicht nicht dieses Feuer, von dem du gerade gesprochen hast«, fahre ich fort und wundere mich über meine eigenen Worte – aber sie sind ja wahr. »Aber kein Mensch kann doch alles für einen anderen sein, nicht wahr?« Wenn man eine Weile zusammen war, dann kommt man doch in einen Alltagstrott und hat keine Zeit, den anderen zu sehen, sich gegenseitig zu berühren. Sich leidenschaftlich auf einem Felsen zu küssen.

Obwohl, Zeit hätten wir ja, denke ich.

»Wir werden *vermutlich* immer zusammenbleiben?«

»›Vermutlich‹?«, echot Josefin. »Ich weiß, du warst dir nicht ganz sicher, als ihr ein Paar wurdet, und dass er irgendwie …«
Sie senkt die Stimme. »Ja, dass er in eurer Beziehung ziemlich viel entscheidet. Ich bin jedoch davon ausgegangen, du … du bist damit einverstanden?«

Ich drehe mich zu ihr um, fast ein wenig bestürzt. »Wie meinst du das, wir entscheiden beide gleich viel. Es ist nur so …« Ich schaue auf meine Hände und formuliere die Fortsetzung im Kopf: *Es ist nur so, Leon scheint ziemlich oft zu wissen, was das Beste für mich ist.* »Selbstverständlich werden wir zusammenbleiben«, murmele ich dann. »Das andere, das ist mir nur so herausgerutscht.« Ich mache einen Schritt zurück, Josefin und ich stehen jetzt wieder nebeneinander.

Sie nickt zweifelnd. »Du hast recht, kein Mensch kann alles für einen anderen sein«, sagt Josefin leise, sie scheint ihre Worte zu wägen. »Für mich ist es auf jeden Fall sehr wichtig, eine physische Beziehung zu haben. Sonst könnte man ja nur gute Freunde sein.«

Wir schauen uns an, sagen nichts.

»Versteh mich nicht falsch!«, bricht es aus mir hervor, denn es ist ja wirklich nicht so, dass Leon und ich, dass wir uns nie anfassen. »Bei uns ist es vielleicht nicht so oft... Wir liegen irgendwie nicht ständig auf dem Sofa und knutschen miteinander.«

Josefin grinst. »Nein, aus dem Alter ist man wohl raus. Obwohl, ich habe neulich ein älteres Paar auf einer Parkbank gesehen, sie haben vielleicht nicht wild geknutscht, aber sie haben sich die ganze Zeit angefasst. Das war irgendwie sehr schön. So möchte ich es auch haben! Das ist irgendwie ein Ziel fürs Leben!«

Ich kann es vor mir sehen und lächle. Wie sie sich die ganze Zeit angefasst haben, mit ihren alternden faltigen Händen. Wie sie einander angeschaut haben, als ob es auf der ganzen Welt nur sie beide gäbe – und es immer so gewesen wäre. Das klingt sehr schön. Und dieser Gedanke berührt mich innerlich ganz tief. Nicht einmal am Beginn unserer Beziehung war es so zwischen mir und Leon. Diese ganz feste, innerliche Nähe hat es nie gegeben, und auch nicht das intensive Begehren, das die Welt um einen herum verschwinden lässt. Und ich habe auch nicht das Gefühl, Leon würde mich anschauen, als wäre ich die Einzige für ihn.

KAPITEL 10

Ich biege in die Parkbucht neben der gewundenen Landstraße ein und starre die rot leuchtende Kontrolllampe an. Das kann doch nicht wahr sein. Ich habe mir heute zum zweiten Mal Leons Auto ausgeliehen, um nach Strandbacka zu fahren, und schon bewahrheiten sich meine Befürchtungen. Ich schließe ein paar Sekunden die Augen, als würde die Lampe dann nicht mehr leuchten, was natürlich nicht der Fall ist. Und ich weiß ja auch, was in der Betriebsanleitung steht, wenn die Lampe rot leuchtet, sollte man auf keinen Fall weiterfahren.

Ich mache den Motor aus und schlage aufs Lenkrad, bevor ich versuche, Leon anzurufen. Aber er antwortet nicht, hat wahrscheinlich Unterricht. Und wie sollte er mir auch helfen, zig Kilometer weit weg? Ich stelle das Warndreieck ein Stück weiter weg auf und gehe dann einmal ums Auto herum. Riecht es nicht ein wenig verbrannt? Vielleicht sollte ich sicherheitshalber die Motorhaube öffnen? Ich ziehe im Auto am entsprechenden Hebel und öffne sie. Hitze schlägt mir entgegen, und es riecht tatsächlich verbrannt, aber äußerlich sieht alles aus wie immer.

Ich seufze tief, dann suche ich die Nummer der Pannenhilfe und erkläre am Telefon, was los ist. Die Stimme am anderen Ende teilt mir mit, dass es eine ganze Weile dauern kann, bis jemand kommt. Ich wandere also ungeduldig neben dem Auto hin und her. Glück im Unglück ist auf jeden Fall, dass ich für meinen Termin mit Fredrika besonders früh losgefahren bin. Andererseits, was spielt es für eine Rolle, wo ich Strandbacka doch nicht erreichen kann?

Allerdings, wenn ich richtig nachdenke, ich habe unterwegs Bushaltestellen gesehen. Nicht sehr häufig, aber es hat sie definitiv gegeben. Natürlich muss man auch mit öffentlichen Verkehrsmitteln nach Strandbacka kommen können, auch wenn Fredrika angedeutet hat, das sei nicht möglich. Vielleicht muss man die letzten paar hundert Meter zu Fuß gehen, aber was soll's?

Ich will gerade nachschauen, was für ein Bus das sein könnte, da merke ich, dass ein Volvo V60 sich der Parkschleife nähert und langsamer wird. Nachdem er sie passiert hat, macht er eine Vollbremsung, wendet in der Einfahrt zu einem Acker, fährt zurück und stellt sich vor Leons Peugeot in die Parkschleife. Mein Puls rast, ich merke, wie meine Finger albernerweise nach der Notnummer auf dem Handy suchen.

»Brauchst du Hilfe?«, sagt der Fahrer, als er aus dem Volvo steigt. »Ich habe das Warndreieck gesehen und...« Er hört auf zu sprechen und starrt mich an. Mein Herz schlägt bis zum Hals, ich muss mich bemühen, die Kontrolle über meine körperlichen Reaktionen zu behalten.

Der einzige Mensch, den ich wirklich treffen wollte. Nein, stopp! Ich schließe die Augen. Ein Mensch, an den ich nicht denken sollte, korrigiere ich mich rasch im Kopf und versuche, mich von der Überraschung zu erholen.

»Ella...«, sagt er schließlich.

Eine Woge der Erleichterung durchfährt mich, als er meinen Namen sagt. »Ben!«, stoße ich beinahe hervor.

»Was in aller Welt...?« Er schüttelt den Kopf. »Wir treffen uns offenbar an den unmöglichsten Orten.«

Ich muss mich ein wenig sammeln und sage dann: »Das kann

man wohl sagen. Fährst du einfach spazieren?« Ich sehe seinen maßgeschneiderten Anzug und das passende Hemd. So fährt man weiß Gott nicht spazieren.

Er verzieht den Mund, sein Grübchen wird sichtbar. »Könnte man so sagen. Und du? Fährst du spazieren, einfach so im Nirgendwo?«

Ich muss lächeln. »Ungefähr.« Mein Gott, es ist wunderbar, ihn zu sehen, obwohl ich das überhaupt nicht so empfinden dürfte. Mein Herz macht Sprünge, als ich ihn anschaue.

»Und dann ist dein Auto kaputtgegangen?« Ben kratzt sich im Nacken, kommt ein paar Schritte näher und schaut unter die Motorhaube.

»Ja, das Motorlämpchen hat rot geleuchtet.«

»Oje! Das klingt nicht gut. Vor allem nicht, wenn man kein Automechaniker ist und nicht die Ärmel aufkrempeln kann, um das Problem zu lösen. Oder wenigstens wüsste, was los ist.« Er schaut auf und lacht.

»Nee, auch ich bin kein Automechaniker«, sage ich und hebe eine Hand hoch. Sind wir uns also einig.

»Obwohl, heute werden die Fehler ja nur noch mit dem Computer gesucht«, fügt Ben hinzu.

»Ja, ich habe auch schon die Pannenhilfe gerufen, du brauchst dich also nicht unter Druck zu fühlen.« Ich schaue auf die menschenleere Landstraße. »Es ist nur so, dass es eine Weile dauern kann, bis sie kommen, und ich habe einen Termin.« Ich schaue ihn wieder an. »Aber das ist wirklich nicht dein Problem. Ich glaube, es fährt auch ein Bus dorthin. Und ich muss einfach eine Nachricht schreiben, dass ich mich verspäte.« Ich hoffe, dass Fredrika das akzeptiert.

Ben kratzt sich mit dem Zeigefinger am Muttermal auf der Wange. »Hast du noch einen weiten Weg?«

»Na ja, ich glaube, es waren noch zwanzig Kilometer, als die Warnlampe zu leuchten anfing, und das ist keine Strecke, die man unbedingt zu Fuß gehen will. Und schon gar nicht in Ballerinas.« Ich schaue auf meine Füße hinunter. Durch die dünne Sohle kann ich jede Unebenheit im Asphalt spüren.

Ben lächelt. »Nein, das ist wirklich nicht zu empfehlen. Ich fürchte, der Bus fährt höchstens einmal in der Stunde. Aber ich kann dich ja hinfahren, wenn du willst?«

»Aber dann musst du ja… hierbleiben und warten, bis der Abschleppwagen kommt. Und du bist ja auch nicht nur spazieren gefahren, nicht wahr?«, sage ich mit einem Blick auf seinen Anzug. Ein Gedanke kommt mir. War er vielleicht in Strandbacka? Oder ist das allzu weit hergeholt?

»Ich habe bis Mittag noch ein wenig Zeit. Natürlich fahre ich dich!« Ben berührt ganz leicht meine Hand. Eine warme Welle durchspült meinen Körper, ich kann nichts dafür.

Einen Moment lang steht alles still. »Okay. Danke!«

Wir schauen uns an, und auf einmal finden wir keine Worte. Ich öffne den Mund, aber es will kein Wort herauskommen.

»Ich habe zufällig zwei Flaschen Cola auf dem Rücksitz«, sagt Ben, als eine beinahe lähmende Stille zwischen uns entsteht. »Möchtest du eine?« Er zieht sein Sakko aus und krempelt die Hemdsärmel hoch.

Es weht ein warmer Wind, die Sonne steht fast direkt über uns. Allein der Gedanke an etwas zu trinken macht mir einen trockenen Mund. »Ja, sehr gern!«

Kurz darauf kommt Ben mit zwei Flaschen Cola zurück und

reicht mir eine. Wir schrauben sie fast gleichzeitig auf und trinken ein paar Schlucke. Wir schauen uns an und lachen, dann versinken wir wieder in Schweigen.

»Und diese Situation hat überhaupt nichts Steifes!«, stößt Ben schließlich hervor.

»Schon ein wenig, vielleicht«, sage ich, versuche es mit einem Lächeln, das er beantwortet, dann runzelt er die Stirn.

»Ella, ich muss dich um Entschuldigung bitten, für mein Verhalten, als wir uns neulich getroffen haben. Es war so ein Schock für mich. Es hatte vielleicht den Anschein, als hätte ich dich nicht erkannt, und ich konnte nichts erklären, bevor ich gehen musste.«

Ich lasse das Gesagte auf mich wirken und schüttele leicht den Kopf. »Ich war auch schockiert. Aber es freut mich, zu hören, dass du mich nicht…«

»Vergessen hast? Nie im Leben!«

Sein Bekenntnis lässt mein Herz schneller schlagen, auf einmal wird mir klar, wie überwältigend unser Wiedersehen ist.

Er schaut mich genauer an. »Wie ist es dir…?«

Die letzten zwölf Jahre ergangen, ergänze ich im Kopf. Ich kann es fast nicht glauben, dass es so lange her ist, als wir an einem Juniabend durch halb Stockholm gewandert sind. »Gut. Und dir?«

Ben fährt sich mit der Hand durch die Haare und lacht. »Ziemlich blöde Frage. Also meine. Aber meine kurze Antwort ist… *Jetzt* geht es mir gut.«

Ich nicke, unsere Blicke treffen und lösen sich, ich frage mich, ob er meint, genau jetzt. Denn im Moment gefällt es mir richtig gut. Ich schaue ihn an, es ist, als würde alles in mir vor Freude singen. Ich versuche, normal zu atmen. Das klappt nicht besonders gut. Ich bin so aufgeregt, weil wir uns schon wieder unerwartet treffen, ich lege meine Hand auf die Brust. Ich möchte ihn so viel fragen, aber ich bin mir gar nicht sicher, ob ich wirklich eine Antwort auf alle Fragen haben will. Und ich weiß auch nicht, wo ich anfangen soll.

»Wohnst du jetzt in Stockholm?«, frage ich.

»Ja, meine ganze Familie ist von Kiruna weggezogen, nachdem ich Abitur gemacht habe. Zurück nach Västerås. Und seit ein paar Jahren wohne ich in Stockholm. Wohnst du noch draußen auf…?« Sein Blick gleitet langsam über mich.

»Resarö? Nein, ich habe eine Wohnung in Birkastan.«

Wir trinken wieder einen vorsichtigen Schluck aus unseren Flaschen, fast simultan. Ben schaut mich aus dem Augenwinkel an. »Du hast dich nicht verändert. Und deine Haare sind… immer noch so fantastisch, wie ich sie in Erinnerung habe.«

»Deine auch.« *Sind wunderbar*, denke ich. Ich würde sie so gerne anfassen, belasse es jedoch dabei, die beinahe blau schimmernden Locken anzuschauen. Was denke ich eigentlich? Ich fasse mit einer Hand an den Hals, um die Röte zu verbergen, die sich sicher ausbreitet. »Und, machst du immer noch Musik?«

Ben schaut auf sein Hemd und seine Anzugshose, als würden die alles erklären. »Nein. Und du? Schreibst du noch? Denn du hast doch geschrieben? Auch Songtexte.«

Ich muss lächeln. »Ja, ich schreibe tatsächlich! Keine Songtexte, aber ich bin Redakteurin und Ghostwriterin.«

»Na, so was, wie toll! Das klingt ja total spannend.« Bens Augen strahlen, er scheint sich ehrlich für mich zu freuen. »Und was schreibst du im Moment? Ist es etwas Besonderes?«

Ich fahre mit dem Finger an der Flaschenöffnung entlang.
»Das kann man wohl sagen. Habe gerade mit der Biografie von
Fredrika Bergh angefangen. Übrigens habe ich eine Verabredung mit ihr – auf Strandbacka, ihrem großen Anwesen am Mälarsee.« Ich schaue ihn von der Seite her an.

Ben sieht erstaunt aus. »Wirklich? Da komme ich gerade her.«
Mein Herz schlägt immer schneller. Da war meine Vermutung doch nicht so ganz falsch.

Ben lächelt, dann erklärt er: »Fredrika hat sich bereit erklärt,
als meine Ratgeberin oder Mentorin zu fungieren, oder wie man
es nennen will, zumindest eine Zeitlang. Wir arbeiten in der
gleichen Branche. Oder haben gearbeitet, sollte ich vielleicht
sagen – Fredrika hat ja aufgehört. Ich arbeite in einer kleinen
Firma, die Industriepumpen herstellt.«

Ich schaue ihn von der Seite her an. Es kommt mir irgendwie
bekannt vor. »Hatte dein Vater nicht so eine Firma?«

Ben tritt gegen einen Stein auf dem Asphalt, für den Bruch-
teil einer Sekunde sieht es aus, als würde sein Gesicht erstarren.
»Ja, für die arbeite ich – Canavans Industriepumpen. Ich habe
ihn vor ein paar Jahren als Geschäftsführer abgelöst.«

»Aha, ich verstehe, das Industriegeschäft ist ein großer Teil
von Berghs International«, ich habe mich inzwischen kundig gemacht über den Konzern und Fredrikas Hintergrund, »und auch
da ist die Führung seit Generationen in der Familie weitergege-
ben worden«, fahre ich fort, als wolle ich es mir selbst erklären,
während ich spreche. »Ja, das klingt sehr vernünftig, Fredrika
Bergh als Mentorin zu wählen«, sage ich zusammenfassend und
lächle. Und da meine ich nicht einmal Bens persönliche Nähe
zur Familie Bergh, die vermutlich der Hauptgrund ist. Wenn ich

mich recht erinnere, hat Fredrika beim letzten Mal erwähnt, dass sie Bens Vater kennt.

Bens Mundwinkel gehen nach oben, und er schaut mich freundlich an. »Und Fredrika hat so eine unglaubliche Erfahrung. Von ihr kann ich sehr viel lernen!«

»Ja, alles, was ich über sie gelesen habe, ist ausgesprochen imponierend«, bekräftige ich. »Ich hoffe, dass ich durch die Interviews noch mehr erfahre, aber wir sind noch nicht sehr weit gekommen.«

»Verstehe«, sagt Ben und streicht sich mit der Hand über das Kinn. »Das Wichtigste ist, sich aus den ... Streitigkeiten innerhalb der Familie herauszuhalten. Als wir beide uns auf dem Fest getroffen haben, bin ich von Marielle eingeladen worden, wir sind ...« Er schweigt einen Moment. »Ich war eigentlich mit ihrem Bruder dort, mit Gustaf, den ich schon sehr lange kenne. Die beiden kommen eigentlich ganz gut miteinander aus, aber – «

»– du kennst also irgendwie die ganze Familie«, sage ich dazwischen.

»Nein, nicht die ganze Familie. Marcus – Marielles und Gustafs Vater –, den kenne ich nicht, obwohl er das Zentrum von allem zu sein scheint.«

»Er ist Fredrikas Bruder«, füge ich leise hinzu.

»Ja, genau, und es scheint so zu sein, dass vor allem Marcus und Fredrika nicht miteinander auskommen, aber Marielle hat eher die Partei von Fredrika ergriffen, und Gustaf hält mehr zu seinem Vater.«

»Das klingt sehr kompliziert!«, sage ich.

Ben nickt. »Im Grunde geht es wohl um eine Art Machtkampf und um eine Rivalität zwischen Marcus und Fredrika. Soweit ich es verstanden habe, war eigentlich Marcus für den Posten des Geschäftsführers vorgesehen, aber ihr Vater hatte entschieden, dass Fredrika ihn bekam. Marcus hat zwar auch einen sehr hohen Posten innerhalb des Konzerns übernommen, aber ich vermute, es hat ihn doch sehr geschmerzt, nicht…«

Ich reibe mir die Stirn. »Das könnte eine Erklärung sein.« Aber ich frage mich doch, warum ihr Vater es so wichtig fand, Fredrika anstelle von Marcus für den Posten der Geschäftsleitung einzusetzen, vor allem angesichts der Tatsache, dass sie ihn gar nicht wollte. Wenn es denn wirklich so war? *Er ließ mir keine Wahl*, klingt es wie ein Echo in meinem Kopf. »Aber jetzt ist doch Gustaf der Geschäftsführer«, sage ich zu Ben.

Ben knöpft den obersten Knopf seines Hemdes auf, als würde ihm warm von unserem Gesprächsthema. Einen Moment lang bin ich abgelenkt von der glänzenden Haut und den kleinen dunklen Locken auf seiner Brust. »Ja, du hast recht, man könnte meinen, dass Marcus seine Revanche bekommen hat, indem Gustaf die Rolle übernommen hat, aber so scheint es nicht zu sein. Ich habe den Eindruck, dass Marcus ein kleiner Störenfried ist. Und um das Ganze noch komplizierter zu machen, ich habe den Eindruck, dass Marielle gerne den Posten der Geschäftsführerin gehabt hätte, jedoch noch zu jung war, als er besetzt wurde.«

Ich sperre die Augen auf. »Was für eine Intrige! Und dabei habe ich gedacht, Marielle will nichts lieber, als ihren Verlag zu betreiben.«

»Vielleicht hat sie ihn ja nur gegründet, um einen eigenen Weg zu gehen«, murmelt Ben leise. »Im Grunde glaube ich immer noch, dass sie… Oder genauer gesagt, ich weiß, Marielles

Wunsch…« Er schaut mich an und scheint zu begreifen, er könnte im Begriff sein, zu viel zu sagen. »Nein, jetzt möchte ich dich wirklich nicht mehr damit langweilen. Ich verstehe gar nicht, wie ich…« Eine Sehne an seinem Hals spannt sich. »Ich hätte eigentlich nicht so über die Familie Bergh sprechen dürfen.«

Ich schüttele den Kopf. »Ich werde doch Fredrikas Memoiren schreiben, also glaub mir – alles, was du sagst, war für mich sehr interessant, auch wenn du vielleicht das Gefühl hattest, irgendwie über sie zu tratschen.« Es ist ganz offensichtlich, dass er nicht nur Gustaf sehr gut kennt, sondern auch Marielle.

»Ja, ein wenig.« Ben hat seine Hände in die Hosentaschen gesteckt und schaut in die Weite. Dann wendet er sich mir zu und sagt: »Aber außer dir hätte ich es wirklich niemandem erzählt.«

Ich zucke zusammen und versuche, das Gesagte nicht an mich heranzulassen. Plötzlich kommt die lang vergangene Zeit zurück. Sinneseindrücke steigen empor, eine bittersüße Erinnerung an einen Abend, von dem ich glaubte, wir hätten uns auf mehreren Ebenen getroffen. Ich muss tief Luft holen, um dieses Gefühl abzuschütteln. Ich schaue die Straße entlang bis zur nächsten Kurve. »Übrigens, hast du ganz mit der Musik aufgehört? Oder produzierst du manchmal in deiner Freizeit?«

»Nein, dafür habe ich keine Zeit.«

»Wie schade!« Ich drehe mich zu ihm. »Es ist zwar sehr lange her, dass ich deinen Song hören durfte, aber ich erinnere mich gut, er war ganz toll.«

Er lächelt mich ein wenig an. »Ich habe nach dem Gymnasium tatsächlich eine Weile mit der Musik weitergemacht. Aber dann ...« Er schweigt plötzlich, sein Gesicht bekommt einen angestrengten Ausdruck, und er spricht nicht weiter. Ich glaube jedoch, dass ich es mir denken kann.

Caravans Industriepumpen war ein Familienunternehmen und vermutlich war geplant, dass Ben die Rolle des Geschäftsführers von seinem Vater übernehmen sollte, auch wenn er das damals, als wir uns trafen, noch nicht richtig wahrhaben wollte. Und er scheint sich ja tatsächlich der Musik gewidmet zu haben – eine Zeitlang –, bis er den kreativen Traum aufgeben musste und die Pflicht rief.

Ben schweigt eine Weile, scheint nachzudenken. Dann fasst er mich überraschend am Handgelenk. Ich blicke überrascht nach unten und dann ihn an. »Entschuldige!«, ruft er erschrocken aus, scheint selbst überrascht von seiner Geste. »Ella, ich muss dir erklären, warum ich mich nach diesem Abend nicht mehr gemeldet habe ...« Seine großen dunklen Augen schauen mich bittend an, als hätte er auf den richtigen Augenblick gewartet, um das zu sagen.

Ich spüre ein nervöses Pochen im ganzen Körper, als wir zu plötzlich zur Sache kommen. Das Einzige, was wirklich von Bedeutung wäre.

Ben holt tief Luft, um weiterzusprechen. Aber da, genau in diesem Moment klingelt mein Handy in meiner Tasche, die ich schräg über den Körper hängen habe. Wie paralysiert starren wir sie an, ich vermute, dass es um das Abschleppen des Autos geht. Ich hole das Handy heraus, dann sinke ich ein wenig zusammen. Es ist Leon. Ich muss ihm doch erzählen, was mit seinem Peugeot los ist, ich gehe also ein paar Schritte zur Seite, um ungestört telefonieren zu können.

Nachdem ich das Gespräch beendet habe und mich umdrehe, sehe ich, dass Ben mich beobachtet. Was denkt er wohl, was hat er wohl die ganzen Jahre gedacht? Plötzlich wird mir klar, ich wollte mich nicht an ihn erinnern. Denn wenn man sich nicht an jemanden erinnert, dann heißt das, diese Person ist nicht mehr Teil des eigenen Lebens. Ich sollte heute nicht mehr die Gefühle von damals haben. Und doch sind sie auf einmal da, all die langen Sekunden, Minuten, Stunden und Tage nach diesem Abend. Die demütigenden Tage danach ziehen wie in einem Nebel vorbei. Etwas Heißes, beinahe Brennendes erfüllt mich, und ich muss schlucken.

»Das spielt keine Rolle mehr«, sage ich, als ich wieder bei Ben stehe.

»Aber…«, beginnt er.

Ich hebe rasch eine Hand, damit er nicht weiterspricht. »Du brauchst nichts zu erklären. Das ist doch jetzt so lange her.« Ich möchte wirklich nicht hören, wie er eine gekünstelte Entschuldigung hervorbringt, jetzt, zwölf Jahre später, nach der ich mich noch dümmer fühle als damals. Es ist schon besser, gar nichts zu wissen.

Ben schaut mich zweifelnd an, und da bin ich mir dann doch nicht mehr so sicher wie gerade noch. Kurz darauf taucht der Abschleppwagen auf. Es gibt keine Gelegenheit mehr, weiter zu sprechen, wir sind damit beschäftigt, dem Fahrzeug zu winken und es auf uns aufmerksam zu machen. Leons Auto wird aufgeladen, insgeheim betrachte ich Ben, ich muss tüchtig kämpfen, um meinen Panzer aufrechtzuerhalten.

KAPITEL 11

Fredrika hat mich in einen geräumigen und sympathisch ein-
gerichteten Raum geführt. Die ganze Prozedur mit dem Abschleppen des Autos hat länger gedauert, sie hat eine andere
Tätigkeit begonnen, die sie jetzt beenden möchte. Ich warte auf
ihre Rückkehr und stelle mich in die Tür zum anliegenden
Raum. Es scheint eine Art Bibliothek oder Gesellschaftszimmer
zu sein, es macht einen sehr viel entspannteren und einladen-
deren Eindruck als die Räume in ihrer Wohnung in der Stadt.
Die Sitzmöbel sind groß und sehen ausgesprochen bequem aus.
Eine Wolldecke und ein Fachbuch liegen auf einem der Sofas,
auf einem kleinen Tisch daneben steht eine ausgetrunkene Kaffeetasse. In der hinteren Ecke des Zimmers, neben der Öffnung
zum nächsten Raum, steht ein runder weißer Kachelofen mit
glänzenden Messingtüren, davor ein Korb mit Brennholz. Die
lange Wand daneben bedecken hohe Bücherregale. An den
beiden Fenstern zur Veranda stehen rosa Geranien, die Wand
zum Flur schmückt ein Hochzeitsbild von Fredrika und ihrem
Mann.

Ich trete einen Schritt hinein. Das war also Henry? Er und Fredrika sehen auf diesem Foto sehr elegant aus. Obwohl – Fredrika
ist mehr als elegant, sie ist schön wie aus einem Märchen, in
einem schmalen Seidenkleid, mit elegant hochgesteckten Haaren, die mit einem Spitzenschleier und einer kleinen Krone ak-
zentuiert sind. Das Hochzeitspaar lächelt in die Kamera. Und
dennoch stimmt etwas nicht. Ich kann zunächst nicht sagen,
was es ist, aber dann finde ich, Fredrika sieht nicht wirklich freu-

dig aus. Ihre Augen lächeln nicht. Oder ist es nur Einbildung? Ich schaue mir das Foto noch einmal aus der Nähe an.

Ein klein wenig betrübt wende ich mich ab und gehe dann zum Bücherregal. Fredrikas Literaturgeschmack ist ganz offensichtlich breit und facettenreich. Ich weiß nicht, warum, aber auf einmal gleite ich mit meiner Hand über ein Regal und gehe Richtung Fenster. Dann wird die Hand gebremst. Ich schaue nach oben, ein Foto liegt im Weg. Ich nehme es herunter und halte es vorsichtig zwischen beiden Händen. Es ist ein Schwarzweißfoto, ziemlich zerknittert, als hätte jemand es zusammengeknüllt und dann wieder glattgestrichen. Man erkennt einen jungen Mann. Einen richtig gutaussehenden Mann mit dunklen Haaren und Augen. Meine Gedanken segeln in Bens Richtung.

Die Stimmung im Auto auf der Fahrt hierher war merkwürdig. Als wären wir in einer Blase aus angespannter Energie und wüssten beide nicht, worüber wir reden sollten, nachdem ich seine Erklärung nicht hören wollte. Aber ich konnte nicht anders, sein plötzliches Auftauchen hatte mich sowieso schon aus der Bahn geworfen. Außerdem bekam Ben auf halbem Weg einen Anruf, den er nicht annahm, was mich nachdenklich machte. Sein Handy lag zwischen uns auf der Ablage, und ob ich wollte oder nicht, ich sah, dass Marielle ihn anrief. Er schielte auf den Schirm, und ich hatte ein ... merkwürdiges Gefühl. Was mir noch weniger Lust machte, zu reden.

Aus dem Augenwinkel sehe ich eine Bewegung in der Halle, drehe mich um, Fredrika ist wie aus dem Nichts aufgetaucht. »Wer ist das?«, frage ich neugierig und halte das Foto hoch, damit sie sehen kann.

Fredrika kommt ins Zimmer, ganz plötzlich scheint sie zu zittern, wirkt angespannt. »Wo hast du das gefunden?« Sie kommt auf ihren Krücken zu mir und reißt mir das Foto aus der Hand.

»Auf dem Regal«, sage ich und schaue sie beinahe schockiert an. »Ich wollte nicht herumschnüffeln, aber ich arbeite ja mit Büchern, und in diesem Zusammenhang wollte ich deine Bücherregale erkunden, und das Foto lag da.«

»Und dann hast du es normal gefunden, auch das Foto zu erkunden?« Fredrikas Augen blitzen, ich ahne eine Seite von ihr, die sie in ihrer Arbeit sicher oft anwenden musste.

»Nein, natürlich nicht!« Ich versuche zu lächeln. »Es ist … einfach passiert«, stottere ich, ihre heftige Reaktion hat mich ziemlich erschreckt. Ganz offensichtlich habe ich vermintes Gelände betreten, Fredrika möchte nicht, dass ich – oder überhaupt jemand? – das Foto anschaue.

Fredrika sagt nichts, ich fühle mich ausgesprochen unwohl. Ich falte die Hände, weiß nicht so recht, wohin ich den Blick richten soll. Schließlich schaue ich zu Boden. Nach einer Weile habe ich so ein Gefühl, als hätte Fredrika das Zimmer verlassen. Als ich aufschaue, stelle ich fest, dass ihre Aufmerksamkeit ganz woanders zu sein scheint. Kurz darauf verschwindet sie in das angrenzende Zimmer, kommt dann ohne das Foto zurück und macht einen beherrschten Eindruck.

»Können wir anfangen?«, sagt sie, ohne ihre Reaktion zu erklären. Sie setzt sich auf das eine Sofa und bedeutet mir, mich auf das andere zu setzen. »Wir haben ja schon eine Menge Zeit verloren, auch wenn du nichts für die Autopanne kannst.« Sie klingt jedoch so, als ob es trotzdem meine Schuld gewesen wäre. »Was für ein Glück, dass Ben als rettender Engel aufgetaucht ist und ihr euch außerdem zu kennen scheint.«

Ich hole meine Tasche aus der Halle und setze mich auf das Sofa ihr gegenüber. »Ja, das war ein unglaubliches Glück. Aber wir kennen uns nicht wirklich.« Ich hole meinen Notizblock und meinen verlässlichen Füller aus der Tasche. Ich hatte gehofft, Fredrika würde sich heute ein wenig mehr öffnen. Bei meinem letzten Besuch schien sie etwas aufzutauen, sie war in der Umgebung, in der sie sich wohl fühlte. Nun war die Stimmung jedoch genauso frostig wie bei meinem Besuch in ihrer Wohnung in der Banérgatan. Ich habe die Hoffnung auf eine einigermaßen vernünftige Sitzung schon fast aufgegeben. Einen Schritt nach vorn und einen Schritt zurück, denke ich resignierend und verstehe, warum Carl Sjödin so frustriert war.

Aber vielleicht kann Fredrika über das Geschehene hinwegsehen? Das muss sie wohl, oder?

»Möchtest du keine Fragen stellen?«, sagt sie ein wenig ungeduldig, was die Situation nicht leichter macht. »Und nimmst du heute nichts auf?«, fragt sie in Richtung des Notizblocks auf meinem Schoß.

»Nein, heute geht es *back to basics*.« Sie hatte ja beim letzten Mal ihre Ablehnung der Aufnahme bekundet, und vielleicht ist die Chance, dass sie sich mir anvertraut, ohne Aufnahmegerät größer.

Die Liste der Fragen, die ich Fredrika *wirklich* stellen möchte, wird immer länger, bisher habe ich noch nicht sehr viel brauchbares Material über sie zusammengekratzt. Ich würde am liebsten wissen, wie es dazu kam, dass sie Vorsitzende wurde und nicht ihr Bruder, Marcus. Ich würde auch gerne über diese Kreuzung ihres Lebenswegs sprechen, und was dazu geführt hat. Das scheint ja der Kern des Ganzen zu sein. Aber ich kann beim besten Willen nicht hervorholen, was Ben mir anvertraut hat. Und von dem wenigen, was Fredrika mir bisher erzählt hat, kann ich mich auch nicht nähern. Schon gar nicht heute. Ich betrachte ihre angespannte Gestalt. Als ich mich heute Morgen zu Hause auf das Interview vorbereitet habe, war mir klar geworden, dass *ich* einen Schritt zurücktreten musste. Wie frustrierend das auch war.

»Na?«, sagt Fredrika.

Ich öffne mein Notizbuch, ich habe eine ganze Reihe mit Fragen aufgeschrieben, die ich für wichtig halte. Sowohl was ihr privates als auch ihr öffentliches Leben betrifft. Dazu alle selbstverständlichen Fragen, die ihre Karriere angehen.

Ich brauche ihre weibliche Perspektive auf eine ansonsten von Männern dominierter Welt, obwohl sie die Augen verdreht und stöhnt, als ich das andeute. Sie hat als Frau ganz bestimmt kämpfen müssen, um respektiert zu werden. Ich möchte sie nach ihren größten Erfolgen und auch Misserfolgen in ihrer Karriere fragen, nach besonders schwierigen Situationen und Entscheidungen, die sie zu treffen hatte. Und ich möchte verstehen, wie sie ihren Führungsstil verstanden hat und wie er sich vielleicht im Lauf der Zeit verändert hat. Ich möchte sie nach den Intrigen auf den Vorstandsetagen und in den Fluren der Macht fragen, ich möchte sie um Tipps und Ratschläge bitten, wie man erfolgreich werden kann.

Und wenn wir erst mal so weit sind, ergibt sich vielleicht die Möglichkeit, persönlicher zu werden und Antworten auf die wirklich interessanten Fragen zu bekommen.

Ich klopfe mit dem Stift auf mein Notizbuch und setze mich gerade hin. »Ja, es gibt tatsächlich Unmengen von Fragen, die ich dir stellen möchte.«

KAPITEL 12

Ich nähere mich Strandbacka zu Fuß, ländliche Düfte schlagen mir entgegen – Ställe und Pferde, frischgemähtes Gras und blühende Obstbäume. Wahrscheinlich wäre es besser, wenn ich mir für meine Treffen mit Fredrika ein Auto mieten würde, jetzt, wo Leons Auto in der Werkstatt ist. Aber so weit bin ich noch nicht, deshalb muss ich zusehen, dass ich die wenigen Busse, die von der S-Bahn-Station aus verkehren, erreiche. Und ich habe nichts gegen den Spaziergang von der Bushaltestelle nach Strandbacka. Beim letzten Mal wurde es auf dem Nachhauseweg auf einmal windig, und als ich zur Bushaltestelle kam, regnete es in Strömen. Ich wurde klatschnass. Jetzt halte ich mein Gesicht in die Sonne und den wolkenlosen Himmel, eine angenehme Brise streicht mein Gesicht. Es ist wunderbar. Strandbacka ist wirklich ein lebendiger Ort, mit den vielen Pferden und den Aktivitäten in den Ställen.

An dem Tag, als Leons Auto kaputtging und Ben mich das letzte Stück hierherfuhr, hat Lena – eine junge Frau, die in den Ställen arbeitet – mich bis zur S-Bahn-Station mitgenommen, als ich wieder zurückwollte. Sie und all die anderen, die hier arbeiten, sind sehr freundlich zu mir. Fredrika war nicht direkt unfreundlich, bis auf die Situation, als ich das Foto fand, aber seither habe ich das Gefühl, dass ich sie mit Samthandschuhen anfassen muss. Ich spüre tatsächlich eine gewisse Unlust, hierherzufahren, und ich merke, meine Schritte werden langsamer, je näher ich dem Haus komme.

Mein ausgeklügelter Plan für die Interviews funktioniert

überhaupt nicht, obwohl mein Notizbuch voll mit Aufzeichnungen ist. Ich habe sie auf dem Weg hierher noch einmal durchgelesen und an unsere bisherigen Gespräche gedacht und dabei festgestellt, warum: die Interviews mit Fredrika gleichen langen Verhören. Ich bin offenbar in die gleiche Falle getappt wie Carl Sjödin. Außerdem bin ich ihr keinen Schritt nähergekommen, wie ich es gehofft hatte. Natürlich braucht man Fakten und Hintergrundinformationen, aber im Moment scheint das Buch so zu werden wie alle anderen Bücher dieses Genres, es wird sich kein bisschen davon abheben. Genau wie Fredrika es befürchtet hat. Und das Allerschlimmste ist, dass wir uns beide langweilen, wenn wir uns treffen – sie hat das zwar nicht direkt so gesagt, aber man kann es an ihrem Gesicht ablesen.

Ich weiß nur nicht, was ich machen soll. Ich möchte mich nicht wieder auf vermintes Gelände begeben. Aber so funktioniert es auch nicht. Sollte ich vielleicht das Handtuch werfen und zugeben, dass ich für diesen Job keinen Deut besser geeignet bin als Carl Sjödin? Das hätte ich nicht gedacht. Ich würde so gerne Marielles Erwartungen an mich erfüllen und auch mir selbst beweisen, dass ich es schaffe. Bei unseren bisherigen Gesprächen habe ich ihr versichert, die Lage sei unter Kontrolle. Sie würde es vielleicht falsch verstehen, wenn ich jetzt meine Probleme schildere. Schließlich sind sie und Fredrika miteinander verwandt.

»Hallo!«

Ich schaue hoch und bleibe auf dem Wendeplatz stehen. Ich war so in meine Gedanken vertieft und habe überhaupt nicht gemerkt, dass Ben Canavan von der Rückseite des Hauses um die Ecke kam.

Instinktiv fasse ich mir in die Haare. »Hallo! Bist du wieder da? Aber das sehe ich ja … Ich habe nur … dein Auto nicht gesehen.« Das einzige Auto auf dem Wendeplatz ist ein großer SUV, und der gehört einem der Angestellten, das weiß ich. »Bist du auch mit öffentlichen Verkehrsmitteln hergekommen?« Ich starre ihn an, alles um uns herum scheint auf einmal weit weg zu sein.

»Nein, ich durfte mich in den Schatten stellen.« Ben nickt in Richtung eines kleinen Rasenstücks neben dem Stall, wo die Sonne nicht hinkommt, und da steht sein Volvo.

»Aha, verstehe. Sehr schlau!«, sage ich.

Er lächelt und kommt auf mich zu. »Schön, dich wiederzusehen!«

Es ist, als würde das Blut schneller durch meine Adern fließen, als wir einander gegenüberstehen, und ich kann nur nicken. »Ja, gleichfalls.« Insgeheim hatte ich gehofft, Bens Auto auf dem Wendeplatz zu sehen, und ich habe einen Stich in der Brust verspürt, als das nicht der Fall war. Gleichzeitig habe ich mich über mich geärgert. »Ihr habt also einen Termin gehabt, du und Fredrika?«

»Ja, und jetzt bist bestimmt du dran.«

»Sie empfängt uns wie am Fließband.« Seine Lachgrübchen vertiefen sich, und ich verharre ein wenig in seinem Blick. In seinen schönen, dunklen Augen, die ich nie vergessen habe, auch wenn ich es geglaubt hatte. Es gehofft hatte. »Läuft es bei euch beiden?«, bekomme ich schließlich heraus.

Er fährt sich durch die Haare und wirft einen Blick zurück aufs Haus. »Es geht voran. Und es ist wirklich eine Ehre, alle möglichen Dinge mit ihr zu besprechen. Dabei sind wir uns nicht immer einig.«

»Nein, das kann ich mir vorstellen«, rutscht es aus mir heraus.

Ben schaut mich fragend an, und ich stöhne ein wenig. »Bei Fredrika und mir läuft es überhaupt nicht so gut«, gebe ich zu. »Wir kommen nicht weiter. Ich überlege, aufzugeben.«

»Ach ja? Und warum?«

Ich schlenkere meine Arbeitstasche. »Wir haben die letzten Male damit zugebracht, jede Menge Fakten durchzugehen, und ich habe auch ein paar richtig gute Anekdoten gesammelt. Aber ansonsten...« Ich schüttle ein wenig den Kopf. »Es ist nicht Fredrikas Schuld. Schließlich stelle ich die Fragen. Ich traue mich nur nicht, ganz bestimmte Themen zu berühren. Schon gar nicht, nachdem...« Ich halte inne. Ich möchte nicht über Fredrika tratschen und von dem Zwischenfall mit dem Foto berichten. »Es ist etwas vorgekommen, und seither habe ich das Gefühl, sie vertraut mir nicht.« Ich weiß gar nicht, ob sie mir vorher Vertrauen entgegengebracht hat, denke ich, aber es ist auf jeden Fall nicht gestiegen.

Ben zieht nachdenklich an ein paar Haarsträhnen. »Das klingt nicht richtig gut. Und ich weiß nicht, ob ich dir Ratschläge geben kann. Das Einzige, was ich dir sagen kann, ist, zwischen mir und Fredrika hat funktioniert, dass wir ehrlich miteinander waren. So gut es eben geht. Ich habe sofort, als wir uns das erste Mal trafen, gesagt, dass sie keinen Scheiß reden soll!« Seine Augen blitzen. »Also, ich habe mich natürlich nicht so ausgedrückt. Es tut vielleicht manchmal weh, die Wahrheit zu hören, aber ich glaube, es ist das einzig Richtige.«

Ich nicke. »Der Unterschied ist nur, dass sie mit dir reden *will*, und mit mir nicht. Oder, also, sie redet, aber...« Ich schaue mich ein wenig ängstlich um, um sicher zu sein, dass Fredrika nicht plötzlich auftaucht.

»Ja, ich verstehe, dass es sich schwierig anfühlt.« Ben schaut mich mitfühlsam an.

»Ich habe schon öfter als Ghostwriterin Biografien geschrieben, aber es war noch nie so schwierig, die Menschen zum Reden zu bringen.«

»Das glaube ich dir gern!«, sagt er und schaut mich durchdringend an – ein Blick, der viel zu tief eindringt. Einen Moment lang vergesse ich zu atmen, ich fühle mich so verletzlich, dass ich den Blick niederschlage. Aber dann scheint sich ein Funken von Wut in mir zu entzünden, er wirkt so ... zufrieden mit der Situation. Es scheint mir so anders als bisher. Meine Kiefer verkrampfen sich. Oder habe ich ihn anders in Erinnerung? Vielleicht habe ich ein falsches Bild von ihm?

Ben guckt auf die Uhr, die aus seinem Anzugärmel herausschaut. Er erschrickt, als er die Uhrzeit sieht. »Oje, ich muss los. Ich habe in der Stadt eine Verabredung um ... viel zu bald. Schade, ich wäre gern noch hiergeblieben, um mit dir zu reden.«

»Fredrika wartet auf mich.« Ich weiß nicht so recht, ob ich erleichtert oder enttäuscht bin, dass er schon fahren muss.

Ben nickt. »Aber wir treffen uns ja vielleicht wieder hier draußen? Sag Bescheid, wenn ich dich mal mitnehmen soll. Ruf mich einfach an, oder schreib mir eine SMS. Oder ich melde mich bei dir, wenn ich das nächste Mal hier herausfahre, ja?«

»Ja, vielleicht.« In mir verkrampft sich alles. Ich möchte nicht warten müssen, bis er sich vielleicht meldet. Das habe ich schon mal gemacht.

»Wir können doch Nummern tauschen?«, schlägt Ben vor.

Ich zögere. Ich habe ein komisches Gefühl. Eigentlich möchte ich nein sagen, aber kurz darauf haben wir die Nummer des jeweils anderen in unsere Handys getippt.

»Entschuldige, aber ich muss wirklich…« Er zeigt mit dem Daumen nach hinten zu seinem Auto. »Bis bald, Ella! Hoffentlich läuft es jetzt besser mit Fredrika.«

Ben eilt zu seinem Auto, und ich gehe rasch zur Hinterseite des Hauses, von wo er gekommen ist. Aber bevor ich um die Ecke gehe, bleibe ich stehen und folge seinem Auto mit den Augen, bis es hinter dem Hügel verschwunden ist. Ich hasse es, wie aufgeregt ich bin, wenn wir uns sehen, hasse es, dass meine Gefühle zwischen blubbernder Freude und einem beinahe überwältigenden Gefühl von Verlegenheit hin- und herpendeln. Ich hasse es, dass ich keine Ahnung habe, was in Bens Kopf vorgeht – und dass ich überhaupt darüber nachdenke.

* * *

Fredrika ist nicht, wie ich vermutet hatte, auf der Terrasse an der Rückseite des Hauses. Die Glastüren sind weit geöffnet, die langen Gardinen wehen ins Freie. Ich stelle mich auf die Schwelle und schaue hinein. Es ist eigenartig still im Haus.

»Fredrika?«, sage ich vorsichtig, ich höre fast das Echo meiner eigenen Stimme. Keine Antwort. »Fredrika!«, rufe ich noch einmal und trete ein. Aber sie antwortet immer noch nicht.

Mein Blick schweift über den Raum, den ich beim letzten Mal nur rasch durchquert habe. Er ist hell und geräumig, voller Grünpflanzen, er gleicht Fredrikas Zimmer auf der anderen Seite des Hauses, auch hier ist ein runder weißer Kachelofen, auch hier stehen große Sofas. Aber im Unterschied zu dem anderen Zimmer sind hier keine Bücherregale. Die ganze hintere Wand ist bedeckt mit Fotos und Gemälden von Strandbacka, früher und heute. Ich trete noch ein paar Schritte ein und betrachte sie. Die Fotografen und Künstler haben wirklich fantastisch gearbeitet.

Als ich wieder auf die Terrasse trete, höre ich Fredrikas Stimme hinter mir. »Aha, hier bist du also?«

Vielleicht bilde ich mir den vorwurfsvollen Ton in ihrer Stimme nur ein, vielleicht reagiere ich übertrieben empfindlich. Ich habe auf einmal das Gefühl, dass die ganze Frustration, die sich in mir angestaut hat, herauswill. »Ja, so ist es«, antworte ich und drehe mich um. »Ich habe dich gesucht. Aber du glaubst bestimmt, dass ich herumschnüffle. Und weißt du was? Das zwischen dir und mir«, ich mache eine Handbewegung zwischen uns, »das funktioniert so nicht.«

Fredrika war gerade im Begriff, ihre Gartenhandschuhe auszuziehen, sie hält mitten in der Bewegung inne, und ich halte mir erschrocken die Hand vor den Mund. Aber dann denke ich an das, was Ben gesagt hat, mit dem Gerede aufzuhören, die Worte strömen nur so aus mir heraus:

»Ich übernehme voll und ganz die Verantwortung für die vielen steifen Fragen, die ich in letzter Zeit gestellt habe. Und ich verstehe auch, dass es dich gelangweilt hat, und ehrlich gesagt, es hat auch mich gelangweilt. Das, was ich wirklich wissen will, das traue ich mich nicht zu fragen! Du warst besorgt, das Buch könnte so werden wie alle anderen in diesem Genre. Und ja«, ich mache eine Handbewegung, »genauso wird es werden. Aber das muss es nicht, wenn du bereit bist, etwas mehr von dir selbst in dieses Projekt zu investieren. Denn schlussendlich ist es *dein* Buch, *dein* Name wird auf dem Umschlag stehen.«

Fredrika öffnet den Mund und schließt ihn wieder. Dann zieht sie sich die Gartenhandschuhe aus und steckt sie in die Tasche ihrer Schürze. Sie schaut hinaus, zum Wasser hinunter. Ich weiß nicht, wie lange sie so dasteht, aber es fühlt sich an wie eine halbe Ewigkeit. Ich werde immer nervöser angesichts dessen, was ich gerade getan habe. Habe ich Fredrika Bergh geschimpft? Als ich zu einer Entschuldigung ansetzen will, wendet Fredrika sich zu mir.

»Und was traust du dich nicht zu fragen? Was möchtest du wissen?«

»Äh ...« Meine Zunge klebt im Gaumen. Aber genau darum habe ich ja gebeten, und deshalb muss ich jetzt ehrlich sein. Ich stelle meine Tasche auf dem Boden ab und schlucke ein paarmal. »Ganz viel«, sage ich, um Zeit zu gewinnen, und streiche mit der Hand über die dünne Gardine an der Tür. »Du hast zum Beispiel angedeutet, dass du eigentlich ein ganz anderes Leben führen wolltest. Und als ich zum ersten Mal hier war, hast du erzählt, wie du einen ganzen Sommer nach dem Universitätsabschluss hier gewohnt hast und danach viele Jahre nicht mehr hier warst. Warum nicht?« Fredrika schaut mich erstaunt an, aber ich bin froh, endlich diese Fragen stellen zu können. Ich habe viel darüber nachgedacht. Wenn ich mich recht erinnere, war eine ihrer Erklärungen, sie habe so viel gearbeitet. Wenn man jedoch bedenkt, wie wichtig Strandbacka für sie zu sein scheint, hat man das Gefühl, hier muss etwas sehr Wichtiges geschehen sein, dass sie danach viele Jahre nicht hier war. »Und dann möchte ich gerne wissen ...« Ich spüre, wie ich erröte. Nein, ich kann sie nicht fragen, wer der Mann auf dem Schwarzweißfoto ist, das so starke Gefühle in ihr ausgelöst hat. Diese Frage hat etwas Ungehöriges, und ich habe auch kein Recht, eine Antwort zu fordern.

Ich hole tief Luft, schüttele den Kopf. »Die Leser wollen wissen, wer die *Person* Fredrika Bergh ist. Was hattest du für Träume? Was hattest du für Sehnsüchte? Ich hoffe, ich habe jetzt keine Grenze überschritten, aber ich finde, es ist an der Zeit, ehrlich zueinander zu sein, ich möchte nämlich wirklich, dass dein Buch gut wird.«

Fredrika schaut mich lange an. Dann zieht sie ihre Schürze aus und wirft sie auf einen Korbstuhl auf der Terrasse, nimmt ihre Krücken und geht zu den weißen Gartenmöbeln. »Sollen wir uns setzen?«, sagt sie und sinkt in einen der Sessel.

Ich nehme meine Tasche und folge ihr langsam und zögernd, setze mich ihr gegenüber. Ein schweres Schweigen liegt zwischen uns. Meine Hände sind heiß und feucht. Ich bin auf das Schlimmste gefasst.

Dann bricht es aus ihr hervor: »Ich habe mich schlecht benommen!« Ich schaue hoch. Bevor ich etwas einwenden kann, fährt sie fort: »Doch, ganz bestimmt. Natürlich ist es okay, wenn du dich im Haus umschaust. Ich glaube nicht, dass du herumschnüffelst. Ich war nur nicht vorbereitet auf… als du … Es gibt heutzutage nicht mehr viele Dinge, die mich überraschen, und ich wusste gar nicht, dass ich es noch hatte …« Sie bricht wieder ab, ihre Wangen sind glühend rot.

»Es ist alles okay, Fredrika.«

»Das glaube ich kaum.« Sie nimmt ihre Haare zusammen und lässt sie wieder los. »Natürlich will auch ich, dass es ein gutes Buch wird, und dafür muss ich, wie du sagst, etwas von mir preisgeben, aber andererseits ist es so schwierig! Und du hast mich eben nach etwas gefragt, von dem ich mir nicht sicher bin, ob ich möchte, dass jemand es liest. Es ist ewig her, seit ich überhaupt mit jemandem darüber geredet habe. Tatsache ist…« Sie zieht den Blumentopf auf dem Tisch zu sich heran und zupft ein paar welke braune Blätter von der roten Geranie, »… ich habe überhaupt nie mit jemandem darüber geredet.«

Ich beuge mich ein wenig über den Tisch. »Du brauchst meine Fragen wirklich nicht zu beantworten! Und ich wollte dich auch nicht aufregen oder betrüben. Aber ich möchte doch, dass du dir über eins im Klaren bist, wir werden im Laufe dieser Arbeit über eine Menge Dinge reden, die vermutlich nur hierher gehören, zwischen unsere vier Augen und Ohren. Ich möchte dich richtig kennenlernen! Du wirst natürlich jedes von mir geschriebene Wort freigeben können. Denn am Ende ist es dein Buch, du entscheidest. Das ist ganz wichtig!«

Fredrika nickt leicht, sieht aber nicht so überzeugt aus. Dann wirft sie die verwelkten Blätter weg, schiebt den Topf ans Ende des Tischs und schaut in die Ferne. »Tatsache ist, dass ich für dieses besondere Leben, das ich viele Jahre geführt habe, eigentlich nicht geschaffen war. Ich habe gelernt, meine Rolle zu mögen, und ich habe sie selbstverständlich zu hundert Prozent ausgefüllt. Wenn man einem Konzern vorsteht, hat man keine andere Wahl«, betont sie. »Aber ich hatte immer eine Sehnsucht von dort weg – hierher nach Strandbacka natürlich, das ich immer vermisse, wenn ich nicht hier bin. Aber auch nach…« Ihr Gesichtsausdruck verändert sich. »Als ich jung war, dachte ich, mein Leben würde anders. Ich wollte… einfach leben. Ich bin mir bewusst, wie privilegiert ich bin«, sie schaut zu mir herüber, »aber man kann nur bis zu einem gewissen Grad das Glück mit Geld kaufen, und der Grad ist schneller erreicht, als man glaubt. Dann…« Ihre Stimme wird tiefer, ihr Blick dunkler und trauriger. Sie scheint an vergangene Zeiten zu denken. »Dieser Sommer, 1968, als ich hier draußen wohnte, der war wirklich wunderbar. Aber recht bald wurde die Sonne von Wolken verdeckt, es geschahen Dinge, mit denen ich nicht gerechnet hatte. Dinge, die niemand vorhersehen konnte.«

KAPITEL 13

Sommer 1968

Geklapper und Gerüche aus der Küche weckten Fredrika, sie blinzelte und zwinkerte, um den Blick zu fokussieren. Nach einem langen Tag im Büro und weil John ausgeritten war, als sie nach Strandbacka zurückkehrte, hatte sie sich einen seltenen Genuss gegönnt – ein Nickerchen nach der Arbeit. Sie streckte und dehnte sich ein wenig, dann schlug sie die leichte Sommerdecke zurück und stand aus dem Bett auf. Sie ging hinunter ins Erdgeschoss, sie trug nichts außer einem dünnen Seidenunterrock. Sie schaute in die Küche, John stand mit dem Rücken zu ihr am Herd. Er summte ein Lied, dann begann er zu pfeifen, dabei rührte er mit einem Holzlöffel in einem kleinen Topf, er hörte nicht, dass sie hinter ihm stand. Fredrika schmunzelte vergnügt und schlich so leise wie möglich an und schlang die Arme um ihn.

»Hallo, du Schöne!«, er schaute sie an, lächelte und rührte weiter.

»Hast du mich kommen gehört!«, fragte sie erstaunt. Er war noch nicht einmal zusammengezuckt, als sie ihn berührte. Schade, sie hätte ihn gern ein wenig erschreckt.

»Ich weiß immer, wo du bist, auch wenn du nicht da bist. Ich habe, was dich betrifft, irgendwie einen siebten Sinn.« John zog ihre Hand zum Mund und küsste die Fingerspitzen, eine nach der anderen. Ein wohliges Schaudern lief durch ihren Arm und den ganzen Körper. Und gerade als sie glaubte, er würde sich umdrehen, ließ er sie los und konzentrierte sich auf die Sauce im Topf.

»Ich glaube dir kein Wort, aber es hat auf jeden Fall gut geklungen.« Fredrika schob das nach Zwiebeln riechende Schneidebrett auf der Spüle neben dem Herd beiseite. Dann schwang sie sich hinauf, kreuzte die Beine und wippte ein wenig mit den nackten Zehen. Sie hatte erst am Abend zuvor die Nägel dunkelrot lackiert, in einer Farbe, die sie nicht für die Finger verwenden könnte. Das würde ihre Mutter, die sie zwar kaum noch sah, seit sie nach Strandbacka gezogen war, als zu vulgär kommentieren. Und auch abgesehen von den konservativen Ansichten ihrer Mutter war so eine starke Farbe im Büro unpassend, da war erheblich Diskreteres angesagt.

Wenn sie ihre rebellische Seite zum Beispiel mit roten Fußnägeln ausleben durfte, war die französische Maniküre an den Händen okay, dachte Fredrika und schlenkerte mit dem einen Fuß. In ein paar Jahren, wenn sie und John ihren eigenen Pferdehof hatten, würde sie überhaupt keinen Nagellack mehr verwenden. Und auch kein Make-up. Wenn sie endlich frei wie ein Vogel wäre, dann würde sie ganz au naturel leben und tun und lassen, was sie wollte. In jeder Beziehung.

Fredrika seufzte sehnsüchtig. Das andere Leben schien noch so furchtbar weit weg zu sein. Andererseits durfte sie nicht vergessen, dass die wichtigste Komponente dieses Lebens, genau wie des gegenwärtigen, direkt vor ihr stand. Die Abendsonne schien durch das Giebelfenster und legte sich wie ein Glanz über die ganze Küche und verwandelte Johns sonnengebräuntes Gesicht in flüssiges Gold. Ein weiteres Mal seufzte sie sehnsüchtig.

Er schaute auf, mit einem schelmischen Lächeln auf den Lippen.

»Hast du gut geschlafen? Ich wollte dich nicht wecken.«

Er ließ seinen Blick langsam über sie gleiten, von oben bis unten, sie wunderte sich, dass schon allein das sie erzittern ließ, fast so wie gerade eben, als er so sanft ihre Finger geküsst hatte.

Sie schob sich ein Stück nach hinten, ihr Unterrock rutschte nach oben. »Ja«, murmelte sie. »Ich hatte einen sehr … warmen Traum.«

John schaute sie an, sie schauderte, aber dann schüttelte er den Kopf und schaute in den Topf mit der Sauce. »Na, na, aber jetzt gerade geht es nicht. Matteo wird gleich kommen und sich verabschieden, bevor er fährt.«

»Was geht nicht?«, fragte sie unschuldig und schlug rasch die Beine wieder übereinander. Im nächsten Moment war sie so wütend auf sich, dass ihr fast die Tränen kamen.

John und sie hatten alle Zeit der Welt, einander zu erforschen, wenn sie wieder alleine waren. Natürlich war Matteo herzlich willkommen, sich zu verabschieden. Er arbeitete mit John im Stall und war einer seiner besten Freunde. Sie konnte sich vorstellen, dass Matteo John vermisste, seit er nicht mehr in der gemeinsamen Wohnung, sondern bei ihr hier auf Strandbacka wohnte. Heimlich. Oder ihr Vater wusste es natürlich, obwohl er es nicht wissen wollte. Sie konnte sich denken, wie einsam Matteo sich ohne John fühlte, er hatte nicht sehr viele andere Leute kennengelernt, seit er vor zwei Jahren aus Spanien hierhergekommen war.

Eigentlich müsste sie ihn einladen, dazubleiben und mit ihnen zusammen zu essen. Es war egoistisch von ihr, John für sich alleine haben zu wollen. Sie mochte Matteo. Er war ein unterhaltsamer Typ und ein fantastischer Reiter, und er erledigte seine Arbeiten im Stall sehr gründlich. Außerdem trank er überhaupt keinen Alkohol, das gab ihr Sicherheit. Sie hatte sich nie Sorgen machen müssen, dass in Matteos und Johns Wohnung in Märsta wilde Partys gefeiert wurden.

Eigentlich gab es nur eine Sache, über die sie sich in Bezug auf Matteo Sorgen machte, dass er nämlich im Herbst wieder nach Hause fahren würde. Sie freute sich natürlich für ihn, er hatte oft Heimweh gehabt, besonders in den langen Wintern in Schweden. Wenn sie ganz ehrlich war, galt ihre Sorge nicht wirklich Matteo, dass sie ihn als Angestellten auf Strandbacka verlieren könnten. Es ging um John. Matteo hatte John gebeten, mit ihm nach Spanien zu kommen, aber sie wussten beide nicht, dass sie es wusste.

Sie hatte vor ein paar Tagen unabsichtlich ihr Gespräch belauscht. Das Tor zum Stall hatte offen gestanden, als sie von der Arbeit zurückkam, sie hatte die leisen Stimmen gehört und war draußen stehen geblieben, ohne sich zu erkennen zu geben.

Aber John konnte doch nicht auch nur einen Moment lang erwägen, Matteos Vorschlag anzunehmen, ein oder zwei Jahre auf dem Hof seiner Familie zu leben und in ihrem Dorfrestaurant als Koch zu arbeiten? Das hätte John ihr gegenüber erwähnt, dachte sie und strich sich über die Beine. Sein Schweigen war doch ein Beweis dafür, dass dieses Angebot überhaupt nicht aktuell war und er sie nicht unnötig beunruhigen wollte. Er wollte sie schonen, redete sie sich zum sicher hundertsten Mal in den letzten Tagen ein. Und wenn Matteo zurück nach Spanien ging, dann würde John zu ihr in die Wohnung am Vanadisplan einziehen, darüber hatten sie schon oft gesprochen. Sie hatte vor einer Woche den Mietvertrag unterschrieben, es war jetzt ihre Wohnung, ihrer beider Wohnung, solange sie wollten. Bis sie sich einen Hof kaufen konnten.

Ihren eigenen Pferdehof.

Sie wagte es kaum, die Worte in den Mund zu nehmen, aus Angst, ihr Zukunftstraum würde sich nicht verwirklichen. Aber die Gedanken konnte sie nicht stoppen. Sie wusste gar nicht mehr, wann sie zuerst über ihren Traum gesprochen hatten, sie wusste nur, dass sie seit langem ein eigenes Strandbacka haben wollte – Strandbacka gehörte ja ihren Eltern. Und es war bestimmt besser, wenn sie einen Ort hatten, zu dem weder sie noch John eine Beziehung hatten und den sie genauso einrichten konnten, wie sie wollten.

Auf dem Hof sollte es auch eine Pension geben, man konnte zum Reiten kommen, gut essen und außerdem noch angenehm wohnen. Sie würden begleitete Reitausflüge für Erwachsene anbieten, aber auch Reitunterricht und Reitlager für Kinder und Jugendliche. Sie mussten so viele Aktivitäten wie nur irgend möglich anbieten, damit es klappte. Von einem Pferdehof wurde man nicht reich, es sei denn, man züchtete Pferde, aber das hatten sie nicht vor. Zumindest nicht von Anfang an.

Fredrika wusste, sie würden hart arbeiten müssen, aber das schreckte sie nicht ab. Sie sehnte sich danach, körperlich zu arbeiten und nicht mehr den ganzen Tag still in einem Büro zu sitzen, sie wusste, das würde sie glücklich machen.

Glücklicher.

Wieder schaute sie ihren Geliebten an, ihr Herz schlug heftig.

In Papieren zu blättern und auf einer Schreibmaschine zu klappern, das war nicht ihr Ding. Bei Berghs International machte sie zwar nur selten solche Arbeiten, immer öfter wurde sie von ihrem Vater zu Sitzungen eingeladen. Wichtigen, strategischen Sitzungen, bei denen weitreichende ökonomische Beschlüsse gefasst wurden. Das war nicht ganz so langweilig, wie in ihrem Büro zu sitzen. Und doch fragte Fredrika sich, wie sie diese Diskussionen noch jahrelang aushalten sollte. Und man brauchte kein Genie zu sein, um zu verstehen, warum ausgerechnet sie plötzlich zu all diesen Sitzungen eingeladen wurde und nicht ihr Bruder. Diese Entwicklung gefiel ihr überhaupt nicht, es machte die Kluft zwischen ihr und Marcus nur breiter und tiefer.

»Du bist so still. Woran denkst du?« John zog den Saucentopf zur Seite und schaute rasch nach dem Braten im Ofen, dann klemmte er sich endlich zwischen ihre Beine.

Sie fuhr mit den Händen durch seine dicken dunklen Haare. Er sah fast wie ein Spanier aus, besonders wenn er so braungebrannt war. Aber John hatte samisches Blut in den Adern. »Ich denke an die Zukunft, an unsere Zukunft. Ich kann überhaupt nicht verstehen, dass ich so ein Glück hatte, dich kennenzulernen. Du bist nicht nur der beste Kerl der Welt, du bist auch ein ausgezeichneter Koch, Reiter, Stallbursche… Hab ich was vergessen? Bestimmt, denn du bist ja so perfekt.« Sie schaute ihm tief in die Augen, um sicherzugehen, dass sie sich keine Sorgen zu machen brauchte, sich nichts zwischen ihnen verändert hatte, und sie fand in seinem Blick die gleiche Ruhe und Geborgenheit wie immer. Sie drückte ihr Kinn in seine Haare und schlug die Beine um seine Taille. »Ich liebe dich.«

»Und ich dich auch. Aber Koch stimmt wohl nicht so ganz?«, sagte er zweifelnd und streichelte ihre Arme.

»Du kochst jeden Abend wie ein Gott für uns beide, und das wirst du auch für unsere Gäste in der Pension machen.«

»Ja, aber davor muss ich erst mal als Koch arbeiten. Und das Handwerk richtig erlernen. Sich die Dinge selbst beigebracht zu haben, das hat seine Vor- und Nachteile.«

Sie hielt ihn ein Stück von sich weg und nickte eifrig. »Du musst dich bewerben, unbedingt! Mach es bald, dann kannst du anfangen, wenn wir in die Stadtwohnung einziehen. Das wird super, wenn wir beide in der Stadt arbeiten.«

Johns Blick wurde unruhig. »Aber ich will auch hier arbeiten, mit den Pferden!«

»Das kann man bestimmt kombinieren!« Sie strahlte. »Das wird dann ein Vorgeschmack auf unser zukünftiges Leben, allerdings musst du pendeln. Schaffst du das?«

»Doch, ja … das klappt sicher.« John gab ihr einen Kuss auf die Nase und verschränkte seine Finger mit ihren. Dann schien er sich anzuspannen. »Ich werde dich immer lieben, das weißt du, was auch passiert?«

»Na klar. Du und ich, ein Leben lang.« Sie hörte selbst, dass ihre Antwort etwas hysterisch klang und versuchte, ein Lächeln hervorzupressen. Seine Worte klangen irgendwie schicksalhaft, gar nicht so sanft, wie er vielleicht beabsichtigt hatte.

»Ein Leben lang«, wiederholte er. Sein Blick war so ernst, dass ihr Magen sich verkrampfte, aber als er sie von der Spüle herunterzog und im Kreis drehte, löste der Knoten sich wieder auf.

John hielt sie in den Armen und tanzte mit ihr vor dem Ofen, dann rief er aus: »Warte, wir brauchen Musik!« Er lief zu einem Tisch am anderen Ende der Küche. Sie hatten sich erlaubt, hier einen Plattenspieler aufzustellen, jetzt, wo nur sie beide auf

Strandbacka waren. Er spielte die Platte, die auf dem Teller lag. Die Musik von »Can't help falling in love« strömte aus den Lautsprechern neben dem Plattenspieler.

»Dieser alte Schlager?«, sie lächelte, aber sie liebte den Song ja, und sie liebte Elvis – wer liebte ihn nicht? Und sie tanzte furchtbar gern mit John. Dann fiel ihr ein, was er gesagt hatte. »Kommt Matteo nicht gleich?«

»Doch, aber den einen schaffen wir.« John legte seine Hand auf ihren Rücken, sie lehnte ihren Kopf an seine Brust. Sie gingen langsam, eng aneinandergedrückt durch die Küche. Seine andere Hand streichelte ihre nackten Schultern. »Du bist das Wichtigste, Kostbarste, was ich habe«, murmelte er ihr ins Ohr und drückte sie noch fester an sich. Sein Atem strich heiß über ihre Haut.

Ihr Herz schlug schneller bei seinen Worten, sie schmiegte sich fester an ihn, spürte seinen sehnigen Oberkörper durch das Hemd. Sie sog seinen männlichen Duft durch die Nase bis in die Lungen. Bis sie davon erfüllt war.

Some things are meant to be. Take my hand, take my whole life, too ...

Ja, nimm alles, John, dachte sie und schloss die Augen. Das zwischen uns sollte sein, lange bevor wir uns trafen, es war wie in den Sternen geschrieben. Ich bin ganz dein.

Es gab keinen Grund zur Sorge, redete sie sich noch einmal ein. Er hatte gerade gesagt, sie sei das Wertvollste, was er hatte, und sie empfand das Gleiche für ihn. Der Abend würde genauso verlaufen wie alle Abende, seit sie hier wohnten, und sie wollte es überhaupt nicht anders haben. Nach dem Essen – Braten mit Sahnesauce und Kartoffeln –, das John zubereitet hatte, würden sie unten am Steg ein abendliches Bad nehmen. Nackt, weil niemand sie sehen konnte und sie allein waren. Sie würden baden, bis sie blaugefrorene Lippen hatten und vor Kälte zitterten, das Wasser hatte kaum mehr als achtzehn Grad. Dann würden sie auf den Steg klettern und sich in ein großes Badelaken wickeln. Eng nebeneinander mit den Füßen im Wasser. Sie würden da sitzen, bis die samtene und duftende Dämmerung in eine kohlschwarze Dunkelheit überging und sie sich die Lippen warm und weich geküsst hatten.

Nur kurze Zeit später würden sie eng umschlungen in ihrem Bett einschlafen, bei weit geöffnetem Fenster und zum Zirpen der Grillen. Sie wusste, dass es eigentlich Heuschrecken waren, aber Fredrika stellte sich lieber Grillen vor. Es klang irgendwie romantischer.

Doch bevor sie und John so weit waren, würden sie ... wahrscheinlich gleich nach dem Abendessen. Sie lächelte und spürte die Stärke und Liebe in Johns fester Umarmung, das Zittern der Vorfreude ließ ihren Körper vibrieren.

Sie musste sich nicht mehr lange gedulden.

Und alles würde so gut werden. Alles *war* gut.

Sie und er, ein Leben lang.

Zusammen.

KAPITEL 14

Juni 2019

»Wie läuft es mit den Memoiren?« Leon folgt mir in die Küche, setzt sich an den Tisch, und ich schenke uns ein Glas Weißwein ein, wir feiern, dass Freitag ist.

»Es geht viel besser, seit Fredrika und ich uns gestern ausgesprochen haben.« Ich gebe ihm das Weinglas, stelle mich dann hinter ihn und massiere seinen Nacken und die Schultern.

Als Fredrika mir die Geschichte von dem Mann auf dem Foto und ihrem letzten Sommer in Freiheit erzählte, hörte ich wie gebannt zu. Das waren tatsächlich ihre Worte – »mein letzter Sommer in Freiheit«, sie sagt es gleichsam wie nebenbei, und als sei es ihr selbst nicht richtig bewusst. Sie erzählte immer emotionaler, und am Ende hatte ich fast den Eindruck, Fredrika habe meine Anwesenheit vergessen. Was für ein Unterschied zu den bisherigen Gesprächen! Wenn Lena aus dem Stall uns nicht unterbrochen hätte, um mich zu fragen, ob sie mich zur S-Bahn-Station mitnehmen solle, hätte Fredrika noch eine gute Weile weitererzählt. Ich fuhr dort weg und war ziemlich gespannt, mehr zu hören, ich war sehr aufgeregt und malte innerlich meine eigenen Bilder. Aber ich war auch voller dunkler Ahnungen, denn ich konnte mir denken, wie es ausging: sie hatte ihr Leben ja nicht mit John geteilt.

Ich nehme mein Glas und trinke einen Schluck.

Leon streicht sich mit der Hand über den Nacken, dreht sich um und schaut mich an. »Das war sehr angenehm, aber jetzt ist es genug.«

Ich nicke und lächle für mich selbst, beuge mich vor und küsse ihn in den Nacken.

»Haha, was machst du?« Leon macht eine Bewegung mit den Schultern, als würde es kitzeln oder wäre ihm unangenehm.

»Ich küsse dich«, flüstere ich und setze mich auf seinen Schoß, lege die eine Hand auf seine Wange. Er riecht gut und vertraut. Sein Geruch hat sich nicht verändert, und für mich bedeutet er Geborgenheit. Wenn ich ihn in eine Dose füllen könnte, würde ich das tun.

Ich lege meine Arme um ihn und suche seine Lippen. Er erstarrt, und als ich den obersten Knopf seines Hemdes aufknöpfe, schiebt er mich sanft weg.

Er wischt sich den Mund ab. »Das ist ein wunderbarer Empfang nach der Arbeit, aber ich weiß nicht, ob ... Ich hatte heute viel Stress, ich möchte einfach runterkommen, mit einem Glas Wein und Reden. Und du machst doch sonst nie ...« Er schlägt den Blick nieder.

Die Verführerin, wenn er zur Tür hereinkommt? Das genau hatte ich im Sinn, denke ich, wobei all meine kribbelnde Erwartung aus mir herausströmt. Ich musste die ganze Zeit an das denken, worüber Josefin und ich gesprochen hatten. Bevor Leon nach Hause kam, wurde mir bewusst, dass ich mich nicht erinnern kann, wann wir zuletzt Sex hatten. Die gemütlichen Abende endeten damit, dass Leon auf dem Sofa einschlief. »Es gibt auch andere Möglichkeiten, herunterzukommen.« Ich stehe auf und setze mich auf die andere Seite des Tischs. Leon schaut mich schweigend an, ich nehme mein Haarband vom Handgelenk und binde die Haare zu einem Knoten zusammen. Ich hatte die Haare den ganzen Tag bei der Arbeit hochgesteckt, aber ich dachte, es wäre schön, sie offen zu tragen, wenn Leon zu mir kam.

»Wir können *das* ja später machen, wenn wir gegessen und vielleicht einen Film geschaut haben?«, sagt er und zwinkert mir aufmunternd zu, was allerdings den gegenteiligen Effekt hat. Genauso ist es, wenn wir mal Sex haben. Bloß keine Überraschungen.

Ich zucke mit der Schulter. »Ja, vielleicht.«

»Ich bin im Moment irgendwie nicht in der Stimmung.«

»Schon gut, Leon.« Die Enttäuschung brennt im Hals, ich kann nichts dagegen tun, ich versuche, die Bitterkeit herunterzuschlucken und trinke noch ein wenig Wein. Und wenn ich ganz ehrlich bin, es fühlte sich irgendwie steif an, als ich mich so auf seinen Schoß gesetzt habe. Wie Leon gesagt hat, ich mache das sonst nicht – und er schon gar nicht. Aber das könnte man ja ändern. Es muss doch nicht immer alles so sein, wie es immer war.

»Ich frage mich nur, was mit uns los ist?«, sage ich und streiche mit dem Finger an der Tischkante entlang. »Wir sind wie ein altes Paar, obwohl wir erst dreißig sind.« Und auch nicht so ein leidenschaftliches älteres Paar wie das, von dem Josefin erzählt hatte, denke ich. Auf einmal erfasst mich eine beinahe überwältigende Sehnsucht nach so einem Leben. Mir stockt fast der Atem bei diesem Gedanken.

Leon legt ein Bein über das andere und trinkt zögernd einen Schluck Wein. »Ach was, jetzt übertreibst du aber. Wir haben es doch prima zusammen.«

Ich nicke, etwas zu rasch.

Leon bewegt den Wein im Glas und schaut mich nachdenklich an. »Ist was? Du bist … heute Abend irgendwie merkwürdig.«

Merkwürdig, weil ich mit meinem Freund schlafen will? Ich wundere mich, aber dann denke ich, bestimmt mache ich die Stimmung kaputt, und das war wirklich nicht mein Plan. »Entschuldige, aber ich bin auch müde nach einem langen Tag.« Das stimmt. Als ich gestern bei Fredrika war, habe ich es nicht über mich gebracht, mein Notizbuch herauszuholen. Es fühlte sich ganz einfach nicht richtig an. Ich habe versucht, mich an alles zu erinnern, und habe es heute aufgeschrieben. Dann habe ich an einem anderen Manuskript gearbeitet, einem Buch, für das ich Lektorin bin. Es war der letzte Durchgang für mich, und ich wollte die Arbeit so schnell wie möglich vom Tisch bekommen, genau wie die anderen Projekte, an denen ich arbeite, damit ich mich voll und ganz auf Fredrikas Buch konzentrieren kann. Und wieder musste ich an das denken, was sie mir erzählt hat.

»Wir tanzen nie, wir beide«, sage ich plötzlich zu Leon.

Er schaut mich verblüfft an. »Tanzen?«

Ich schließe die Augen und sehe vor mir, wie Fredrika und John eng umschlungen zu diesem Elvis-Song durch die Küche auf Strandbacka tanzen. In meinem Körper und meinem Herzen kann ich beinahe nachvollziehen, wie es sich anfühlt, da und dort Fredrika zu sein.

»Ella?«

Ich zucke zusammen und mache die Augen auf. Mein Gott, was ist los mit mir? Leon hat recht, ich *bin* eigenartig. Und so tanzt doch auch niemand mehr, oder?

»Entschuldige, es ist nur so, Fredrika hat mir ein paar Dinge erzählt, an die ich die ganze Zeit denken muss. Es gab eine Liebe, die …« Ich breche ab, ich habe schon einmal versucht, Leon von Fredrika zu erzählen, und er hat nicht wirklich zugehört. Außerdem habe ich mich schriftlich zur Verschwiegenheit in Bezug auf die Memoiren verpflichtet. Aber vielleicht kann ich doch ein wenig darüber erzählen? »Eine große Liebe, wie gesagt, die …«

Leon legt seine Hand auf meine auf dem Tisch und lächelt. »Eine Liebe wie die unsere? Übrigens, ich habe überlegt, ob wir uns am Wochenende ein neues Auto anschauen sollten?«

Sein plötzlicher Themenwechsel verblüfft mich, und mir wird klar, wie gerne ich ihm Fredrikas Geschichte erzählt hätte. Als würde es auch uns beide … ja, was? Vielleicht hatte ich gehofft, dass Leon meine Sehnsucht besser verstehen würde. Oder vielleicht wollte ich nur darüber sprechen, weil es mich so berührt hat.

»Ich habe jetzt endlich eingesehen, dass ich mich von meinem Peugeot trennen muss«, fährt Leon fort und nimmt seine Hand weg. »Irgendwie habe ich in den letzten Jahren mehr für Reparaturen bezahlt, als ein neues Auto kosten würde. Klar, meine Großmutter hat dieses Auto geliebt, aber das ist eigentlich nicht Grund genug, es weiter zu behalten.«

Ich hole tief Luft und versuche, mich wieder der Wirklichkeit zu stellen. »Es klingt vernünftig, ein neues Auto zu kaufen. Dein Peugeot ist immer noch in der Werkstatt, ja?«

Leon nickt. »Noch etwas … Meine Mutter und ich, wir haben uns ein paar Wohnungen angeschaut, die für uns beide interessant sein könnten. Ich habe sie heute angerufen.«

Ich merke, wie angespannt ich bin. »Aha?«

»Ich habe auch mit Hanna über den Kauf einer Wohnung gesprochen. Sie hat eine Wohnung gekauft, als sie sich vor einiger Zeit getrennt hat, und sie konnte mir sehr wertvolle Hinweise geben. Ich erzähle dir später mehr. Am Sonntag kann man sich zwei der Wohnungen, die ich und meine Mutter im Auge haben, anschauen.« Leon trinkt sein Glas aus und steht auf. »Ich gehe uns schnell was zu essen holen. Was hältst du von Dumplings?«

Ich schaue ihn etwas verwirrt an. Ich habe das Gefühl, dass Leon und seine Mutter eine Wohnung kaufen wollen und nicht wir beide. Und Hanna – Leons Kollegin –, sie kommt in fast jedem Gespräch vor, das wir beide derzeit führen. Aber vielleicht ist das nicht merkwürdig, sie arbeiten ja den ganzen Tag miteinander. »Dumplings klingen gut«, murmele ich, aber ich denke auch, das essen wir in letzter Zeit fast jeden Freitag. Ich sehne mich danach, mal rauszukommen und andere Leute zu treffen. Ich wünschte mir, dass wir wenigstens manchmal in eine Kneipe um die Ecke gingen, anstatt dauernd fertiges Essen nach Hause zu holen. Andererseits kauft fast immer Leon für uns beide ein. Er verwöhnt mich gerne. »Ich dachte nur, dass wir vielleicht erst noch ein Glas trinken und ein bisschen reden?« Er wollte doch seine Ruhe haben und abschalten, denke ich verwirrt, aber Leon ist schon halb aus der Tür.

»Das machen wir, wenn ich zurück bin.«

Als Leon die Wohnung verlassen hat, schenke ich mir Wein ein und stelle mich ans Küchenfenster. Ein Gefühl von Unruhe, das ich nicht richtig einordnen kann, erfasst mich. Als ich meine Nachbarin mit ihrem Freund unten im Hof sehe, verwandelt sie sich in Wehmut. Sie stehen da, küssen sich, alle können zuschauen. Ich betrachte sie fasziniert, sehnsüchtig und traurig, dann wende ich mich ab, ich habe das Gefühl, zu spionieren. Da macht mein Handy auf dem Küchentisch pling, und ich schaue schnell auf den Bildschirm.

Ich liebe dich! Vergiss das nicht. Wir gehören zusammen.

Ich lese Leons Mitteilung ein paarmal. Vielleicht hat er verstanden, dass ich diese Worte genau jetzt hören muss. Er hat recht, wir gehören zusammen, das war schon immer so. Und ich liebe ihn auch. Aber man kann ja auf verschiedene Art und Weise lieben, und die Liebe kann sich verändern. Manchmal frage ich mich, ob die magischen Worte »ich liebe dich« wirklich alles andere überstrahlen – und ob es in unserem Fall nicht für etwas ganz anderes steht.

KAPITEL 15

»Danke, dass du mich mitnimmst.« Ich sinke auf den Beifahrersitz in Bens Auto und verstaue meine Tasche bei den Füßen. Ich habe versucht, nicht darüber nachzudenken, ob er sich wohl melden wird, und als er mir gestern Abend eine Nachricht schickte, habe ich fast Panik bekommen und wusste nicht, was ich antworten soll. Aber dann habe ich Fredrika geschrieben und gefragt, ob es möglich wäre, schon etwas früher zu kommen und vor unserem Termin zu arbeiten, während sie und Ben ihr Gespräch führen.

»Ich finde es nett, nicht allein fahren zu müssen«, sagt Ben und streicht sich durch die Haare, die ihm ins Gesicht gefallen sind. »Ich habe einfach auf gut Glück gefragt, und es trifft sich prima, dass du auch einen Termin hast. Dann ist es doch besser, wenn ich dich mitnehme?« Er lächelt mich an und biegt aus dem Parkplatz vor meiner Wohnung auf die Straße.

Mein Herz macht einen kleinen Sprung, und ich lehne mich an die Tür. Die Situation ist intim, ich bin überhaupt nicht darauf vorbereitet, schon wieder mit Ben allein in einem Auto zu sitzen. Als ob seine Nähe alles überstrahlen würde. Warum habe ich nicht nein gesagt, das wäre so viel einfacher gewesen.

Ich lehne mich an die Armstütze des Beifahrersitzes und schaue zu ihm hinüber. »Ich habe überlegt, ein Auto zu mieten … Aber andererseits ist es auch sehr entspannend, mit der S-Bahn und dem Bus zu fahren – man kann dabei so gut nachdenken. Seit ich nicht mehr auf Resarö wohne, habe ich das fast vergessen. Damals bin ich oft mit dem Bus gefahren.«

»Das kann ich mir denken, du hast recht – mit dem Bus und dem Zug zu fahren, ist wirklich sehr entspannend. Wenn man einfach dasitzt und hinausschaut und die Gedanken frei fließen lässt. Ich mache das viel zu selten«, fügt Ben mit einem schiefen Lächeln hinzu. »Fühlst du dich wohl in Birkastan?«, fragt er dann.

»Oh ja, hier ist es einerseits ruhig, und andererseits gibt es in der Nähe alles, was man braucht«, konstatiere ich, als wir bei den »Schwestern Andersson«, einem meiner Lieblingscafés, vorbeifahren. »Ich habe nur eine Einzimmerwohnung, ich finde sie sehr gemütlich. Aber ...« Ich schlage die Beine übereinander und streiche meinen Rock glatt. Plötzlich bin ich ganz unsicher, ob ich ihm von Leon erzählen soll. Aber warum sollte ich ihn verschweigen? »Mein Freund, Leon, meint, dass wir zusammen in eine größere Wohnung ziehen sollten«, sage ich dann.

»Ich ... verstehe.« Ben zögert einen Moment mit der Antwort.

»Ich möchte allerdings noch warten!«, höre ich mich auf einmal sehr schnell sagen. »Weil ...« Ich senke den Kopf. Was rede ich da? Leon und ich haben überhaupt nicht gesagt, dass wir noch warten wollen. Wir haben uns ja gestern zwei Wohnungen angeschaut, und eine der Wohnungen ist tatsächlich so interessant, dass Leon vorschlug, ein Gebot abzugeben. Warum sage ich das bloß? »Irgendwie habe ich das Gefühl, dass es nicht der richtige Moment ist«, murmele ich, um etwas zu sagen. Heute Morgen bin ich schweißnass und mit erhöhtem Puls aufgewacht. Das geht alles viel zu schnell, schoss es mir durch den Kopf.

Ben nickt, dann konzentriert er sich auf den Verkehr. Vielleicht bilde ich es mir nur ein, aber ich habe das Gefühl, die Stimmung im Auto hat sich verändert, als ich von Leon sprach.

»Hast du eine große Wohnung?«, frage ich, als wir die Stadt verlassen und weiter Richtung Autobahn fahren.

»Eine Zweizimmerwohnung in der Heleneborgsgatan. Ganz in der Nähe vom Skinnarvikspark und dem Skinnarviksberg, auf Söder also«, erklärt er.

»Dem Skinnarviksberg?« Ich kann mein Erstaunen nicht unterdrücken.

Ben blickt mich aus dem Augenwinkel an, dann schaut er wieder auf die Straße. »Ja, die Wohnung ist näher am Park, aber ... Ich fand die Gegend sehr attraktiv, als ich eine Wohnung kaufen wollte. Ich habe so schöne Erinnerungen daran.« Er trommelt mit den Fingern aufs Lenkrad.

Seine Worte hallen in mir nach. Deutet er an, was ich denke? Das kann doch fast nicht möglich sein? Mein Herz hüpft in der Brust, und ich muss mich anstrengen, nicht zu zeigen, wie sehr es mich berührt.

Auch ich habe ja eine besonders schöne Erinnerung an diesen Ort – einen wunderbaren Sonnenuntergang, heiße Küsse und aufwühlende Gefühle. Der Gedanke daran löst Reaktionen in meinem Körper aus, die meine Vernunft nicht wahrhaben will, und es dauert eine Weile, bis ich ihn wieder anschauen kann.

»Wohnst du dort alleine, oder ...?«, frage ich schließlich zögernd.

»Ja, und ich habe auch keine Freundin, die möchte, dass wir zusammenziehen.« Ben lächelt vorsichtig und beinahe schelmisch.

Bens Offenheit löst den Ernst und die etwas gedrückte Stimmung zwischen uns. Auf einmal habe ich das Gefühl, dass ich wieder frei atmen kann.

»Seid ihr schon lange zusammen, du und Leon?« Er schaut mich von der Seite an.

»Fünf Jahre, aber wir kennen uns ja irgendwie schon immer.«

Ben scheint zu stutzen. »Warte mal, hast du nicht einen besten Freund gehabt, der Leon hieß?«

»Das weißt du noch? Doch, das ist genau der, von dem ich rede. Wir sind jetzt ein Paar.«

»Er hat also aufgehört, anderen Mädchen hinterherzulaufen? Ach, entschuldige, was für ein unpassender Kommentar. Das klang jetzt wirklich bescheuert.« Ben hält sich am Lenkrad fest. »Ich wollte eigentlich nur sagen, dass er offenbar verstanden hat, was er verlieren würde.«

»Ja, vielleicht«, sage ich leise. »Wenn er nicht nur …« Ich schweige abrupt und mit heißen Wangen, aber im Kopf vervollständige ich den Satz. *Wenn er nicht einfach beschlossen hat, sich mit mir zufriedenzugeben.* Vielleicht hatte er Angst, allein zu bleiben oder mich ganz zu verlieren, denn als wir ein Paar wurden, war ich gerade an einem anderen Mann interessiert.

Als Leon dann ankam, fühlte ich mich irgendwie in seiner Schuld, und in der aller unserer Freunde. Ich musste uns eine Chance geben. Wir hatten eine so lange Geschichte zusammen, da konnte ich nicht nein sagen. Er hatte mich immer unterstützt. War immer für mich da gewesen.

Diese Gedanken haben mich in letzter Zeit immer öfter gequält, dabei weiß ich gar nicht, ob es wirklich so ist. Deshalb ist es auch sinnlos, darüber nachzudenken, wie wir ein Paar wurden, es ist das Jetzt, das zählt. *Das Jetzt.* Der Gedanke daran macht mich nicht weniger deprimiert. Ich sinke immer tiefer in den Sitz.

»Woran denkst du?«, fragt Ben und schaut mich von der Seite an.

Ich richte mich rasch auf. »Nichts Besonderes. Es ist nur nicht ganz unkompliziert, mit jemandem zusammen zu sein, den man schon so lange kennt. Ich hatte es mir einfacher vorgestellt.« Schon in der nächsten Sekunde bereue ich, was ich gesagt habe. Ich habe das Gefühl, Leon zu verraten. Und überhaupt, kein Mensch kann alles bekommen. Aber andererseits gibt es Dinge im Leben, auf die man vielleicht nicht verzichten will. Das scheint mir bewusst zu werden, als ich neben Ben im Auto sitze.

»Da gibt es sowohl Vor- als auch Nachteile«, sagt Ben diplomatisch.

Ich nicke, aber mein Herz schlägt unregelmäßig, ich bin ganz erschrocken, welche Wege meine Gedanken nehmen. Und vor allem, wenn ich an das Gebot für die Wohnung denke. Ganz sicher brauchen Leon und ich eine gemeinsame Wohnung, wenn wir in unserer Beziehung weiterkommen wollen. Das sagt Leon schon seit einer ganzen Weile.

»Ich erinnere mich übrigens an alles von unserem gemeinsamen Abend«, sagt Ben plötzlich und völlig ernst. Einen kurzen Moment lang treffen sich unsere Blicke. Mein Magen zieht sich zusammen.

Im nächsten Moment bin ich voller Misstrauen. Ben kann sich immer noch sehr gut ausdrücken und die richtigen Worte finden.

Er räuspert sich. »Das ist jetzt wieder eine peinliche Situation.«

Ich zucke mit den Schultern, weiß nicht so recht, was ich antworten soll.

»Wie war denn dein Gespräch mit Fredrika am letzten Donnerstag?«, fragt Ben und wechselt so das Gesprächsthema.

Ich schaue ihn dankbar an. »Ich bin deinem Rat gefolgt und habe ihr gesagt, dass wir zur Sache kommen müssen.«

Ben scheint sich nicht sicher zu sein, ob ich scherze. »Und das war gut, nehme ich an…«

»Ehrlich gesagt, ich habe ganz offen mit ihr darüber gesprochen, wie ich mir unsere Gespräche vorstelle, und glücklicherweise hat Fredrika es richtig verstanden. Jetzt kann ich es kaum erwarten, wieder mit ihr zu sprechen. Danke für deinen guten Ratschlag. Ich meine das ganz ehrlich. Es hat sehr geholfen.«

Ben hebt eine Augenbraue und lächelt. »Was für eine Wendung! Das freut mich wirklich«, sagt er spontan. »Und ich könnte wetten, eure Gespräche sind erheblich unterhaltsamer als unsere. Wir reden hauptsächlich über Strategien und rote Zahlen und so.«

»Und das ist nicht unterhaltsam, findest du?«, sage ich scherzhaft, obwohl ich verstehe, was er meint. »Es ist sicher anstrengend, Geschäftsführer zu sein«, sage ich nachdenklich. »Bestimmt ganz toll und bereichernd, aber man hat auch eine große Verantwortung.«

»Ja, ich hatte mir das Leben nicht ganz so vorgestellt«, seufzt Ben, dann fügt er hinzu: »Das klang jetzt richtig deprimierend, als ob das Leben fast vorbei wäre.« Er sieht zu mir herüber. Es ist ein sehr frustrierender Gedanke, aber ich verstehe ja genau, was er meint. »Alles war einfacher, als man achtzehn war«, sagt er und lächelt.

»Ja, damals hatte man noch Hoffnungen.«

»Ich wünschte mir, es wäre nicht so viel Zeit vergangen bis

zu unserem Wiedersehen. Besonders nicht nach dem, was du gerade erzählt hast.« Sein Lächeln ist jetzt angespannt. »Hast du je gedacht...? Hast du danach jemals...?« Ben macht eine Pause. »Was ich eigentlich sagen will, ich freue mich so, dass wir uns wiedergesehen haben.«

Ich lasse seine Worte in mich einsickern und versuche, mich von ihnen nicht berühren zu lassen. »Ich auch«, flüstere ich dann. Freue mich unglaublich, was mich auch traurig macht. Dann ist es, als würde etwas Dunkles über mich hinweggleiten, und mein Herz tut weh. »Es hätte ja nicht so viel Zeit vergehen müssen, wenn du nur...« Ich halte abrupt inne.

»Wenn ich mich nur gemeldet hätte, wie ich es versprochen habe, meinst du das?«

Rasch, ein wenig ängstlich, füge ich hinzu: »Aber wie ich schon sagte, das spielt jetzt keine Rolle mehr.« Ich wische mit dem Zeigefinger etwas Staub von der Fensterleiste. »Überhaupt keine!« Ich möchte nicht darüber sprechen, ich schaffe es ganz einfach nicht. Er hat vielleicht irgendwelche Ausreden, warum er sich nicht gemeldet hat, wie ein Ass im Ärmel. Aber das kann er gerne behalten. Es hat mich damals genug verletzt.

»Aber für mich spielt es eine große Rolle! Und ich möchte...« Ich sehe, wie Ben so fest das Lenkrad umfasst, dass die Knöchel weiß werden. »Ich habe so lange warten müssen, um zu erzählen. Kannst du mir bitte zuhören? *Bitte!*«, sagt er mit leiser, weicher Stimme.

Ich schaue ihn erstaunt an, und alles in mir sagt, ich möchte ihn daran hindern, weiterzusprechen. Aber wie in aller Welt könnte ich das machen, wenn er mich auf diese Art bittet. Ich antworte mit einem kurzen Nicken.

Ben richtet den Kragen seines Hemdes und schweigt einen Moment, um sich zu sammeln. »Okay, es war so: Das Erste, was passierte, als wir beide uns an der U-Bahn trennten, war, dass mein Handy gestohlen wurde, ich konnte dir also keine Nachricht schicken, wie wir es verabredet hatten. Und erst da wurde mir klar, dass ich nicht einmal wusste, wie du mit Nachnamen heißt. Ich hätte sonst versucht, deine Nummer herauszufinden und dich kontaktiert. Als ich zurück nach Kiruna kam, passierte dann auch noch etwas anderes...« Er beißt die Zähne zusammen. »Der Sommer war schrecklich anstrengend. Aber ich habe immer an dich gedacht. Die ganze Zeit. Und ich hatte gehofft, dass du vielleicht versuchen würdest, meine Nummer herauszubekommen, ich hatte mich dir ja mit Vor- und Nachnamen vorgestellt. Aber das hast du nie getan.« Er sieht auf einmal betrübt aus. »Ich mache dir keine Vorwürfe! Und warum solltest du dich an meinen Namen erinnern...«

Ich starre ihn an. Es dauert eine ganze Weile, bis seine Worte mich erreichen. Das war keine Ausrede, das war... Einen Moment lang wende ich mich ab und schaue aus dem Fenster, spüre, wie ich zittere. »Ich habe auch an dich gedacht, aber ich wäre nie auf die Idee gekommen, dass...« Sein Handy gestohlen worden war oder dass etwas anderes passiert war und er mich schlicht und einfach gar nicht kontaktieren konnte. »Natürlich habe ich mich erinnert, wie du heißt, und hätte versuchen können, dich zu finden, wenn nur...« Oh, mein Gott. Auf einmal habe ich das Gefühl, meine Körpertemperatur würde steigen und mein innerer Thermostat außer Betrieb gehen. »Ich war so sicher, dass...«

»... ich ein Scheißkerl war, der sich einfach nicht mehr gemeldet hat?«, ergänzt er. Ich komme mir auf einmal so bescheuert vor, ich kann ihn fast nicht anschauen. Aber dann fügt er hinzu: »Davor hatte ich am allermeisten Angst, dass du glauben könntest, dieser Abend habe für mich nichts bedeutet. Ich war so wütend auf mich, dass ich dir nicht gleich meine verdammte Telefonnummer gegeben habe.«

Allmählich wird mir klar, was Ben gerade gesagt hat. »Als wir zusammen waren, hatte ich schon das Gefühl, als ob das, was wir erlebt haben, auch dir etwas bedeutet hat. Aber als du dich nicht mehr gemeldet hast, habe ich mir eingeredet, dass ich das alles falsch verstanden hatte und es nicht wirklich geschehen war. Wir kannten uns ja nur ein paar Stunden!«

»Es war im allerhöchsten Grade wirklich! Und es waren die schönsten Stunden, die ich je erlebt habe.« Bens Stimme bricht.

Es brennt hinter meinen Lidern, ich nicke und drücke mir die Hand auf den Mund. Ich habe mich noch nie so lebendig gefühlt.

Trotz der Geständnisse, die wir einander gerade gemacht haben, und obwohl Bens Erklärung mehr war, als ich je zu hoffen gewagt hatte, kann ich den Schmerz in meiner Brust nicht ignorieren. Ben scheint auch völlig weggetreten. Die restliche Autofahrt können wir nicht mehr miteinander sprechen, wir sind beide in unsere Gedanken vertieft.

KAPITEL 16

Fredrika und ich haben uns in den kleinen Pavillon auf Strand-backa gesetzt. Vor uns glänzt der Mälarsee, die Tür ist geöffnet, eine leichte Brise weht herein, und auf der anderen Seite des Sees breitet sich der Schlosspark von Rosersberg aus – weite offene Rasenflächen und Linden- und Eichenalleen. Das zarte vorsommerliche Grün wird sich bald in eine blühende Pracht verwandeln.

»Hoffentlich ist das Wetter beim Sommerfest auf unserer Seite«, sagt Fredrika und schaut aus einem der Fenster des Pavillons. Kleine, weiße Schäfchenwolken segeln langsam über den Himmel, ansonsten ist er hellblau. »Ich lasse ja immer ein Partyzelt aufstellen, sicherheitshalber.« Als sie meinen Gesichtsausdruck sieht, fügt sie hinzu: »Habe ich nicht erwähnt, dass ich am Wochenende vor Mittsommer die Familie, gute alte Bekannte und das Personal hier auf Strandbacka einlade? Du bist auch eingeladen, eine gute Gelegenheit für dich, alles ein bisschen genauer kennenzulernen, im Hinblick auf das Buch.«

Ich hole das Notizbuch und den Stift aus meiner Tasche, die ich neben mich auf den Boden gestellt hatte. »Das klingt nett, das mit dem Fest. Ich dachte nur, dass du …«

Fredrika richtet das elegante, glatte Tuch, das sie um den Hals trägt. »Marielle wird kommen, und Ben … und mein Personal kennst du inzwischen ja auch ein wenig, deshalb …«

»Ich komme sehr gern!« Ich habe mir keine Sorgen gemacht, allein herumstehen zu müssen, das war nicht der Grund, warum ich etwas erstaunt geklungen habe.

Fredrika scheint meine Gedanken zu lesen. »Ich verstehe, dass du dich wunderst. Und ja, eigentlich will ich keinen Haufen Leute hier haben. Aber einmal im Jahr muss ich so ein Treffen aushalten. Außerdem rechnen Marcus und all die anderen damit, dass ich dieses Fest veranstalte – es ist eine sehr alte Tradition. Während meiner aktiven Zeit bei Berghs war das Sommerfest ein wichtiger Geschäftstermin. Ein wenig informell, denn normalerweise finden solche Veranstaltungen in der Stadt statt. Im Sommer kann man so ein Fest gut hier draußen veranstalten.«

»Selbstverständlich!« Ich blicke in die Weite. Dieses große idyllische Grundstück direkt am Wasser ist perfekt für ein Sommerfest. »Ich dachte nur, Strandbacka sei … irgendwie dein privates Versteck. Und zudem hatte ich den Eindruck, dass ihr vielleicht nicht so gerne miteinander feiert, innerhalb der Familie?« Ich beiße mir auf die Lippen. Das war ein diskreter Hinweis auf die Konflikte in der Familie, Fredrika hat das ja mehrfach angedeutet.

Sie inspiziert ihre gepflegten Nägel und lächelt. »Zwischen mir und Marcus gibt es Spannungen, falls du das meinst. Meinerseits gibt es … eigentlich keinen Grund dafür.« Die kleine Pause zwischen den Worten und etwas Dunkles im Blick lässt ahnen, dass die Dinge erheblich komplizierter sind, als sie zugeben möchte. »Aber es fühlt sich besser für mich an, großzügig zu sein, deshalb das Fest«, fährt sie fort. »Wie gesagt, alle rechnen damit, dass es stattfindet.«

»Auch wenn alle damit rechnen, Strandbacka gehört doch dir«, füge ich vorsichtig hinzu.

»Natürlich entscheide ich, aber …« Fredrika scheint sich ein wenig im Stuhl zu verkriechen, dann setzt sie sich wieder aufrecht hin. »Du und Ben, ihr habt einen sehr ernsten Eindruck gemacht, als ihr heute ankamt«, sagt sie nach einer Weile.

Mein Stift gleitet auf dem Papier des Notizbuchs aus. »Ach ja, findest du?«, sage ich und versuche, ganz normal zu klingen. »Hat er bei eurem Gespräch etwas darüber gesagt?«

»Nein, hätte er das tun sollen?« Fredrika schaut mich streng an.

Ich weiche ihrem Blick aus. Ich spüre, wie ich rote Flecken am Hals bekomme und bin dankbar für einen kühlen Hauch, der zur Tür hereinweht. »Nein, eigentlich nicht. Auf dem Weg hierher ist nichts Besonderes passiert... Wir kennen uns ja noch nicht sehr gut, deshalb war die Stimmung im Auto ein wenig angespannt.«

»Ja, das kommt manchmal vor«, antwortet Fredrika, aber ich bin nicht überzeugt, dass sie mir meine Erklärung abnimmt. Ich sehe Ben und unser Gespräch nun in einem anderen Licht. Ich möchte darüber lachen, wie idiotisch ich war, mir die ganze Zeit über eingeredet zu haben, dass er so ein Scheißkerl war. Mich quält das große Missverständnis. Einen Moment lang fürchte ich, meine Gedanken und Gefühle könnten Amok laufen, ich gebe mir große Mühe, mich zu beherrschen.

Fredrika massiert ihr Bein durch den Seidenrock, genau an der Stelle, wo der Gips beginnt. »Ja, ich beneide ihn wirklich nicht«, denkt sie laut nach. »Mit erst dreiundzwanzig Jahren so Hals über Kopf in eine Rolle geworfen zu werden, das ist bestimmt nicht leicht. Meine Situation war ähnlich wie die von Ben, aber ich war doch ein wenig besser vorbereitet, ich habe ja bereits bei Berghs gearbeitet. Er hingegen...« Sie schüttelt ein wenig den Kopf.

Ich schaue sie forschend an. »Hals über Kopf? Das klingt sehr plötzlich.«

Fredrika schaut mich ernsthaft an. »Das war es auch. Sein Vater, dem Canavans Industriepumpen gehörte, ist gestorben... Ganz unerwartet. Es war wirklich ein tragischer Vorfall, und danach hatte Ben das Gefühl, das Geschäft des Vaters weiterführen zu müssen, es war sein Lebenswerk, obwohl ich nicht glaube, dass seine Mutter oder jemand anders es von ihm erwartet haben. Ben hatte wohl andere Pläne für sein Leben. Oder, natürlich hatte er andere Pläne«, sagt sie ärgerlich, »er war ja erst dreiundzwanzig.«

Ich starre Fredrika an, will fast nicht glauben, was sie sagt. Aber allmählich verstehe ich, was Ben im Auto angedeutet hat, als er meinte, das sei nicht so ganz das Leben, das er sich vorgestellt hatte. Und nur weil Canavans ein Familienunternehmen war, erachtete er es nicht als selbstverständlich, da zu arbeiten, wie ich etwas naiv angenommen hatte, als er sagte, dass er mit der Musik hatte aufhören müssen.

Ich hole zitternd Luft. »Das mit seinem Vater muss schrecklich gewesen sein.«

Fredrika schaut mich betrübt an. »Ja, wirklich, und im Unterschied zu mir hatte er keine Ahnung von dem Unternehmen, als sein Vater starb. Er musste sich natürlich einarbeiten. Hinzu kommt, dass Canavans in keinem guten Zustand war, als er es übernahm, und jetzt ist das Unternehmen in einer wirklich misslichen Lage – deshalb führen wir diese Gespräche. Eigentlich habe ich dieses Leben ganz hinter mir gelassen, aber ich kannte seinen Vater, und mir war es wichtig, zu helfen, es zumindest zu versuchen. Ich frage mich nur, wie ich Ben dazu bringen kann, zu verstehen…« Ihre Stirn legt sich in tiefe Falten. »Ich bin nicht sicher, dass er Canavans aus den richtigen Gründen weiterführt, aber vielleicht bin ich durch meine eigene Vergangenheit beeinflusst und nicht so unparteiisch, wie ich es sein sollte. Und die Entscheidung, ob man seinem Herz oder seinem Kopf folgen sollte, ist nicht einfach … Mir selbst ist es nie richtig gelungen.« Ihre Worte enthalten Frustration und Enttäuschung. Fredrika murmelt, sie bekomme einen Krampf im Bein, wenn sie so lange stillsitzt, sie steht auf und stellt sich ans Fenster.

Ich betrachte ihren angespannten Rücken und zögere. Ich habe das Gefühl, ich müsse den Faden da wieder aufnehmen, wo wir gerade waren. »Wenn ich darüber nachdenke, ob man das Gefühl oder die Vernunft entscheiden lassen sollte … Wie kam es denn, dass du Vorstandsvorsitzende von Berghs International wurdest, wo du doch eigentlich ganz andere Pläne hattest? Zusammen mit John. Ich hatte den Eindruck, dass dein Bruder ebenfalls an diesem Posten interessiert war«, sage ich leichthin.

Fredrika dreht sich langsam um, sie hat die Aussicht auf den Mälarsee und das Schloss Rosersberg im Rücken. »Genauso war es, und wie du bereits verstanden hast, wurde ich irgendwie gegen meinen Willen Direktorin des Unternehmens. Und wie wurde ich das?« Ein kleiner Seufzer kommt ihr über die Lippen, und sie setzt sich wieder auf den Stuhl. »Eine Erklärung ist, dass mein Vater meinen Widerstand nicht akzeptiert hat und der Meinung war, ich sei besser für diese Rolle geeignet als mein Bruder. Die beiden hatten ein kompliziertes Verhältnis, wie so oft zwischen Vater und Sohn. Und auch wenn Marcus und ich nicht die allerbeste Beziehung hatten, so war ich in dieser Sache eigentlich auf seiner Seite. Ich versuchte, meinen

Vater umzustimmen. Aber er war unnachgiebig!« Sie schaut mich fest an, damit ich es verstehe. »Und obwohl er nicht allein zu entscheiden hatte, so war die Leitung von Berghs vom letzten Willen meines Vaters beeinflusst. Er wurde krank, verstehst du, und in diesem Moment spitzte die Situation sich zu. Ich hätte natürlich nein sagen können, aber ich war einerseits von meiner Selbstständigkeit überzeugt, und andererseits war ich mir der Tatsache bewusst, dass ich nicht so frei war, wie ich es mir gewünscht hätte. Mein Vater war der Einzige, der mich bis dahin immer unterstützt hatte. Er *liebte* mich, was bei meiner Mutter wohl nicht der Fall war.« Ihr Gesicht ist auf einmal nackt und verletzlich, wie ich es bisher nicht gesehen habe. »Sollte ich mich da nicht erkenntlich zeigen?«, sagt sie leise.

Ich spüre eine Enge in der Brust und im Bauch, wenn ich an meine eigenen Eltern denke. Sie lieben mich doch, oder? »Nein, das klingt ja ... schwierig«, sage ich und wünsche mir, ich hätte ein besseres Wort gefunden. »Dein Vater wurde also krank?«

Fredrika ringt die Hände im Schoß, ich sehe den Schmerz in ihren Augen. »Ja, und es galten auf einmal ganz andere Spielregeln, nachdem er seinen ersten ... Es klingt vielleicht so, als wäre mein Beschluss fest gewesen? Und das *wurde* er. Aber wenn dieser Sommer ...« Ihre Stimme zittert leicht. »Wenn dieser Sommer so geworden wäre, wie ich es mir gedacht hatte, dann hätte ich schon versucht, standhaft zu bleiben. Mein ganzes Leben wurde im Lauf von ein paar Monaten völlig durcheinandergewirbelt. Was der schönste Sommer meines Lebens werden sollte, wurde mein schrecklichster, und über vieles, was geschah, hatte ich keine Kontrolle. So im Nachhinein habe ich jedoch das Gefühl, als wäre ich unglaublich naiv gewesen. Andererseits:

wenn man nicht an die Liebe glaubt, woran soll man dann glauben?« Sie lächelt resigniert. »Ich habe mich eine Zeitlang sehr allein gefühlt. Wenn in jenem Herbst Henry nicht für mich da gewesen wäre, ich weiß nicht, was ich getan hätte. Als mein Vater schließlich starb, war Henry der Einzige, auf den ich mich verlassen konnte. Deshalb war ich immer so loyal ihm gegenüber, er war mir gegenüber so loyal.«

Ich versuche, das Gesagte in mich aufzunehmen, und bin unendlich traurig, aber auch ein wenig befremdet. Loyalität ist wirklich nicht die schlechteste Eigenschaft bei einem Partner. Es klang nur so unromantisch. Dieses Gefühl wird noch verstärkt, als ich mich erinnere, wie Fredrika bei einer anderen Gelegenheit ihr Verhältnis zu Henry als *geschmeidig* bezeichnet hat. Man hat das Gefühl, sie hätte ihn geheiratet, weil er da war, als niemand anders – John? – da war, eine Entscheidung, die sich auf verlorene Hoffnung und zerbrochene Träume gründete und nicht so sehr auf Liebe. Henry scheint sich mehr oder weniger ihr ganzes Leben im Hintergrund befunden zu haben.

Ich bekomme ein enges Gefühl im Hals, ein Zittern durchfährt mich.

»Hast du Henry geliebt?«, murmele ich dann.

Glücklicherweise nimmt Fredrika mir meine direkte, persönliche Frage nicht übel. Sie wählt ihre Worte jedoch mit Vorsicht und antwortet: »Ich war nicht über alle Ohren in ihn verliebt, das ahnst du vielleicht. Aber irgendwie habe ich ihn immer geliebt, seit ich klein war, seine Beharrlichkeit zahlte sich aus. Wenn man bedenkt, welche Rolle ich auf mich nahm, hätte ich keinen besseren Mann an meiner Seite haben können. Da hatte mein Vater recht. Er hatte in vielem recht, als ich schließlich den

Weg betrat, den er für mich ausgesucht hatte.« Sie blinzelt mich an, sie lächelt mit den Lippen, aber nicht mit den Augen. Ich habe eine Art Déjà-vu-Gefühl: es ist das gleiche Lächeln wie auf dem Hochzeitsbild von ihr und Henry.

Es gibt mir einen Stich ins Herz, und ich muss schlucken. »Und was geschah mit John?«

Fredrikas Blick schweift in die Ferne. »Mein Vater hat nie akzeptiert, dass wir zusammen waren. Ich habe immer geglaubt, unsere Beziehung sei deshalb gescheitert. Aber wir haben auch selbst recht gut dafür gesorgt.« Ihr Blick ist dunkel von den Erinnerungen, ihre Hand legt sich auf die Brust, als sei es immer noch zu schwer, daran zu denken.

Ich traue mich fast nicht, die nächste Frage zu stellen, aber ich muss es wagen. »War er … der Grund dafür, dass du viele Jahre nicht hier warst?«

Fredrika schließt ein paar Sekunden lang die Augen. Der Verlust und der Schmerz, der sich in jeder Linie ihres Gesichts ausdrückt, sagt alles. »Ja ich musste mich voll und ganz von uns distanzieren, und die einzige Möglichkeit dazu war, nicht hierherzukommen, wo wir fast die ganze gemeinsame Zeit verbracht haben. Natürlich holten die Erinnerungen mich ein, sobald ich wieder hier war, aber ich wollte mir nicht dauernd das Herz aus der Brust reißen.«

Auch in meinem Herzen tut es einen Stich, als ich sie das sagen höre. »Das klingt nicht so, als hätte es ein gutes Ende zwischen euch beiden gegeben?«

Ihr Kiefer ist angespannt, das Gesicht blass. »Nein, wirklich nicht. Ich war so überzeugt davon, dass John die Liebe meines Lebens ist – er hat mich wirklich im Sturm genommen –, aber wie so oft bei der großen Liebe war unsere Beziehung nicht ganz unkompliziert. Ich verstehe immer noch nicht, warum wir es uns so schwergemacht haben, auch wenn äußere Faktoren eine Rolle spielten. Vielleicht waren wir zu verschieden, und unsere Beziehung war von Anfang an zum Scheitern verurteilt, oder es war einfach der falsche Zeitpunkt. Ich werde nie erfahren, was der Grund war. Ich weiß nur, dass dieser Sommer, der so schön werden sollte, mehr oder weniger in einer Katastrophe endete. Auf jeden Fall in Herzschmerz.«

Eine Woge des Mitleids baut sich in mir auf. »Auch für ihn?« Ich hoffe so sehr, dass die Antwort ja sein wird: dass John genauso viel gelitten hat wie Fredrika.

»Ich weiß nicht. Vielleicht…« Ihre Stimme trägt fast nicht mehr.

»Aber ihr hattet doch hinterher Kontakt miteinander?«, frage ich fast verzweifelt. Wenn er die große Liebe für sie war, dann war alles andere doch nicht denkbar.

»Nach dem Sommer 1968, der für immer in meiner Erinnerung festgeschrieben sein wird?«, sagt Fredrika unglücklich. »Nein, wir hatten keinen Kontakt mehr.«

KAPITEL 17

Sommer 1968

Fredrikas dunkle Haare wurden von einem Windhauch durch das offene Fenster auf ihre Stirn geweht. Er brachte auch die wundervollen Düfte aus dem Garten unter ihrem Fenster ins Zimmer. Sie blinzelte und hatte einen schrecklichen Moment lang das Gefühl, der Platz neben ihr im Bett sei leer, aber dann spürte sie, dass John ganz nah bei ihr lag, sie bildeten fast eine nackte Einheit.

Fredrika lächelte und küsste sanft seine geschlossenen Augenlider. Sein feuchter Körper drückte sich an ihren, und sie spürte immer noch die Wärme zwischen den Beinen. Vielleicht war das nicht so merkwürdig, dachte sie nach einem kurzen Blick auf den großen roten Wecker neben dem Bett. Sie hatte vielleicht fünf oder zehn Minuten geschlafen. Wenn sie an John dachte, war sie immer das sinnliche Geschöpf, das sie bisher noch nie gewesen war. Sie erkannte sich selbst nicht wieder. Aber andererseits war es so natürlich und selbstverständlich, wie sie es noch nie erlebt hatte. Sie spürte seinen warmen Atem an ihrer Wange, und einen Moment lang war es, als stünde die Luft um sie herum still, ein langer, bebender Seufzer durchströmte sie. Mit geschlossenen Augen nahm er sie in den Arm und drückte die Lippen auf die nackte Haut ihrer Schulter, mit einer so unbeschreiblichen Zärtlichkeit, die alles enthielt, was sie selbst verspürte. Es war, als würde jemand ihr Herz öffnen.

Bevor sie John kennenlernte, hatte sie manchmal gefürchtet, niemand könnte solche Gefühle in ihr hervorbringen. Nicht einmal ansatzweise hatte sie so etwas verspürt. Nun brauchte sie keine Angst mehr zu haben. Sie hatte so unglaubliches Glück.

Mit federleichten Fingerspitzen folgte Fredrika den Konturen seines Gesichts. Die zarte Haut auf der Stirn, die etwas rauere und stacheligere auf den Wangen und dem Kinn, obwohl er sich erst am Abend zuvor rasiert hatte. Dann öffnete er die Augen, und sie legte die Hand auf seine Wange. »Komm her«, lächelte er.

»Ich bin doch da«, flüsterte sie, ein leicht euphorisches Gefühl stieg in ihrer Brust auf, und ein munteres Lächeln breitete sich auf ihren Lippen aus.

»Ja, ich weiß, aber ...« Er zog sie zu sich, sie landete auf ihm, ihre Beine flochten sich umeinander. »Du kannst gar nie nah genug sein«, murmelte er ihr ins Ohr. Und wieder öffnete sich ihr Herz sperrangelweit, wenn er sagte, was sie selbst dachte und fühlte.

Sie schob ihre Hände unter seinen Nacken und küsste sein Gesicht. Er strich mit den Fingerspitzen über ihren Rücken, sie spürte seine Hände überall auf ihrer Haut. Ihre Lippen suchten sich, und als die Zärtlichkeiten intensiver wurden, verlor die Zeit ihre Bedeutung. Und dabei waren sie sich bewusst, wie sie davonfloss, weshalb sie sich fast verzweifelt aneinanderklammerten. Bald mussten sie sich trennen, beide mussten ihrer Arbeit nachgehen.

Ihre Körper waren hungrig, die Hüften stießen hart aneinander. Ihre Haare strichen über sein Gesicht und seine Brust. Als sie sich ein weiteres Mal ineinander verloren und Fredrika sah, wie Johns Gesichtsausdruck sich veränderte und völlig ungeschützt und verletzlich wurde, versuchte sie, die Macht ihrer eigenen Gefühle an ihn weiterzugeben, in jeder Bewegung. Jeder Kuss, jedes Flüstern zu so früher Morgenstunde. Sie waren so lebendig in den Armen des anderen. Alle Hemmungen verschwanden, wenn sie einander Liebesworte zuflüsterten, die sie noch nie jemandem gesagt hatten. Als er sie schließlich ganz fest an sich drückte und sie verschlungen in einer anderen Welt verschwanden, blieb die Zeit stehen. Sie schloss sich um sie wie ein Kokon, ihr Blut pulsierte im Gleichklang, der Atem vereinte sich ebenso wie ihre Körper.

Hinterher blieb sie auf seiner Brust liegen, er küsste ihre Haare, strich mit den Fingern durch die Strähnen. Er sagte, sie sei die wunderbarste Frau, die er je getroffen und geliebt habe. Die Einzige, die er wirklich geliebt habe. Seine Worte und der Gleichklang seines Herzens verströmten Ruhe in ihr.

Sie schaute hoch zu ihm. In Johns Gesicht zeigte sich die gleiche Zufriedenheit, die sie selbst verspürte. Da gab es auch eine große Bewunderung und Wertschätzung. Eine Liebe, die größer war als alles. Wie sollte sie es schaffen, ihn zu verlassen und ins Büro in der Stadt zu fahren? Könnte sie heute nicht die Arbeit schwänzen? Einfach anrufen und sagen, sie sei krank? Der Gedanke war sehr verlockend. Aber sie würde das Vertrauen ihres Vaters niemals so missbrauchen, er hatte ihr schließlich erlaubt, den ganzen Sommer über auf Strandbacka zu wohnen.

Erlaubt? Sie schnaubte innerlich. Sie brauchte doch wohl keine Erlaubnis mehr von ihrem Vater, sie war fast fünfundzwanzig? Andererseits gehörte Strandbacka nicht ihr, sie war im Büro ihres Vaters angestellt, er hatte also durchaus das Recht, sich in ihr Leben einzumischen. Er tat es nicht direkt, machte sie sich bewusst. Es geschah indirekt. Letzte Woche hatte er sie mehr-

mals gefragt, ob sie nicht eine Nacht oder zwei in der Stadt bleiben könnte, um am Morgen nicht so weit ins Büro fahren zu
müssen. Aber sie wussten beide, dass dies nicht der Grund für
seinen Vorschlag war. Es war nur ein Vorwand, um sie von hier
fernzuhalten, von John fernzuhalten.

Warum konnte ihr Vater John nicht als ihren Freund akzeptieren? Er hat ihn doch selbst angestellt. Sie beide, John und sie,
arbeiteten für ihn, nur mit dem Unterschied, dass John kein An-
gestellter im Büro in der Stadt war. Da klemmte der Schuh. Ihr
Vater war in vielen Beziehungen nicht sehr altmodisch oder tra-
ditionell. Er versäumte zum Beispiel nie eine Gelegenheit, sie
und die anderen Frauen im Büro hervorzuheben. Da war er einzigartig, und sie war stolz, dass dies für ihn eine Selbstverständlichkeit war. Aber wenn es darum ging, mit wem Fredrika zusammen war, das war eine andere Sache. Da war er strikt und
alten Normen verhaftet. John war nicht gut genug für sie, er
hatte nicht den richtigen Hintergrund. So war das einfach, das
konnte man mit dem Vater nicht diskutieren.

Aber Fredrika wollte nicht klein beigeben, sie wollte beweisen, dass er unrecht hatte. Sie und John würden zeigen, dass die
Unterschiede zwischen ihnen, die ihr Vater so gerne hervorhob,
keinerlei Bedeutung hatten. Dass es keine zwei Menschen gab,
die besser zueinanderpassten als sie.

Außerdem waren sie sich viel ähnlicher, als ihr Vater glaubte. Vielleicht sollte sie ihn allmählich in ihre Zukunftspläne ein-
weihen, damit er es verstand? Sie hatte nur das Gefühl, es war
noch nicht der richtige Zeitpunkt. Auf jeden Fall nicht jetzt, in
diesem Sommer. Sie hatte ihm ja noch nicht einmal von der Wohnung am Vanadisplan erzählt, und ihre Zukunft jenseits von

Berghs lag noch weit in der Zukunft. Wie weit, wusste man nicht. Eins nach dem anderen, dachte sie. Sie wünschte sich nur, wie schon so oft, dass sie die Zeit beschleunigen könnte.

John küsste ihre Schulter und brachte sie zurück ins Hier und Jetzt. »Woran denkst du?«, fragte er.

Fredrika seufzte tief. Das wollte er wirklich nicht wissen. Sie stützte sich auf den Ellenbogen und warf einen Blick auf die Uhr. Sie sperrte erschrocken die Augen auf. »Dass ich ganz schnell aufstehen muss, duschen und ins Büro fahren.«

John warf auch einen Blick auf den Wecker. Er zuckte zusammen und fluchte laut. Sanft schob er sie von sich weg und kletterte aus dem Bett. »Matteo kann jeden Moment kommen«, erklärte er.

Fredrika nickte, sie wusste ja, wie es war, aber irgendwie hatte sie es auf einmal weniger eilig. Anstatt ins Badezimmer zu hüpfen wie sonst, setzte sie sich langsam auf und lehnte sich an das Kopfende des Bettes.

Matteo, Matteo ...

Er schien neuerdings das Lieblingsgesprächsthema von John zu sein. Vielleicht hörte sie auch besonders aufmerksam zu, wenn sein Name fiel, sie kannte ja ihre Pläne. John hatte immer noch nicht darüber gesprochen, das war gut so, erinnerte sie sich streng. Aber er sprach schon öfter von Matteo als über ihre gemeinsamen Träume und Lebensprojekte. Das bildete sie sich nicht nur ein. Sie wusste es instinktiv, wenn sie John mit dem Blick folgte, als er rasch seine Kleider vom Boden aufhob.

»Wann wollte Matteo gleich wieder nach Spanien zurückkehren?«, fragte sie vorsichtig, obwohl sie wusste, dass es irgendwann im September war.

John schaute auf und zog sich dann schnell Unterwäsche und T-Shirt an. »Im August.«

»Im August?« Sie hörte, wie ihre Stimme nach Dur wechselte, aber sie wusste nicht so recht, ob es Erleichterung oder etwas anderes war. Da fände der Umzug ja viel früher statt, als sie gedacht hatte. »War es nicht im September?«

John zog die Hosen an und schloss den Gürtel. Der schöne Körper, der gerade noch ihr gehört hatte, war nun unter den Kleidern verschwunden. »Dein Vater hat ihm versprochen, dass er früher gehen kann als geplant, er muss nach Hause fahren und im Restaurant seiner Familie helfen. Sie haben zu wenig Leute«, fügte John hinzu.

Sie klemmte sich das Laken unter die Arme. »Okay, ich verstehe«, sagte sie leise und beschloss, ihn ein wenig zu testen. »Wo wir gerade dabei sind, hast du dich schon nach einer Arbeit als Koch umgesehen? Wenn du zum Herbst eine Stelle haben willst, dann wird es wohl Zeit ...« Sie schwieg, kam sich auf einmal streng vor und sagte dann mit etwas freundlicherer Stimme: »Ich kann dir bei einer Bewerbung helfen, wenn du willst.«

John schüttelte den Kopf. »Das ist nicht nötig. Außerdem funktioniert es in diesem Beruf nicht so, das weißt du doch auch. Man muss einfach dahin gehen, wo man arbeiten will, und fragen, ob sie freie Stellen haben.« Er streckte den Kopf aus dem Fenster und schaute zum Stall hinüber, ob Matteo schon da war, obwohl man noch kein Auto auf dem Wendeplatz gehört hatte.

»Sollen wir das machen? Ich würde mitkommen!« Fredrika hüpfte ins Laken gewickelt auf den Boden und stellte sich hinter ihn ans Fenster, umarmte seinen Rücken.

»Ich brauche deine Hilfe nicht, um mir eine Arbeit zu suchen«, antwortete John ungewöhnlich kurz und erstarrte in ihrer Umarmung.

Sie musste schlucken und ließ ihn sofort los. »Na klar, ich wollte nur helfen.« Sie ging zurück ins Zimmer und setzte sich auf die Bettkante.

Er schaute sie an und kniete sich dann vor sie hin. »Entschuldige, Liebling. Ich wollte dich nicht so abfertigen. Es stimmt, ich bin ein wenig gestresst. Deshalb habe ich so reagiert. Ich möchte wirklich Erfahrungen als Koch sammeln. Und wenn Matteo weg ist, wird die Arbeit im Stall viel weniger Spaß machen.«

Sie schluckte wieder, noch heftiger. »Das verstehe ich, aber gerade deshalb ist es so wichtig, dass du dir eine Stelle als Koch suchst. Und wenn die Arbeit im Stall dir keinen Spaß mehr macht, dann solltest du vielleicht zum Herbst hin kündigen? Ich weiß, du hast gesagt, du willst auch diese Arbeit behalten. Aber das wird sehr stressig, sowohl hier draußen als auch in der Stadt zu arbeiten.«

John streichelte ihre Knie. »Ich weiß, und ich muss vielleicht noch einmal darüber nachdenken, wenn nicht…« Der Satz blieb in der Luft hängen, er schaute zu Boden. Fredrika fragte sich tatsächlich, ob John über das nachdachte, was auch ihr schon eingefallen war: zu dem Hof der Familie von Matteo gehörte auch ein großer Stall. Und in dem kleinen spanischen Dorf an der Grenze zu Frankreich, aus dem Matteo stammte, waren die Abstände bestimmt nicht sehr groß. John könnte dort viel einfacher zwei Jobs miteinander kombinieren.

»Aber nein«, murmelte John dann, das beruhigte sie etwas.

Sie hob sein Kinn an und schaute ihm in die Augen. »Mach dir keine Sorgen, du wirst quasi den ersten Job als Koch, um den du dich bewirbst, bekommen. Davon bin ich überzeugt. Du bist doch sehr gut.«

Er wich ihrem Blick aus. »Na ja, vielleicht bekomme ich Arbeit in irgendeiner Kaschemme. Aber ich habe Besseres vor.«

Sie nickte und lächelte. Das freute sie zu hören. Und sie war ja nicht die Einzige, die der Meinung war, dass er gut in der Küche war, alle, die jemals sein Essen gekostet hatten, fanden das. Und dennoch verstand sie seine Überlegungen nicht ganz. Wenn es denn so wichtig für ihn war, dass er als Koch Erfolg hatte, warum konzentrierte er sich dann nicht ganz darauf und verzichtete für eine Weile auf die Arbeit mit den Pferden und dem Stall?

Sie nahm seine Hände, folgte den Linien in den Handflächen mit den Daumen. »Im schlimmsten Fall kannst du ja in einem Laden anfangen und versuchen, dich hochzuarbeiten? Ich bin natürlich der Meinung, dass du sofort für das beste Restaurant geeignet bist, aber wenn das nicht funktioniert… Wenn es schwierig wird… Du wirst bestimmt sehr bald aufsteigen können.«

John schaute sie ein paar Sekunden lang an. Dann verzog sich plötzlich sein Gesicht, er nahm seine Hände zu sich. »Du hast leicht reden, hast ja sofort den besten Job bekommen, durch deinen Vater. Du musstest dich wohl kaum hocharbeiten.« Er schaute sie beinahe feindselig an, dann stand er hastig auf, ging im Zimmer auf und ab, die Hände hinter dem Nacken verschränkt.

Sie starrte ihn an und fragte sich, ob sie gerade richtig gehört hatte. Er hatte bisher nie eine Andeutung gemacht, sie könnte die Arbeit bei Berghs International nicht verdienen, obwohl sie natürlich selbst auch wusste, dass sie den Job auf dem Silbertablett serviert bekommen hatte. Und wenn es ihr nicht besonders viel Spaß machte, als Entwicklungschefin zu arbeiten, war das in diesem Zusammenhang natürlich noch schlimmer. Sie kam sich unglaublich undankbar vor, sie bereute es, sich jemals bei John beklagt zu haben, wenn sie einen richtig schrecklichen Tag im Büro gehabt hatte. Aber darum ging es eigentlich nicht.

Sie war sich sehr wohl bewusst, dass sie privilegierter war als die meisten und dass sie diese Chance niemals bekommen hätte, wenn Berghs International nicht ihrer Familie gehören würde. John war keineswegs der Erste, der dies bemerkte, aber es tat besonders weh, wenn es aus seinem Mund kam. Andererseits war sie verdammt gut in dem, was sie machte. Sie war gut! Sie gestattete sich zum ersten Mal, das zu denken. Sie war nicht nur pflichtbewusst und ambitioniert, sie war außerdem nicht mehr das Mädchen, das mit zehn Jahren aufgehört hatte zu sprechen und erst vor einem Jahr wieder damit begonnen hatte. Der Grund dafür war, dass sie etwas zu sagen hatte. Sie war wertvoll für Berghs, sie konnte etwas einbringen! Seit sie an vielen wichtigen Sitzungen teilgenommen hatte, war ihr das klar geworden. Und obwohl sie immer noch nicht den Rest ihres Lebens dem widmen wollte, hatte sie gerade in den letzten Tagen bemerkt, dass die Menschen sie anders betrachteten, wenn sie sprach. Sie hörten ihr auf einmal ganz anders zu. Fredrika konnte nicht umhin, das sehr befriedigend zu finden, nachdem sie ein ganzes Leben im Schatten ihres Bruders verbracht hatte.

Ganz gleich, wie sie ihren Job bekommen hatte, sie war ihn wert, entschied sie jetzt. Und wenn John das nicht sah... Wenn er neidisch war und nicht dazu bereit, sie über den grünen Klee zu loben, so wie ihr Vater und ... Henry, dann ...

Fredrika schlug sich die Hand vor den Mund, als sie merkte, welchen Weg ihre Gedanken nahmen. Aber das änderte nichts an der Tatsache, dass Henry nie so etwas geäußert hätte, wie John gerade eben, ganz gleich, wie privilegiert auch er war. Henry würde nie in diesen Bahnen denken, da war sie sich ganz sicher, sie kannte ihn schon fast ihr ganzes Leben. Sie war sehr erschrocken, dass sie auf einmal John mit Henry verglich, sie seufzte vor Erleichterung, als sie hörte, dass ein Auto im Kies vor dem Haus auf dem Wendeplatz bremste und ihre Überlegungen beendete.

John blieb mitten in einem Schritt stehen, und zum ersten Mal seit einigen Minuten schaute er sie an.

»Geh du nur zu Matteo«, sagte sie und nickte nach draußen.

Aber anstatt zu tun, was sie gesagt hatte, blieb John bewegungslos wie eine Statue stehen. »Aber ich will nicht gehen«, flüsterte er dann und fuhr sich mit den Händen durch seine dicken Haare, immer und immer wieder. »Ich kann jetzt nicht gehen. Verzeih mir! Ich weiß nicht, was mir da in den Kopf gekommen ist, Fredrika.« Er schaute sie unglücklich an. »Ich hätte das wirklich nicht sagen sollen. Ich meine es nicht. Ganz und gar nicht. Ich finde, du bist in jeder Beziehung der beste Mensch der Welt, und ich weiß, wie sehr du kämpfst. Du kannst schließlich nichts dafür, wer dein Vater ist und aus welcher Familie du startest. Ich war nur plötzlich so frustriert, als wir über die Arbeit sprachen, und ich habe es an dir ausgelassen, wieder einmal. Das war verdammt scheiße.« Er ging zu ihr und kniete sich auf den Boden. »Kannst du mir verzeihen? Ich habe dich angeklagt, dabei hätte ich mich selbst anklagen sollen, weil ich nicht richtig damit umgehen kann.« Er nahm ihre Hände, führte sie an seinen Mund und küsste die Fingerspitzen.

Sie hieß ihn schweigen und umfasste seine Wangen mit den Händen. »Ja, ich verzeihe dir.« Schon als er den Mund öffnete, hatte sie ihre Überreaktion verstanden und ihm verziehen. In Gedanken. Es war nur so, er hatte noch nie etwas so Gemeines zu ihr gesagt. Sie hatten sich auch noch nie gestritten. Es war ja eigentlich kein Streit gewesen, aber sie war doch sehr erschrocken.

Sie waren beide dumm gewesen, jeder auf seine Weise, befand sie dann. Sie konnte nicht gleich vergessen, dass sie auf einmal so über Henry nachgedacht hatte. Als wäre er ein besserer Mensch als John. Das war er nicht, und John war wirklich alles, was Henry nicht war.

Henry behandelte sie immer freundlich und respektvoll. Und er war die Ruhe selbst. Aber es war auch einfacher, sich so zu verhalten, wenn keine leidenschaftlichen Gefühle im Spiel waren und man die Dinge aus einer gewissen Distanz betrachten konnte. Wenn man sich so nahestand wie sie und John, dann war alles anders. Aber war es nicht Ausdruck für die wahre Liebe, wenn man sich gegenseitig alle Gefühle zeigen konnte, auch die verborgenen? Vielleicht waren John und sie damit tatsächlich einen Schritt weiter in ihrer Beziehung gekommen?

Bei diesem Gedanken brach etwas in ihrem Inneren, sie zog ihn heftig an sich und legte ihre Arme um seinen Hals. »Mein Schatz«, rief sie aus. »Alles wird gut.«

»Glaubst du das wirklich?«, murmelte er in ihre Haare, sie versuchte, die Unsicherheit in seiner Stimme zu überhören, und antwortete mit einem überzeugten »Ja«.

»Ich liebe dich«, sagte John, hob ihre Haare an, damit er sie in den Nacken küssen konnte. »Du schmeckst und riechst so gut, ich liebe dich so sehr, dass es mir beinahe Angst macht.« Seine Stimme brach, er ließ ihre Haare fallen und nahm sie in die Arme.

Das machte auch ihr Angst, diese starke Liebe für ihn. Wie aufrichtig sie auch war, es war einfach so. Möge er sie nie verlassen.

KAPITEL 18

Juni 2019

Es hatte den ganzen Abend seit meiner Rückkehr von Strandbacka geregnet. Die dunklen Wolken jagten schon über den Himmel, als ich mit dem Bus wegfuhr, als ob jemand da oben einen daran erinnern wollte, dass man nie ganz sicher sein kann. Weder das nach außen gesehen Stabile, noch das schöne Wetter oder etwas anderes.

Durch den unbarmherzigen Regen waren die Straßen in der Stadt wie ausgestorben, und obwohl Leon keine zwei Kilometer von mir entfernt wohnt, haben wir beschlossen, uns nicht zu sehen. Es war so ein Abend, an dem man zu Hause bleiben wollte. Ich habe auf dem Nachttisch neben mir eine Kerze angezündet, eine große Tasse Tee mit Milch gemacht und bin unter eine weiche Decke im Bett gekrochen. Wie ist es wohl auf Strandbacka, wenn es so regnet? Ist man nicht unglaublich allein an Fredrikas Lieblingsort? Besonders wenn die Dunkelheit um einen herum alles verschluckt. Was nützen einem die gemütliche Gartenbeleuchtung und die Scheinwerfer an strategisch ausgewählten Plätzen auf dem Grundstück? Am liebsten würde ich ein Taxi bestellen und hinausfahren, nur um ihr Gesellschaft zu leisten, auch wenn sie mich nicht darum gebeten hat. Aber vielleicht ist der Grund hauptsächlich ihre Geschichte?

Ich bin immer noch ganz absorbiert von ihrem Bericht, meine Gedanken kehren immer wieder an den gleichen Punkt zurück: dass dieser Sommer, der einer der schönsten in Fredrikas Leben werden sollte, in einem solchen Schmerz endete und sie viele Jahre nicht mehr nach Strandbacka zurückkehren konnte. Und als dann ihr Vater starb, begann ein ganz anderes Leben – voller Arbeit und Verpflichtungen. Zudem hatte sie einen großen Bruder, der vermutlich ständig gegen sie arbeitete, obwohl sie ihm wohlgesinnt war.

Aber es war auch ein Leben mit einem vollkommen loyalen Mann an ihrer Seite. Henry war nicht nur Fredrikas wichtigster Ratgeber und ihr bester Freund, er gab ihr auch die Freiheit, die sie brauchte, und er liebte sie von ganzem Herzen. Das klingt ja nicht ganz schlecht, und Fredrika scheint das auch so zu sehen. Obwohl ihr Herz einem anderen gehörte und nicht dem, mit dem sie verheiratet war, das ist so unglaublich traurig und herzergreifend, dass ich gar nicht daran denken möchte. Sie bekam auch nie ein Kind – Kinder sind doch immer der beste Trost. Aber was weiß ich, vielleicht wollte sie keine?

Mir wird eng im Hals, und ich nippe an meinem Tee, dann schaue ich auf mein Handy, das neben dem Bett liegt. Ich wollte Ben schon seit Stunden eine Mitteilung schicken, um ihm zu sagen, wie leid er mir tut. Aber dann bringe ich vielleicht Fredrika in eine merkwürdige Situation, weil sie mir von seinem Vater erzählt hat? Und wenn ich ganz ehrlich zu mir selbst bin, ist das nicht der einzige Grund, warum ich zögere, mich bei ihm zu melden. Ich weiß immer noch nicht richtig, wie ich mit dem umgehen soll, was er heute im Auto gesagt hatte: dass er an jenem Abend das Gleiche verspürt hat wie ich und ich mir das alles nicht eingebildet habe.

Das waren die schönsten Stunden, die ich je erlebt habe.

Seine Worte drehen sich in meinem Kopf wie ein endloses Karussell, ich kann sie einfach nicht loslassen. Aber wie wirklich alles gewesen sein mag, wie besonders jener Abend sich damals anfühlte, er ist Vergangenheit. Wir befinden uns an einem völlig anderen Platz im Leben. Alle beide. Es gibt also nichts, mit dem umzugehen wäre. Außer dass das Vergangene und das Jetzt auf merkwürdige Art miteinander verschmelzen, die wenigen Male, die ich ihn getroffen habe. Vielleicht ist es auch nur eine Art Nostalgie: eine Sehnsucht nach solchen Momenten, die wir geteilt haben, jedoch nie wieder erleben können? Wir kennen uns ja kaum! Obwohl, auch das stimmt nicht ganz ... Ich rege mich immer noch über verpasste Möglichkeiten auf, aber auch, dass ich mir gestattet habe, mich dem zu nähern, woran ich mich offenbar immer noch verbrennen kann. Und irgendwie ist es so, als hätte ich Ben schon immer gekannt, das Gefühl hatte ich ja bereits bei unserer ersten Begegnung.

Bei diesem Gedanken nehme ich mein Handy in die Hand und google seinen Vater. Ich bekomme ein paar Treffer aus dem Jahr 2012, die alle ein Thema haben: ein Mann, Vorstandsvorsitzender von Canavans Industriepumpen, ist plötzlich an einem Juniabend unter *tragischen* Umständen gestorben. Ich schaue vom Handy hoch. Das waren doch genau die Worte, die Fredrika verwendete, als sie davon berichtete? Ein unerklärliches Schaudern durchläuft mich. Warum steht da nicht, *wie* er starb? Man schreibt das wohl nicht, aus Rücksicht auf die Angehörigen. Und das ist auch gut so, stelle ich fest, als meine Gedanken zu meiner Schwester abschweifen. Ich lege das Handy weg und bereue, dass ich versucht habe, Informationen über das Schicksal von Bens Vater zu bekommen. Es fühlt sich irgendwie makaber an.

Als meine Schwester starb, gab es in der Zeitung nur eine gewöhnliche Todesanzeige. Aber ich erinnere mich mit Schaudern, dass es Menschen gab, die sich in ihrer Krankheit suhlen, die gierig alle Einzelheiten erfahren wollten.

Hirntumor? Kann man das als Kind bekommen? Und Behandlung? Kann man das nicht heilen?

Kann man, aber wenn man die schlimmste Form des Hirntumors bekommt, so wie Liv, ist die Prognose sehr schlecht.

Ich denke an die Bestrahlungen und die Chemotherapie. Aber ich will nicht daran denken, will nicht an *sie* in diesem Zustand denken. Es ist so ungerecht – und es tut zu weh. Ich möchte mir die Person in Erinnerung rufen, die sie war, bevor sie krank wurde, als alles noch gut war.

Obwohl, auch da war nicht alles prima – nicht in unserer Familie, und deshalb war es so ein enormes Glück, dass ich sie hatte. Meine Eltern haben eigentlich nicht sehr viel gestritten, aber als wir Kinder waren, spürten wir manchmal so eine eisige Kälte zwischen ihnen, wie ein zugefrorenes Meer, und weder Liv noch ich verstanden, warum. Dieser Zustand konnte Tage andauern, und das war schrecklich. Meine Schwester und ich blieben dann meistens in meinem Zimmer. Sie sang dann für mich und strich mir über die Haare. Ich lag mit meinem Kopf in ihrem Schoß, hörte ihre Stimme und das Gluckern der Wellen vor unserem Fenster, dann konnte verblassen, was in einem anderen Teil des Hauses vorging.

Das sind die schönsten Momente, an die ich zurückdenken kann. Es sind auch die schlimmsten, wenn man bedenkt, wie sie entstanden und dass meine Schwester nicht mehr da ist. Sie hat sich immer um mich gekümmert und mich beschützt, wie sich das für eine Schwester gehört.

Weitere Erinnerungen aus dem Archiv des Herzens tauchen

auf. Wie Liv mich in ihren Armen wiegte, wenn ich einen Albtraum hatte. Wie wir in den gleichen Schlafanzügen auf dem Bett saßen und sie meine Zehennägel lackierte. Und immer wieder, wie sie sang und ich ganz ruhig wurde oder wie die Luft von Livs warmem, perlendem Lachen erfüllt war, das genauso verzaubernd war wie ihre Gesangsstimme.

Ich ziehe die Wolldecke hoch und drücke sie fest an mich. Verdammt auch, manchmal kommt es einfach über mich, so wie jetzt, wie sehr ich sie vermisse. Wie kann das Leben so ungerecht sein, dass man stirbt, wenn man sechzehn ist und das ganze Leben noch vor sich hat? Aber es muss auch schlimm sein, so früh seinen Vater zu verlieren, wie Ben. Mein Herz schmerzt aus Mitleid für ihn. Ich wünschte, er und ich hätten damals Kontakt gehabt und ich hätte ihm irgendwie helfen können. Ich weiß zwar nicht, ob es gut ist, sich im Dunkeln zu vereinen, aber ich hätte mir auf jeden Fall gewünscht, jemanden zu haben, der mich wirklich *verstanden* hätte, als Liv starb. Vielleicht ist es ungerecht Leon gegenüber, wenn ich so denke? Er war an meiner Seite. Und ich konnte ja meine Dunkelheit in meine Liedtexte gießen.

Wo das kleine Notizbuch wohl ist, in dem ich sie notiert habe? Es ist lange her, dass ich den letzten Text geschrieben habe. Ich lasse zuerst den Blick über das eingebaute Bücherregal schweifen. Dann fällt mir ein, wo das Buch ist. Ganz hinten im Kleiderschrank ist die große Schachtel mit Dingen und Erinnerungen an Liv, die ich aufgehoben habe.

Ich staple ein paar Kissen am Kopfende des Bettes und öffne die Schachtel. Ganz oben liegt tatsächlich das Notizbuch mit den Liedertexten. Ich blättere ein wenig darin und beschließe dann, sie später genauer anzuschauen. Es ist bestimmt einige Jahre her, seit ich in Livs Schachtel geschaut habe. Beinahe erstaunt betrachte ich die Dinge. Hübsche Halsketten und Armbänder, die Liv von unseren Eltern bekommen hatte und die sie trug, wenn sie Auftritte als Sängerin hatte. Ein Lederarmband, das sie meistens anhatte. Eintrittskarten und Armbänder vom Vergnügungspark Gröna Lund, die wir aufhoben. Sie hatten ihren Platz in der Schachtel, weil Liv so gerne hinging. Und schließlich: Fotos von uns beiden.

Ich schaue die Fotos an, eins nach dem anderen. Auf dem ersten bin ich gerade geboren und liege auf dem Schoß der dreijährigen Liv. Sie schaut mich ernst und ziemlich stolz an, als ob sie in diesem Moment verstehen würde, dass sie den wichtigsten Auftrag ihres Lebens bekommen hatte: große Schwester zu sein. Auf dem nächsten Foto sind wir beide im Vorschulalter und haben Badeanzüge an. Wir laufen durch den Rasensprenger zu Hause in unserem Garten, in unseren Gesichtern spiegelt sich die Mischung aus Spaß und Schreck. Das Wasser aus dem Rasensprenger war bestimmt richtig kalt. Auf einem anderen Foto tragen wir Luciakleider und Luciakronen. Für wen spielen wir Lucia? Für unsere Eltern? Liv steht ganz aufrecht da, ihre Lippen sind so geformt, als hielte sie einen besonders langen Ton. Ich schaue bewundernd zu ihr auf. Auf einem anderen Foto fahren Liv, ich und Leon Wasserski, das haben wir oft gemacht in den Sommerferien auf Resarö.

Auf dem letzten Foto des Stapels hat Liv die Arme um mich gelegt, nachdem sie bei einer Abschlussfeier in der Schule gesungen hat. Hinter uns ist die Bühne zu erkennen. Sie sieht erleichtert aus, als sei sie froh, dass der Auftritt geschafft ist. Oder vielleicht eher erleichtert, weil das Schuljahr beendet ist und die Sommerferien endlich anfangen. Sie hat so gerne gesungen!

Ich lege die Fotos wieder in die Schachtel und überlege, wer sie wohl gemacht hat. Es müssen ja Mama oder Papa gewesen sein, obwohl es mir irgendwie eigenartig vorkommt, dass sie diese glücklichen Erinnerungen fotografiert haben könnten. Ich kann sie mir irgendwie nicht auf der anderen Seite der Linse vorstellen, damit beschäftigt, diese Augenblicke festzuhalten. Als hätte es in meinem Leben nie eine Zeit mit ihnen gegeben, die sorglos, ja geradezu fröhlich war. Aber so war es natürlich auch. Es war nur so lange her, auch wenn es danach Lichtblicke, neue Hoffnung gegeben hatte.

Ich nehme mein Handy in die Hand. Morgen wäre der dreiunddreißigste Geburtstag meiner Schwester. Ich sollte nach der Arbeit vielleicht meine Eltern besuchen? Dann fällt mir ein, was meine Mutter gesagt hat, als wir das letzte Mal miteinander sprachen: *Es passt gerade nicht so richtig.* Und seither habe ich nichts mehr von ihnen gehört.

Die Luft um mich herum wird dick. Ich kann auf einmal nur schwer atmen. Ich hatte gedacht, wir hätten einen gemeinsamen Weg gefunden, ohne meine Schwester, die eine solche Leere hinterlassen hatte. Die Trauer schwebte über uns wie eine Nebelwolke, ich hatte gelernt, die kleinsten Zeichen meiner Eltern zu deuten, ob einer von beiden einen besonders schlechten Tag hatte. Ich wusste genau, wann ich mich unsichtbar machen oder ganz verschwinden musste, zu Leon nach Hause – oder wann ich eher zur Verfügung stehen sollte. Und meine eigene Trauer gestattete ich mir nur, wenn sie es nicht sahen. Aufleben konnte ich nur, wenn ich nicht zu Hause war.

Aber eigentlich hatte das Leben sich für mich durch den Tod meiner Schwester nicht sehr verändert, verglichen mit der Zeit davor. Meine Eltern waren ständig mit den Spannungen untereinander beschäftigt. Der größte Unterschied war jetzt, dass ich Liv nicht mehr hatte!

Dann zog ich von zu Hause weg, diese Veränderung machte alles irgendwie leichter. Es war weniger kompliziert, wenn wir nicht unter einem Dach lebten. Aber eine richtige Nähe habe ich zu meinen Eltern nie empfunden, und ich habe mich immer danach gesehnt.

Ich überlege immer, was ich falsch gemacht habe, denn dieses Gefühl hatte ich ständig. Im nächsten Moment ergreift mich wieder diese Unruhe wie nach dem Gespräch mit meiner Mutter. Ich sollte die beiden morgen anrufen, oder? Ich muss das tun. Vielleicht sollte ich dieses Mal meinen Vater anrufen?

Ich schlage noch einmal das Notizbuch mit meinen Liedtexten auf und schaue sie durch. Die Texte drücken so viel Verlust und Trauer aus, ich kann fast nicht weiterlesen. Aber sie sind auch Liebeserklärungen an meine Schwester – es wird so deutlich, wie viel sie mir bedeutet hat.

Ich schließe die Augen und fange an, eines der Lieder zu singen, höre jedoch sofort wieder auf. Ich kann die Stimme meiner Schwester nicht mehr im Kopf hören, schon sehr lange nicht mehr. Vielleicht hatte ich gehofft, die Stimme wieder zu finden, wenn ich selbst diesen Text singe? Das Lied, das ... das ich für Ben gesungen habe, mit seiner Musik in den Ohren. Die Bucht lag glänzend vor uns, der Himmel war ein leuchtendes Aquarell. Seine Rhythmen füllten mein Herz und schienen genau mit meinen Worten zu harmonieren.

KAPITEL 19

»Fühlst du dich nicht manchmal einsam hier draußen?« Die Frage ist eigentlich falsch gestellt, Fredrika und ich waren gerade in den Ställen auf Strandbacka, da herrschte voller Betrieb.

»Du meinst, ob ich darüber nachgedacht habe, einen neuen Mann zu finden?«, ruft sie aus, während wir durch den Obstgarten schlendern.

Ich gerate aus der Fassung. Das habe ich eigentlich nicht gedacht. Und Fredrikas Antwort klingt auch nicht so, wie sie normalerweise mit mir spricht, obwohl sie etwas weniger zurückhaltend mir gegenüber ist, seit sie mir ihre Geschichte mit John erzählt.

»Ich weiß schon, dass du es nicht so gemeint hast«, sagt sie, als sie meine Reaktion sieht, und sie legt leicht ihre Hand auf meinen Arm, ihre Armbänder klimpern. Ich spüre zwar die Wärme ihrer Handfläche auf meiner Haut, und doch schaue ich jetzt hin. Sie hat mich noch nie berührt. Ich weiß auch nicht, warum mir das einen Stich ins Herz gibt.

»Nein. Es klingt vielleicht dumm, aber neulich abends, als es so schrecklich regnete, da dachte ich an dich. Wie dunkel es hier wohl am Abend ist, dunkel und … einsam. Ich wäre beinahe herausgefahren, um dir Gesellschaft zu leisten.« Obwohl Fredrika die eigene Gesellschaft bevorzugt, denke ich im Stillen.

»Das kannst du machen, wenn du willst«, sagt Fredrika, und ich schaue sie schweigend an. Ob das die Antwort auf die Frage ist?

Ich bleibe an einem der alten Apfelbäume am Eingang des

Obstgartens stehen. Schmale Kieswege verlaufen kreuz und quer durch den Garten. »Es hat also nach dem Tod deines Mannes nie wieder jemanden gegeben?« Ich folge den knorrigen Ästen des Apfelbaums mit dem Blick, damit ich sie nicht anschauen muss.

»Nein, mich gefühlsmäßig an jemand anderen zu binden ... Nach allem, was war. Nein«, sagt sie wieder und schaut zurück auf das Haus und die Ställe. Einen Moment lang ist es so, als würden die Jahre an ihrem inneren Auge vorbeiziehen und die Schatten einander ablösen. Dann sagt sie: »Wie läuft es mit der Reparatur des Autos von deinem Freund?«

»Er hat ein neues gekauft, aber das ist noch nicht geliefert worden.« Als Leon den Vorschlag machte, dass wir uns Autos anschauen sollten, dachte ich, wir würden uns nur einen Überblick verschaffen, aber schließlich bestellte er einen nagelneuen Audi. Ein kleineres Modell, gewiss, aber immerhin. Eigentlich sollte mich das nicht wundern, denn wenn es darauf ankommt, ist er zum Handeln bereit. Das war schon immer so. Und ich war auch ziemlich erleichtert, dass es mit der Wohnung, auf die Leon ein Auge geworfen hatte, nichts wurde. Die Gebote stiegen rasch, und wir konnten nicht mehr mithalten und mussten aufgeben.

»Ein neues Auto ist doch prima, das bisherige war wohl schon ziemlich alt?«, sagt Fredrika.

»Weiß Gott!« Ich fasse einen der weißen Blütenbüschel an einem Zweig des Apfelbaums an, der über dem Kiesweg hängt. »Das alte Auto seiner Großmutter hat immer nur Ärger gemacht, davon hatte er nun endgültig genug.« Genau wie er vor fünf Jahren genug hatte von all den Dates, aus denen nichts wurde, und dann mit mir zusammenkam, denke ich für mich selbst.

Meine Güte, was für ein merkwürdiger Vergleich! Ich verfluche mich selbst und füge schnell hinzu: »Ich verstehe ihn. Jedes Mal, wenn ich mich in sein Auto gesetzt habe, war ich nervös.« Ich lasse den Zweig los, und sogleich segeln die Blütenblätter langsam zu Boden. Ich betrachte etwas bestürzt die Dramatik, obwohl ich weiß, dass der Apfelbaum im Prinzip verblüht ist. Vielleicht hat alles eine begrenzte Lebensdauer?

Ich stochere mit der Schuhspitze im Kies. »Du und Ben, ihr habt euch in letzter Zeit oft getroffen, nicht wahr?«

Fredrika kann ein Lächeln fast nicht unterdrücken, dann setzt sie eine etwas formellere Miene auf. »Ja, in letzter Zeit war es ziemlich intensiv. Und vielleicht ist auch eine Lösung in Sicht. Wir sind uns nur noch nicht richtig einig in der Frage, ich weiß also im Grunde nicht, ob er meine Expertise benötigt, wo er doch meistens ... auf andere in meiner Familie hört. Vielleicht spielt auch eine Rolle, dass er und Marielle ...«, murmelt sie leise, wie für sich selbst. »Man sollte ... wer weiß, vielleicht bekomme ich bald meine Kündigung als Mentorin?«, sagt sie dann mit lauter Stimme und lacht, aber ich habe das Gefühl, sie meint es irgendwie ernst.

Dass er und Marielle?, brennt sich in meinen Kopf ein, dann muss ich einwenden: »Das glaube ich wirklich nicht!« Für Ben schien es ja ein Privileg zu sein, Fredrika als Ratgeberin zu haben, und er sagte zu mir, er schätze an ihr, dass sie so direkt zu ihm war.

Fredrikas Blick ist nicht ganz überzeugt, dann bückt sie sich und zieht ein Unkraut aus dem Kies. Ich habe festgestellt, dass sie die Gewohnheit hat, ständig etwas im Garten zu machen. Und die Kieswege könnten tatsächlich eine gründliche Unkrautbehandlung vertragen. Fredrikas Garten ist unglaublich schön, wie das ganze Grundstück, aber außer, dass regelmäßig ein Gärtner kommt und das Gras schneidet und vielleicht andere, größere Arbeiten ausführt, sehe ich niemanden und frage ich mich, ob sie eigentlich jemanden hat, der ihr bei der Pflege hilft. Auf jeden Fall nicht so wie im Stall.

»Wie, hat Ben … hat Canavans Industriepumpen ernste Probleme?«, frage ich und helfe ihr, Unkraut zu jäten. Während ich die Frage stelle, höre ich selbst, dass es so klingt, als würde ich Informationen bekommen wollen, die sie vermutlich nicht geben kann.

Fredrika schaut auf. »Er arbeitet so viel! Ich mache mir nur Sorgen, dass er sich überfordert. Das muss nicht sein.« Sie wirft das Unkraut in einen großen Korb, der ein Stück weiter vorne auf dem Weg steht.

Ich folge ihrem Beispiel, und wir jäten weiter Unkraut. »Das klingt schwierig. Aber wenn es das Lebenswerk seines Vaters war, dann verstehe ich ihn. Ich weiß natürlich nicht, welche Probleme … in welcher Klemme er sitzt, aber ich hätte natürlich auch alles in meiner Macht Stehende getan, um eine Lösung zu finden, wenn ich an seiner Stelle wäre. Wenn meine Schwester ein wertvolles Erbe hinterlassen hätte, dann hätte ich es unbedingt bewahren wollen. Aber sie war ja erst sechzehn, als sie starb, und deshalb war das kein Thema.«

Fredrika richtet sich auf und schaut mich erstaunt an. »Das hast du noch gar nicht erzählt, dass du eine Schwester hattest, die …« Sie reibt sich den Rücken und schaut mich mitfühlend an. »So jung, was für eine Tragödie für dich und deine Familie … Das tut mir wirklich leid.«

Ich schüttele den Kopf, meine Locken fliegen mir ums Gesicht. Das mit meiner Schwester ist mir nur so herausgerutscht.

Fredrika betrachtet mich nachdenklich. »Wie war ihr Name?«

»Liv, wie Leben auf Schwedisch! Ziemlich ironisch, nicht wahr? Und traurig ...« Ich habe auf einmal einen Frosch im Hals, das will ich nicht. Meine Schwester war ja tatsächlich voller Energie und Leben.

»Mit so einem Namen hätte sie länger leben sollen«, bestätigt Fredrika. Dann lächelt sie mich vorsichtig an. »Kannst du ein wenig von ihr erzählen? Was mochte sie gerne?«

Ich spreche lieber über meine Schwester als über ihr trauriges Schicksal, also entspanne ich mich ein wenig. »Da gibt es eine einfache Antwort, Singen war das Wichtigste in ihrem Leben. Sie sang in mehreren Chören und trat oft als Solistin auf. Wenn sie sang ...« Ich mache eine Pause bei dem Gedanken daran, »dann war es, als würde die Zeit stehenbleiben. Das fanden alle. Ihre Stimme war ganz einzigartig, meine Eltern waren unglaublich stolz auf sie. Ich übrigens auch!«

Fredrika schaut mich mit Wärme im Blick an. »Das verstehe ich. Aber sie sind doch auch stolz auf dich?«

Ich werfe ein Büschel Unkraut in den Korb und wische die Hände aneinander ab. »Ich weiß nicht so recht ...« Dabei fällt mir ein, dass ich meinen Eltern nicht einmal erzählt habe, dass ich Fredrikas Memoiren schreibe. Ich habe das Gefühl, es sei nicht wirklich nötig, weil sie ... Es tut weh, den Gedanken zu Ende zu denken. Außerdem, als ich am Geburtstag meiner Schwester schließlich meinen Vater erreicht habe, schien er richtig niedergedrückt zu sein, es war also nicht der Moment, um von mir selbst zu erzählen.

Ich habe meinen Vater schon lange nicht mehr so deprimiert erlebt, und als ich ihn fragte, wie es Mutter gehe, sagte er nur, sie sei nicht da, ohne weiteres zu erklären. Sie waren beide noch nie so schlecht beieinander wie in diesem Frühjahr. Ich würde schon gerne wissen, was sich verändert hat. Dann denke ich wieder an den Gesang meiner Schwester. Er war so tröstlich und konnte fast alle Sorgen lindern, mich mit Hoffnung erfüllen wie sonst nichts. Wenn sie doch nun für sie singen könnte, von der anderen Seite?

»Aber dann hat sie doch ein Erbe hinterlassen, das du in dir trägst. Das Singen!«, sagt Fredrika und lässt das Unkraut in den Korb fallen. Sie schaut mich mit schräggelegtem Kopf an.

»Ja, ich werde mich mein Leben lang daran erinnern, wie sie gesungen hat. Ihre Stimme hingegen...« Ich schlucke, erinnere mich an den Versuch, sie lebendig werden zu lassen. »Ich erinnere mich natürlich, dass sie ganz fantastisch war... So unglaublich rein und klar. Früher konnte ich sie sozusagen in mir hören, und wenn ich selbst sang...«

»Du singst also nicht mehr?«, unterbricht Fredrika mich und murmelt dann: »Ach, entschuldige, aber genauso ging es mir mit Henry. Ich weiß immer noch, was er in bestimmten Situationen sagen würde, aber seine Stimme und sein Lachen – nichts konnte mich so vergnügt machen, wie wenn er lachte – sind einfach weg. Das ist unglaublich frustrierend.« Sie stampft leicht mit ihrem gesunden Fuß in den Kies.

Sie hat meine Sympathie, und ich berühre sie leicht an der Schulter. »Man möchte sich so gern an alles erinnern, aber vielleicht muss man einfach akzeptieren, dass es nicht geht. Und viele Erinnerungen verlieren am Ende auch ihre Schärfe.«

Fredrika schaut mich an und nickt, es ist ein Augenblick des gegenseitigen Verstehens. »Du singst also auch, genau wie deine Schwester?«, fragt sie.

»Nein, überhaupt nicht! Nicht richtig. Ich summe manchmal eine Melodie, so wie jeder. Aber mehr auch nicht.«

Sie betrachtet mich schweigend. »Nur ein Gedanke: Wenn das Singen deiner Schwester dich getröstet hat, so wie ich es verstanden habe, dann könnte es doch die Trauer lindern, wenn du selbst singst? Henry spielte manchmal Klavier. Ich weiß nicht, ob du es gesehen hast, aber ich habe im oberen Stockwerk einen Flügel.« Sie nickt in Richtung des Hauses. »Früher stand er in der Wohnung in der Banérgatan, und es war wie Balsam für meine Seele, wenn Henry nach einem stressigen Tag ein wenig spielte. Das hat mir nach seinem Tod unglaublich gefehlt, und der Flügel stand unberührt da. Aber eines Tages ging ich mit dem Staubwedel vorbei und begann, auf den Tasten zu klimpern. Ich habe als Kind und Jugendliche immer Klavierstunden gehabt, es war mir also nicht völlig fremd«, lächelt sie. »Ich merkte ziemlich schnell, dass es eine willkommene Ablenkung von der Trauer war. Natürlich erinnerte ich mich an Henry, wenn ich spielte, ich habe einige Tränen an den Tasten vergossen, aber es war auch eine unglaubliche Befreiung, mich ganz meinen alten Lieblingsstücken hingeben zu können.« Sie schaut mich an.

»Spielst du jetzt auch noch?«, frage ich.

»Ja, tatsächlich!« Fredrikas Augen glitzern, und einen Moment lang sieht sie fast schelmisch aus. »Als ich in Rente ging, habe ich wieder Unterricht genommen. Nach meinem Unfall habe ich unterbrechen müssen, man kann mit einem eingegipsten Bein keine Pedale drücken.«

»Natürlich nicht! Aber ich würde mich sehr freuen, wenn du mir nach deiner Genesung etwas vorspielen würdest.«

Fredrika schaut mich lächelnd an. »Vorläufig musst du Ben bitten, etwas zu spielen. Gestern habe ich ihn dabei überrascht, als er etwas auf dem Flügel spielte. Er hat die Gelegenheit genutzt, weil ich während unseres Gesprächs im Stall gebraucht wurde. Er ist wirklich begabt, auch wenn er andere Stücke spielt als ich. Das waren nicht die klassischen Sachen, würde ich mal sagen«, sagt sie diplomatisch.

Ich muss lachen. »Nein, das war bestimmt eher Tanzmusik oder etwas Ähnliches, nicht wahr? Ich wusste allerdings gar nicht, dass er Klavier spielt. Ich dachte, er säße hauptsächlich vor dem Computer, wenn er seine Musik macht. Früher, also. Er macht ja keine Musik mehr, soweit ich es verstanden habe. Zumindest habe ich das geglaubt«, plappere ich weiter, »vor dem Verlagsfest haben wir uns ja nur ein einziges Mal gesehen. Vor zwölf Jahren, also …« Ich schweige, als ich merke, wie es in Fredrikas Mundwinkeln zuckt.

»Ein einziges Mal also, und doch so bedeutsam …«, sagt sie, als könne sie durch mich hindurchschauen. Ich spüre, wie ich erröte, bis an die Haarwurzel. »Die Welt ist eben klein«, stellt sie dann fest. »Manchmal kreuzen sich unsere Wege völlig unerwartet. Ich habe zum Beispiel einmal eine Freundin aus meiner Kindheit in einem Einkaufszentrum in Neuseeland getroffen.«

»Ja, da ist die Welt wirklich klein«, pflichte ich rasch bei. »Aber du und John, ihr habt nie wieder voneinander gehört? Seid euch nicht mehr begegnet?«

»Wir haben uns nicht in den gleichen Kreisen bewegt«, konstatiert sie kurz, aber das hatte ich ja schon verstanden.

»Kannte dein Mann... Wusste er, dass du und John...?« Ich mache eine unsichere Bewegung.

Fredrika schüttelt den Kopf. »Nein, ich habe Henry nie von John erzählt, obwohl sie sich einmal ganz kurz getroffen haben.« Fredrika kneift sich in die Haut auf dem Handrücken. »Ich habe mich bei Henry ausgeweint, er glaubte, es ging um meinen Vater, aber das war es ja nicht nur. Im Nachhinein habe ich mich wirklich geschämt!« Sie verzieht das Gesicht und sieht aus, als würde sie sich mit Abscheu an ihre Falschheit erinnern.

Ich denke an mich und Leon, und ich frage mich, warum ich ihm nie von dem Abend mit Ben erzählt habe. Über alle anderen Männer habe ich ja reden können. Wenn man bedenkt, wie traurig ich hinterher war, ist es nicht besonders logisch. Und ich habe mich Josefin anvertraut, obwohl ich nicht genau erzählt habe, was passiert war. Nur dass ich an jenem Abend einen besonderen Menschen getroffen habe, der dann einfach verschwand, worüber ich nur schwer hinwegkomme. Es war zu wichtig und zu groß, um gar nicht darüber zu sprechen.

Zu bedeutsam... Mit einem Mal ist mein Herz ganz erfüllt von diesem Gedanken. Der Gedanke wird abrupt unterbrochen, als zwei identisch aussehende Mädchen von acht, neun Jahren in raschem Tempo den Kiesweg entlanggeradelt kommen. Sie scheinen plötzlich zu merken, dass sie sich auf einem Privatgrundstück befinden und nicht weiterfahren sollten. Sie machen eine knirschende Vollbremsung und kehren um.

Fredrika und ich folgen ihnen mit dem Blick, wie sie wieder die Anhöhe hinaufradeln und lachen ein wenig. »Es sind die Mädchen vom Nachbarhof, zwei Kilometer weiter weg«, fügt sie hinzu, als sie mein fragendes Gesicht sieht.

»Wärst du gerne Großmutter geworden?«, frage ich unwillkürlich, als die beiden Mädchen hinter dem Hügel verschwunden sind. Sie hat gerade so munter ausgesehen.

Fredrikas Blick wird plötzlich ernst. »Es wäre nett gewesen, natürlich wollte ich Kinder, aber nach einer Weile haben wir die Versuche aufgegeben. Es war zu anstrengend, nach all den … Fehlgeburten. Man geht davon aus, dass es einfach passiert, aber das ist nicht immer so.« Auf einmal scheint ihr Nacken und Rücken gebeugt vor Trauer angesichts der Naturgesetze, gegen die man nichts machen konnte.

»Wie schrecklich, sowohl physisch als auch psychisch«, sage ich ungeschickt und schäme mich innerlich. Warum musste ich ausgerechnet diese Frage stellen?

»Ja …« Fredrika schüttelt sich in ihrem ärmellosen Leinenkleid, als würde sie frieren. »Und irgendwie hatte ich auch das Gefühl, dass es mir recht geschah. Als wäre das die Strafe dafür, wie ich reagiert habe, als ich das erste Mal schwanger wurde«, bekennt sie. »Obwohl ich weiß, dass man so nicht denken darf.«

»Von … Henry?«, frage ich etwas verwirrt, obwohl ein anderer Name spontan in meinem Kopf auftaucht.

Fredrika antwortet mit abwesender Stimme, als wäre sie in eigenen Erinnerungen versunken. »Nein, von John. Als ich wusste, dass ich schwanger war, fingen unsere Probleme erst richtig an.«

KAPITEL 20
Sommer 1968

Fredrika starrte in die Luft, sie konnte ausnahmsweise das Büro nicht verlassen, obwohl sie schon lange mit ihrer Arbeit fertig war. Aber eigentlich war sie derzeit nie fertig, dachte sie und schaute auf den wachsenden Papierstapel auf dem Schreibtisch, der auf Bearbeitung wartete. Gestern wäre sie im gestreckten Galopp zu ihrem Auto gegangen, als es fünf schlug, und geradewegs nach Strandbacka gefahren. Heute jedoch, nach dem Bescheid von Doktor Green, war sie wie gelähmt und unfähig, aufzustehen.

Wie hatte das passieren können? Sie hatte doch wie vorgeschrieben die Pille genommen, bis auf das eine Mal, als sie krank war. Und mehr war offenbar nicht nötig. Außerdem hatte sie schon eine Weile vermutet, was los war, aber anstatt sich einen Termin geben zu lassen, um ihren Zustand bestätigt zu bekommen, hatte sie gewartet, als ob es so von alleine verschwinden würde. Jetzt war es zu spät, um das, was in ihr wuchs, wegmachen zu lassen.

Im nächsten Moment schlug sie sich mit der Hand an die Stirn. Hatte sie gerade von ihrem und Johns Kind als *das* gedacht? Sie würde nie und nimmer ihr Kind wegmachen lassen. Den Fötus, korrigierte sie sich rasch, denn er war tatsächlich erst ein paar Zentimeter groß und konnte kaum als ein ... Nein, diesen Gedanken durfte sie *nicht* zu Ende denken.

Die Schwangerschaft kam nur zu einem so unpassenden Zeitpunkt. Und wieder verdammte sie sich, weil sie in den letzten Wochen die immer deutlicheren Zeichen einfach ignoriert hatte.

Erstens: das Nickerchen nach der Arbeit, das ihr plötzlich zur Gewohnheit geworden war. Sie konnte kaum John und Matteo begrüßen, wenn sie nach Strandbacka kam. Wie in Trance war sie in den ersten Stock gestiegen und fast ohnmächtig vor Müdigkeit aufs Bett gefallen, als sei jeder Tag im Büro ein einziger Kampf gewesen.

Zweitens: die leichte Übelkeit und dass sie fast keinen Appetit mehr hatte.

Drittens: das Ausbleiben der monatlichen Blutung.

Nur, es war schon öfter vorgekommen, dass ihre Blutung ein oder zwei Monate ausblieb – vermutlich aus Stress –, und deshalb hatte sie auch damit gewartet, zum Arzt zu gehen. Auch die Appetitlosigkeit, wenn sie überanstrengt war, war nicht ungewöhnlich. Die neue Müdigkeit erklärte sie damit, dass sie und John die halben Nächte wach waren. Sie hatte also vernünftige Erklärungen für alle Veränderungen gehabt. Aber sie hatte auch Scheuklappen aufgehabt. Sie konnte einzig und allein sich selbst die Schuld geben.

Aber ob sie nun die Augen vor der Wirklichkeit verschloss oder nicht, es änderte nichts, das hatte sie gerade festgestellt. Es hätte auch nicht geholfen, wenn sie der Wirklichkeit sofort ins Auge geblickt hätte. Sie war gefangen auf diesem Sitz, in diesem Körper, der bereits neue Formen bekam, sie brauchte sich also keine Vorwürfe zu machen oder ständig darüber nachdenken.

Die Frage war demnach nur, was geschehen sollte, und was John sagen würde? Und ihre Eltern? Sie lebten in einer modernen

Zeit, aber sie würden es niemals zulassen, dass sie ein Kind bekäme, ohne verheiratet zu sein. Würden sie eine Ehe mit John gutheißen? Ein Unbehagen durchfuhr sie, über die Antwort brauchte sie nicht nachzudenken.

Aber eins wusste Fredrika mit Sicherheit, sie würde sich von ihren Eltern nicht aufhalten lassen. Es war ihr Leben, sie traf ihre Entscheidungen selbst, ob sie das nun guthießen oder nicht. Und das Wichtigste: sie wusste ganz genau, was sie wollte. Das hatte sie schon lange verstanden. Sie wollte ihr Leben mit John leben.

Sie überlegte, was wohl mit ihrer Arbeitsstelle hier bei Berghs geschehen würde, wenn sie ein Kind bekäme. Sie hatte das Gefühl, als ob dies ihre Zukunftspläne mit John über den Haufen werfen würde. Und würden sie es wirklich schaffen, zu dritt, zwei Erwachsene und ein neugeborenes Baby, in einer kleinen Einzimmerwohnung zu wohnen? Diese Gedanken ließen sie nicht in Ruhe.

John und sie mussten einfach neue Pläne machen, ausgehend von den aktuellen Gegebenheiten. Sie brauchten nichts zu verändern, ein paar Dinge mussten eben früher geschehen, als sie gedacht hatten, wie zum Beispiel eine Familie werden, während andere Dinge in die Zukunft verschoben werden mussten, wie der Traum von einem Hof und einer Pension.

Sie hatten zwar noch nicht übers Kinderkriegen gesprochen, aber das war doch selbstverständlich, wenn man das ganze Leben zusammenbleiben wollte? Und sie würden nicht besonders lange warten müssen, ihre Träume zu verwirklichen, dachte sie auf einmal und war beinahe aufgekratzt. Nicht, wenn sie wieder arbeitete, nachdem sie ein halbes Jahr mit dem Baby zu Hause geblieben war, so lange galt der Mutterschutz. Ihr Vater musste doch wollen, dass sie dann zu Berghs zurückkehrte? Er würde sie wohl nicht ganz verstoßen, aus diesem Grund?

Sobald sie wieder einen normalen Lohn bekam, waren sie wieder zwei Verdiener und konnten für den Hof sparen, denn die schwindelerregenden Summen, die auf ihren Sparkonten und in allen möglichen Papieren angelegt waren, würde sie niemals dafür verwenden. Es war ihr wichtig, dass sie unabhängig von der Familie war und das Geld, das sie selbst verdient hatte, einsetzen konnte. Besonders wenn sie bedachte, dass John angedeutet hatte, sie sei ja mit dem Silberlöffel im Mund geboren worden und habe sich nie anstrengen müssen. Er hatte sich zwar entschuldigt, nachdem er dies gesagt hatte, mehrmals sogar. Aber sie konnte seine Worte nicht vergessen.

Fredrika hob die Bluse an und schaute auf ihren bis dahin fast völlig flachen Bauch, streichelte ihn vorsichtig. Konnte sich noch nicht vorstellen, dass bald alle sehen konnten, was sie trug. Ihre Brüste verrieten es bereits, sie waren fülliger und schwerer geworden. Eine körperliche Veränderung, über die man nicht so leicht hinwegsehen konnte. Sie seufzte tief und gestattete sich einen Moment lang zu denken: Wenn ich die Wahrheit nur etwas früher akzeptiert hätte, dann wäre ich vielleicht ... Sie entschied schnell, *nie* mehr so zu denken. Sie hatte auch keine Möglichkeit mehr, über ihre Situation nachzudenken, denn auf einmal hörte sie ihren Vater draußen im Flur pfeifen. Sie zog die Bluse wieder über ihren Bauch und drehte den Stuhl in Richtung der Tür.

Im nächsten Moment schaute er in ihr Zimmer, erstaunt, sie hier zu sehen. »Bist du noch da, mein Herz? Ich dachte, du wärst schon lange gefahren. Heißt das, dass du über Nacht in der Stadt bleibst?« Die Hoffnung strahlte in seinen Augen, und es tat ihr leid, ihn enttäuschen zu müssen.

Fredrika wünschte sich auf einmal, nicht rausfahren zu müssen und den Abend mit dem Vater verbringen zu können. Er fehlte ihr, und im Moment könnte sie seinen Trost gebrauchen. Manchmal braucht man das, auch wenn man schon erwachsen ist, verteidigte sie sich. Außerdem war sein Trost meistens bedingungslos.

Obwohl, in diesem Fall vielleicht nicht? Und sie konnte ihm wohl kaum von der Schwangerschaft erzählen, bevor der werdende Vater die Neuigkeit erfahren hatte. Und warum sollte jemand sie trösten müssen? Sie sollte sich freuen.

Sie *freute* sich.

Fredrika brachte ein Lächeln hervor. »Nein, leider nicht, ich fahre gleich nach Strandbacka raus. Ich musste nur noch rasch ein paar Notizen von den heutigen Sitzungen zusammenstellen«, log sie und nahm schnell die oberste Mappe vom Papierstapel auf dem Schreibtisch und wedelte damit.

Sie sah die Enttäuschung in seinem Blick, dann reagierte er auf das, was sie gesagt hatte. »Fleißig wie immer, das freut mich. Genau wie Henry, er ist auch noch da.«

»Das macht er jeden Abend«, erwiderte sie.

»So ist es.« Ihr Vater sah aus, als würde er noch etwas sagen wollen, aber auf einmal stolperte er und griff nach der Türklinke. Er drückte seine andere Hand auf die Brust, die Augen waren so weit aufgesperrt, dass man das Weiße sah.

»Was ist los, Vater?« Fredrika sprang aus ihrem Stuhl hoch und war binnen Sekunden bei ihm. Er atmete schwer, als bekäme er kaum noch Luft. Kalter Schweiß stand ihm auf der Stirn, das Gesicht wurde aschfahl.

Was war los? Gerade hatte er noch mit ihr geplaudert, und auf einmal …

»Komm«, sagte sie und versuchte erschrocken, ihn auf ihren Stuhl zu setzen. Aber er war viel zu groß und zu schwer. Verzweifelte Tränen traten ihr in die Augen, sie konnte ihn nicht hochziehen, sie hatte nicht einmal Kraft genug, seinen Arm auf ihrer Schulter zu halten. Schwankend glitt er aus ihrem Griff.

Sie erwartete einen harten Aufprall, aber stattdessen hörte sie Henrys Stimme hinter sich, bevor sie sich umdrehen konnte. »Ich habe ihn.« Als sie über die Schulter schaute, sah sie erstaunt, dass Henry ihren Vater im Arm hielt. Kurz darauf prustete ihr Vater, und bevor sie richtig verstanden hatte, was passiert war, hatte er Henry losgelassen und war einen großen Schritt zur Seite gegangen. Er schüttelte sich ein wenig, klopfte sich auf die Wangen und streckte sich dann, stand aufrechter da als zuvor.

»Wie geht es dir?«, fragte Fredrika ängstlich.

»Prima«, sagte ihr Vater, fast barsch.

Sie ging ein paar Schritte auf ihn zu. »Sieht aber nicht so aus. Ist das schon einmal vorgekommen, dass …? Ja, ist dir das schon mal passiert?«

»Wie, passiert?«, sagte ihr Vater streng. »Nichts ist passiert, ich habe nur seit Stunden nichts gegessen, und der Blutzucker ist im Keller. Deshalb werde ich jetzt nach Hause gehen und zu Abend essen und danach wieder herkommen.«

Fredrika betrachtete ihn besorgt. Seine Wangen bekamen allmählich wieder Farbe, und er war schon fast wie immer, aber sie war ziemlich sicher, dass der Vorgang nichts mit einem Blutzuckerabfall zu tun hatte. Auf jeden Fall sollte er zum Arzt gehen und sich untersuchen lassen, sicherheitshalber. Das vorzuschlagen hatte jedoch keinen Sinn. Sie wusste, er würde ihren Vorschlag beiseite wischen und wäre beleidigt, dass sie überhaupt auf so einen Gedanken gekommen war. Er war immer gesund gewesen und stolz darauf.

»Soll ich dich begleiten?«, fragte Fredrika und hielt ihm ihren Arm hin, damit er sich einhängen konnte. »Ich habe mich umentschieden, ich komme mit dir nach Hause.« Sie könnte es sich nie verzeihen, wenn er auf der Straße zusammenbrechen würde und niemand da wäre, um ihm zu helfen. »Und willst du nicht lieber zu Hause bleiben und dich ausruhen, anstatt wieder ins Büro zu gehen? Versuche, dich ein wenig zu entspannen«, schlug sie leichthin vor.

Ihr Vater lehnte ihren Vorschlag schnaubend ab und fand, sie verhätschele ihn. Dann schien er sich zu besinnen, er schnauzte seine eigene Tochter an. Er streckte die Hand aus und strich ihr über die Wange. »Mach dir keine Sorgen, mein Schatz. Ich komme zurecht. Bleibt noch ein bisschen hier und rede mit Henry.« Er lächelte sie vielsagend an und marschierte aus dem Zimmer.

Sie starrten ihm nach, als sie hörte, wie die Bürotür zuschlug, schaute Fredrika Henry hilflos an. »Stur wie ein ...«

»Ja«, gab er zu. »Aber er hat bestimmt recht, zu wenig Essen und zu viel Stress. Da wundert es einen nicht, wenn der Körper am Ende protestiert.«

»Aber er ist normalerweise nicht gestresst. Und wenn es ihm wirklich schlecht ginge, dann würde er das nie im Leben zugeben.« Die Vorstellung, dass es vielleicht wirklich so war, verursachte ihr Atemnot. Tränen brannten hinter ihren Augenlidern, wenn sie das graue und von kaltem Schweiß bedeckte Gesicht ihres Vaters vor sich sah.

»Du, das wird schon wieder. Da bin ich mir ganz sicher.« Henry strich ihr über den Arm.

Durch seine Worte und seine zärtliche Hand brannten die Tränen noch mehr. Als er die Arme ausbreitete, machte sie ohne zu zögern einen Schritt in seine Umarmung und weinte still.

»Denk jetzt nicht mehr daran«, sagte er sanft und strich ihr über die Haare. Aber sie schniefte weiter unkontrolliert, auf einmal wollte alles, was sie bekümmerte, hervorbrechen. »Oder gibt es noch etwas anderes, das herauswill?« Henry schob sie ein wenig von sich weg, aber weil sie nicht wusste, was sie antworten sollte, drückte sie sich noch fester an seine Brust.

»So, ja, so, ja«, murmelte Henry und tröstete sie, wie sie es sich von ihrem Vater gewünscht hätte. Sie ließ ihn machen, ließ sich umarmen, dabei wanderten ihre Gedanken zurück zu dem Kind und zu John.

Sie hatte Schmetterlinge im Bauch, wenn sie an die große Neuigkeit dachte, die sie ihm berichten würde, wenn sie wieder auf Strandbacka war. Sie brauchte sich keine Sorgen zu machen, denn auch wenn das Kind nicht geplant war, so war es doch ein Kind der Liebe. Es war entstanden in Momenten der größten Leidenschaft und Zuneigung. Dennoch klopfte ihr Herz heftig in der Brust, ein Gefühl von Nervosität erfasste ihren ganzen Körper. Erst wenn sie das Gespräch mit John hinter sich haben würde, konnte das aufhören.

Fredrika löste sich aus Henrys Armen, entschuldigte sich und verschwand dann auf die Damentoilette, um sich frisch zu machen und zu versuchen, sich zusammenzunehmen. Dann verließ sie das Büro und ging zu ihrem Auto.

* * *

Eine Stunde später fuhr sie über den Hügel zu ihrem geliebten Strandbacka. Die Aussicht, die sie im Herzen trug, breitete sich vor ihr aus. Fredrika ließ die Schönheit in sich eindringen und ihr Stärke geben, sie bemerkte erleichtert, dass Matteos Auto nicht vor dem Haus stand. Sie würde also gleich mit John alleine sein.

Er kam aus dem Stall gelaufen, als er sie kommen hörte. Noch bevor sie den Schlüssel aus dem Schloss zog, öffnete er die Autotür, nahm ihre Hand, zog sie in seine Arme. Er überschüttete ihr Gesicht und ihren Hals mit Küssen. »Liebling, ich habe so auf dich gewartet und dich vermisst. Du bist ungewöhnlich spät«, flüsterte er zwischen den Küssen.

Sie entspannte sich in seinen Armen, die Unruhe und Nervosität verschwanden. Die schrecklichen Gedanken, die sich in ihrem Kopf im Kreis gedreht hatten, machten Platz für hellere. Sie verstand nicht mehr, wieso sie nicht früher nach Hause gefahren war und auf die Kraft ihrer Liebe vertraut hatte.

»Ja, jetzt bin ich endlich da, und ich muss dir etwas ...« Es gab wirklich keinen Grund, noch länger zu warten. Sie wollte ihm sofort die wichtigste Nachricht überbringen, die er jemals bekommen würde, was sie auf ewig verbinden würde. Gestärkt von der Liebe, die in seinen Augen leuchtete, schob sie ihn sanft von sich und nahm Anlauf.

In diesem Augenblick legte John seine Hand unter ihr Kinn,

hob es an, sodass sie den Faden verlor. »Ich habe so auf dich gewartet, ich habe etwas sehr Wichtiges zu erzählen.« Seine Stimme hatte etwas Ängstliches, das erschreckte sie wahnsinnig.

KAPITEL 21

Juni 2019

»Ich muss schon heute Abend nach Singö hinausfahren«, verkündet Leon, als er mich am Tag vor Fredrikas Sommerfest gegen Mittag anruft. »Vater will morgen früh mit der Veranda anfangen, das ist vernünftig. Es wird sowieso knapp, sie am Wochenende fertig zu bauen, auch wenn meine Eltern bereits die ganze Woche mit den Vorbereitungen geschuftet haben. Du kannst sehr gerne mitkommen, aber du möchtest ja morgen auf das Fest gehen, deshalb willst du vielleicht lieber …?«

»Ich bleibe zu Hause«, entscheide ich rasch. »Das wird sonst zu stressig. Das Fest fängt ja um fünf Uhr an, und wenn ich erst von Singö in die Stadt und dann weiter zu Fredrika fahre, dann muss ich so früh starten, dass ich kaum mit euch zusammen sein kann. Es ist dann eigentlich nur eine Übernachtung.« Außerdem fahren wir nächstes Wochenende zusammen raus, da ist Mittsommer, denke ich. Und wenn ich zu Hause bleibe, kann ich auch ein wenig arbeiten. Ich habe mit Fredrikas Buch angefangen und würde gerne die ersten Kapitel so schnell wie möglich an Marielle schicken, damit ich weiß, ob ich auf der richtigen Spur bin. Ich wünschte nur, ich müsste mich nicht bis zu unserem nächsten Treffen gedulden, um die Fortsetzung von Fredrikas Geschichte zu hören. Ausgerechnet, als wir an der Stelle angekommen waren, wo sie John erzählen wollte, dass sie schwanger war, wurden wir unterbrochen, weil ihr Handy klingelte. Kurz darauf kam ein Lastwagen mit dem Partyzelt, das für das Fest aufgestellt werden sollte, offenbar viel früher, als Fredrika erwartet hatte. Sie musste die Arbeiten überwachen, deshalb beschloss ich, den Bus nach Hause zu nehmen, ich hätte sonst noch über eine Stunde auf den nächsten warten müssen.

»Okay, das habe ich mir fast gedacht«, sagt Leon. »Du wirst mir natürlich fehlen. Aber an Mittsommer kommst du dann mit, und dann kannst du die Veranda genießen. Da ist sie dann hoffentlich fertig. Und glücklicherweise macht es auch nichts, dass ich es am Sonntag nicht zur Wohnungsbesichtigung schaffe, sie wird am Montagabend wiederholt. Ich habe ein richtig gutes Gefühl bei dieser Wohnung in der Hälsingegatan, ich habe dir heute Morgen eine Nachricht geschickt. Hoffentlich schießt der Preis nicht wieder ins Unendliche. Vielleicht sind die Leute ja mit Sommerplänen beschäftigt und haben keine Zeit, zu bieten.«

»Ja, vielleicht«, antworte ich und spüre, wie mein Herz schneller schlägt. Ich stimme Leon zu, die Wohnung in der Hälsingegatan gefiel mir, als ich sie im Internet anschaute. Aber ich habe das Gefühl, dass ich noch nicht einmal Luft holen konnte und wir schon wieder neue Wohnungen anschauen und vielleicht Gebote abgeben müssen.

»Apropos Wohnungskauf«, fährt Leon fröhlich fort. »Weißt du, wer das Haus gekauft hat, das neben meinen Eltern zum Verkauf stand? Erinnerst du dich an Catta, mit ihr war ich mal zusammen, im Gymnasium? Ihre Eltern haben es gekauft!«

»Das sind also jetzt die nächsten Nachbarn deiner Eltern?« Ich verschlucke mich beinahe an den Worten.

»Japp«, sagt Leon lachend, und ich höre, wie er jemanden im Hintergrund begrüßt. »Sie sind letzte Woche eingezogen, hat meine Mutter erzählt.«

»So klein ist die Welt«, murmele ich. »Bist du noch in der Schule?«

»Nein, ich stehe draußen auf der Treppe. Hanna und ich waren gerade mittagessen. Die Kinder haben zwar schon Sommerferien, aber trotzdem ist hier eine Menge los. Viele gehen in den Hort, und die Lehrer sind auch da. Aber warte ...« Es raschelt im Telefon, und ich höre, wie Leon sich bewegt. »So, jetzt ist es besser. Bist du auch unterwegs? Es hört sich windig an bei dir.«

»Ich sitze ausnahmsweise auf dem Balkon und arbeite. Das Wetter ist so schön.« Einen Moment lang bin ich wie versteinert, als mir klar wird, was er über das Mittagessen gesagt hat. »Aha, ich dachte, du wolltest den Salat essen, den du mitgenommen hast?«, sage ich dann und höre, wie angestrengt meine Stimme klingt. Leon hatte sich gestern Abend sehr viel Zeit genommen, um einen Thunfischsalat zu richten, er enthielt jede Menge »leckere Sachen«, die er extra dafür eingekauft hatte, es klang also eigenartig, dass er ihn nicht gegessen hat.

»Ich hebe ihn mir für Montag auf. Hanna hatte vorgeschlagen, dass wir indisch essen gehen sollen, da habe ich mich gern überreden lassen.« Leon lacht ein wenig. »Sie hat es nicht leicht nach ihrer Trennung und brauchte jemanden zum Reden.«

»Aha ... okay.« Ich versuche, den Druck in meinem Bauch zu ignorieren, aber wenn ich vorschlage, indisch essen zu gehen, lehnt er meistens ab. Das scheint für ihn nicht in Frage zu kommen. Aber vielleicht musste er zur Verfügung stehen, wenn Hanna »jemanden zum Reden« brauchte?

Ich stehe auf und trete ans Balkongeländer, blinzele in die Sonne und hole ein paarmal tief Luft. »Und, was macht Catta heutzutage? Weißt du das?«

»Nein, ich habe keine Ahnung. Aber wer weiß, vielleicht laufen wir uns irgendwann auf Singö über den Weg. Oder ihre Eltern erzählen, was sie so macht.«

Ich nicke und spiele mit dem Kabel der Lichterkette, die ich am Balkongeländer befestigt habe. Meine Gedanken wandern zurück in die Vergangenheit. »Ja, das war am Abschlussball in der neunten, seit da wart ihr zusammen, das ist eine Weile her.«

»War das beim Ball? Ich kann mich kaum noch erinnern.«

»Wirklich nicht? Ihr habt den letzten Tanz zusammen getanzt, und dann sind wir zu dieser Afterparty gefahren, wo wir beide …« Daran erinnere ich mich, als wäre es gestern gewesen, denn ehe ich mich's versah, knutschten Catta und Leon in einer Ecke miteinander. Der Abend endete so, dass auch ich einen Jungen küsste, es war mein erster richtiger Kuss. Vielleicht erinnere ich mich deshalb besser an diesen Abend als Leon, obwohl ich diesen Jungen danach nie mehr gesehen habe.

Ich nehme eine der Lampen der Lichterkette in die Hand und drehe sie, die Sonne spiegelt sich in den kleinen Prismen des Glases. »Du, Leon, ich habe über etwas nachgedacht … Als du und ich ein Paar wurden, da hattest du doch vorher jede Menge Dates. Wieso wolltest du schließlich ausgerechnet mit mir zusammen sein?«

»Meine Güte, warum fragst du das ausgerechnet jetzt?«, sagt Leon fast ein wenig ärgerlich. »Du weißt es doch, für mich hat es eigentlich immer nur dich gegeben. Ich habe es vorher nur nicht verstanden.«

Darüber sollte ich mit ihm vielleicht nicht reden, wenn er bei der Arbeit ist. Aber er scheint ja an einem besseren Platz zu stehen, und ich muss einfach die ganze Zeit darüber nachdenken.

»Ja, das hast du gesagt, aber…« Ich drehe immer noch an dem Lämpchen, als wäre es eine Kristallkugel, die eine Antwort auf all die großen Fragen des Lebens hätte. »Und hattest du nicht nur Angst? Mich zu verlieren.«

»Natürlich wollte ich dich nicht verlieren! Ich liebe dich.«

»Und ich liebe dich«, antworte ich automatisch, aber ich habe immer noch den Eindruck, als hätte Leon meine Frage nicht beantwortet. »Am Ende hatte ich das Gefühl, wir würden vielleicht… Ich mache mir ein wenig Sorgen, dass…« Ich lasse das Lämpchen los und schließe die Augen. Bekomme nicht so recht heraus, was ich sagen will.

Auf einmal scheint Leon am Ende der Leitung zu lächeln. »Okay, jetzt verstehe ich, was Sache ist. Du bist immer noch sauer, dass ich an jenem Freitag nicht… Aber Schatz, darüber brauchst du dir keine Gedanken zu machen. Versprochen!«

Das hatte ich nicht als Antwort erwartet. Außerdem war ich nicht sauer, eher betrübt. Was mir am allermeisten Sorgen macht, ist Leons Verhalten. Habe nur ich diese Sehnsucht? Oder hat es etwas mit mir zu tun, dass er mir nicht näherkommen will…?

»Wir sind ein perfektes Paar, das weißt du doch«, fährt Leon fort. »Und für mich gibt es niemand Besseres als dich, falls du das glauben solltest. Das habe ich doch verstanden, als ich wie verrückt auf der Suche war.«

Perfektes Paar auf dem Papier, fährt es mir durch den Kopf, und der Gedanke macht mich richtig panisch. Nach dem, was er gesagt hat, geht es mir kein Jota besser, falls das die Absicht gewesen sein sollte. Vielleicht habe ich ihn falsch verstanden, aber ich habe das Gefühl, dass er doch halb zugegeben hat, was ich die ganze Zeit vermute: Er wollte schließlich nicht mehr nach der

Richtigen suchen. Und als es den Anschein hatte, ich könnte aus seinem Leben verschwinden, beschloss er, dass ich doch gut genug war.

Und woher will Leon wissen, dass es keinen Besseren für mich gibt als ihn? Wie kann *er* das entscheiden? Obwohl ich besser nicht solche Gedanken haben sollte, verletzt sein Kommentar mich.

»Mach dir keine Sorgen«, sagt er wieder. »Wir lieben uns doch. Du bedeutest mir alles.«

»Ist das wirklich wahr?« Meine Stimme geht ins Falsett.

»Das ist immer so gewesen. Und es wird immer so sein. Wir sind doch alles füreinander.«

Ich antworte nicht, bin jedoch ein wenig frustriert darüber, dass er mir die ganze Zeit Worte in den Mund legen will und das Gespräch in eine ganz andere Richtung davongleitet, als ich mir vorgestellt hatte. Ich habe weder Antworten bekommen, noch bin ich klüger geworden. Trotz Leons Versicherungen und Beteuerungen der Zuneigung verspüre ich einen dumpfen Schmerz in der Brust und fühle mich auf einmal so unglaublich einsam.

KAPITEL 22

Ich stehe an der Haltestelle des Busses nach Strandbacka, als ich eine wohlbekannte, große Gestalt ein Stück weiter weg sehe. Seine glänzenden schwarzen Haare wippen beim Gehen, und als er näher kommt, sehe ich, dass er einen Smoking trägt. Ich schlucke einen Frosch im Hals runter. Ich bin ja gewohnt, ihn in einem Anzug zu sehen, aber er ist wie geschaffen für den Smoking – er ist ja groß – mit schmalen Hüften und breiten Schultern. Dabei bevorzuge ich Männer in Jeans.

Er lächelt breit, als er mich sieht, und als er schließlich an der Bushaltestelle ankommt, ist sein Gesicht ein einziges großes Lächeln. Das kann ich nicht unbeantwortet lassen. »Ich hatte gehofft, dich hier zu treffen, und habe schon in der S-Bahn nach dir geschaut.«

»Ich habe ganz vorn im Zug gesessen.«

»Und ich war spät dran und bin hinten eingestiegen, das erklärt alles.« Ben schaut mich von oben bis unten an. »Wie hübsch du aussiehst! Diese Farbe«, sagt er mit einem Nicken in Richtung meines rosa Kleides, »passt unglaublich gut zu deinen schönen roten Haaren.«

»Danke!« Ich spüre, wie ich bis in die Zehen warm werde. »Du siehst auch sehr schick aus«, sage ich und bin froh, dass ich heute Morgen noch Fredrika angerufen und sie gefragt habe, ob es einen Dresscode für das Fest gäbe, schließlich war »sommerlich« keine sehr deutliche Anweisung. Aber das gab mir die Gelegenheit, schnell noch loszuziehen und ein neues Kleid zu kaufen, denn ich hatte kein Kleidungsstück im Schrank, das irgendwie sommerlich war und in dem ich mir gefiel. Diesem langen Kleid aus Duchesse mit einer Korsage und schmalen Schulterbändern und einem wundervollen Fall konnte ich einfach nicht widerstehen, als ich es in einem Geschäft entdeckte. Konnte nur hoffen, dass es am Abend nicht allzu kühl werden würde. Die Strickjacke, die ich eingepackt habe, ist nicht ganz so elegant.

Ich schaue Ben neugierig an. »Ich dachte, du würdest mit dem Auto kommen.«

»Nicht heute Abend, wenn das große Fest ist. Und du hast ja neulich das mit der S-Bahn und dem Bus so angepriesen.« Er blinzelt mir zu.

»Ja, vielleicht?« Ich muss lachen. »Und man hat ja nicht jeden Tag die Gelegenheit, im Smoking mit der S-Bahn zu fahren.«

»Darauf hätte ich allerdings gut verzichten können.« Ben schaut etwas peinlich berührt. »Ich hatte das Gefühl, hervorzustechen. Die Leute haben mich angestarrt.«

Einen Moment lang mache ich das auch. Er sticht wirklich hervor. Mit seinen welligen Haaren und dem dunklen, intensiven Blick gibt es wohl kaum einen besser aussehenden Mann im Smoking. Ich schaue weg. Aber ich denke ja nur, was alle denken, die ihn so sehen. Ich muss mich anstrengen, das Pochen meines Herzens zu überhören.

»Das Problem ist nur, wie kommen wir wieder nach Hause, wenn kein Bus mehr fährt? Ich nehme an, das Wort heißt Taxi?« Ben sucht meinen Blick.

»Das würde ich auch glauben.«

Der Bus kommt, wir steigen ein, nach einem jungen Mädchen, das außer uns der einzige Fahrgast zu sein scheint. Wir setzen uns nebeneinander, mitten im Bus, und es entsteht ein Schweigen. Ich streiche nervös über mein Kleid. Alle Worte scheinen zu verschwinden, wenn er so dicht neben mir sitzt. Ich spüre seinen warmen Atem meine Wangen kitzeln. Unsere Oberarme berühren sich beinahe. Ich wünschte mir, ich hätte mich auf die andere Seite des Mittelgangs gesetzt, aber als Ben schließlich den Arm hebt, um sich mit der Hand im Nacken zu reiben, erfüllt mich eine eigenartige Leere.

»Ella, ich wollte dir eigentlich eine Nachricht schreiben, nachdem wir neulich im Auto miteinander gesprochen haben«, sagt er etwas zögernd. »Unser Gespräch war irgendwie nicht beendet. Aber dann wusste ich nicht, ob es okay wäre, wenn ich mich bei dir melde…«

Ich vermute, dass Ben an Leon denkt, und schüttele den Kopf. Natürlich wäre es merkwürdig, wenn ich eine SMS von Ben bekäme, wenn Leon bei mir zu Hause ist oder ich bei ihm bin. Vor allem mir wäre es unangenehm. Leon fragt eigentlich nie, mit wem ich schreibe, worüber ich froh bin. Vermute ich. Oder bedeutet das, dass es ihm egal ist, denn mich interessiert durchaus, mit wem er Kontakt hat. Ich bekomme einen Stich in der Brust. Gestern, spät am Abend, habe ich etwas ganz Dummes gemacht. Ich war allein und fertig mit der Arbeit: Ich habe Leons Kollegin auf Instagram gesucht. Es hat nicht lange gedauert, bis ich die richtige Hanna gefunden hatte, sie hat ein offenes Konto, und auf dem letzten Bild, das sie gepostet hat, ist Leon zu sehen. Von ihrem gemeinsamen Mittagessen. Ihre Köpfe sind eng beieinander – sie ist hübscher, als mir lieb ist –, und unter das Bild hat sie geschrieben: *Mein bester Kollege! Eine Hilfe in allen Lebenslagen.* Die deutlich sichtbare Intimität zwischen ihnen ließ mir den Atem stocken, ich weiß natürlich, dass man nah beieinander sein muss, wenn man zusammen ein Selfie macht. Das hatte ich nun davon, dass ich so neugierig war: Das Bild von den beiden geht mir nicht mehr aus dem Kopf.

Bens Arm berührt meinen. »Habe ich was Falsches gesagt?«

»Überhaupt nicht.« Ich spüre ein Ziehen im Herzen. »Ich wollte dir auch ... simsen«, sage ich.

Ben schaut mich aus dem Augenwinkel an. »Und was wolltest du schreiben, *wenn* du mir geschrieben hättest?«

Ich streiche mit der Hand über die weichen Falten meines Kleides und spüre, dass ich auf einmal einen ganz trockenen Mund habe. »Und was wolltest du schreiben?«, gebe ich zurück, nachdem ich mich diskret geräuspert habe.

Ben antwortet nicht, stattdessen lächelt er und schaut aus dem Fenster. Wir haben die Haltestelle und den Bahnhof hinter uns gelassen. Bald wird die bäuerliche Landschaft, die ich inzwischen so gut kenne, am Fenster vorbeiziehen.

»Es ist eigenartig«, sagt Ben nach einer Weile. »Irgendwie habe ich das Gefühl, dass wir uns sehr gut kennen, und doch wissen wir eigentlich nicht viel voneinander.«

»Mir geht es ganz genauso!«, sage ich direkt, erleichtert, dass er so ähnlich denkt wie ich. »Jener Abend ...« Ich schaue auf meine frisch lackierten Nägel im Schoß, dann fällt mein Blick auf die Uhr, die ich von Leon bekommen habe, als ich dreißig wurde. Auf einmal ist es, als würden die Realität und das Leben hier und jetzt zusammenfallen. Jener Abend ist zwölf Jahre her, und er bedeutet jetzt überhaupt nichts.

»... war sehr besonders«, sagt Ben und löscht alles aus, was ich bisher gedacht habe.

»Ja«, flüstere ich und schaue hoch. Als sein warmer Blick meinen trifft, wird mir seine Gegenwart noch bewusster als zuvor. Ich bekomme fast Panik, weil er einen solchen Einfluss auf mich zu haben scheint. Es war fast einfacher, als ich glaubte, einen Grund zu haben, wütend und enttäuscht von ihm zu sein. Als sich herausstellte, dass diese Wahrheit auf falschen Annahmen gründete, da ... Was habe ich jetzt für eine Ausrede? Ich blinzle ein paarmal und versuche, den Blick zu fokussieren. »Was denkst du denn über das Fest?«, sage ich mit munterer Stimme, die mir ganz fremd ist. »Es scheint selbstverständlich zu sein, dass Fredrika es jedes Jahr ausrichtet, ich habe allerdings das Gefühl, sie will es nicht richtig.«

Ben streckt die Beine unter den Sitz vor sich und bekommt einen angespannten Zug um den Mund. »Ehrlich gesagt, es fällt mir ein wenig schwer, nach Strandbacka rauszufahren und alle zu treffen. Ich hatte ja vor, mich aus den Familienstreitigkeiten herauszuhalten, aber irgendwie ist es mir gelungen, mittendrin zu landen.«

Ich schaue ihn verblüfft an. »Oje! Das klingt, als würde das ein anstrengender Abend für dich?«

Ben reibt sich mit der Hand über Mund und Kinn. »Solange nicht allzu viel über die Geschäfte geredet wird, könnte es gehen. Ich habe mich gerade etwas undeutlich ausgedrückt. Ich bin in keine Streitigkeiten verwickelt – noch nicht, aber es sieht so aus, als würde ich mich der Schusslinie nähern.« Er schaut mein verwundertes Gesicht an und lächelt ein wenig schief. »Ich drücke mich wohl sehr kryptisch aus?«

»Ja, schon.«

»Okay, ich will versuchen, es zu erklären.« Er schaut sich im

Bus um, will sicher sein, dass niemand uns zuhört. Ich mache dasselbe. Das Mädchen, das mit uns in den Bus eingestiegen ist, sitzt ganz hinten, sie hat große Kopfhörer auf, und der Busfahrer scheint auch in seiner eigenen Welt zu sein. Dennoch spricht Ben ein wenig leiser, als er fortfährt: »Canavans braucht Kapital, und Berghs International hat mir eine Lösung angeboten. Die fühlt sich jedoch nicht ganz richtig an. Mein Vater hätte unter keinen Umständen gewollt, dass Canavans von so einem großen Konzern geschluckt wird. Das ist an und für sich auch nicht die Absicht, aber ich mache mir dennoch Sorgen über die Konsequenzen. Berghs wird Einfluss nehmen auf das operative Geschäft, auch wenn Gustaf versucht hat, mich zu überzeugen, dass der Unterschied nicht groß sein wird. Ihm vertraue ich, aber nicht seinem Vater – Marcus –, den ich inzwischen ein paarmal getroffen habe. Obwohl er keine offizielle Position mehr im Konzern hat, scheint er noch sehr viel zu sagen zu haben, was mich beunruhigt. Und dann ist Fredrika ja meine Mentorin…« Ben fährt sich mit der Hand durch die Haare und seufzt.

»Das klingt mühsam«, sage ich unbeholfen, dabei fällt mir ein, dass Fredrika angedeutet hat, sie und Ben seien nicht ganz überein, wie seine Probleme gelöst werden sollten. »Und was sagt Fredrika dazu?«

»Sie ist der Meinung, keineswegs unerwartet, dass ich einen anderen Weg wählen soll.«

Ich beiße mir in die Unterlippe. »Was ja auch dein Gefühl ist? Oder habe ich dich falsch verstanden? Hast du die Sorge, Fredrika wird durch ihre Vergangenheit und ihre Beziehung zu Marcus in ihrer Meinung beeinflusst?«

Ben nickt. »Ganz genau.«

»Aber dafür ist Fredrika doch viel zu professionell?«, füge ich hinzu, aber Ben scheint nicht richtig zuzuhören.

»Mein Gefühl spricht gegen Berghs«, fährt er fort. »Die Sache ist nur die, ich habe keine wirkliche Alternative, und dabei läuft mir die Zeit davon. Fredrika scheint nicht zu erkennen, wie wichtig es für mich ist, Canavans um jeden Preis zu retten, das verstehe ich nicht ganz, weil sie doch ähnliche Erfahrungen gemacht hat wie ich. Nicht, dass Berghs jemals richtig schlecht dagestanden hätte, aber ich glaube schon, dass die Firma für Fredrikas Vater genauso wichtig war wie Canavans für meinen. Sie bedeutete ihm alles!« Ben sieht einen Moment lang verzweifelt aus. »Andererseits, wie kann ich verlangen, dass jemand es versteht, wo ich es selbst nicht richtig begreife ...« Er schaut aus dem Fenster und scheint einen Moment lang in seinen Gedanken verloren zu sein.

Mir ist nicht ganz klar, wie er das zuletzt Gesagte gemeint hat, traue mich nicht fragen.

»Ich habe mir selbst versprochen, die Firma meines Vaters so zu führen, wie er es gemacht hätte. Mein Vater ist vor sieben Jahren gestorben«, fügt er dann hinzu und schaut mich an.

»Das tut mir wirklich leid.« Ich drücke seinen Arm, und auf einmal legt er seine Hand auf meine, streicht mit dem Daumen über sie. Vermutlich will er vor allem sich selbst trösten, aber als er mich berührt, fühlt es sich ganz anders an, eine Welle von Wärme steigt in meiner Brust auf. Vielleicht spürt er das, denn er hält inne und nimmt dann die Hand weg.

Wir schauen beide aus dem Fenster, als wollten wir das, was gerade geschieht, nicht wahrhaben.

Ich hole tief Luft und versuche, zu unserem Gespräch zurückzukehren, das für einen Moment unterbrochen wurde. »Das klingt so, als würdest du dich… in einem richtigen Dilemma befinden, und vielleicht hast du gar keine Wahl. Das muss Fredrika doch verstehen?«

Ben antwortet mit einem Achselzucken und schaut mich dann beinahe verlegen an. »Entschuldige, ich bin wohl sentimental, zugleich rege ich mich auf. Ich mag Fredrika wirklich gern, aber manchmal verstehe ich ihre Überlegungen nicht so ganz. Sie kannte meinen Vater ja. Ich dachte, sie würde mir helfen und mich nicht stürzen.«

Ich wedle abwehrend mit der Hand, obwohl ich eigentlich seine Hand nehmen will. »Du brauchst nichts zu erklären. Aber ich kann nicht glauben, dass Fredrika dir nicht helfen will. Sie ist vielleicht nur…« *Vielleicht beeinflusst von ihrer Vergangenheit und nicht so unparteiisch, wie sie sein sollte.* Hat sie das selbst nicht irgendwann gesagt? Plötzlich weiß ich nicht mehr, was ich denken soll.

Ben schnipst ein paar Staubkörner von seinem Hosenbein. »Ich weiß nicht, aber irgendwie ist das nicht das Thema, über das ich mit dir reden wollte, falls wir uns treffen sollten. Und es ist auch kein Thema, das einen in Feststimmung bringt.« Er schaut mich von der Seite her an.

Ich betrachte ihn angespannt und spüre, wie mein Puls steigt. »Über… was hättest du denn reden wollen?«

»Alles und nichts.« Ben grinst, und es wird deutlich, dass wir beide gut darin sind, um den heißen Brei herumzureden.

Ich unterdrücke einen leicht frustrierten Seufzer. Was macht mein Herz nur? Warum habe ich es zugelassen, mich von dem Gedanken aufwühlen zu lassen, was er *vielleicht* hätte sagen können? Warum schlägt mein Magen Purzelbäume, sobald ich in seiner Nähe bin? Können mein Körper und mein Kopf sich nicht einfach ganz normal benehmen?

Ich hole tief Luft, erschrocken von meiner Reaktion, dann kommen Schuldgefühle hoch. Fieberhaft suche ich nach einem neutralen Thema. »Fredrika hat mir verraten, dass du auf ihrem Flügel gespielt hast.«

»Hm, ja...« Ben kratzt sich an der Stirn. »Wollte eigentlich nur die Tasten unter den Fingern spüren, aber auf einmal hatte ich mehrere Stücke gespielt. Ich weiß gar nicht mehr, wie das passiert ist – ich war erstaunt, dass ich sie noch kann.«

»Wahrscheinlich waren sie so gut. Ich musste neulich abends an den Song denken, den ich hören durfte. Ich gebe zu, ich habe mich nur bruchstückhaft daran erinnert, aber ich entsinne mich an das Gefühl, das war unglaublich.«

Ben dreht sich lächelnd zu mir. »Genau wie dein Text und dein Gesang...«

Ich drücke die Armlehne auf meiner Seite. »Der Text war allerdings sehr traurig, er handelte von meiner großen Schwester.« Er runzelt die Stirn. Mit einem Mal wird mir klar, dass Ben gar nicht weiß, dass meine Schwester gestorben ist. Das habe ich nicht erzählt. »Sie starb mit sechzehn, an einem Hirntumor«, sage ich rasch, ich möchte nicht schon wieder die Stimmung verderben. Und doch, jetzt wo Ben von seinem Vater erzählt hat, habe ich das Gefühl, dass ich auch Liv erwähnen kann.

Ben schaut mich schockiert an. »Du meine Güte! Also, ich meine... Wie traurig! Und schrecklich.« Seine Finger berühren meine. Wir schweigen einen Moment. »Aber jetzt verstehe ich manches etwas besser. An jenem Abend, als wir uns trafen, hast du erwähnt, dass du deine Lieder schreibst, wenn du deine Schwester vermisst. Ich habe mich hinterher gefragt, was du damit meinst.«

Ich nicke und bin wirklich überrascht, dass er sich noch an so vieles von unserem gemeinsamen Abend erinnert.

»Aber du...« Er lächelt vorsichtig. »Du kannst doch neue Lieder schreiben?«

Ich zögere einen Moment. »Ich bin vollauf damit beschäftigt, was ich in meinem Job zu schreiben habe.«

»Genau wie bei mir, ich komme auch zu nichts anderem als meiner Arbeit.«

Wir lachen. »Ja, so ist es. Haben deine Eltern dich unterstützt, was deine Musik angehen?«

Bens Lächeln verschwindet, und er schaut nun ernst. »Doch, ja... Die Musik war aber mehr mein eigenes Ding. Ich weiß nicht, was ich gemacht hätte ohne sie, gleichzeitig...« Ich höre an seiner Stimme, dass er nicht darüber sprechen möchte, irgendwie scheinen das keine guten Erinnerungen zu sein. Er schaut aus dem Fenster und sagt beinahe flüsternd: »Ich hatte fast vergessen, was die Musik mir wirklich bedeutet hat. Oder ich habe diese Gefühle nicht zugelassen. Aber als ich auf Fredrikas Flügel gespielt habe, war alles wieder da.«

KAPITEL 23

Der warme, wolkenlose Abend war in die Dämmerung übergegangen, aber im Partyzelt stehen immer noch lange Tische mit
Sektgläsern und allen möglichen Häppchen und Erfrischungen.
Kellner gehen umher und füllen die Gläser der Gäste, noch bevor sie leer sind. Fredrikas Sommerfest ist schon seit Stunden in
vollem Gange. Ich habe mich höflich unter die Gäste gemischt
und bin von Gruppe zu Gruppe gegangen, von Gespräch zu Gespräch, meistens als Zuhörerin – nur mit Lena und den anderen,
die im Stall arbeiten, habe ich mich länger unterhalten –, und so
allmählich habe ich das Gefühl, meinen Teil geleistet zu haben.

Auf der großen Terrasse, an der Rückseite von Fredrikas Haus
scheint bald die Tanzfläche eröffnet zu werden. Eine Liveband hat
den ganzen Abend auf einer provisorischen kleinen Bühne neben der Terrasse gespielt, und jetzt werden die jazzigen Töne stärker als bisher. Wie um uns aufzufordern, uns auf das Tanzparkett
zu begeben. Ein paar Gäste stehen schon am Rand der Terrasse,
lachen und trinken Champagner – sie lassen die Perlen den Gaumen kitzeln und warten, was geschieht. In mir erwacht eine fast
verbotene Sehnsucht. Fredrika hatte nicht erzählt, dass es heute
Abend Musik und Tanz geben würde.

Ich frage mich nur, wo Ben abgeblieben ist. Wir haben kaum
miteinander gesprochen, seit wir herkamen. Er ist vor einer ganzen Weile zusammen mit Gustaf, Marcus und Marielle verschwunden. Die sind alle wieder da, aber er scheint sich in Rauch aufge-
löst zu haben. Marielle war in eine sehr lebhafte Diskussion
mit ihrem Vater und ihrem Bruder vertieft. Die Stimmen des Fa-

milientrios sind allmählich schärfer geworden und haben die Blicke auf sich gezogen. Plötzlich sehe ich, wie Marielle sich aus dieser kleinen Gruppe löst und auf den Wendeplatz zukommt, wo ich stehe.

Sie scheint erregt zu sein, ihre Hände zittern, als sie ihr Handy aus der kleinen Tasche angelt und ein Taxi bestellt. Erst als sie schon fast neben mir steht, hebt sie den Blick und zuckt zusammen, als würde sie erst jetzt bemerken, dass ich hier stehe.

»Ella!«, sagt sie erschrocken und versucht, wieder normal auszusehen. »Wir haben ja noch gar nicht miteinander geredet, und jetzt muss ich los.«

»Ist alles okay?«, frage ich, denn ich bin es nicht gewohnt, sie so außer sich zu sehen. Es ist ganz offensichtlich, auch wenn sie sich die größte Mühe gibt, es zu verbergen. Marielle hat fast immer alles unter Kontrolle.

»Doch, absolut.« Sie lächelt gequält. »Ich habe übrigens den Anfang von Fredrikas Biografie gelesen, den du gestern gemailt hast, und ich bin ehrlich beeindruckt, Ella.« Sie schaut mich aufrichtig an. »Du nimmst den Leser sofort gefangen und drückst dem Ganzen deinen persönlichen Touch auf ... Ich bin wirklich neugierig, wie es weitergeht. Ich habe den Eindruck, das wird keine traditionelle Biografie. Das gefällt mir!«

»Ja, ich hoffe, sie wird ...«, *anders*, denke ich. »Ja, hier gibt es wirklich eine Geschichte zu erzählen«, füge ich dann hinzu, obwohl Fredrika sie mir noch nicht zu Ende erzählt hat. Ich bin erleichtert, dass Marielle zufrieden ist mit dem, was ich bisher geschrieben habe und ich ihr nie erzählen musste, welche Schwierigkeiten ich zu Beginn des Projekts hatte: dass ich kurz davor war, aufzugeben, bevor die Wendung in der Beziehung zwischen

Fredrika und mir kam. Ich habe jetzt beinahe das Gefühl, Fredrika genießt es, ihr Herz erleichtern zu können.

»Und wenn du irgendwie steckenbleibst oder etwas mit mir diskutieren möchtest, dann melde dich doch einfach«, fügt Marielle hinzu, als könnte sie meine Gedanken lesen. Ich nicke. »Ansonsten kannst du so weitermachen. Ich habe im Moment sehr viel anderes ... Okay, ich melde mich bald bei dir und teile dir die Deadline für die Rohfassung mit«, beendet Marielle das Gespräch und holt ein helles Lipgloss aus ihrer Tasche. Sie streicht es fest auf die Lippen und wirft einen angestrengten Blick zurück zu Marcus und Gustaf. Es ist ganz offensichtlich, dass sie gedanklich immer noch mit ihrer Meinungsverschiedenheit beschäftigt ist.

Ich bewege die Zehen in meinen Sandaletten. »Ist wirklich alles okay bei dir?«, frage ich leise und hoffe, dass ich mit meiner Frage keine Grenze überschreite.

Marielle schaut immer noch hinüber zu ihren Verwandten. »Total okay, wie gesagt ... es ist nur so, mein Vater und ich, wir haben nicht ganz die gleichen Ziele. Aber das war ja schon immer so. Eigenartigerweise verändern manche Dinge sich nie. Ich verstehe nur nicht richtig, warum ... regt es ihn auf, dass ich eine Frau bin? Und ist er deswegen so sauer auf seine eigene Schwester? Oder geht es mal wieder nur um Macht und das Gefühl, übergangen und übervorteilt worden zu sein? In diesem Fall hat er es wirklich geschafft, dass ich mich so fühle.« Marielle legt die Arme um sich selbst und schaut zu Boden.

Ich erschrecke, und mir fehlen die Worte. »Aber du bist doch so erfolgreich, du brauchst doch wirklich nicht so zu denken«, sage ich vorsichtig. Und was bedeutet schon so ein Erfolg, wenn man sich nicht geliebt fühlt, vielleicht nicht einmal gemocht, und das vom eigenen Vater?

Marielle macht eine Bewegung mit den Schultern und lächelt mich halbherzig an. »Ehrlich gesagt, ein wenig bin ich auch selbst schuld. Es hat Gefühle in mir aufgewühlt... Im Moment sind wir irgendwie Konkurrenten, und ich bin ziemlich sicher, dass ich diesen Kampf verlieren werde. Gestern Abend wurde ich mir da leider noch sicherer.« Sie schaut über Fredrikas Grundstück, als würde sie etwas suchen. »Es ist ja genau so, wie es sein soll. Man sollte bei seinem Leisten bleiben, nicht beides wollen, einen Verlag führen und...« Sie schweigt. »Aber das ist ja genau das, was ich machen wollte, was ich eigentlich kann«, sagt sie dann beinahe streng zu sich selbst, bevor sie erstarrt und mich bestürzt anschaut. »Nein, mein Gott, was rede ich denn. Das muss der Champagner sein... Du, ich gehe jetzt los und steige oben an der Landstraße ins Taxi. Ich brauche einen Spaziergang.« Marielle umarmt mich flüchtig, dann überquert sie den Wendeplatz und geht hinauf zur Straße, ohne auf ihren hohen Absätzen zu schwanken.

Ich folge ihr erstaunt mit dem Blick, dann schaue ich zur Terrasse, die inzwischen voller tanzender Paare ist. Immer noch sehe ich Ben nirgendwo. Eine Art Enttäuschung macht sich in mir breit. Er ist doch wohl nicht nach Hause gefahren, ohne mir Bescheid zu sagen? Und so viele Taxis habe ich auch noch nicht gesehen – das wäre mir aufgefallen.

Es vibriert in meiner Tasche, ich hole sofort mein Handy heraus. Es ist eine Nachricht von Leon. Ein Foto von ihm und seinen Eltern auf der halb fertigen Veranda auf Singö und ein Herz-Emoji. Ich streiche mit dem Zeigefinger über den Bildschirm, versuche zu lächeln. Aber ich fühle nur, wie sich mein Hals verengt, ich warte darauf, dass Leon etwas schreibt, aber vergeblich.

Bevor ich die Wohnung verließ und hierhergefahren bin, habe ich Leon ein paar Bilder geschickt. Nachdem ich mich geschminkt, mir die Haare gemacht und das neue Kleid angezogen hatte. Ich verstehe schon, dass er bis jetzt keine Zeit gehabt hat, zu antworten, sie waren ja vollauf mit der Veranda beschäftigt. Ich hätte mir nur gewünscht, dass er mir eine persönliche Nachricht geschickt hätte. Er hätte wenigstens etwas sagen können, wie hübsch ich bin, wie sehr er mich vermisst und an mich denkt.

Mich begehrt.

Oder ist das nicht mehr nötig, wenn man *alles füreinander* ist? Sind dann alle Worte und Gesten überflüssig, weil es ja selbstverständlich ist, dass man sich liebt?

Es ist wirklich lächerlich, dass ich mich an diesem kleinen Detail störe. Aber dann sehe ich plötzlich das Instagram-Foto von Leon und Hanna vor mir, die deutliche Nähe und Vertrautheit zwischen ihnen, sie hat sich auf meiner Netzhaut eingeschrieben – wann hat er mich zuletzt so angeschaut? –, und das Gefühl von Trostlosigkeit will nicht weichen. Auf einmal geht die Beleuchtung im Garten an, kleine Lämpchen erleuchten den Kiesweg zum Wasser hinunter, ich folge ihm. In den Eichen auf dem Rasen hängen auch Laternen, die in der Abendbrise schaukeln und glitzern. Ich merke, wie meine Gedanken in die Vergangenheit schweifen, in den romantischen Sommer, als Fredrika und John allein hier auf Strandbacka waren. Wie sie sich zwischen den Bäumen gejagt haben und sich lachend in die Arme liefen. Wie John Fredrika gegen einen der großen Eichenstämme drückte und sie küsste, bis sie nach Luft schnappen musste und das Gefühl von Zeit und Raum verloren ging. Wie sie sich gestatteten, ganz die Kontrolle zu verlieren und die Küsse tiefer und fordernder wurden. Ich bin sicher, dass dies geschah, genau hier, unter dem geheimnisvollen Schein der Laternen. Genau wie ich mir alles vorstellen kann, was Fredrika mir erzählt hat. Ihre wunderbaren Begegnungen in den Sommernächten und ihre Liebe, die größer war als alles. Aber ist das erstrebenswert, denke ich, als ich unten am Wasser stehen bleibe. Will ich das wirklich? Ich weiß ja bereits, dass es zwischen ihnen nicht so unkompliziert war und es kein glückliches Ende gab.

Auf einmal merke ich, dass ich nicht allein hier unten am Wasser bin. Jemand steht ganz draußen auf dem Steg und schaut über die Bucht. Die Hände in den Taschen der Smokinghose, mit dem Rücken zu mir.

Ben.

Hier ist er also.

Mein Herz überschlägt sich. Obwohl ich ihn gesucht habe, zögere ich, aber dann ziehe ich meine Sandalen aus, nehme sie in die Hand und trete auf den Steg. Die Planken schaukeln, knarren unter meinem Gewicht, und er dreht sich rasch um.

»Hallo!«, sage ich. »Ich wollte dich nicht erschrecken.«

»Das hast du nicht getan … Nicht direkt. Ich freue mich, dich zu sehen.« Ben macht ein paar Schritte auf mich zu, wir treffen uns in der Mitte des Stegs. »Entschuldige, dass ich so einfach verschwunden bin«, sagt er gleich. »Aber vielleicht hast du ja gar nicht gemerkt, dass ich …« Er lehnt sich zurück auf die Fersen. »Wie auch immer, ich musste nachdenken.«

»Doch, ich habe dich vermisst, wirklich. Oder, ich habe gemerkt, dass du verschwunden warst.« Es pocht unter meiner Haut im Gesicht, ich versuche, mich zu entspannen, aber das ist schwierig, wo doch alles an ihm mich in Erregung versetzt. »Es war also nicht ganz einfach, sie alle hier zu treffen?«, bringe ich heraus.

Ben scheint gegen eine Grimasse anzukämpfen. »Ja, ich konnte kaum ein Wort mit Gustaf und den anderen reden, wir sprachen sofort über die Geschäfte. Und dann fingen Marcus und Marielle an, sich zu streiten, irgendwie. Oje, was für ein Schlamassel!« Er tritt ein wenig gegen eine Planke und schüttelt den Kopf.

»Ich habe gerade mit Marielle gesprochen. Sie wirkte überhaupt nicht fröhlich und wollte nach Hause fahren.« Ich zeige mit dem Daumen zum Wendeplatz hinauf.

»Ach ja?« Ben folgt meinem Daumen mit dem Blick, und fast habe ich den Eindruck, er möchte ihr hinterherlaufen. »Verdammt!« Er holt tief Luft. »Aber es überrascht mich leider nicht, und jetzt habe ich auch noch das Gefühl, schuld zu sein. Was ich auch mache, das wird irgendwie nicht gut ausgehen.« Er lässt die Schultern hängen.

»Aber das Wichtigste ist doch, dass du herausfindest, was das Beste für dich ist, und für Canavans. Was du selbst willst ... Aber natürlich, es ist nicht schön, jemanden ... zu verletzen.« Ich merke, wie ich bei »jemand« zögere. »Marielle ist also auch Teil des Schlamassels?«, frage ich dann vorsichtig. Das Gefühl hatte ich ja schon, als ich mit ihr sprach, es deutete sich bereits an, als ich das letzte Mal mit Fredrika darüber gesprochen habe, auch wenn es mir da noch nicht so klar war.

Ben nickt.

»Die Alternative einer Übernahme kommt für dich also nicht in Frage?«

»Nein!«, antwortet er sofort. »Das hieße wirklich, Canavans aufzugeben. Die Firma würde nicht mehr vorhanden sein.«

Ich schaue ihn fragend an und überlege, ob das wohl die Lösung wäre, die Fredrika bevorzugen würde. Ich habe wirklich das Gefühl, dass mir wichtige Teile in diesem Puzzle fehlen.

»Und dabei mag ich Marielle«, fügt er hinzu, »sie ist viel sympathischer als Marcus.« Er lächelt schief. »Und wir waren ja… auch eine Weile zusammen.«

»Aha«, sage ich ein wenig dumm, ich ahnte ja bereits, dass sie nicht irgendwer für ihn war. Fredrika hatte auch so eine Andeutung gemacht. Und ich habe das Gefühl, dass Marielle ihm immer noch sehr wichtig ist.

Ben setzt sich auf den Rand des Stegs, gegenüber von Fredrikas vertäuten Booten, mit einem Blick zu mir hinauf schlägt er mit der Hand neben sich. Ich stelle meine Sandaletten ab, ziehe mein Kleid hoch und setze mich neben ihn, meine Füße baumeln über der Wasserfläche.

Ben lehnt sich zurück und stützt sich auf die Handflächen. »Kannst du gut an dich selbst denken und an das, was du willst?«

Ich spiele mit der Armbanduhr, die ich am Handgelenk trage. »Ehrlich gesagt, ich denke darüber nicht zu viel nach. Ich mache einfach. Außer in der Arbeit – da versuche ich schon, von mir auszugehen, soweit es möglich ist. Das war auch der Grund dafür, dass ich mich für das Leben als Freelancerin entschieden habe. Aber du bist ja in einer ganz anderen Situation.«

»Ja, und in einer Beziehung muss man Kompromisse machen…« Er schaut mich lange an.

Ich tauche die Zehen ins Wasser. Es ist kühl und weich wie Seide. »Manchmal frage ich mich nur, wo die Grenze verläuft und man sich selbst auslöscht.«

»Das klingt nicht gerade nach Kompromissen.« Er beugt sich ein wenig vor und sucht wieder meinen Blick.

»Ach was, ich weiß nicht, warum ich das gesagt habe.« Ich plansche mit den Füßen im Wasser, ein wenig erschüttert über meinen Kommentar. Tatsache ist, dass ich noch nie darüber nachgedacht habe, ob ich mich zusammen mit Leon auslöschen könnte. Obwohl ... Seine Worte scheinen immer irgendwie Vorrang vor meinen zu haben. »Ich habe irgendwie alles«, denke ich laut nach, »und doch ...« Und doch bin ich nicht glücklich, denke ich und komme mir illoyal vor. Aber was ist eigentlich Glück? »Das Leben ist irgendwie so ernst geworden. Muss das wirklich schon so sein, wenn man dreißig ist?«

Ben lächelt. »Nein, das frage ich mich auch. Wir sollten uns ja auf dem Gipfel des Lebens befinden, oder zumindest dorthin auf dem Weg sein, doch es fühlt sich ganz anders an.« Er schweigt eine Weile, schaut über das dunkle, rätselhafte Wasser, das sich spiegelblank vor uns ausbreitet. »Stell dir vor, der Höhepunkt des Lebens wäre dieser Abend gewesen, den wir zusammen verbracht haben, und ich würde nie wieder etwas Ähnliches erleben?« Unsere Blicke treffen sich, Erinnerungen werden wach. Sie sind nicht verblasst, sie sind so lebendig wie vor zwölf Jahren.

Am liebsten würde ich sagen, mir geht es genauso, eine meiner größten Befürchtungen ist, dass ich so etwas nie wieder erleben werde. Aber ich traue mich nicht so recht, und es wäre auch ungerecht Leon gegenüber.

Ich streiche langsam mit der Hand über die Planken neben mir.

»Aber du hast doch andere ... Leute getroffen, im Lauf der Jahre? Also, andere als ...« *Andere als Marielle*, denke ich. Ich bin nicht so naiv und könnte glauben, er habe im Lauf der Jahre nicht einige Frauen kennengelernt. Aber dann spüre ich instinktiv, ich will es nicht wissen. Ich möchte nicht, dass er von anderen erzählt, und ich will absolut nichts wissen über ihn und Marielle.

Vielleicht spürt Ben meine stille Bitte, denn er kratzt sich im Nacken und sagt nur: »Ja, das ist doch klar. Ich bin auch nur ein Mensch.« Dann macht er eine Pause und schaut zu mir herüber. »Es war nur so schwer, die Richtige zu finden.« Einen Moment lang scheint alles um mich herum stillzustehen. Ich spüre, wie meine Mauern einzufallen drohen, wenn er mich so anschaut. »Die letzten Tage musste ich immer daran denken ...« Er streckt ein Bein aus, und die Schuhspitze landet im Wasser. »Ja, was wohl passiert wäre, wenn mein Handy nicht gestohlen worden wäre und ich dich angerufen hätte. Wenn wir uns wiedergetroffen hätten ...« Er beugt sich vor und wischt den Wassertropfen vom Schuh.

Ich zittere, schließe die Augen. »Darüber habe ich auch nachgedacht« – viel zu oft –, »aber ich habe auch versucht, *nicht* daran zu denken. Das macht es nur komplizierter.«

»Verdammt kompliziert, und es führt ja zu nichts«, pflichtet Ben mir bei.

Ich nestle an meinem Kleidersaum, richte ihn und streiche ihn glatt. »*Wenn* wir es geschafft hätten, uns wiederzusehen – du hast immerhin in Kiruna gewohnt –, dann hätten wir vielleicht gleich entdeckt, wie wenig wir gemeinsam haben und dass wir uns nur eingebildet haben, diese Stunden seien so bedeutsam gewesen.«

Bitte, sag, dass ich recht habe, flehe ich schweigend. Es wäre so viel einfacher.

»Aber das war es doch?«, sagt Ben. »Sonst würden wir wohl kaum hier sitzen?« Er streicht sich die Haare aus der Stirn und schaut mich an. Seine Augen glänzen, warm und ein wenig traurig.

Ich weiß ja, dass er recht hat und spüre einen Druck in der Brust, wenn ich seinen Blick sehe. Und dennoch mache ich in den gleichen Bahnen weiter, etwas anderes ist mir nicht möglich. »Aber wenn wir wirklich ein Paar geworden wären, dann hätten wir uns nach einer Weile über die Fehler des anderen geärgert«, versuche ich. »Das Ende wäre vielleicht gewesen, dass wir uns überhaupt nicht leiden können. Jetzt haben wir wenigstens unsere Erinnerungen an diesen Abend.«

»Aber ich kann wirklich nicht glauben, dass ich dich irgendwann nicht leiden könnte«, antwortet Ben und durchschaut mein Argument. »Du kannst vielleicht dich überzeugen, aber nicht mich.«

Ich stelle meine Füße auf den Rand des Bootsstegs und umarme meine Knie, dann flüstere ich: »Das tue ich nicht. Aber der Gedanke an alles andere ist beinahe unerträglich.«

»Ach, Ella ...« Wenn Ben mich so anschaut, dann sagen seine Augen all das, was ich nicht laut aussprechen kann. Er legt seinen Arm um meine Schultern, und noch einmal begeben wir uns zurück in die Vergangenheit. Ich schäme mich, dass mein ganzes Ich vor Sehnsucht schmerzt, wenn ich die Augen schließe und an uns denke.

»Das klingt jetzt sehr nach Klischee«, sagt er nach einer kleinen Weile. »Aber ich wünschte, wir könnten hier den ganzen

Abend und die ganze Nacht sitzen bleiben und die Sterne anschauen...«

»... und den Mond«, flüstere ich, »wie damals auf Långholmen.«

Ben nickt, die Dämmerung, die fast in Dunkelheit übergegangen ist, lässt sein Gesicht ungewöhnlich scharf geschnitten aussehen. Der feuchte Duft vom Mälarsee umgibt uns, und ich wünschte mit jeder Faser meines Körpers, dass wir jenen Abend wiederholen könnten, und das parallele Universum, in dem wir uns offenbar befanden.

»Frierst du?«, sagt Ben und reibt meinen Arm mit dem Daumen.

Ich senke den Blick und spüre, dass ich Gänsehaut auf den Armen habe. »Nein, nur...« Ich schüttle den Kopf, und er nimmt seine Hand von meinem Arm, glaubt wohl, dass ich das möchte.

Ich möchte und ich möchte nicht. Aber es ist wohl das Vernünftigste.

Die Klänge von der Band, die oben spielt, strömen zu uns herunter, erfüllen die Luft und unser Schweigen. »Wird jetzt getanzt?« Ben schaut zum Haus hinauf.

»Ja.« Meine Stimme ist leise, beeinflusst vom Moment.

»Möchtest du tanzen? In Erinnerung an jenen Abend...«, sagt er mit seiner leisen, warmen Stimme, die jeden Nerv in meinem Körper erreicht. »Oder eher als Erneuerung ...«

Ben steht auf, er streckt seine Hand zu mir aus. Ich *möchte* tanzen. Aber irgendwo in mir, gar nicht sehr tief in mir, weiß ich, ich sollte Ben nicht zu nahe kommen. Das wäre überhaupt nicht vernünftig. Aber es ist ja nur ein Tanz. Ein einziger Tanz... Und ich werde ihm vermutlich nie wieder so nahe kommen. Bei diesem Gedanken ist mir, als hätte man etwas aus meiner Brust gerissen.

»Hier auf dem Steg«, sagt er, als ich zögere. »Wir können auch nach oben gehen ...«

»Nein, hier ist es wunderbar«, sage ich und nehme seine Hand. Er zieht mich hoch und legt die andere Hand leicht um meine Taille.

Wir bewegen uns auf dem Bootssteg, genauso stelle ich mir vor, dass Fredrika und John einmal vor langer Zeit in der Küche auf Strandbacka getanzt haben, unter dem Schein der Sterne, die gerade aufleuchten. Unsere langen Schatten zeichnen sich auf dem Steg ab. Ich möchte meinen Kopf an Bens Brust legen, höre jedoch auf den vernünftigeren Teil in mir. Seine warmen Finger berühren meine. Seine andere Hand brennt beinahe durch das Kleid. Obwohl unsere Beine und Körper sich kaum berühren, spüre ich ihn intensiv. Meine Sinne sind erfüllt von ihm und seinem Geruch.

Als ich aufschaue und unsere Blicke sich treffen, erfasst mich ein atemberaubendes Gefühl, und ich schwanke beinahe. Er nimmt meine Hand, hält sie fester. Die Sekunden werden zu Minuten, werden länger, verschwinden.

Irgendwann schweigt die Musik, wir bleiben stehen, nur wenige Zentimeter voneinander entfernt, ohne uns loszulassen. Es ist, als hätte sich jeder Teil von ihm in mein Bewusstsein eingebrannt. Mein Herz schlägt wild, ich bin voller Gefühle. Schließlich nimmt Ben seine Hand von meiner Taille, als wollte er eine Haarsträhne hinter mein Ohr streichen. Aber auf halbem Weg hält er inne und wendet sich ab. Er atmet tief ein, wie um zur Ruhe zu kommen.

Mit einem Mal ist es, als ob alles innehielte, mein Atem und mein Herz. Ich komme wieder zu mir und ertrinke fast in Schuldgefühlen.

»Wir sollten vielleicht an die Heimfahrt denken und ein Taxi bestellen?« Die Worte bleiben mir beinahe im Hals stecken.

Als Ben sich umdreht, sehe ich den Schmerz in seinem Blick, ich muss schlucken. Kurz darauf nickt er sanft. »Okay.«

Ich stehe unbeweglich da und schaue in seine Augen. »Ich geh schon mal voraus, zum Haus. Ich werde Fredrika suchen und mich bedanken und verabschieden...«, bringe ich schließlich stockend hervor und ziehe meine Sandalen an.

Bevor Ben antworten kann, laufe ich los, so schnell, dass der Steg schaukelt und der Rock meines Kleides sich um die Beine wickelt. Ich fasse ihn mit beiden Händen, halte den flatternden, rosa Stoff fest und gehe mit großen Schritten zum Haus hinauf. Ich wünsche mir, ich wäre schon zu Hause in meiner Wohnung, allein mit meinen verwirrenden Gefühlen und Gedanken. Könnte sie tief in mir vergraben, wo sie hingehören.

Aber wenn ich daran denke, dass das Leben bald weitergehen wird wie bisher, als hätten dieser Tanz und der Moment auf dem Steg nie stattgefunden, dann bin ich innerlich ganz leer. Ich halte es fast nicht aus und möchte zu Ben zurückkehren.

KAPITEL 24

Fredrika sieht ein wenig erstaunt aus, als ich am Montagnachmittag nach dem Fest in »Arbeitskleidung« auf Strandbacka auftauche: abgetragene Jeans, ein altes T-Shirt und ein langärmeliges Hoodie.

»Ich dachte, ich könnte auf den Kieswegen ein bisschen Unkraut rupfen, wenn wir fertig sind«, sage ich. »Und auch an anderen Stellen, wenn du das willst. Vielen Dank für das schöne Fest, übrigens!«

Ich schaue von der Terrasse, wo wir stehen, hinüber zu dem Platz, wo das Partyzelt für das Fest aufgestellt war. »Sie haben das Zelt schon wieder abgebaut, sehe ich.«

Sie schaut in die gleiche Richtung. »Ja, heute Vormittag war hier jede Menge los, jetzt sind das Zelt und die Bühne wieder weg. Wunderbar, das Leben kann wie gewohnt weitergehen.«

»Wie gewohnt«, sage ich und schüttle mich ein wenig bei ihren Worten.

Fredrika schaut mich forschend an, und ich nehme mich zusammen. »Ich hoffe, du siehst es nicht als übergriffig an, wenn ich dir helfen will. Aber als ich letzte Woche hier war, ist mir nicht entgangen, dass...«

»... ich in letzter Zeit nicht sehr viel Unkraut gezupft habe?«, vervollständigt Fredrika und lächelt freundlich.

Ich stecke die Hände in die Potaschen meiner Jeans. »Ehrlich gesagt, ich dachte, du hättest... ähm, Leute, die das für dich machen. Das muss natürlich nicht so sein – also, wenn du nicht willst –, und ich helfe dir gerne. Allerdings habe ich keinen grünen Daumen«, warne ich sie, »aber ein wenig Unkraut zupfen, das kann ich. Das musste ich als Kind immer machen.«

Fredrika lächelt weiter. »Du hast mir letzte Woche schon geholfen. Und natürlich könnte ich jemanden anstellen, der mir mit dem Garten hilft«, sagt sie dann und schaut fast bekümmert über das Grundstück. »Bei dem Fest habe ich mich ein wenig geschämt, dass es nicht ordentlicher aussah.« Ein Schweißtropfen fließt von der Augenbraue hinunter auf ihre Wange.

Ich würde sie am liebsten wegwischen. Stattdessen berühre ich sie leicht am Ellenbogen. »Du hast immer noch einen Gips und Krücken, ich glaube wirklich nicht, dass jemand das dachte oder solche Ansprüche hätte.« Allerdings, in ihren Kreisen lässt man tatsächlich andere solche Arbeiten machen, denke ich dann. »Beim Fest hat alles tipptopp ausgesehen, das kann ich dir versichern. Und es ist auch niemand herumgegangen und hat die Kieswege inspiziert oder sonst irgendwelche Stellen auf dem Grundstück«, sage ich, damit Fredrika sich keine Sorgen macht.

Ihre Schultern entspannen sich allmählich. »Vielleicht hast du recht, aber ich will keinen Gärtner anstellen. Ich will mich selbst um meinen Garten kümmern.«

Ich nicke. Ausgehend von dem, was ich bisher über sie erfahren habe, über die Fredrika, die ich kennengelernt habe, erstaunt mich das nicht.

Sie berührt nun meinen Ellenbogen. »Aber wenn du nun darauf bestehst, mir zu helfen, dann werde ich dich nicht allein arbeiten lassen. Damit du das weißt! Ich werde mich später auch umziehen«, sagt sie mit einem Nicken auf ihren langen Glockenrock. »Aber erst möchte ich dir etwas anbieten. Komm!« Die

Glastüren zum Haus stehen offen, sie winkt mich in das Zimmer an der Terrasse. Auf dem ovalen Tisch zwischen den Sofas stehen zwei schöne Kristallgläser und ein großer Glaskrug, daneben ein Teller mit frischen Feigen.

Wir setzen uns auf eins der Sofas, und Fredrika füllt unsere Gläser mit einem Getränk, das sie selbstgemachte Limonade nennt. Nach dem Spaziergang von der Bushaltestelle sehne ich mich nach etwas Kühlem, Süßem zu trinken, der Geschmack dieses erfrischenden Getränks ist eine freudige Überraschung. »Wie köstlich!«, rufe ich spontan aus und schaue Fredrika beeindruckt an. »Machst du öfter Limonade?«

Fredrika trinkt einen Schluck und lächelt. »Ja, das ist eins von meinen kleinen Hobbys, seit ich mich von Berghs zurückgezogen habe. Ich muss irgendwie verwerten, was ich auf Strandbacka heranziehe. Jetzt ist zwar nicht Erntezeit, aber ich habe aus Versehen zu viele Zitronen gekauft, und da passte es, eine Limonade zu machen. Irgendwas muss ich ja tun, jetzt, wo ich nicht reiten kann. Man kann unendliche Ausflüge zu Pferd machen, über die Wiesen und in den Wäldern hier in der Gegend«, sagt sie, seufzt sehnsüchtig und schaut hinaus.

Ich drehe mein Glas auf dem Tisch. »Vermisst du das Reiten sehr?«

»Ja, ich muss mich bemühen und fleißig die Übungen machen, die die Krankengymnastin mir gezeigt hat, damit der Heilungsprozess nicht länger dauert als unbedingt nötig.« Ihr Gesicht spiegelt eine gewisse Zuversicht. »Und ich kann die Pferde ja besuchen«, murmelt sie.

»Habt ihr, du und John, längere Reitausflüge gemacht?«, frage ich.

Sie nickt, ihr Gesicht fällt ein wenig zusammen. Dann wendet sie die Aufmerksamkeit mir zu. »Erzähl, wie hat dir das Fest am Samstag gefallen? Seid ihr gut nach Hause gekommen, du und Ben?« Ein Stich durchfährt mich, als sie seinen Namen nennt. Und die Neugier in ihrem Blick ist nicht zu übersehen.

»Doch, doch«, sage ich so neutral wie möglich. »Und es war wirklich ein wunderbares Fest, mit der Liveband und dem Tanz und allem...«

»Aber du und Ben, ihr habt doch nicht getanzt? Ich habe euch zumindest nicht auf dem Tanzparkett gesehen.«

Ich blinzele und spüre, wie der Schweiß unter den Armen klebt. »Nein, wir haben... nicht getanzt«, füge ich hinzu und ziehe den Reißverschluss von meinem Hoodie auf. »Lena ist übrigens mit uns zusammen mit dem Taxi zurück nach Stockholm gefahren«, sage ich, es scheint mir wichtig zu sein, das zu betonen. »Sie wollte nach dem Fest ein paar Freunde in der Stadt treffen.«

Fredrika schaut in ihr Glas und versucht, ein Lächeln zurückzuhalten. »Das habe ich gehört. Wie gut, dass ihr euch das Taxi teilen konntet.«

Ich nicke. Gut und klug. Ich war wirklich aufrichtig erleichtert, als Lena fragte, ob sie mit uns fahren könne. Aber je näher wir der Stadt kamen, desto mehr hätte ich mir gewünscht, sie wäre nicht im Auto gewesen, und ich und Ben hätten den Chauffeur bitten können, uns ans Ende der Welt zu fahren, anstatt nach Hause in unsere jeweiligen Wohnungen. Dass wir einfach der Wirklichkeit hätten entfliehen können. Oder zurück in der Zeit reisen. In der neu erzählten Version unserer Leben hätten wir uns kurz nach diesem Abend wieder getroffen. Ganz oft sogar, bis heute. Wir wären vielleicht sogar...

Es schmerzt in der Brust, und ich lasse den Gedanken los. Es fühlt sich so unerträglich an. Warum nur habe ich wieder in diesen Bahnen gedacht? Ich trinke einen großen Schluck der Limonade.

»Ich habe gesehen, dass ihr euch unten auf dem Steg eine ganze Weile unterhalten habt. Wie geht es Ben eigentlich?«

Ich verschlucke mich fast an der Limonade und bemühe mich, nicht zu husten. Sie hatte es also gesehen? Fredrika Berghs scharfem Blick scheint nichts zu entgehen. »Er scheint sehr viel über die Zukunft von Canavans nachzudenken und war deshalb etwas deprimiert, glaube ich«, antworte ich ausweichend.

Fredrika nickt. »Es ist normal, dass er alles in seiner Macht Stehende tun will, damit das Unternehmen intakt bleibt.«

»Ja, da wurde auf dem Fest wohl einiges diskutiert. Es sieht so aus, als sei eure halbe Familie in die Zukunft von Canavans involviert.« Ich schaue sie von der Seite her an.

»Ja, ich habe bemerkt, dass Marielle sich aufgeregt hat«, antwortet Fredrika nur. Dann dreht sie ihr Glas ein wenig und stöhnt auf. »Ich verstehe nicht, warum ihr Vater sie nicht in Ruhe lassen kann. Es ist jedes Jahr das Gleiche, immer gibt es Streit. Die können sich nicht in einem Raum aufhalten, ohne aneinanderzugeraten. Vielleicht ist es an der Zeit, mit diesen Sommerfesten aufzuhören?«, sagt sie und seufzt erneut, ein dunkler Schatten überzieht ihr Gesicht. »Ich verstehe nicht, dass ich mich immer noch so von ihm angehen lasse.« Sie steckt ihre Hände zwischen die Knie und bekommt eine tiefe Falte zwischen den Augenbrauen.

Ich vermute, sie meint ihren Bruder Marcus und zögere ein wenig. »Ich sollte mich in die Geschichte mit Canavans nicht einmischen, aber ich habe das Gefühl, Ben ist der Meinung, du stündest nicht auf seiner Seite.«

Fredrika schaut auf. »Ja, ich habe es bereits gesagt, wir sind unterschiedlicher Ansicht, und meine Tätigkeit als Mentorin ist davon nicht unberührt. Aber ich bin wirklich auf Bens Seite! Glaub mir!«

Ich neige den Kopf, bekomme nicht richtig zusammen, was sie gesagt hat. »Du bist doch nicht der Meinung, er sollte Canavans behalten?«

Fredrika schüttelt den Kopf. »So habe ich das nicht gesagt. Ich möchte nur, dass er seine Beschlüsse auf der richtigen Grundlage fasst.«

»Warst du nicht in der gleichen Situation wie Ben? Ich meine, du hättest Berghs doch auch um jeden Preis gerettet, wenn du in seiner Situation gewesen wärst?« Ich höre meinen vorwurfsvollen Ton, als ich Bens Worte verwende, ich sollte nicht weitersprechen, aber ich möchte es verstehen.

»Das hätte ich getan«, pflichtet sie mir bei. »Aber genau an diesem Punkt… Ich weiß nicht, ob… Ich hatte nur das Gefühl, dass Canavans für Bens Vater nicht ganz so wichtig war, wie er glaubt. Das ist eher …« Sie hält noch einmal inne. »Nein, ich habe wirklich nicht das Recht, darüber zu reden«, murmelt sie und ist plötzlich ganz erschrocken über das, was sie gerade sagen wollte. »Ehrlich gesagt, ich sollte meine Rolle als seine Mentorin aufgeben. Aber ich bin froh, dass ihr beide offenbar miteinander reden könnt. Ich glaube, er braucht jemanden ….«

Ich schaue verwirrt hinüber zu ihr und fange an, in einem Loch meiner Jeans zu pulen. »Es ist nur nicht so einfach, Freunde zu sein, wenn man einmal…« Sind wir denn Freunde? Eine warme Welle durchströmt mich, wenn ich an unseren Tanz auf dem Bootssteg zurückdenke. Ich weiß nicht richtig, was Ben und ich füreinander sind. Wir haben uns gerade kennengelernt, erneut. Nachdem wir uns zuvor nur einen einzigen Abend gesehen hatten, rufe ich mir ins Gedächtnis. Aber ich frage mich, ob wir jemals Freunde sein können, in der eigentlichen Bedeutung des Worts. Nur Freunde sein können. »Es ist nicht einfach, mit dem anderen Geschlecht befreundet zu sein, wenn man einen Partner hat«, sage ich.

»Dein Freund ist also eifersüchtig auf Ben?« Fredrika scheint überrascht.

»Nein, nein! Er weiß nicht einmal, wer Ben ist. Nur ich habe… Probleme damit.« Ich ziehe an einem der losen Fäden in dem Loch in meiner Jeans. »Aber Ben und ich, wir werden uns vielleicht nicht wiedersehen, wenn wir nicht mehr beide hier herausfahren.« Auf einmal wird mir allzu klar, es gibt keinerlei Grund für uns, noch einmal miteinander zu reden, geschweige denn, uns zu treffen.

Panik erfasst mich, ich versetze mich wieder auf den Bootssteg und spüre die Wärme von Bens Körper. Seine festen Arme um mich. Die Wahrheit ist, ich wünschte, er würde mich nie mehr loslassen. Und wenn er wieder aus meinem Leben verschwindet… Ein scheußliches Gefühl kriecht von meinem Kopf bis zu den Füßen. Allerdings bin ich ja bisher ganz ausgezeichnet ohne ihn zurechtgekommen. Es hat ihn in meinem Leben ja kaum gegeben!

Als Leon gestern Abend von Singö nach Hause kam, wollte ich auch nicht, dass er mich loslässt. Ich wollte das so intensiv, es war ausnahmsweise kein Problem, uns zu lieben. Er schien mich tatsächlich vermisst zu haben, auch wenn ich das erst nicht glauben wollte. Ich war dankbar, in seinen Armen zu liegen, seine Lippen zu spüren. Er sagte, dass er mich liebte, die Worte hallten in mir wie kleine Erdbeben. Ich liebe dich …

Ich liebe dich auch.

Lass es verschwinden, betete ich leise und es gelang mir, alle unzulässigen Gefühle und Gedanken zu verdrängen.

Auf jeden Fall für eine kleine Weile.

War das auch so zwischen Fredrika und Henry?, denke ich plötzlich und schaue sie an, aber sie scheint in ihren eigenen Gedanken zu sein. Dann wird mir klar, das war nicht das Gleiche. Ihre Gefühle für John waren ja nicht verboten, sie wollten ja ein Paar sein. Und nicht sie und Henry.

Aber die Wahrheit ist, ich wollte gestern Abend nicht nur mir selbst beweisen, wie gut Leon und ich es zusammen haben. Ich gab ihm etwas, wie noch nie zuvor. Ich war anders, ungehemmt, mir ganz unähnlich. Es war ein innerer Kampf, aber ich wurde eine andere, weil ich ihm so verzweifelt beweisen wollte, dass ich besser war als sie.

»So warst du noch nie«, sagte Leon hinterher, und ich weiß eigentlich nicht, wie er es fand. Ich murmelte etwas von, ich hätte ihn so sehr vermisst, aber wieder merkte ich, wie die Kontrolle, die ich zu haben glaubte, mir wieder aus den Händen glitt.

Ich schließe die Augen und hole ein paarmal tief Luft. »Als ich das letzte Mal hier war, wurden wir unterbrochen«, sage ich vorsichtig zu Fredrika. »Was passierte eigentlich, nachdem du John erzählt hattest, dass du schwanger warst? Er hatte auch etwas Wichtiges auf dem Herzen, nicht wahr?«

Es zuckt neben Fredrikas Auge, als hätte sie unser Gespräch

darüber vergessen. Dann drückt sie meine Hand beinahe so, als würde sie sich auf eine schwere und beängstigende Reise begeben. »Ja, das hatte er«, sagt sie leise. »Das kann man wirklich sagen.«

KAPITEL 25
Sommer 1968

Fredrika sah, wie Johns Lippen sich bewegten, aber es war, als würde sie nur einzelne Worte hören. Der Rest ertrank in einem immer stärker werdenden Brausen im Kopf. Was sie bisher verstanden hatte, war jedoch mehr als genug, und obwohl sie wusste, dass genau dies passieren könnte, hatte sie sich so ein Szenario in ihren wildesten Fantasien nicht vorstellen können.

»Einen Stern im *Michelin Guide*?«, flüsterte sie. Konnte den ein so abgelegenes Restaurant wirklich bekommen? Sie hatte geglaubt, das Restaurant von Matteos Familie wäre eine kleine spanische Kneipe – eine Taverne, die den Leuten im Dorf einfache Gerichte servierte, und wo heimatlose Katzen umherstreunten. Der Ort, den John in so bunten Farben beschrieb, war offenbar etwas ganz anderes. Es war vornehm und gepflegt, man servierte so exzellente Gerichte, dass die Leute weite Umwege fuhren, um in diesem Restaurant zu essen. Besonders seit sie einen Stern bekommen hatten.

John nickte. »Ja, und das ist auch der Grund, warum sie Personalmangel haben. In letzter Zeit gab es so einen Ansturm von Gästen, dass sie kaum noch nachkommen. Verstehst du, was das für eine Chance für mich ist? Ich werde zu Beginn natürlich nur auf Probe arbeiten können. Ich muss mich beweisen und werde als Küchenhilfe anfangen. In einer Küche wird man nicht direkt Koch. Aber immerhin! Verstehst du, was das bedeutet?« Johns Augen strahlten, und er hüpfte fast auf der Stelle. »Ich werde mit den allerbesten Köchen arbeiten können. Das heißt, ich werde jede Menge lernen. Und wenn sie mich gut finden ...« Sein Lächeln überstrahlte sein ganzes Gesicht, sein ganzes Wesen, er nahm Fredrikas Hand und drehte sie in einer Pirouette, schließlich legte er seine Arme um ihre Taille.

»Das ist wirklich eine große Chance für dich«, konnte sie nur zustimmen. Denn auch wenn er sich hocharbeiten musste, die Voraussetzungen könnten nicht besser sein.

Sie fragte sich nur, warum er diese Informationen mehrere Wochen für sich behalten hatte. Sie ertappte sich dabei, wie sie sich etwas richtig Dunkles und Hässliches wünschte: dass das Restaurant von Matteos Familie so eine Klitsche war, wie sie sich vorgestellt hatte, anstelle von diesem verborgenen Juwel. Da wäre es viel leichter gewesen, John zu bitten, nicht aufzubrechen. Das konnte sie jetzt kaum mehr von ihm verlangen. Die Chance, in Stockholm so einen Job zu bekommen, war gleich null. Diese Diskussion hatten sie schon geführt. Sie konnte nicht zulassen, dass er hier bei ihr blieb und arbeitete, wo er nicht sein wollte, und der Gedanke »was wäre wenn« sich ständig in seinem Kopf drehte. Das würde ihn nur bitter machen und ihr ein schlechtes Gewissen. Eine solche Entscheidung würden sie beide bereuen.

Und dennoch ... Was bedeutete dies für sie beide? Sie schaute ihn mit gelinde gesagt gemischten Gefühlen an. Da rief John aus:

»Du kommst natürlich mit nach Spanien! Du darfst nicht glauben, nicht einen Augenblick, dass ich nicht an dich gedacht hätte, an uns.« Er blies ihr ein paar Strähnen aus dem Gesicht und lächelte. »Ich habe mit Matteo gesprochen, und du bist mehr als willkommen, auf ihrem Hof zu arbeiten. Sie veranstalten Ausritte in die Berge, das wäre eine perfekte Erfahrung für dich. Ein Abenteuer für uns beide! Besser könnten wir es nicht treffen, wir sammeln wertvolle Erfahrungen, wenn wir dann unseren eigenen Hof betreiben.« John sprach immer schneller und lauter. Sein Hals und seine Oberlippe glänzten vor Schweiß. »Wir werden auf jeden Fall zusammen sein, und das ist das Wichtige. Wir werden glücklich sein bis ans Ende unserer Tage, du und ich.« Er drückte schnell und zärtlich seinen Zeigefinger auf ihre Nasenspitze und lachte.

Fredrika war völlig aus dem Gleichgewicht und außerstande, zu antworten. Als John es so vor ihr ausbreitete, klang es tatsächlich ziemlich perfekt. Aber sie fühlte sich auch überfahren: er und Matteo hatten im Prinzip über ihre nahe Zukunft entschieden, ohne dass sie dabei war, auch wenn John das sicher in bester Absicht getan hatte. Fragen türmten sich in ihr auf, ebenso wie die Überlegungen, was dann passieren würde. Nach dem Spanienabenteuer.

»Glaubst du wirklich, dass du danach mit mir zusammen einen Pferdehof betreiben willst? Wenn du erst mal Koch in einem Restaurant bist, mit einem Michelin-Stern…« Er würde natürlich früher oder später zum Koch aufsteigen, vermutlich eher früher als später. Daran zweifelte sie nicht, und dann würde ihn natürlich diese Karriere reizen. Vielleicht für immer.

Und an alldem war Matteo schuld, der John diese Grillen in den Kopf gesetzt hatte. Als Fredrika verstand, was sie gerade gedacht hatte, brannte es in ihr, und sie schämte sich zutiefst. Sie sollte doch nur das Allerbeste für ihren Geliebten wollen.

John strich ihr etwas zerstreut die Haare hinter die Ohren. »Es ist ein wenig zu früh, das vorherzusehen oder zu entscheiden«, sagte er ehrlich. »Der Traum vom Hof ist da. Aber wir wollen uns doch nicht irgendwo in der Pampa niederlassen, bevor wir nicht entdeckt haben, was das Leben wirklich zu bieten hat, oder?«

Sie spürte, wie seine Worte in ihrem Kopf widerhallten. Wenn sie genau zuhörte, dann klang es so, als ob ihr Traum niemals Wirklichkeit werden würde. So hatte es bei ihren bisherigen Gesprächen nicht geklungen. Aber wenn das der Stand der Dinge war, dann fragte sie sich, warum sie ihren Job bei Berghs aufgeben sollte, um mit ihm zu kommen. Erfahrungen als Reitlehrerin hatte sie bereits, sie war auf Strandbacka im Prinzip im Stall und mit Pferden aufgewachsen. Und wenn ihre Pläne mit John nicht mehr aktuell waren... Es durchfuhr sie wie ein Stromstoß.

John schien ihr Zögern zu bemerken. Seine Finger suchten ihre Schläfen, als versuche er, ihre Unruhe und Unsicherheit wegzustreicheln. »Ich weiß, dass du deinen Job bei Berghs nicht besonders magst. Wir werden in Spanien viel mehr Spaß haben als hier, alle beide. Matteo hat mehrere Schwestern, mit denen du zusammen sein kannst. Die Arbeitstage im Restaurant werden lang sein, aber dann hast du ja sie.«

Sie schaute ihn zweifelnd an, kein Jota mehr überzeugt von dem, was er sagte. In ihren Ohren klang es so, als würden sie sich kaum mehr sehen, und sie müsste ihre Zeit mit Matteos Schwestern, die sie gar nicht kannte, verbringen.

»Man muss ein paar Jahre lang hart arbeiten, aber dann...« Johns Hände fanden nun ihren Nacken und ihre Schultern, er massierte die kleinen Muskelverspannungen, die sich von den vielen Arbeitsstunden am Schreibtisch gebildet hatten.

Aber dann ... Dann würde er noch mehr arbeiten, in irgendeinem großartigen Restaurant. Sie war nicht so einfältig, das nicht zu begreifen, und nach Schweden würde er kaum wieder zurückkehren. Paris, London oder New York, das waren die Ziele. Auf jeden Fall nicht Stockholm oder ein Hof in der Pampa.

»Du kommst doch mit mir?«, sagte er auffordernd und beendete die Massage. »Nichts auf der Welt würde mich glücklicher machen. Ich kann nicht mehr hier herumlaufen oder auf der Stelle treten und nur warten, bis du nach Hause kommst. Das verstehst du doch hoffentlich.«

Sie schaute ihn erstaunt an. Auf der Stelle treten? »Ich dachte, du und Matteo, ihr hättet den Tag über genug zu tun. Und wenn er nicht mehr da ist, dann war doch die Verabredung, dass du…« Sie spürte, wie ihre Kiefer sich anspannten. Es hatte keinen Sinn, den Satz zu beenden.

»Wir haben genug zu tun!«, sagte John schnell. »Aber ich warte schon jeden Tag, bis du gnädigerweise von deinem Leben in der Stadt zurückkommst, wenn du verstehst, was ich meine?« Er küsste ihre Finger und Handflächen.

Nein, das verstand sie überhaupt nicht und zog ihre Hände weg. Sie waren irgendwie wieder an der gleichen Stelle wie damals, als sie die Arbeit bei Berghs International angenommen hatte. Als wolle er andeuten, sie hätte ein anderes, feineres und besseres Leben, an dem er nie teilhaben würde – und das machte ihn eifersüchtig. Und, was noch schlimmer war, es schien so, als würde er das nicht ertragen. Als gönne er ihr nicht das Glück und den Erfolg. Seine Wortwahl eben war so absurd, dass sie ihren Ohren nicht traute. *Gnädigerweise?!*

Aber hatte sie ihm andererseits gerade eben auch den Erfolg nicht gegönnt? Sich gewünscht, dass ihm diese Arbeit in Spanien nicht angeboten worden wäre? Sie war um kein Jota besser.

Dennoch wurde sie das Gefühl nicht los, John und sie schienen nicht mehr das gleiche Ziel im Leben zu haben. Ihr gemeinsamer Traum war ihm nicht mehr wichtig, war es vielleicht nie gewesen. Sie wollte nicht die Welt entdecken, oder natürlich wollte sie, aber nicht so, wie er es zu wollen schien. Sie ließ den Blick über die Pferdekoppeln streifen und über den Garten, den Strand und das Schloss auf der anderen Seite des Wassers. All dies liebte sie, und sie wohnte lieber hier als in Spanien oder in einer Metropole. Dorthin konnte man vielleicht in den Ferien fahren. Und sie hatte ihren festen Punkt in Stockholm, ihre Arbeit bei Berghs, die sie *verdiente* – es ärgerte sie, dass sie das vor sich selbst unterstreichen musste. Und *wenn* sie dies alles verlassen sollte, dann wollte sie sicher sein, dass John das Gleiche für sie tun würde. Aber das war sie nicht. Überhaupt nicht.

Als ob es ein Wettbewerb wäre, fiel ihr dann ein. John war gerade die größte Chance seines Lebens angeboten worden – wie kleinlich und egoistisch wollte sie wohl sein? Manchmal musste man sich eben opfern. In guten wie in schlechten Tagen, so hieß es doch, auch wenn sie noch nicht verheiratet waren. Fredrika erstarrte, auf einmal sah sie die ganze Situation. Johns Mitteilung hatte dazu geführt, dass sie das Kind völlig verdrängt hatte, aber jetzt glitt ihre Hand hinunter zu ihrem Bauch. »Ich kann nicht mit dir mitkommen«, flüsterte sie bestürzt. »John, auch ich muss dir etwas erzählen.«

Er hörte ihr mit aufgerissenen Augen zu, als sie von ihrem Besuch bei Doktor Green erzählte, er betrachtete sie mit einem Ausdruck des totalen Schocks. »Und man kann darauf vertrauen, dass er alles richtig beurteilt hat? Vierter Monat, hast du gesagt?« John senkte misstrauisch seinen Blick auf ihre Taille und ihren Bauch.

»Anfang des vierten. Der dritte Monat ist gerade vorbei. Man sieht es noch nicht am Bauch, aber hast du nicht bemerkt, dass meine Brüste größer geworden sind?« Fredrika schielte hinab auf ihren Busen.

»Doch, das hat mich in letzter Zeit noch mehr erregt«, gab er zu und betrachtete sie mit neuen Augen. »Aber der Gedanke, dass du schwanger sein könntest, der kam mir nie. Dir auch nicht, nehme ich an?«

Fredrika schüttelte den Kopf. Sie hatte es nicht verstehen *wollen*. Sie schloss die Augen. Was sollte nun aus alldem werden?

»Du kommst erst recht mit!«, sagte John mit Nachdruck, und sie öffnete die Augen. »Matteo hat doch seine Schwestern, und es gibt sicher jede Menge anderer Verwandte, die helfen und sich um das Baby kümmern können. Wir können uns davon nicht bremsen lassen.«

Sie schaute ihn entsetzt an. »Aber ich möchte nicht, dass irgendwelche fremden Menschen, die ich noch nie gesehen habe, sich um unser Baby kümmern.« John meinte natürlich nicht, dass sie das Kind gleich nach der Geburt weggeben sollte. Oder? Sie hat ihn falsch verstanden. Aber was half das? »Und wenn ich das Kind hier auf die Welt bringen möchte? Wo *meine* Verwandten sind«, sagte sie stattdessen. »Was machen wir, wenn ich in Schweden bleiben will?«

Wenn? Sie legte die Hände auf den Bauch. Nichts wollte sie lieber, in diesem neuen, unsicheren Zustand.

John kratzte sich an den Bartstoppeln. »Ja, du kannst auch hierbleiben, wenn...« Er strahlte beinahe. »Ich werde ja erst mal zur

Probe arbeiten. Es läuft vielleicht nicht so, wie ich gedacht habe. Und wenn es so ist, dann müssen wir uns neu entscheiden.«

»Du willst mich also verlassen ... in diesem Zustand?« Ihre Stimme überschlug sich beinahe, sie machte eine Kopfbewegung in Richtung Bauch. Sie hatte ja keine Ahnung, ob jemand aus ihrer Verwandtschaft bereit wäre.

»Nein, nur vorübergehend. Hör mir zu.« Er legte die Hände auf ihre Schultern, schaute ihr in die Augen. »Ich würde *niemals* dich und unser Kind verlassen. Niemals!« Er schob ihre Bluse nach oben und streichelte vorsichtig die kleine Kugel. »Man sieht es ja tatsächlich ein wenig«, lächelte er. »Stell dir vor, da drinnen ...« Johns Blick glänzte, er schien sprachlos zu sein von Gefühlen, die er nicht laut aussprechen konnte. »Ich verspreche es, ich werde dich nicht verlassen. Du und ich, wir drei – für immer.« Die Überzeugung in seiner Stimme beruhigte sie ein wenig, wenn auch nur für den Moment, sie brachte ein minimales Nicken als Antwort hervor.

»Für immer«, flüsterte sie. Aber sie konnte weder lächeln, noch war sie erfüllt von der gewaltigen Freude, die sie empfinden sollte. Als John einen Moment beiseite blickte, sah sie, dass er es auch nicht war.

KAPITEL 26

Juni 2019

Ich stehe im Wohnzimmer meines Elternhauses und schaue aus dem großen Fenster auf das fast glatte Meer. Versuche zu begreifen, was mein Vater sagt, obwohl es doch nur eine Wiederholung dessen ist, was meine Mutter mir schon gestern Abend am Telefon erzählt hat. »Scheidung? Du und Mama, ihr wollt euch scheiden lassen … Und das habt ihr schon an Weihnachten beschlossen? Ausgerechnet am Heiligabend, als ich bei euch war, da wusstet ihr, dass … Warum habt ihr mir nichts gesagt?« Ich drehe mich um.

Eigentlich sollte ich mich nicht aufregen, ich sollte erleichtert und nicht besonders überrascht sein. Wenn ich an ihre Beziehung zurückdenke, dann fällt mir nur ein, dass es zwischen ihnen nie Umarmungen oder andere Beweise von Zärtlichkeit gab, und ich erinnere mich vor allem an die oft gedrückte Stimmung. Dass sie so lange zusammengeblieben sind, das ist eigentlich unglaublich. Wahrscheinlich hätten sie es nicht tun sollen. Aber ihre Beziehung war mir in den letzten Jahren besser vorgekommen! Es schmerzt mich, als würde ich auf einmal in Gedanken nicht ertragen, das wenige, was von unserer Familie noch übrig war, würde endgültig getrennt werden. Mein Vater sieht sehr traurig aus, er sitzt zusammengesunken in seinem durchgesessenen Sessel. Als trüge er die Sorgen der ganzen Welt auf seinen Schultern. Meine Mutter hingegen klang am Telefon fast fröhlich. Ein riesiger Unterschied zu meinem letzten Gespräch mit ihr.

»Hat Mama die Initiative ergriffen?« Es kommt mir vor, als sei sie auf einmal befreit von dieser Ehe, die sie so niedergedrückt hat. »Wart ihr deshalb in den letzten Monaten so abwesend?«

Der Blick meines Vaters gleitet aus dem Fenster. »Ja«, flüstert er. »Aber es ist eine gemeinsame Entscheidung. Es ist nur so, dass…« Sein Kinn beginnt zu zittern, er zieht rasch das Taschentuch aus der Brusttasche seines Hemdes und drückt es auf Augen und Nase.

Ich knie mich neben ihn. »Aber Mama wollte es mehr als du? Hättet ihr nicht wenigstens noch Mittsommer miteinander feiern können? Ihr wohnt ja noch zusammen.« Als ich hierherkam, bin ich kurz durchs Haus gegangen und habe festgestellt, dass Mutters Sachen noch da sind und die Einrichtung des Hauses intakt ist. »Es ist nicht sehr nett, einfach abzuhauen und dich so hierzulassen. Oder hat sie einen anderen?« Als ich an Livs Geburtstag meinen Vater anrief, da war meine Mutter auch nicht da.

»Nein!« Mein Vater lässt die Hand in den Schoß sinken. »Du darfst nicht böse sein auf deine Mutter. Versprich mir das.«

»Aber es klingt doch so, als ob sie…« Eine Welle des Zorns steigt auf einmal in mir hoch, und ich stehe schnell auf. »Warum verteidigst du sie? Was auch immer zwischen euch ist, ihr schließt euch doch immer zusammen.« *Gegen mich*, denke ich verletzt.

»Das stimmt doch nicht ganz«, sagt mein Vater. »Und mit deiner Mutter, es ist wirklich nicht so, wie du glaubst.«

»Wie ist es denn?«

Das Kinn meines Vaters beginnt zu zittern, ich sehe Angst in seinem Blick, er weicht meinem aus. »Sei bitte nicht böse auf sie«, fleht er.

Ich verdrehe die Augen und seufze, aber dann knie ich mich wieder neben ihn. Streichle mit der Hand über seine Knie. In dieser Situation scheint es mir nicht richtig, mich gegen ihn aufzulehnen. »Ich fahre jetzt zu Livs Grab, möchtest du mitkommen? Und ich kann auch wieder herkommen und dir Gesellschaft leisten, wenn du das möchtest? Ich muss nicht nach Singö fahren.« Leon wäre allerdings nicht erfreut, wenn ich mich plötzlich anders entscheiden würde. Er war schon ärgerlich, weil ich ausgerechnet heute zu meinem Vater fahren wollte, um zu schauen, wie es steht – an Mittsommer –, obwohl es auf dem Weg liegt. An diesem besonderen Tag besuche ich immer das Grab meiner Schwester.

Mein Vater schüttelt den Kopf. »Deine Mutter und ich, wir waren gestern am Grab. Und natürlich fährst du mit Leon nach Singö.«

»Aha, ihr wart immerhin zusammen am Grab? Sehr gut!« Erleichterung durchströmt mich. »Bist du sicher, dass ich nicht bleiben soll?« Es fällt mir wirklich schwer, meinen Vater in diesem betrüblichen Zustand allein zu lassen, und sie haben mir beide gefehlt – auch wenn diese Sehnsucht offenbar nicht auf Gegenseitigkeit beruhte.

Er wedelt mit der Hand. »Nein, warum solltest du? Du feierst doch immer mit Leon und seinen Eltern. Und ich habe Erdbeeren und Sahne und alle möglichen Köstlichkeiten, die du für mich besorgt hast.« Er schaut Richtung Küche, wo ich die Einkaufstasche abgestellt habe, als ich kam. »Es wird mir an nichts fehlen.«

Es kann einem ja an anderen Dingen fehlen, fährt es mir durch den Kopf. Ich habe zwar immer mit Leon und seinen Eltern gefeiert, aber schon heute Morgen hatte ich beim Gedanken, nach

Singö zu fahren, ein komisches Gefühl. In der vergangenen Woche war die Stimmung zwischen mir und Leon etwas angespannt. Als ob unser intimes Zusammensein am Sonntagabend nie stattgefunden hätte. Es fing damit an, dass keine der Wohnungen, die wir letzten Montag angeschaut hatten, uns gefällt, nicht einmal die in der Hälsingegatan, auf die Leon so sehr gehofft hatte. Ich konnte nur denken: Gott sei Dank. Gott sei Dank, bekomme ich noch Zeit zum Nachdenken. Dann erfassten mich Gewissensbisse, und ich versuchte, meine Gedanken zu kompensieren, indem ich die beste Freundin der Welt spielte. Und ehrlich gesagt, nicht nur deshalb... Aber Leon war dafür nicht zugänglich. Letzten Mittwoch war er außerdem mit einigen Lehrerkollegen essen, sie feierten, dass das Schuljahr vorbei war. Er kam erst weit nach Mitternacht nach Hause, was derzeit ausgesprochen ungewöhnlich für ihn war.

Ich nehme an, ich sollte mich freuen, dass er Spaß hatte, mit mir will er es sich immer nur zu Hause gemütlich machen. Und er erzählte nichts von diesem Abend.

Was Ben wohl heute macht? Und Fredrika? Mittsommer ist ein Tag, an dem es fast tabu ist, allein zu sein, ich ahne jedoch, dass viele es sind. Nicht zuletzt Fredrika. Seit ich das letzte Mal bei ihr war, habe ich sehr viel an sie gedacht – oder genauer, an die junge schwangere Fredrika. Oje, wie sehr kann ich mit ihr fühlen und mir vorstellen, in welch schwieriger Situation sie war.

»Fahr jetzt«, sagt mein Vater und reißt mich aus meinen Gedanken. »Ich will dich nicht wegschicken, aber wenn ihr einigermaßen frühzeitig ankommen wollt, wird es jetzt Zeit.«

Ich schaue auf meine Uhr und weiß, er hat recht. Leon wird

mich am Friedhof in Vaxholm abholen, sechs Kilometer weit weg, in weniger als einer Stunde, und ich muss noch irgendwie dorthin kommen. Und ich möchte nicht gestresst sein, wenn ich das Grab meiner Schwester besuche. »Melde dich, wenn du dich anders entscheidest oder sonst etwas auf dem Herzen hast. Ansonsten rufe ich dich morgen an. Pass auf dich auf, Papa.« Ich streiche ihm über den Rücken und spüre wieder ein schlechtes Gewissen, ihn so allein zu lassen. Aber es schmerzt mich immer noch, dass er und Mutter in letzter Zeit so distanziert gewesen sind, und ich finde es merkwürdig, dass sie mir nicht schon früher von der Scheidung berichtet haben. Ich hätte es vielleicht verstehen können.

* * *

Ich lege den Strauß mit Wiesenblumen neben den Grabstein meiner Schwester, die Scherbe in meiner Brust bohrt sich immer tiefer. Ich entferne mich ungern von dem Grab, drehe mich noch einmal um und verlasse dann den Friedhof, der von einem schmiedeeisernen Zaun umgeben ist. Es fällt mir immer schwer, hier wegzugehen, es ist, als würde ich Liv verlassen. Als ich mich der Kirche nähere, die direkt neben dem Friedhof liegt, erklingen von dort klare schöne Mädchenstimmen. Wie der Chor, in dem auch Liv gesungen hat, ich muss ein vages Gefühl von Trauer und Nostalgie unterdrücken. Auf einem Schild vor der geöffneten Kirchentür lese ich, dass später ein Mittsommerkonzert stattfinden wird, und ich vermute, der Mädchenchor probt dafür. Irgendwie klingt der Gesang auch wie eine Huldigung an meine Schwester, an ihr Leben. Als würde er mich rufen.

Ich schaue auf die Straße. Leon hat gerade angerufen und mitgeteilt, dass er gleich in Vaxholm ist, aber ich sehe ihn noch nicht, deshalb betrete ich die Kirche. Ich bleibe in dem hohen, gewölbten Kirchenschiff stehen. Dann sehe ich, wer den Chor leitet, und bin so erstaunt, dass ich auf eine der hinteren Kirchenbänke sinke. Der Chor schweigt, und die Chorleiterin sagt, dass sie eine kleine Pause machen. Als die Mädchen verschwunden sind, kommt die Chorleiterin den Mittelgang herab, ihre weite Tunika flattert um ihren Körper. Sie lächelt breit, als sie mich erreicht.

Jill.

Freudig, zugewandt. Genau wie früher.

»War es okay, dass ich mich hereingeschlichen habe?«, frage ich und stehe auf, um sie zu umarmen. »Der Gesang war so wunderbar, dass ich nicht widerstehen konnte und in die Kirche kommen musste, um zuzuhören.«

»Natürlich ist das okay, ich habe zuerst gedacht, ich sehe nicht recht.« Sie schiebt mich ein wenig von sich weg, um mich ordentlich anzuschauen, dann lässt sie los. »Ich freue mich so, dich zu sehen! Es ist lange her.«

Ich nicke. Es ist ewig lange her, und das hat Jill wohl auch gemeint. »Ich hätte nicht gedacht, dass du immer noch Chöre in der Kirche leitest. Vor ein paar Jahren hat jemand gesagt, du würdest jetzt … kommerziellere Sachen machen.« Mein Blick pendelt zwischen Jill und dem Altarbild, das den guten Hirten darstellt. Als wäre es fast Gotteslästerung, so etwas in der Kirche zu sagen.

Sie bricht in ein klingendes Lachen aus. »Das stimmt, und ich mache auch noch alles Mögliche andere. Ich bin ja freischaffende Musikerin. Mir haben die Kinder hier in der Kirche so sehr gefehlt, ich musste einfach zurückkehren, und das habe ich keine Sekunde bereut. Ich wünschte nur, der Tag hätte mehr Stunden – und ich könnte mich klonen, um alles zu schaffen.« Jill lächelt immer noch, aber dann schaut sie mich ein wenig nachdenklich an. »Wie kommt es denn, dass du heute hier bist, ist das Zufall?«

»Heute ist der Todestag von Liv, ich war gerade an ihrem Grab.« Ich mache eine Geste zu den großen Kirchenfenstern.

Jill schaut einen Moment in die gleiche Richtung, ihr Blick ist voller Mitgefühl. »Aha, ich verstehe. Ich erinnere mich, dass es um diese Zeit war, aber Liv lag ja die ganze letzte Zeit im Krankenhaus, ich kenne also den genauen Tag nicht.«

Ich schüttele ein wenig den Kopf, ich erwarte weder von Jill oder sonst jemandem, dass sie sich an das Datum erinnern.

Jill streichelt meine Hand. »Ich möchte dir sagen, wie sehr ich Liv vermisse. Sie war ein so fantastisches Mitglied dieses Chors!«

»Ja, ihre Stimme hatte wirklich etwas Besonderes«, stimme ich zu.

Jill betrachtet mich mit einem abwartenden Lächeln. »Ich dachte eigentlich mehr daran, wie Liv als Person war. Sie unterstützte immer alle im Chor und achtete darauf, ob alle mitkamen, auch wenn sie solo sang. Mit ihr wurde der ganze Chor besser, und die Stimmung war nie wieder so gut.«

»Wirklich?«, sage ich, obwohl ich nicht erstaunt sein sollte. Liv unterstützte ja auch mich, egal wobei. Alle, die durch die Musik mit Liv in Kontakt gekommen sind, betonen, was für eine unglaubliche Stimme sie hatte, und nicht, was für ein guter Mensch sie war, obwohl auch das mich freut.

»Sie wäre wirklich eine gute Chorleiterin geworden.« Jill zupft etwas an ihrer Tunika. »Du weißt doch, sie wollte das machen, wenn sie etwas älter war, sie fragte mich immer über meine Arbeit aus. Hat sie dir von diesen Plänen erzählt?«

Ich streiche mir mit den Fingern über den Haaransatz. »Wie, hat sie darüber nachgedacht, Chorleiterin zu werden? Nein, nie, und ich bin ziemlich sicher, sie hatte sich auf eine Solokarriere eingestellt. Sie war sehr selbstbewusst, was ihren Gesang anging, obwohl sie noch so jung war.«

Jill bohrt mit ihrer Birkenstocksandale in den dunkelgrünen Teppich im Altargang. »Ich glaube, vor allem deine Eltern sahen sie als Solosängerin. Liv mochte das nicht wirklich«, sagt sie bestimmt und schaut mich an.

Ich sperre die Augen auf. »Wirklich nicht? Aber sie ist doch so oft alleine aufgetreten!« Da irrte Jill sich, oder? Und dass Liv gerne Chorleiterin geworden wäre, das ist doch eine Projektion von ihr. Nicht, dass Chorleiterin ein schlechter Beruf wäre, aber das hat man doch nicht als Ziel im Leben, wenn man sechzehn ist.

Das Thema scheint Jill auf einmal unangenehm zu sein, und sie windet sich ein wenig. »Doch, sie war vor einem Auftritt immer sehr nervös und sagte jedes Mal, sie würde es nicht noch einmal tun. Und dann machte sie es doch.« Jill steckt ihre Hände in die großen Außentaschen der Tunika, und ich sehe, wie sie den Stoff zusammendrückt. »Ich bin auch immer nervös, wenn ich Solo singen soll, das geht wohl allen so. Vielleicht habe ich das mit dem Wunsch deiner Eltern auch falsch verstanden.«

Ich schaue sie ein paar Sekunden lang an, weiß weder ein noch aus. Dann strecke ich eine Hand aus und berühre vorsichtig ihren Oberarm. »Wie schön, dass du über Liv gesprochen hast.

Besonders heute. Und nicht nur, weil es ihr Todestag ist, sondern auch …« Ich fühle einen Druck auf der Brust, als ich an die bevorstehende Scheidung meiner Eltern denke. »Bevor ich hierherkam, habe ich etwas erfahren, oder eigentlich schon gestern Abend, das …« Ich presse die Lippen zusammen. »Es sollte mir vielleicht nicht so viel ausmachen – ich bin selbst erstaunt über meine Reaktion –, aber es wurde irgendwie so deutlich, dass nichts im Leben Bestand hat.«

Jill schaut mich an, als verstünde sie genau, was ich meine, ohne dass ich es weiter ausführe. Dann zieht sie mich spontan in ihre warmen Arme. Ich versinke in einem blumigen Duft, ähnlich wie dem von Fredrika, und spüre Jills Herzschlag ganz nah. Sie lässt mich los, und mir fällt etwas ein:

»Ich nehme an, dass du keinen Kontakt mit Freja hast? Warum solltest du, nach so langer Zeit?« Freja war in den letzten Jahren von Livs Leben ihre beste Freundin, und sie sang auch in Jills Chor. Seit Livs Tod habe ich sie weder getroffen noch mit ihr gesprochen.

Jill strahlt und schlägt die Hände zusammen. »Doch, habe ich! Freja hilft mir, meinen neuen Alle-können-singen-Chor zu leiten, mit dem wir montags in der Kirche proben.«

Ich hole tief Luft. »Ist das wahr?! Wir haben den Kontakt verloren, als Liv starb. Ich weiß nicht, warum, aber wir sind einander ausgewichen.«

»Das kommt häufig vor, glaube ich«, sagt Jill verständnisvoll.

»Ja, vielleicht, aber es ist trotzdem traurig. Freja hat Liv so viel bedeutet, und sie war so lieb mit ihr, als sie krank wurde.«

Jill schaut mich nachdenklich an und legt den Kopf schräg. »Möchtest du nicht in unserem Chor mitsingen? Wir brauchen

Leute. Es ist wie gesagt ein Alle-können-singen-Chor, ohne jeden Anspruch, du brauchst also nicht nervös zu sein«, fährt sie beruhigend fort.

Ich hebe und senke die Augenbrauen. »Nun ja, also ... Ich würde gerne Freja wiedersehen, und natürlich auch dich, aber das Singen gehörte zu meiner Schwester.« Das scheint mein ewiges Mantra zu sein, aber es ist ja wahr.

»Aber du kannst es doch auch für dich entdecken?« Jill scheint nicht richtig zu verstehen, was ich meine. Als die Mädchen aus ihrem Chor wieder in die Kirche kommen, informiert sie mich über die praktischen Details: »Montags um sieben ist Probe, und wir machen noch bis Mitte Juli weiter, dann ist Sommerpause, komm doch einfach nächste Woche. Also, wenn du Lust hast. Ich will dich nicht unter Druck setzen. Aber Freja würde sich bestimmt sehr freuen, wenn du auftauchen würdest. Und ich natürlich auch!« Sie lächelt mich an und schaut hinüber zu den Mädchen, die sich in der Kirche wieder aufgestellt haben. »Wir müssen jetzt weiterproben.«

Ich drehe eine Haarlocke um den Finger, fühle mich gespalten. »Vielleicht komme ich einmal zur Probe«, sage ich, als Jill den Altargang hinaufgeht.

Sie strahlt. »Das kannst du gerne machen, ich wünsche dir ein schönes Mittsommerfest.« Sie winkt mir zu, dreht sich dann um und geht davon.

»Dir auch ein schönes Mittsommerfest«, rufe ich ihr nach, dann lasse ich sie und den Chor hinter mir.

Als ich aus der Kirche trete und mein Handy heraushole, sehe ich, dass ich mehrere Anrufe von Leon verpasst habe. Im nächsten Moment hupt ein Auto auf der Straße. Ich laufe hinaus und steige in das Auto ein, das Leon gemietet hat, weil er seinen neuen Audi immer noch nicht bekommen hat.

»Wo warst du so lange?«, sagt er in vorwurfsvollem Ton und fährt los, erheblich schneller als erlaubt. »Ich habe doch angerufen und gesagt, dass ich gleich da bin. Das war vor mindestens einer Viertelstunde.«

»Ja, ich weiß! Entschuldige.« Ich beuge mich zu ihm und gebe ihm einen Kuss auf die Wange. »Ich bin auf einen Sprung in die Kirche gegangen und habe dort Livs ehemalige Chorleiterin getroffen. Ich habe sie ewig nicht gesehen und wollte gerne kurz mit ihr reden. Ich habe total die Zeit vergessen.«

Leon schaut mich frustriert von der Seite her an. »Das kann man wirklich so sagen. Wir kommen viel zu spät nach Singö.«

Ich runzele die Stirn. »Eine Viertelstunde hin oder her spielt wohl keine Rolle? Es war so schön, jemanden zu treffen, der Liv kannte. Und weißt du was …?« Ich muss schlucken und frage mich, auf was ich mich da eingelassen habe, aber der Gedanke, schon am Montag wieder in die Kirche zu gehen und Jill und Freja zu treffen und in ihrem Chor zu singen, muntert mich richtig auf. »Ich werde vielleicht hier draußen in einem Chor singen.«

»Du willst in einem Chor singen?« Leon klingt skeptisch.

»Ich möchte es auf jeden Fall versuchen. Wieso, ist das so merkwürdig?«, frage ich und spüre, wie meine Begeisterung abnimmt.

Er kratzt ein wenig mit den Nägeln am Steuerrad. »Du musst doch nicht Liv nachmachen. Das Singen war doch ihr Ding«, sagt Leon, genau das, was ich vorhin zu Jill gesagt habe.

»Ja, aber das ist so ein Alle-können-singen-Chor, in dem jeder mitsingen kann, es geht also nicht darum, sie nachzumachen.«

Auch ich habe gemischte Gefühle in der Sache mit dem Chor, aber dennoch spüre ich eine wachsende Irritation in mir aufsteigen. Und es wird nicht besser, als er fortfährt:

»Außerdem ist wie gesagt schon der halbe Mittsommertag vorbei. War es wirklich nötig, dass du heute zu deinem Vater gefahren bist?«

Ich unterdrücke einen Seufzer. »Bist du da immer noch dran? Ja, es war nötig, nach dem Gespräch von gestern mit meiner Mutter. Man erfährt schließlich nicht jeden Tag, dass die Eltern sich scheiden lassen. Außerdem wollte ich auf jeden Fall zum Friedhof.«

»Und das musst du vielleicht auch nicht jedes Jahr machen? Also, unbedingt an diesem Tag«, fügt Leon noch schnell hinzu, legt seine Hand auf meine, streichelt sie ein wenig.

Mein Puls steigt, und ich starre stumm auf seine Finger auf meiner Haut. »Es ist ja wahrlich nicht so, dass der Todestag jedes Jahr mit dem Mittsommertag zusammenfällt, es sollte also kein so großes Problem für dich sein. Und du warst doch immer…« Ich stocke ein wenig. »Du warst doch immer auf meiner Seite, wenn es um Liv geht.«

»Ich bin immer auf deiner Seite, bei allem!«

Ich schaue ihn misstrauisch an. »Okay, aber was meinen Vater betrifft, ich bin froh, dass ich ihn besucht habe. Er war sehr niedergeschlagen. Es ist kein gutes Gefühl, ihn den ganzen Mittsommertag alleine zu wissen.«

»Das kann ich verstehen, aber warum musst du für ihn da sein, wenn weder er noch deine Mutter jemals für dich da waren?«

Dieses Mal treffen seine Worte mich direkt ins Herz, und ich ziehe meine Hand weg. *Jemals* ist wohl nicht ganz richtig, denke ich, obwohl er teilweise recht hat. Und doch verstehe ich nicht, wieso er so gefühllos ist und ausgerechnet jetzt darauf hinweist.

»Du hast dich oft schlecht gefühlt wegen ihnen«, erinnert er mich, wie so oft. Das ist fast schon wie ein Mantra. Vielleicht eine sich selbst erfüllende Prophezeiung? Allerdings ist es ja nicht Leons Fehler, dass ich mich schlecht gefühlt habe.

Ich muss schlucken. »Ja, ich weiß, aber es ist die einzige Familie, die ich habe und zu der ich mich verhalten muss, und jetzt wird es sie nicht mehr geben.« Zumindest nicht in dieser Form, denke ich, und es ist schwer, das einfach so zu akzeptieren. Kann er das nicht verstehen?

»Das ist überhaupt nicht wahr. Du hast unsere Familie. Die hast du irgendwie immer gehabt.« Leon wirkt verletzt.

»Dafür bin ich auch sehr dankbar, aber darum geht es hier nicht.«

Leon streicht mir wieder über die Hand, als habe er nicht gemerkt, dass ich sie gerade weggezogen habe. »Ich möchte nur nicht, dass ihre Scheidung dich herunterzieht. Es ist dir im Lauf der Jahre schlecht genug gegangen. Und ich sage das alles, weil du mir wichtig bist. Aber entschuldige«, sagt er nach einer kleinen Weile, »vielleicht habe ich mich eben ein wenig hart ausgedrückt.«

»Es *hat* mich traurig gemacht«, sage ich, aber ich bin froh, dass er wenigstens um Entschuldigung bittet.

Er drückt meine Hand. »Alles wird gut. Du hast dich doch oft gefragt, warum sie zusammenbleiben. Aber können wir das alles nicht vergessen und ein richtig schönes Mittsommerfest feiern?«

Ich nicke, aber etwas Hartes zieht sich um mein Herz zusammen. Als wir an der Abfahrt vorbeikommen, wo man nach Resarö abbiegt, bekomme ich einen merkwürdigen Impuls, ich möchte aus dem Auto springen und nach Hause zu Vater laufen, anstatt mit nach Singö zu kommen.

KAPITEL 27

»Erzähl schon … ich war ja einverstanden, dass du unbedingt nach Långholmen fahren wolltest, um zu baden, weil das letzte Mal schon sehr lange her ist, aber wohin gehen wir jetzt? Wollen wir nicht heimfahren? Du benimmst dich etwas merkwürdig, Ella.« Josefin ist unten an der Treppe zur Pålsundsgatan auf Södermalm stehen geblieben, sie schaut zurück auf den Söder Mälarstrand und Långholmen, die Insel, die wir gerade hinter uns gelassen haben.

Ich schiebe die Henkel der Strohtasche mit den Badekleidern auf die Schulter und gehe die Treppe nach oben. »Ich will nur noch den Sonnenuntergang vom Skinnerviksberget aus sehen. Der ist einzigartig, das weißt du doch? Kann man immer wieder anschauen.« Heute Abend sind die Voraussetzungen für einen Sonnenuntergang, den man nicht vergessen wird, wirklich gut. Es ist völlig windstill, keine Wolke ist am Himmel zu sehen. Schon jetzt ist Stockholm in ein magisches Abendlicht gehüllt, wie eine Art durchsichtige, verzaubernde Watte.

Josefin geht ein paar Schritte hinter mir. »Aber müssen wir das an einem ganz normalen Werktag erleben? Ich habe gedacht, wir nehmen nur ein kurzes Abendbad …«

»Was spielt es für eine Rolle, ob es ein Werktag ist?«, frage ich mit erhobener Augenbraue. »Aber du kannst nach Hause fahren, wenn es dir zu spät wird. Kein Problem.« Ich sage das überhaupt nicht mit einem Unterton, und ich meine es wirklich so. Vielleicht hätte ich diesen Ausflug alleine machen sollen? Das wäre einfacher gewesen.

Josefin folgt mir. »Nein, natürlich komme ich mit. Ich muss ja morgen früh wirklich nicht als Erste im Büro sein. Ich würde am liebsten gar nicht hingehen. Aber du bist ja sonst nicht so spontan. Ich erkenne dich fast nicht wieder.«

»Man kann sich doch verändern?«, sage ich. Als wir oben an der Treppe angekommen sind, bleibe ich stehen. »Du weißt ja, ich fand es völlig richtig, dass du bei deiner Arbeit gekündigt hast, und ich verstehe auch, wie anstrengend es sein wird, bis du ganz aufhören kannst. Nach so einer Ankündigung ist die Stimmung oft nicht die beste.« Ich beuge mich vor und hebe ihre langen, nassen Haare hoch, sie sind ihr über die Schultern gefallen und machen das Kleid vorne nass.

Josefin schaut herunter, beugt sich dann zur Seite und drückt mit beiden Händen das Wasser aus den Haaren. »Ehrlich gesagt, das Schlimmste war, es meiner Mutter zu erzählen. Vor allem, als ich sagte, ich hätte noch keinen richtigen Plan für die Zukunft, außer mich vielleicht noch einmal auf die Schulbank zu setzen.«

»Hast du darüber nachgedacht?«, frage ich dann.

»Vielleicht, aber meine Mutter hat jetzt ein anderes Thema, sie kann sich auf die Scheidung deiner Eltern konzentrieren.« Josefin schaut mich unsicher von der Seite her an. »Bist du deshalb heute Abend so ... anders als sonst?«

Ich schaue sie etwas perplex an. Bin ich das? »Nein, eher im Gegenteil«, sage ich dann. Ich lasse die Schultern hängen, wenn ich nur daran denke. »Weiß deine Mutter mehr über die Scheidung? Ich habe das Gefühl, dass meine Mutter die Initiative ergriffen hat, aber mein Vater streitet das ab.«

»Nein, ich weiß quasi nichts«, antwortet Josefin. »Unsere Mütter saßen am Mittsommerabend lange in der Küche und haben geredet, aber da war ich mit meinen Freunden draußen auf dem Balkon. Und dann ist sie am nächsten Tag zu deinem Vater zurückgefahren.«

»Ja, ich weiß, ich habe ihn angerufen. Vielleicht überlegen sie es sich noch einmal?«, sage ich, und schon ist es mir leichter ums Herz. »Ich meine, sie wohnen ja immer noch zusammen, obwohl sie vor ungefähr einem halben Jahr entschieden haben, sich scheiden zu lassen.«

»Das klingt so, als würdest du es hoffen?« Josefin schaut mich aufmerksam an. »Ich weiß wirklich nicht … Bitte versteh mich nicht falsch, aber deine Mutter sah sehr mitgenommen aus.«

»Mein Vater auch!« Ich bleibe einen Moment stehen und schaue Josefin an. »Das wundert mich irgendwie. Sie haben vor langer Zeit beschlossen, sich zu trennen, und immer noch keinen Schritt für eine Scheidung unternommen, warum machen sie es dann?«

»Tja, du …« Josefin legt ihren Arm um mich. »Aber du weißt vielleicht nicht alles. Richte dich auf eine Scheidung ein, sicherheitshalber.«

Ich weiß, sie sagt das, um nett zu sein, und damit ich später nicht allzu enttäuscht bin, aber mir wird das Herz schwer. »Ich weiß ehrlich gesagt nicht richtig, warum ich das mit der Scheidung so schrecklich finde. Wir sind ja wohl kaum die perfekte Familie.«

»Aufbrüche und Veränderungen sind immer anstrengend, wie richtig sie auch sein mögen. Aber Leon und du, ihr hattet doch einen schönen Mittsommerabend? Es klang zumindest so, als du davon erzählt hast.« Sie beugt sich vor und schaut mir in die Augen.

Ich schaue etwas unsicher. »Doch, es war sehr schön, gut geplant. Einen Heringslunch, als wir nach Singö kamen, später Grillen auf der neuen Veranda im Sonnenuntergang. Dazwischen Spiele und nicht zu viel Alkohol, nicht zu viel von allem...« Sogar nicht zu viel Lachen, weder zu viel noch zu wenig, denke ich noch. Nein, meine Güte, jetzt bin ich aber ungerecht!

»Nicht zu viel von allem?«, wiederholt Josefin langsam und lässt ihre Arme sinken. »So wie du es sagst, klingt es wie ein Schimpfwort.«

Ich atme tief ein und lasse die Luft langsam ausströmen. »Ich weiß, dass ich ein Glückslos gezogen habe. Was hätte ich gemacht ohne Leon und seine Eltern, als Liv starb? Aber muss ich...« *Muss ich deswegen auf ewig in ihrer Schuld stehen und dankbar sein*, gestatte ich mir zu denken. Leon scheint dieser Meinung zu sein. »In letzter Zeit hat es sich oft so angefüllt, als... Als würde ich alles tun, damit es zwischen Leon und mir gut läuft, aber egal, was ich mache, es klappt nicht.« Ich denke zurück an den Sonntagabend vor knapp einer Woche und bekomme schlechte Laune. »Es ist, als würden wir uns nicht mehr verstehen und auch nicht mehr erreichen. Ich frage mich manchmal, wo mein bester Freund abgeblieben ist? Den gibt es irgendwie nicht mehr.«

»Vielleicht, weil ihr jetzt ein Paar seid?«, flicht Josefin ein, sie scheint jedoch selbst nicht an diese Erklärung zu glauben.

»Oder wir haben zu viel gemeinsame Geschichte. Er muss sich seit ich weiß nicht wie vielen Jahren die Probleme mit meinen Eltern anhören. Kein Wunder, dass er es irgendwann überhat.«

Josefin schaut bekümmert drein. »Aber ihr könnt doch immer noch über alles reden. Oder soll das heißen ...? Willst du Schluss machen?« Einen Moment lang sieht sie erschrocken aus. Dann fügt sie hinzu: »Ich bin auf jeden Fall an deiner Seite.«

Mein Magen verkrampft sich. »Nein, darüber habe ich noch nicht einmal nachgedacht!«, rufe ich heftig aus, mein Blick wandert über die Häuserfassaden, vor denen ich stehen geblieben bin. »Es ist irgendwie, als würde er mich nicht mehr froh machen.« Oder als wäre ich ihm nicht mehr wichtig, denke ich im Stillen. Im Auto auf dem Weg nach Singö an Mittsommer war er richtig gemein. Das blieb wie ein Dorn in mir, das ganze Wochenende. Und ich frage mich, ob ich *ihn* wirklich glücklich mache.

Josefin drückt meine Schultern. »Ich weiß nicht so recht, was ich sagen soll, um dir zu helfen, aber es klingt nicht sehr gut. Du sollst nicht unglücklich sein. Und warum stehen wir eigentlich hier?«, sagt sie dann erstaunt.

»Weil ...« Mein Blick ist an einem offenen Fenster ein paar Stockwerke weiter oben hängengeblieben. Schnelle Tanzmusik strömt heraus, mein Herz fängt heftig an zu schlagen. Vielleicht ist Ben jetzt dort oben? Vielleicht gehört das Fenster zu seiner Wohnung. Er hat gesagt, dass er in der Heleneborgsgatan wohnt, und ich konnte mir nicht verkneifen, nachzuforschen, in welcher Hausnummer. Ich weiß also, dass er in diesem Haus wohnt.

»Ella!«

Ich schüttele den Kopf. »Entschuldige, ich war in Gedanken. Komm jetzt, damit wir den Sonnenuntergang nicht verpassen.« Ich fasse Josefin unter dem Arm und ziehe sie mit mir weg. Aber plötzlich habe ich das Gefühl, meine Beine und Füße wären aus

Blei. Als wir ein paar Meter gegangen sind, schaue ich zurück auf Bens Haus. Ich will eigentlich nicht mehr auf den Skinnarviksberg hinaufgehen.

Ich hatte doch wohl nicht gehofft, dass Ben ausgerechnet heute Abend auch auf dem Hügel sein würde, ausgerechnet heute Abend, wo ich den Sonnenuntergang von dort sehen will? Ich bin doch wohl nicht deswegen mit Josefin in seinen und meinen Fußspuren gegangen, weil ich gehofft hatte, ihn zu treffen? Ich wollte es einfach wiederholen, weil ... Ja, warum? Was mache ich eigentlich? Das hier ist allmählich das Dümmste, was ich je getan habe.

»Warte!« Ich fasse Josefins Arm, damit sie stehen bleibt. »Ich war nicht ganz ehrlich zu dir. Es gibt einen Grund, warum ich den Sonnenuntergang von dem Berg aus sehen will, und warum wir auf Långholmen baden waren. Erinnerst du dich, als wir achtzehn waren und ich aus Gröna Lund abgehauen bin? Erinnerst du dich, dass ich damals einen Jungen getroffen habe?«

»Ja ...«, sagt Josefin leise, mit einer Falte zwischen den Augenbrauen. »Du hast dich quasi auf der Stelle in ihn verliebt. Aber ihr habt nie wieder etwas voneinander gehört?«

»Genau. Und ich glaube, ich habe es nie erzählt, aber er und ich haben genau diesen Spaziergang gemacht, den wir jetzt gegangen sind. Ich wollte es einfach noch mal erleben, weil ...« Auf einmal versagt mir die Stimme. »Ich habe ihn tatsächlich wiedergetroffen.« Ich zeige auf eine Bank ein Stück weiter weg, da setzen wir uns hin. Dann erzähle ich ihr von dem Treffen mit Ben auf dem Verlagsfest vor einigen Wochen, und dass wir uns danach immer wieder auf Strandbacka gesehen haben. Ich erzähle von seinem Handy, das gestohlen wurde, und dass wir einander gestanden haben, wie viel uns diese Stunden damals bedeutet haben.

Josefin bekommt immer größere Augen. »Aber da ist doch nichts zwischen euch, jetzt?«, fragt sie schließlich. »Oder ist etwas vorgefallen?«

Ich denke an das Gespräch zwischen Ben und mir auf Fredrikas Bootssteg beim Sommerfest und dem Tanz. Als meine Vernunft mir riet, nicht mit Ben zu tanzen, ich aber nicht widerstehen konnte, ihm so nah zu sein, und dass ich es danach immer wieder sein wollte. Und ich habe mich ja nicht nur in diesem Moment zu ihm hingezogen gefühlt. Es ist so, seit wir uns wiedergesehen haben. Aber es geht um mehr als um Anziehung, es geht darum, wie ich mich fühle, wenn ich mit ihm zusammen bin. Wie ein anderer Mensch. Mehr wie ich selbst. Das verstehe ich jetzt.

Obwohl nichts zwischen uns passiert ist, nicht so, wie Josefin es meint – und das wird auch nicht geschehen. Wir haben seit dem Fest nichts voneinander gehört, das war vor über einer Woche. Und falls Ben sich mit Fredrika auf Strandbacka getroffen haben sollte, so hat er mich jedenfalls nicht kontaktiert und gefragt, ob ich mitfahren will. Und das ist auch gut so.

Es gibt mir einen Stich, aber ich versuche, es zu übersehen.

Ich hatte nur geglaubt und gehofft, dass mehr Zeit zusammen mit Leon alle Gedanken an Ben verschwinden lassen würden. Aber das war überhaupt nicht so. Eins ist auf jeden Fall sicher: Ich werde mit den sozialen Medien aufhören. Nicht nur, weil ich noch einmal das Instagramkonto von dieser Hanna besucht habe, um zu sehen, ob es da noch mehr Bilder mit Leon gibt. Ich weiß, wozu solche Handlungen und Gedanken führen können, sie können einen auf geradem Wege in den Wahnsinn treiben. Aber als ich an Mittsommer nur so aus Spaß durch meinen Feed gescrollt habe, tauchte Ben auf einem Gruppenbild auf, das Marielle gepostet hat. Die ganze Gruppe sah entspannt und fröhlich aus, Marielles Blick war wie festgeklebt an Bens Gesicht, eine Hand ruhte auf seiner Schulter. Er sah nicht aus, als hätte er etwas dagegen.

Er scheint sie sehr zu mögen, und sie ihn offensichtlich auch. Ich frage mich nur, *wie* sehr, und wünsche mir, ich hätte das Bild nicht gesehen.

Plötzlich komme ich mir unglaublich dumm vor. Warum sind Josefin und ich in seinen und meinen Fußspuren gegangen?

Josefin wedelt mit der Hand vor meinem Gesicht. »Hallo, du warst auf einmal weg. Möchtest du nicht auf die Frage antworten?«

»Nein, es ist nichts passiert!«, sage ich beinahe abrupt. »Und ich würde Leon so etwas niemals antun. Die Treffen mit Ben haben einfach alte Gefühle wieder lebendig gemacht.« Nur darum geht es, versuche ich mir einzureden. Alte Gefühle, die bald wieder verschwinden werden. Ich muss es nur abwarten.

»Ihr wart doch nur ein paar Stunden zusammen«, fügt Josefin hinzu, wie um mir zu helfen.

Aber es geht hier um mehr als ein paar Stunden, denke ich. Wir haben uns schließlich im Heute mehr als einmal getroffen. »Weißt du nicht mehr, dass ich am Boden zerstört war, als er sich nicht gemeldet hat?« Daran möchte ich Josefin schon erinnern.

»Ich weiß! Es war eine schlimme Zeit für dich.« Sie umarmt mich. »Und ich verstehe, dass durch euer Wiedersehen Gefühle und Gedanken ausgelöst worden sind, aber das war damals. Und in allen Beziehungen gibt es Tiefen«, fährt sie fort. »Du suchst doch nicht etwa nach Fehlern in der Beziehung zwischen Leon und dir, nur weil du Ben getroffen hast?«, fragt sie vorsichtig. »Dass du dich seinetwegen unsicher fühlst? Leon und du, ihr habt doch ein ganzes Leben, auf das ihr euch beziehen könnt. Es lohnt sich vielleicht, dafür zu kämpfen, damit es weiterhin so bleibt?« Sie stupst ihr Bein sanft an meines, und ich stupse zurück. Und sie war wohl nicht ganz davon überzeugt, dass meine und Leons Beziehung so toll war, bevor ich ihr von Ben erzählte.

Eins weiß ich ziemlich sicher. Ich habe mich zusammen mit Leon unterwegs verloren. Ich denke und finde irgendwie so, wie er sich wünscht, dass ich denke und finde. Es geht mir in unserer Beziehung nicht wirklich gut, und das ist schon eine ganze Weile so. Dieses Gefühl habe ich nicht erst seit ein paar Wochen. Das hat auch nichts mit Ben oder uns beiden zu tun. Ich habe es mir nur bisher nicht eingestehen wollen.

Die Frage ist nur, was mache ich jetzt?

KAPITEL 28

Fredrika wischt sich die Stirn mit der Rückseite ihrer Hand ab und schaut fast bedauernd in die strahlende Sonne. »Ich dachte, wir könnten heute einen Ausflug mit dem Motorboot machen und dabei miteinander sprechen. Wann, wenn nicht heute, sollte man auf den See fahren?«

Sie nimmt mich auf dem Wendeplatz auf Strandbacka in Empfang, sie kommt den Kiesweg vom Wasser hoch.

Heute ist es *wirklich* heiß. Nach Mittsommer hat sich ein Hochdruckgebiet über Schweden ausgebreitet. Ich hebe den Halsausschnitt meines Baumwollkleides an, um Luft zu bekommen. »Ein Bootsausflug klingt wunderbar. Ich habe jetzt übrigens eine Deadline von Marielle bekommen. Bis zum Ende des Sommers soll ich ihr den ersten Entwurf schicken.«

»Da muss ich mich beeilen, dir alles zu erzählen«, konstatiert Fredrika pragmatisch. »Ich will nur noch den Proviant für unseren Bootsausflug richten.«

»Da helfe ich dir gerne«, sage ich sofort.

Fredrika lächelt etwas angestrengt. »Du kannst mir gerne in der Küche Gesellschaft leisten. Falls du nicht lieber mit Ben sprechen möchtest? Wir haben entschieden, uns nicht mehr zu sehen, es ist also für eine Weile das letzte Mal, dass er hierherkommt. Meine Tür steht natürlich immer für ihn offen, aber meinen Job als Mentorin werde ich jetzt beenden.«

Ich spüre, wie meine Augenbrauen vor Erstaunen nach oben gleiten. »Wirklich? Also doch? Das ging irgendwie schnell.«

Fredrika schaut zu Boden und bohrt ein wenig mit der Krücke im Kies. »Ich habe eingesehen, es war von Anfang an ein Fehler, diesen Auftrag anzunehmen, und wir haben doch sehr unterschiedliche Ansichten darüber, wie die Dinge zu lösen wären … Es ist ein natürliches Ende.«

Ich nicke und schaue mich etwas zerstreut um.

»Ben ist immer noch unten am Wasser«, erklärt Fredrika. »Wir haben uns heute im Pavillon getroffen. Es ist ja so heiß, und unten weht immer ein wenig Wind.«

Ich folge ihrem Blick zum Strand und sehe tatsächlich Bens Silhouette am Ende des Stegs, genau wie beim Sommerfest. Ich wünschte, es würde mich nicht ganz so sehr freuen, ihn zu sehen. Ich bekomme Angst, und ich spüre, wie ich einen inneren Kampf ausfechte. Jede Zelle in meinem Körper scheint mir zu sagen, dass ich mich umdrehen und fliehen soll. »Habe ich euch unterbrochen?«, frage ich mit leiser Stimme.

Fredrika holt ein besticktes Taschentuch aus ihrer Rocktasche und tupft Stirn und Hals ab. »Nein, wir waren gerade fertig, als du kamst. Er hat einen Anruf bekommen, als ich hochging, um dir guten Tag zu sagen, deshalb ist er wohl noch da unten. Ich dachte, er hätte es eilig, wegzukommen.« Sie faltet ihr Taschentuch zusammen, steckt es wieder in die Rocktasche und macht dann eine Handbewegung in Richtung der Terrasse. »Ich muss in den Schatten gehen, aber du kannst ja …« Sie schaut hinunter zu Ben auf dem Steg. »Ich komme, wenn ich den Proviant gerichtet habe.«

* * *

Kurze Zeit später stehe ich unten am Steg. Ben ist ungewöhnlich leger gekleidet, Shorts, kurzärmeliges Hemd und Sneakers. Ich will mich gerade räuspern, um ihn auf meine Anwesenheit aufmerksam zu machen, da dreht er sich um.

»Ich habe oben dein Auto nicht gesehen«, sage ich und frage mich, warum mir keine bessere Begrüßung eingefallen ist. Ich wundere mich schon, dass er sich nicht gemeldet hat, bevor er hier heraus gefahren ist. Ist meine Gesellschaft ihm auf einmal lästig?

Seine dunklen Augen gleiten über mein Gesicht. Ich kann den Ausdruck nicht so recht deuten, er scheint jedoch nicht ausschließlich froh zu sein, mich zu sehen. Er wirkt ein wenig niedergeschlagen, ich bleibe zögernd stehen. »Nein, mein Auto ist bei der Inspektion, ich habe einen Wagen gemietet.«

»Aha, das kleine Auto da oben?«

Er verzieht den Mund und macht ein paar zielgerichtete Schritte in meine Richtung und springt vom Steg herunter. »Japp, das kleine Auto da oben.« Jetzt höre ich die Wärme in seiner Stimme. »Dies scheint der Ort zu sein, wo wir uns treffen, am Bootssteg.«

Ich befeuchte meine Lippen und versuche, mein Herz zu beruhigen, ich möchte all die Gefühle, die seine Nähe in mir auslösen, unter Kontrolle bekommen. »Das wird nicht mehr so oft passieren, wenn ich es recht verstanden habe? Wie schade, dass Fredrika und du, dass ihr eure Zusammenarbeit beendet habt.«

»Ja, sie hat das vorgeschlagen.« Ben tritt mit seinem Sneaker gegen einen kleinen Sandhaufen. »Aber da sie der Meinung ist, ich sollte Canavans verkaufen, ist es wohl besser so. Ich bin ja zu Fredrika gegangen, weil ich Hilfe haben wollte, wie ich das

Unternehmen weiterführen könnte, und nicht, wie ich es abwickeln soll.«

»Nein, es klingt ein wenig merkwürdig«, gebe ich zu und schaue sein nach unten gewandtes Gesicht an. Der Wind spielt mit seinen Haaren, wenn sie ihm über die Augen fallen, juckt es mich in den Händen. Glücklicherweise streicht er sie selbst hinter die Ohren. »Und du hättest die Firma an Marielle verkaufen sollen, nicht wahr?«, frage ich. So weit habe ich es mir zusammengereimt.

Er nickt. »Ja, sie hat Interesse daran, sie ganz zu übernehmen, für mich ist das natürlich keine Alternative. Aber das ist nicht ihr Fehler«, betont er. »Ich weiß, sie hat sowohl die Kompetenz als auch den Drive. Aber für mich ist das, wie gesagt, keine Alternative, ich will Canavans nicht verkaufen. Ich hoffe, Marielle versteht das. Alles andere wäre ... unglücklich.« Er sieht selbst unglücklich aus, als er das sagt. Ich bin froh, dass er den Blick abgewendet hat und so meinen Gesichtsausdruck nicht sehen kann. »Gustaf hat mich neulich angerufen. Wir haben uns auf fast alle Bedingungen geeinigt, sie können also bei Canavans einsteigen.«

»Das klingt doch ... gut?«, sage ich zögernd und betrachte Bens verkrampfte Schultern.

Er schaut auf, sieht sehr angespannt aus. »Das glaube ich auch. Es muss einfach klappen, wegen meinem Vater! Und wenn die Firma nicht überlebt, wie auch er nicht ...« Seine Stimme klingt beinahe brüchig, er tritt noch einmal mit seinem Sneaker in den Sand, anstatt den Satz zu beenden.

Ich bin voller Empathie, spüre seinen Schmerz, jemanden endgültig zu verlieren, ohne etwas dagegen tun zu können, ich mache einen Schritt auf ihn zu. »Da findet sich bestimmt eine Lösung. Und die Konsequenzen, um die du dich gesorgt hast? Dass Berghs einen zu großen Einfluss bekommen würde?«

»Das macht mir immer noch Sorgen. Vor allem Marcus. Ich spüre, dass er immer noch die informelle Macht über alles hat. Das Problem ist wohl auch ...« Ben fährt sich mit der Hand durch die Haare, er presst die Worte fast heraus, als würde er sich schämen, sie auszusprechen: »Ich wünschte, die Arbeit würde mir mehr Spaß machen. Mein Vater hat für Canavans gebrannt! Ich jedoch...« Er schaut noch verlegener drein.

»Bist du da sicher?«, sage ich und erinnere mich an das, was Fredrika gesagt hat. Sie habe den Eindruck, Canavans sei für Bens Vater nicht so wichtig gewesen, wie Ben glaubt.

»Inwiefern sicher?« Seine Augen werden schmal.

Ich weiche seinem Blick aus und betrachte ein paar kleine Vögel, die in einem Bogen über die Bucht fliegen und dann ins Wasser hinabtauchen. »Nein, ich weiß nicht, aber ich dachte nur, wenn du die Arbeit nicht so toll findest... Musst du dann das Unternehmen behalten?«, sage ich. »Wäre es da nicht wirklich eine Alternative, es zu verkaufen? Denn dann bleibt es erhalten, nur unter einer anderen Regie?«

Ben drückt sich mit dem Finger auf die Nasenwurzel und holt tief Luft. »Aber dann wäre es ja nicht mehr Canavans. Und dann würde ich meinen Vater verraten, und ich habe ihn schon verraten, als er noch lebte. Wenn er das Unternehmen nicht gehabt hätte, dann ...« Ben scheint nach Worten zu suchen, nach Luft zu schnappen. »Nein, es geht einfach nicht. Du verstehst es nicht!« Er schaut mich frustriert an, aufgeladene Gefühle scheinen in der Luft zu liegen.

Ich schlucke und strecke eine Hand nach ihm aus. »Nein, das tue ich nicht. Entschuldige!«

»Verzeih mir, wenn ich dir über den Mund gefahren bin«, sagt Ben sofort und nimmt meine Hand. Er schaut auf einmal sehr reuevoll drein. »Ich möchte, dass du es verstehst. Ich würde dir gerne so viel erzählen. Mein ganzes Leben! Aber da ist das Problem, dass du...« Er lässt mich los und fährt sich mit den Händen übers Gesicht, dabei seufzt er tief. »Hast du schön Mittsommer gefeiert?«

Ich schaue meine Hand an, die er nicht mehr hält, und versuche, ihm zu folgen. Etwas scheint zu fehlen, ich muss die Finger bewegen, um dieses merkwürdige Gefühl loszuwerden. »Themawechsel«, murmele ich. »Ja, und du?« Nach dem Bild zu urteilen, das ich gesehen hatte, hatte er einen sehr schönen Mittsommerabend.

»Ganz okay.« Ben bohrt mit der Spitze seines Sneakers im Sand. »Ich wollte mich nach Fredrikas Fest melden, aber wie ich gerade gesagt habe... Ich weiß nicht, ob... Es hat sich nicht richtig angefühlt. Du hast ja bereits dein Leben.«

»Und du deines!«, sage ich rasch. Dabei weiß ich gar nicht, ob ich mein jetziges Leben überhaupt leben will, denke ich. »Es ist vielleicht nicht richtig, aber ich rede gern mit dir. Ich wollte mich auch melden. Gestern war ich sogar vor...« Ich breche abrupt ab.

Er schaut mich mit einem scheuen Lächeln an. »Vor?«

Mein Mund ist völlig trocken. »Nein, nichts«, krächze ich. »Hörst du eigentlich noch solche Musik, wie du sie früher selbst gespielt hast?«

»Von wegen Themawechsel«, sagt Ben und schaut mich etwas erstaunt an. »Ja, ziemlich oft. Ich habe sogar angefangen, wieder ein wenig aufzunehmen. Und ich habe mein altes digitales Klavier abgestaubt, es stand ganz hinten in der Abstellkammer.«

Ich schnappe nach Luft. »Wirklich? Wie mich das freut! Das ist doch etwas Positives – mitten in all dem anderen.« Ich drücke ganz schnell seinen Arm. »Und ich war letzten Montag bei einer Chorprobe«, höre ich mich dann sagen. »Es ist so ein Alle-können-singen-Chor. Ich bin hingegangen, weil ich eine alte Freundin meiner Schwester treffen wollte. Es hat richtig Spaß gemacht.« Es hat tatsächlich meine Erwartungen übertroffen. Die Zeit verflog geradezu, und als die Stunde vorbei war, wäre ich am liebsten geblieben und hätte weitergesungen. Und ich habe Jill und Freja versprochen, am nächsten Montag wieder zu kommen.

»Das wiederum freut *mich*. Ich bin geradezu glücklich!« Das intensive Sonnenlicht fällt auf Ben, als er sich zu mir umdreht, seine dunklen Haare und sein Gesicht glänzen. Sein Blick leuchtet. »Du *musst* singen! Das wusste ich schon damals, als ich dich gehört habe, an jenem...«

»... Abend«, sagen wir gleichzeitig, und mein Herz schwillt in der Brust. Ich muss an Leons Reaktion denken, als ich erzählt habe, dass ich im Chor singen werde. Wie Ben reagiert, ist viel besser, wenn man die Freude teilen kann.

»Ich will natürlich nicht meine Schwester nachmachen«, füge ich noch hinzu.

Ich sehe ein erstauntes Glitzern in Bens Augen. »Wieso, hat sie jemals gesagt, dass du nicht singen sollst?«

»Nein, niemals! Niemand hat je gesagt, dass ich nicht singen soll. Aber da meine Schwester es so gut konnte und diese Momente meine allerbesten Erinnerungen an sie sind, deshalb…« Ich lege die Hand an den Hals und spüre den Puls. Fühle mich auf einmal wie nackt. »Ich weiß nicht, wie ich es erklären soll, aber ich habe Angst, dass sie in mir verschwindet, wenn ich mich zu sehr auf ihr Gebiet begebe.«

Ben fasst sich ans Kinn. »Oh, ich verstehe! Aber hast du mal überlegt, ob es vielleicht umgekehrt sein könnte? Dass deine Erinnerungen an sie nur noch stärker werden, oder wie soll ich sagen?« Er beugt sich vor und streicht mir mit leichten Fingern die Haare aus dem Gesicht. Eine Welle von Gefühlen überschwemmt mich, nur durch diese kleine Geste, ich habe keine Ahnung, wie ich das bremsen kann. Allein seine Gegenwart scheint meine Sinne zu verstärken, ein Gefühl, das mir vertraut ist und auch wieder nicht, weil ich es sehr lange Zeit nicht empfunden habe. Bis wir uns wiedergesehen haben. Aber ich weiß nicht, ob es gut ist.

»Ja, vielleicht«, sage ich und weiß zunächst gar nicht, worauf ich antworte, bis mir klar wird, dass Fredrika etwas Ähnliches gesagt hat wie Ben. »In der Kirche zu singen war auf jeden Fall toll. Ich habe nämlich vor kurzem erfahren, dass meine Eltern sich scheiden lassen, und es fühlte sich an wie ein Trost. Obwohl ich sonst nicht in die Kirche gehe.«

»Wie traurig, dass sie sich scheiden lassen…« Ben schaut mich mit aufrichtiger Anteilnahme an. »Aber wie schön, dass es dir beim Singen besser ging.«

»Sie hatten es nicht sehr gut miteinander«, sage ich dann.

Bens Augenbrauen ziehen sich zusammen. »Das ist bestimmt für alle Beteiligten ziemlich anstrengend?«

Weil er so empathisch ist, sammeln sich auf einmal Tränen hinter meinen Lidern, ich atme durch die Nase ein und durch den Mund aus. »Ja, auch für mich, eigenartigerweise. Ich bin dreißig Jahre alt und schon vor langer Zeit von zu Hause ausgezogen, und dennoch berührt es mich. Ich bin so albern.«

»Aber du ... Das bist du gar nicht.« Er streckt sich nach meiner Hand aus.

»Doch, das *bin* ich, denn ich habe mich hinters Licht führen lassen.« Meine Brust hebt und senkt sich, und als wir unsere Finger verschränken, fühlt es sich so natürlich an, ich halte fast krampfartig seine Finger fest. »Nachdem ich von zu Hause ausgezogen war, hatte ich mehrmals das Gefühl, ihre Beziehung sei wieder besser. Ich konnte einfach nicht von dem Wunsch lassen, wir drei wären eines Tages eine einigermaßen glückliche Familie. Eine vereinte Familie, die nichts trennen kann! Die Leere und der Verlust nach dem Tod meiner Schwester, das wird immer bleiben. Aber ich habe doch gehofft, wir ...« Meine Stimme ist heiser, ich muss schlucken. »Ich habe es gehofft, dabei waren wir, auch als meine Schwester noch lebte, nie eine richtig glückliche Familie. Aber jetzt ist auch diese Hoffnung verschwunden.« Meine Schultern und mein Rücken beben.

Ben streichelt meine Wange. Dann zieht er mich in seine Arme und streicht mir über die Haare. Das ist so beruhigend, dass ich mich einfach an ihn lehnen muss. »Ich verstehe es genau, und es ist wirklich nicht albern. Ich hatte diesen Wunsch auch, bevor mein Vater starb. Wir waren ja immer nur zu dritt, aber meinem Vater ging es phasenweise nicht so gut ...« Ben schweigt, er nimmt eine meiner Locken und dreht sie um den Finger. »Trotzdem hatten wir immer die Hoffnung, eine glückliche Familie zu werden«, sagt er schließlich. Seine Stimme ist plötzlich so roh und nackt, als ob ich, nur indem ich sie höre, direkt in seine Seele schauen könnte.

Seine Worte dringen in mich ein, ich bekomme Gänsehaut auf den Armen. Nicht zum ersten Mal habe ich einen Gedanken, wenn ich an seinen Vater denke. Aber nein, es kann nicht sein. Und doch bohre ich mich tiefer in Bens Umarmung. Er drückt mich fester an sich, als brauche auch er die Nähe, nach dem, was wir gesprochen haben.

Ich spüre die Stärke in seinen Händen, die mich festhalten, die Nähe seines Körpers, der sich an meinen presst. Ich verliere den Kampf gegen mich selbst, wenn er mich so tröstet und mich so festhält. Ich bin erschöpft davon, so zu tun, als sei ich jemand, die ich nicht bin. Obwohl sich etwas zwischen uns zu verändern scheint, drücke ich mich immer fester an Ben. Wärme durchströmt mich, kleine Stiche laufen mein Rückgrat entlang, wenn seine Hände über meinen Rücken streichen.

Ich hole tief Luft und schaue zu ihm auf. Mein Herz schlägt eine Volte, als sein Blick in meinem versinkt, ich lege meine Wange an seine Brust. Bens Herz scheint zweihundert Schläge in der Minute zu schlagen. Es hämmert so hart gegen meine Brust, dass es weh tut.

Ich warte darauf, dass der Gefühlssturm, der mich durchdringt, sich legt, aber er wird nur immer stärker.

Es ist, als würden die Jahre sich auflösen und ich mich in jedem Detail an unsere Juninacht vor zwölf Jahren erinnern. An jeden Geruch und jeden Laut, jede Farbe, jede Berührung. Unsere Küsse.

Ich schlucke und spüre, wie mein Kopf sich wieder nach hinten beugt. Ben hebt seine Hand, legt sie unter mein Kinn und fährt mit einem Finger die Kinnlinie entlang und über meine Lippen. Ich zittere und stelle mich auf die Zehen, atme kurz und stoßweise. Mein Herz schlägt wie wild. Das Blut rauscht so laut in den Ohren, dass ich fast nichts anderes hören kann. Seine Lippen sind aus der Nähe so schön. Nichts existiert außer ihnen und seinen großen dunklen Augen, seinen warmen Händen. Ein paar ewigkeitslange, vibrierende Sekunden vergehen, dann wende ich beinahe abrupt das Gesicht wieder nach unten und schließe die Augen. Auf einmal bahnt sich eine einsame Träne durch den äußeren Augenwinkel und läuft über die Wange.

»Du, weine nicht. Ich verstehe es wirklich!« Ben nimmt mich in die Arme. »Es ist nicht mehr unsere Zeit«, murmelt er in mein Ohr und streichelt meine Schläfe.

Durch seine Worte drängen nur noch mehr Tränen hervor, und ich kuschele mich an seine Brust. Doch, es ist unsere Zeit, möchte ich protestieren, als seine Finger ein letztes Mal durch meine Haare gleiten. Als ich seinen Herzschlag so stark spüre. Aber ich kann diese Worte nicht laut sagen. Es geht einfach nicht. Ich bin nicht frei. Und da wäre es nicht recht, sie auszusprechen.

Langsam lösen wir uns voneinander, obwohl ich eigentlich viel lieber seine Stärke spüren würde und seinen Duft einatmen. Ich will mich noch einmal in dem Gefühl verlieren, seine Arme um mich zu haben, auch wenn ich mich selbst dafür verachte.

Er fängt ein paar meiner Tränen mit einem unglücklichen Lächeln in seiner Hand auf.

»Und was wird jetzt geschehen? Du kommst ja nicht mehr hierher«, sage ich schniefend.

Er schaut auf seine Hände hinab. »Ich glaube, du weißt, wie ...« Er beißt sich in die Unterlippe. »Wir können nicht nur Freunde sein. Du ahnst nicht, wie gerne ich das wollen würde, aber ich mag dich zu sehr. Das habe ich bei diesem Fest kapiert.« Er schaut auf. »Und gerade eben habe ich das noch mehr verstanden.«

Und ich mag ihn auch viel zu sehr. Ich habe das auch verstanden, obwohl ich es schon vorher wusste.

»Aber wir haben uns doch gerade erst wiedergefunden!« Meine Stimme klingt verzweifelt, er legt seine Hände um meine Wangen und streicht noch eine Träne weg.

»Ich weiß. Wenn du nur wüsstest, wie sehr ich mir wünsche, dass es anders wäre. Ich dachte, das kann doch nicht wahr sein, als ich dich auf diesem Verlagsfest sah, und erst recht, als du an der Straße standest und die Autopanne hattest. Ich habe mich so gefreut! Aber ich schaffe es einfach nicht! Nicht, wenn du ...« Ben schaut einen Moment zur Seite, dann sieht er mich wieder an. »Entschuldige.« Er drückt weich auf meine Stirn. Und in dieser Geste ist es, als würde ich alles spüren, was wir füreinander bedeuten, die verdammte Unmöglichkeit in alldem. Dann lässt er mich los und geht davon. Es fühlt sich an, als hätte er gerade Schluss gemacht.

Das war wirklich nicht das Szenario, das ich mir vor ein paar Minuten vorgestellt hatte. Ich habe das Gefühl, mein Herz würde gesprengt. Ich komme nicht mit. Es geht alles viel zu schnell. Ein starker Schmerz breitet sich in meinem Körper aus, ich drehe mich um und laufe ans Ende des Bootsstegs, ich halte es nicht aus, Ben noch einmal aus meinem Leben verschwinden zu sehen.

Nach einer Weile höre ich, wie auf dem Wendeplatz ein Auto startet, und kurz darauf kommt Fredrika mit ihren klappernden Krücken. »Ben hat es also doch ziemlich eilig?«, sagt sie.

Ich reibe mir das Gesicht und versuche, schnell wieder die Fassung zu gewinnen, aber ich kann nicht einmal nicken und drehe mich um. Als ich sehe, dass sie eine große Kühltasche schleppt, biete ich mich sofort an, sie zu tragen. Bevor ich an Bord klettere, stelle ich die Kühltasche ab, beuge mich über den Rand des Bootsstegs und wasche mein Gesicht.

»So eine Abkühlung kann man heute gebrauchen«, stellt Fredrika fest. »Ich sehne mich nach meinem morgendlichen Bad.«

»Das verstehe ich.« Ich presse ein Lächeln hervor und steige nach ihr ins Boot.

»Was ist mit dir?«, fragt sie. »Ich sehe, wie traurig du bist.«

»Hm, mir geht es gerade nicht so gut«, sage ich wahrheitsgemäß, denn auf einmal kann ich nicht mal mehr eine Art Fassade aufrechterhalten. »Aber ich möchte jetzt nicht darüber reden. Und ich brauche ...« Ich würde am liebsten sagen, ich brauche etwas, um mich abzulenken, aber auch wenn das wahr ist, dann meine ich damit nicht Fredrikas Geschichte. Die war für mich alles andere als Ablenkung, und sie verdient auch mehr Engagement. »Ich möchte so gerne erfahren, ob John wirklich nach Spanien gefahren ist, obwohl du schwanger warst«, sage ich stattdessen. Doch dann kann ich mich nicht mehr beherrschen, ein tiefer Seufzer steigt aus meinem Inneren empor.

»Aber meine Liebe ...« Fredrika nimmt mich in den Arm, ganz fest, ich muss mir auf die Zunge beißen, damit die Tränen nicht hervorschießen.

Dann sagt sie, wie um mitzuspielen: »Du *wirst* es erfahren. Aber erst fahren wir ein Stück hinaus und legen das Boot vor Anker.«

KAPITEL 29

Sommer 1968

Fredrika wusste sofort, was los war, als sie zu bluten begann. Es waren solche Mengen an Blut. Sie hatte so etwas noch nie erlebt. Sicherheitshalber fuhr sie in die Stadt zu Doktor Green, damit er die Fehlgeburt bestätigte und um Komplikationen zu vermeiden. Die heftigen Blutungen hielten noch ein paar Tage an. Sie dankte den höheren Mächten, dass die Fehlgeburt wenigstens an einem Freitagabend eintrat und sie so das ganze Wochenende vor sich hatte, um das Schlimmste zu überstehen und sie nur am Montag und Dienstag bei der Arbeit fehlen würde. Das könnte sie mit einer »tüchtigen Erkältung« begründen.

Ein dankbarer Gedanke ging auch an John, der die ganze Zeit an ihrer Seite war – vom ersten Moment an, unterstützend, umsorgend und verständnisvoll. Er massierte ihren Rücken, wenn die Krämpfe besonders schlimm waren. Er hielt ihre Haare zurück, wenn sie nicht bei sich behalten konnte, was sie gerade gegessen hatte. Er schaute sie mit so viel Zärtlichkeit im Blick an, dass sie glaubte, ihr Herz müsse zerspringen. Und als sie wieder einigermaßen Appetit hatte, bereitete er nur ihr Lieblingsessen zu und servierte es ihr am Bett.

Und dennoch hatte sie die Erleichterung in seinen Augen gesehen, als er verstanden hatte, dass es kein Kind geben würde. Sie war selbst ebenso erleichtert, aber auch verzweifelt über das Leben, das so aus ihr herausfloss. Und erschüttert darüber, dass sie jemals erwogen hatte, das freiwillig zu tun.

Die Fehlgeburt war auch ein schlechtes Zeichen: genau eine

Woche nach dem Beginn der Blutungen, und um fast die gleiche Uhrzeit, bekam ihr Vater einen Herzinfarkt und wurde akut ins Krankenhaus eingeliefert. Er überlebte, aber die graue Gestalt, die zusammengekauert unter der Decke lag und die sie im Krankenhaus besuchte, glich so wenig ihrem Vater, dass Fredrika schniefen musste. Sie ging hinaus auf den Krankenhausflur, um sich zu sammeln, sie wollte nicht, dass er sie in diesem entsetzlichen Zustand sah.

Es quälte sie der Gedanke, dass sie den Herzinfarkt hätte verhindern können, wenn sie ihren Vater, nachdem er in ihrem Büro zusammengebrochen war, gezwungen hätte, einen Arzt aufzusuchen. Aber ihm und auch ihr zuliebe erwähnte sie den Vorfall nicht, als sie wieder in seinem Zimmer war. Sie richtete ihm das Krankenhausbett so bequem, wie sie nur konnte, dann setzte sie sich auf den Rand.

Er lächelte sie matt an. »Ich bin bald wieder auf den Beinen.«

Sie umfasste seine Wange mit der Hand. »Du musst dich ausruhen, bis du wieder ganz gesund bist. Versprich mir das dieses Mal!«, bat sie ihn und sagte dann geradeheraus, sie hätten ja beide gewusst, dass er schon länger Probleme mit dem Herzen hatte.

Als er antwortete, hatte es fast den Anschein, als ob er ihren Ermahnungen folgen würde, und da bekam sie erst recht Angst. Sie hatte auf einmal so ein Gefühl von Endgültigkeit. »Ich werde mich ausruhen, und ich bin so froh, dass du so gut mit allem in der Firma vertraut bist. Jetzt kann ich mich zurückziehen, wenn es so weit ist, und brauche mir keine Sorgen zu machen.«

»Du wirst dich noch eine ganze Weile lang nicht zurückziehen. So habe ich das nicht gemeint!«, rief sie erschrocken aus und hatte beinahe Lust, ihn zu schütteln, um wieder den Funken in ihm zu entzünden und ihm neue Energie zu geben. Stattdessen nahm sie das kleine Handtuch, das gefaltet auf dem Tisch neben ihm lag, machte es am Wasserhahn des Waschbeckens nass und befeuchtete seine Stirn.

»Irgendwann in naher Zukunft wird es auf jeden Fall geschehen«, plapperte ihr Vater fort, als sie das Handtuch erneut faltete und ihm über die Stirn strich. »Ich werde nicht jünger, und mit vierundsechzig hat man wohl das Recht, das Ruder an seine Tochter zu übergeben?«

»Vater, hör auf so zu reden«, bat sie sanft und senkte die Hand.

Er setzte sich im Bett auf und fasste ihren Arm. »Hör jetzt gut zu«, sagte er mit plötzlicher Emphase in der Stimme. »Ich muss sicher sein, dass wir einen Plan für die Zukunft haben, und wie du weißt, sehe ich dich als meine Nachfolgerin an. Sobald ich wieder im Büro bin, werde ich das mit dem Vorstand besprechen.«

»Also mit Marcus?«, versuchte sie.

Ihr Vater rieb sich aufgeregt die Stirn. »Marcus ist nicht die richtige Person!«, sagte er so heftig, dass sie Angst bekam. »Wir verkaufen vielleicht Technik, aber bei allem, was wir tun, geht es um Beziehungen und um andere Menschen. Marcus interessiert sich nur für sich selbst, und er hört nie jemandem zu. Und er hört übrigens auch nicht *in* jemand anderen hinein. Du hingegen…« Er sank zurück in die Kissen und fuhr in ruhigerem Ton fort: »Du machst das alles, und dir hören auch alle zu. Das hast du doch gemerkt?« Er drückte ihre Hand und schaute sie mit unendlicher Vaterliebe an. »Ich bin so stolz auf dich, Fredrika. Denk nur, mit zehn Jahren wolltest du nicht sprechen…

Und schau dich jetzt an, was für eine Frau du geworden bist! Meine geliebte Tochter, was sollte ich ohne dich tun?«

Sie war auf einmal so gerührt, dass sie nicht sprechen konnte, und musste sich bemühen, ihre Stimme wiederzufinden. »Und was würde ich ohne dich machen?«, flüsterte sie. Er war die wichtigste Person in ihrem Leben. Außer John, natürlich. Aber ihr Vater hatte immer zu ihr gehalten, von dem Tag an, als sie geboren wurde, und was er gerade gesagt hatte, bedeutete alles für sie.

Dann wurde ihr klar, worum ihr Vater sie bat, und sie wünschte sich wirklich, dass sie ihm die Hoffnung hätte geben können, die er brauchte. Aber sie wusste auch, dass ihre so schnell zu Ende gegangene Schwangerschaft bedeutete, es gab wieder die Möglichkeit, mit John nach Spanien zu gehen. Sie wusste fast nicht mehr, wohin sie schauen und wie sie sich verhalten sollte, denn sie war sicher, ihre ganze Erscheinung strahlte Falschheit aus. Und sie wollte ihrem Vater gegenüber nicht falsch sein!

»Wir werden das diskutieren, wenn du wieder gesund bist«, murmelte sie ausweichend.

Ihr Vater drehte sich auf die Seite und schloss die Augen, sein plötzlich aufgeflammtes Feuer schien verloschen zu sein. »Ja, so machen wir es«, sagte er müde und holte so tief Luft, dass es in den Lungen röchelte.

Ihre Brust zog sich zusammen vor Sorge, sie betete alle Gebete, die ihr einfielen, damit keine weiteren Komplikationen eintraten. Denn wenn das geschah … Nein, diesen Gedanken konnte sie nicht zu Ende denken. Das tat zu weh.

»Ich komme dich morgen wieder besuchen. Schlaf jetzt«, sagte sie und gab ihm einen Kuss auf die Stirn.

Er lächelte schwach, ohne die Augen zu öffnen. »Wir sehen uns morgen, meine Prinzessin.« Sekunden später zuckte er und war eingeschlafen.

Sie schaute ihn an – der Mann, den sie immer als stark und robust angesehen hatte, war jetzt nur noch ein blasser Schatten seines früheren Ichs. Sie schlich auf wackeligen Beinen aus dem Zimmer. Sie war ja selbst nicht besonders fit. Sie fuhr direkt nach Strandbacka, legte sich auf ihr Bett und schlief sofort ein, völlig erschöpft.

Als es dämmerte, wurde sie von John geweckt. »Wie geht es deinem Vater?«, fragte er, nachdem er sie umarmt und geküsst hatte. Er wusste also, dass sie immer noch schwach war und sich noch nicht ganz erholt hatte.

»Die erste große Gefahr scheint vorüber zu sein, aber er war so schwach und blass. Ich habe ihn noch nie so gesehen! Ich mache mir große Sorgen um ihn«, erklärte sie ohne Umschweife.

»Ein Herzinfarkt ist ein ernster Zustand, aber du wirst sehen, es wird ihm bald wieder besser gehen.« Dann strich er ihre feuchten Haare aus der Stirn. Sie schwieg eine Weile, dann sagte er: »Ich weiß, es ist in Anbetracht der Umstände nicht der richtige Moment, darüber zu sprechen, aber die Tage vergehen, und Matteo und ich reisen bald ab, wie du weißt. Ich bin so traurig, dass wir das Kind verloren haben, aber es macht uns auch wieder frei. Es macht *dich* frei, und wir können zusammen sein.« Er nahm ihre Hand und legte sie auf seine Brust. Sein Herz da drinnen schlug taktfest und vertrauensvoll.

»Ja, ich habe auch darüber nachgedacht, aber …« Sie gab ihm rasch einen Kuss, stand langsam aus dem Bett auf und nahm ihren Morgenrock vom Bügel.

»Aber ...?«, sagte John plötzlich ungeduldig.

Sie biss sich in die Lippe, musste aber dennoch die Frage stellen:

»Wenn ich meinen Traumjob bekommen hätte, genau wie du ihn jetzt bekommen hast, hättest du dann auch alles für mich aufgegeben, damit ich meinen Traum verwirklichen kann?«

John runzelte die Stirn. »Ähm, ja ... Ich glaube schon.« Er schaute einen Augenblick weg. »Warum fragst du?«

Sie zog den Gürtel des Morgenrocks in der Taille fest, ohne zu antworten. Sie merkte, dass sie immer noch wackelig und matt war, sie setzte sich in die Fensterlaibung. »Mein Vater möchte, dass ich seine Rolle übernehme. Nicht sofort, aber auf Sicht. Ich habe noch nicht ja gesagt«, fügte sie hinzu.

»Aber das ist doch wohl kaum dein Traumjob?«, konterte John.

»Nein, aber er rechnet auf jeden Fall mit mir, und wie du selbst gerade gesagt hast, ist das kein guter Zeitpunkt, um wegzufahren.«

Der kleine Muskel in Johns Kiefer zuckte. »Du würdest dich schuldig fühlen, wenn du ihn verlassen würdest?«

»Selbstverständlich!«, sagte sie und schaute ihn fragend an. »Ich *kann* nicht fahren, bevor er aus dem Krankenhaus entlassen worden ist. Das verstehst du doch hoffentlich. Und dann ...«

Sie wird es auch danach nicht machen können, das war ihr klar. Auf jeden Fall nicht, bevor er wieder ganz gesund war, und sie hatte keine Ahnung, wie lange das dauern würde. Sie versuchte, den Gedanken, er könnte vielleicht gar nie mehr gesund werden, nicht zuzulassen.

»Und dann was?«, sagte John mit den Händen in den Seiten. »Bedeutet das, du wirst überhaupt nicht nachkommen? Willst du das sagen? Dass wir nicht mehr zusammen sein werden?«

»Doch!«, sagte sie bestürzt. Natürlich würden sie zusammen sein. Irgendwie. Was er sagte, klang so definitiv. Es war nur so, dass… Sie seufzte. »Bis vor ein paar Tagen war der Plan doch, ich bleibe in Schweden, und du kommst bald zurück.«

John schüttelte den Kopf. »Falls das mit dem Job in Spanien überhaupt nicht funktioniert, ja. Aber wir wollen hoffen, dass es klappt. Wir sind die ganze Zeit davon ausgegangen, du würdest nachkommen, wenn das Baby etwas größer wäre, und jetzt gibt es ja kein Baby, auf das wir Rücksicht nehmen müssen!« Johns Stimme wurde lauter, und sie erschrak vor seiner plötzlichen Gefühllosigkeit.

»Das macht es nicht leichter!« Sie zog die Beine zur Brust und umfasste die Knie – enttäuscht und immer frustrierter darüber, dass er nicht zu verstehen schien, was er von ihr verlangte und welche Folgen ihre Beschlüsse hatten. »In Spanien gibt es nichts für mich, außer dir.«

»Und hier gibt es nichts für mich, außer dir!« Sie starrten einander an wie Feinde.

Sie hielt ihre Knie so fest, dass die Knöchel weiß wurden, dann löste sie den Griff. »Du bist in Schweden geboren und aufgewachsen, das ist dein Heimatland«, bemerkte sie leise und versuchte, ruhig zu atmen.

Aber was bedeutete das eigentlich, wenn die Abenteuer des Lebens direkt um die Ecke oder ganz woanders warteten?

»Ich kann meinen Vater jetzt einfach nicht im Stich lassen. Er wäre am Boden zerstört.« Sie suchte bittend Johns Blick, aber

sie merkte, wie das Gespräch und alles, was sie zusammen aufgebaut hatten, ihr aus den Händen zu gleiten schien.

Er raufte sich die Haare, dann kratzte er sich frenetisch an
einem Mückenstich am Hals. »Da kannst du nicht sicher sein!
Er will doch wohl nicht deine Zukunft zerstören? Er will doch
wohl, dass du glücklich wirst?«

»Er ist der Meinung, meine Zukunft sei in Schweden bei
Berghs!« Sie überlegte, wie glücklich sie sein könnte, wenn sie
ihren Vater im Stich ließe, ausgerechnet dann, wenn er sie am
nötigsten brauchte. Er hatte sich immer für sie eingesetzt und
liebte sie mehr als irgendjemand auf dieser Welt. »Wie sehr ich
dich auch liebe, ich ...« Sie konnte nicht verstehen, dass sie dies
sagte. Es riss ihr das Herz aus dem Leib, all die widerstreitenden
Gefühle schmerzten sie unbeschreiblich.

»... du wirst also nicht mitkommen?«, sagte John tonlos.

Trauer überschwemmte sie, Tränen stiegen ihr in die Augen.
Sie blinzelte heftig, um ihn durch die Tränen hindurch sehen
zu können. »Ich kann nicht«, sagte sie verzweifelt. »Versuche
bitte, mich zu verstehen.«

»Ich verstehe dich ganz genau. Wir haben alle eine Wahl«, sagte John mit einer so kühlen Stimme, die sie nicht an ihm kannte,
dann verließ er das Zimmer.

Als sie hörte, wie er die Treppe hinunter in das Erdgeschoss
ging, ahnte sie Schlimmes und rief ihm hinterher: »Wohin gehst
du?«

»Nach Hause. Ich werde dort schlafen, bis ich nach Spanien
fahre. Das ist das Einfachste.«

Die Endgültigkeit seiner Worte ließ sie erzittern. Sie warf
sich aufs Bett, schlang die Arme um sich, versuchte verzweifelt,

sich zusammenzuhalten, während das Leben, das sie sich aufgebaut hatten, mit den Tränen auf ihren Wangen aus ihr herausströmte.

KAPITEL 30

Juni 2019

Fredrika und ich hatten das Boot in der Nähe einer kleinen Landzunge geankert. Aus der Ferne hört man das klagende Schreien der Möwen. Sie starrt mit leerem Blick über das sonnenglitzernde Wasser. Ich hatte schon während sie erzählte einen Frosch im Hals, den ich jetzt überhaupt nicht mehr los werde. Das Herz tut mir weh, und meine eigenen Kümmernisse sind im Vergleich mit dem, was sie erlebt hat, bedeutungslos. Worte reichen da nicht hin. Meine Hand nähert sich der ihren auf der Reling, aber dann erinnere ich mich, wie sie mich vorhin in den Arm genommen hat, und ich lege meinen Arm auf ihre Schulter, wie um sie gegen die schmerzhaften Erinnerungen zu beschützen.

»Oh, Fredrika! Wie schrecklich muss das für dich gewesen sein«, sage ich schließlich. »Aber hast du danach nie wieder mit John gesprochen? Er hat doch sicher noch eine Weile auf Strandbacka gearbeitet, bevor er nach Spanien fuhr?«

Fredrika nimmt meine Hand, die auf ihrer Schulter liegt, das erleichtert mich ein wenig. »Er hat noch einmal versucht, mich zu überreden, mit ihm nach Spanien zu kommen. Aber ich konnte ganz einfach nicht!« Sie schaut mich tieftraurig an. »Schon als er auszog, hatte ich das Gefühl, von ihm verlassen zu werden. Ich hatte gehofft, dass er wieder zurückkommen würde, und bin immer früh nach Hause gefahren in der Erwartung, ihn noch auf Strandbacka anzutreffen, wenn er und Matteo mit der Arbeit fertig waren. Aber er blieb bei seinem Wort und fuhr am Ende des Arbeitstags immer mit Matteo in die Wohnung.«

Ich spüre, wie ich mich aufrege, während ich ihr zuhöre. »Du musst doch sehr wütend auf ihn gewesen sein! Du hattest gerade ein Kind verloren, und dann benahm er sich so distanziert und gefühlskalt!«

Fredrika fasst die Reling mit beiden Händen an und betrachtet ihre Idylle Strandbacka aus der Ferne. Nichts verrät die Dramatik der Gefühle, die sich einmal dort abgespielt hat. Oder was sich zwischen mir und Ben ereignet hat, denke ich plötzlich, zwinge mich jedoch, den Gedanken zu unterdrücken. »Vermutlich hatten wir nie die Kontrolle über das Morgen, so wie ich es mir eingebildet habe und gerne glauben wollte«, sagt Fredrika leise. »Tatsache ist, dass ich eigentlich nicht so wütend auf ihn war, weil er sich so verhielt. Ich war vor allem wütend, dass er mir nie erzählt hat, was er wirklich wollte. Vielleicht hat er es nicht gewagt? Ich redete so viel über unseren Traum, über den Hof, den wir betreiben wollten, aber das wollte wohl vor allem ich.« Sie unterdrückt ein gequältes Lächeln.

Ich starre resigniert ins Wasser. »Die Kommunikation zwischen zwei Menschen kann ja so entsetzlich schwierig sein.«

»Es könnte einfacher sein, sollte man meinen«, stimmt Fredrika mir zu. »Aber wenn man jung ist, dann kennt man sich selbst ja noch nicht so gut, und vielleicht kann man auch noch nicht ausdrücken, was man genau will. Vielleicht weiß man es noch nicht einmal. Und wir haben ja alle unsere Fehler.«

Das stimmt natürlich, aber es gibt doch auch eine Grenze dafür, wie viel man aushalten will. Mir gefällt nicht, dass Fredrika John verteidigt.

Ich streiche mit der Hand über die Reling. »Aber John war doch deine große Liebe?«, sage ich schließlich.

Fredrika folgt der Strandlinie in der Ferne mit dem Blick. »Wir hatten eine leidenschaftliche Beziehung, ich war sehr verliebt in ihn. Aber wenn du wissen möchtest, ob wir zusammen glücklich geworden wären, ob es wirklich wir beide geworden wären, dann ist meine Antwort, ich weiß es nicht.«

»Jetzt, wo ich die ganze Geschichte gehört habe, erscheint mir Henry als die erheblich verlässlichere Wahl«, nicke ich.

Genau wie Leon, schießt es mir durch den Kopf. Vielleicht hatte Josefin doch recht, und ich suche nach Fehlern in unserer Beziehung, die es nicht gibt? Wenn Ben nicht in meinem Leben aufgetaucht wäre, dann hätte ich vielleicht keine ambivalenten Gedanken und Gefühle in Bezug auf Leon und mich? Ich habe Leon immer vertrauen können. Er hat stets an meiner Seite gestanden. Aber ich hatte nie das Gefühl, sterben zu müssen, wenn ich nicht noch ein letztes Mal bei ihm sein könnte!

Verzweiflung durchströmt mich, ich presse die Finger auf die Lippen, dann sinke ich in den weich gepolsterten Sitz des Boots zurück. Liegt hier das wahre Problem? Ich weiß weder ein noch aus.

»Ja, er war die verlässlichere Wahl«, sagt Fredrika, »aber genau deshalb hatte ich das Gefühl, Henry zu hintergehen, wenn ich John nicht aus meinen Gedanken bekommen konnte.«

Ich schaue sie erregt an, aber ich brauche keine Parallelen zu ziehen, zwischen dem was sie erlebt hat und meinem eigenen Leben. Das funktioniert so nicht. Aber ich habe nicht mehr das Gefühl, dass ich weiß, was Leon denkt und was in seinem Kopf vorgeht. Ich hole tief Luft, spüre den Geschmack von Wind und See auf der Zunge. »Hast du nie wieder versucht, John aufzuspüren, oder dich erkundigt, ob er in Spanien geblieben ist und was dann passiert ist?«

Fredrika setzt sich auf den Sitz neben mir und legt ihr eingegipstes Bein auf einen Hocker daneben. »Nein, es war schwer genug, weiterzuleben. Ich hatte ja gewissermaßen drei Trauerereignisse zu verarbeiten, könnte man sagen. Zuerst die Fehlgeburt, dann verschwand John aus meinem Leben, und dann mein Vater. Auf den ersten Herzinfarkt folgten noch weitere, er wurde nie wieder der Alte.«

Die angenehme Brise und das leise Gluckern der Wellen waren der totale Kontrast zu unserem Gespräch. »Was muss das für eine schwierige Zeit gewesen sein«, flüstere ich und lege meine Hand auf ihre. Sie ist kälter als noch eben, trotz der warmen Luft. Ich könnte fast verzweifeln, als ich begreife, wie einsam und verlassen Fredrika sich gefühlt haben muss. Was für ein Glück, sie hatte immerhin noch Henry! Ich merke, dass ich ihre Heirat nun mit anderen Augen sehe.

Wir sitzen schweigend im Boot, die Schweißtropfen perlen über die Stirn. »Und dann bist du Geschäftsführerin bei Berghs International geworden?«, konstatiere ich ein wenig abrupt.

Fredrika holt ihr Taschentuch heraus und wischt sich über die Stirn, dann richtet sie sich auf. »Ja, der Vorstand hat mich zur neuen Geschäftsführerin gewählt. Und das ist der Stand der Dinge«, sagt sie abschließend, als gäbe es nichts mehr über ihr Leben zu sagen.

Sie war so erfolgreich in ihrem Beruf, aber als Mensch war sie nicht so glücklich, denke ich. Und obwohl das hier überhaupt nicht meine Geschichte ist, berührt sie mich eigenartig. Was Fredrika mir erzählt hat, hat mich tief getroffen.

»Würdest du John treffen wollen, wenn du die Möglichkeit hättest?«, frage ich.

Fredrika betrachtet die tanzenden Sonnenreflexe auf dem Wasser und schüttelt langsam den Kopf. »Ich denke, man sollte keine solchen Überlegungen anstellen. Außerdem, er wusste ja, wo ich bin... Wenn er mich hätte aufsuchen wollen, dann hätte er das tun können. Ich hatte lange gehofft, er würde es tun.«

»Natürlich!« Das hätte er tun müssen. Wenn John nun unbedingt in diesem Michelin-Restaurant arbeiten musste, was ich vielleicht verstehen kann, dann hätte er danach ja zu Fredrika zurückkommen können. So macht man das. So läuft das in allen guten Geschichten mit einem *glücklichen* Ende.

»Natürlich wollte ich wissen, was aus ihm geworden ist«, sagt Fredrika dann mit leiser Stimme. »Ich habe darüber nachgedacht, Kontakt mit ihm aufzunehmen. Aber ich hatte Angst vor der Antwort. Und jetzt ist es sowieso zu spät.«

»Vielleicht...«, sage ich zögernd. »Wie stark eine Liebe auch einmal war oder wie stark man sie zu einem bestimmten Zeitpunkt spürte, es ist vielleicht das Klügste, es dabei zu belassen?«

Fredrika schaut mich an. »Auf jeden Fall, wenn es einundfünfzig Jahre her ist, dass man zusammen war, und im Übrigen kommt es ja ganz darauf an, warum man sich getrennt hat.« Sie streichelt mein Knie und schaut mich fest an.

»Ja, es kommt darauf an, wie die Situation im Moment ist«, murmele ich und schlage den Blick nieder. »Ich verstehe nicht, warum er mir nicht einmal die Chance gab... ihn richtig kennenzulernen!« Ich verspüre große Ohnmacht. Mehr wollte ich ja nicht. Mit ihm reden, dass es ihn in meinem Leben geben würde, nachdem er so lange abwesend war.

»Aber wäre das nicht zu schwierig geworden, sowohl für dich als auch für ihn? Das kam mir so vor«, kommentiert Fredrika

das Ganze. »Ich glaube, Ben hat seine ... Gründe ... warum er ...«
Sie hält inne.

Irgendetwas in ihrem Tonfall lässt mich die Luft anhalten. Ich schaue zu ihr hoch und stoße dann hervor: »Woher weißt du, dass ...?«

Sie streicht mir wieder über das Knie und lächelt.

»Du hast es doch gut gefunden, dass Ben mich als Gesprächspartnerin hatte? Ich verstehe das nicht, ich bin zwölf Jahre lang prima zurechtgekommen, aber jetzt ...« Jetzt fühlt es sich überhaupt nicht mehr gut an, denke ich. Ich versuche, die Leere zu ignorieren, die mich zu erfassen droht. Ich fühle mich eingeschlossen, in meiner eigenen Verzweiflung eingeschlossen. Ben schien mich zu verstehen, und wir hatten irgendwie mehr Gemeinsamkeiten als Leon und ich. Das sollte so nicht sein. Und es sollte sich auch nicht so anfühlen, als ob Ben vielleicht *meine Person* wäre. Als hätte ich durch die Tatsache, ihn wieder getroffen zu haben, auch einen Teil von mir selbst wiedergefunden, von dem ich lange Zeit nicht gewusst hatte, dass er mir fehlt.

Oder vielleicht ist es auch nur so, dass Leon das totale Gegenteil von Ben zu sein scheint? Ich übertreibe jetzt. Alles, was Ben betrifft, hat viel zu große Proportionen angenommen.

Aber ich lüge mir selbst in die Tasche, wenn ich behaupte, es ginge es nur darum, ihn besser kennenzulernen. Das Versprechen, das in Bens Umarmung lag, die Flammen, die tief in mir aufloderten, und das kribbelnde Gefühl im ganzen Körper – wie ein Zyklon in mir –, dabei ging es um erheblich mehr. Und genau deshalb habe ich es gestoppt! Aber ich vermisse schon jetzt seine Berührung. Glücklicherweise bringen Fredrikas Worte mich zurück in die Wirklichkeit.

»Die Liebe kann verschiedene Formen annehmen. Auch wenn man davon träumt, die große Leidenschaft zu erleben, sie ist auch sehr anstrengend. John war der Einzige in meinem Leben, den ich leidenschaftlich geliebt habe, aber ich habe Henry sehr gemocht. Ihn natürlich auch geliebt. Und am Ende hat John sich mir irgendwie unterlegen gefühlt.«

Ich falte meine Hände im Schoß. »Aber das mindeste wäre doch gewesen, dass er sich ordentlich von dir verabschiedet!«

»Ja, das sollte man meinen, ich verstehe, das Ende wirkt sehr hart – aber ich glaube, er hatte einfach Angst, zusammenzubrechen. Das denke ich zumindest in meinen helleren Stunden, in meinen dunkleren habe ich andere Überlegungen.« Fredrika schaut mich an und blinzelt. »Außerdem dürfen wir eins nicht vergessen, du hast nur meine Seite der Geschichte gehört.«

Ich nicke. »Ja, natürlich. Ich habe über noch etwas nachgedacht. Du hast mir erzählt, dass du während deiner Kindheit eine ganze Zeit lang nicht gesprochen hast. War das vielleicht…?« Ich kratze mit dem Fingernagel einen Fleck auf meinem Kleid weg. »Hatte das etwas mit Marcus zu tun?«

Das Blut scheint aus Fredrikas Gesicht zu verschwinden. »Ja, aber er war nicht schuld daran! Aber es stimmt, eine Zeitlang hatte ich das Gefühl, dass es überhaupt keinen Sinn hat, etwas zu sagen, Marcus hat immer für uns alle in der Familie gesprochen«, fügt sie nach einer kurzen Pause hinzu. »Das Schweigen war ja eine Entscheidung von mir. Oder vielleicht nicht wirklich eine Entscheidung, es ergab sich einfach, nachdem …« Sie fingert an dem Bügel ihrer Sonnenbrille, die sie auf die Stirn geschoben hat, sie scheint sie herunterklappen zu wollen, um sich dahinter zu verstecken.

»Nachdem…?«, wiederhole ich vorsichtig nach einem Moment des Schweigens.

Sie verdreht die Augen. »Es ist zu blöd, so schrecklich lächerlich. Marcus hat ein paarmal behauptet, ich hätte eine hässliche Stimme, eine Stimme, der niemand zuhören will. Und dann sagte er noch, mit meinem Lachen sei es genauso. Wenn man zehn Jahre ist, dann…«

Dann trifft einen das.

Meine Nasenflügel zittern, und ich muss mich anstrengen, meine Gefühle in Schach zu halten. »Nur damit du es weißt: du hast eine Stimme, der man *gerne* zuhört, tief und melodisch.«

Sie lächelt ein wenig. »Das hat mein Vater ja auch gesagt, aber wenn der große Bruder etwas behauptet, das ist Gesetz. Obwohl…« Sie hebt die eine Hand, als wolle sie noch einmal markieren, dass die Verantwortung nicht allein bei Marcus liegt. »Ich hatte nichts dagegen, nur Zuschauer zu sein. Also, damals. Später hingegen…«

Ich schüttele den Kopf. »Du brauchst es nicht weiter zu erklären.« Ich setze mich in den Schneidersitz, die Arme auf das Knie gestützt, und denke weiter über die Beziehung zwischen ihr und Marcus nach. »Darf ich noch etwas anderes fragen?«

Es zuckt ein wenig in Fredrikas Mundwinkeln. »Ich fürchte, du wirst es sowieso machen.«

»Deine Auffassung, dass Ben Canavans an Marielle verkaufen sollte, rührt die teilweise auch daher, weil… Du willst dich nicht irgendwie an Marcus rächen und lässt dich von deinen persönlichen Gefühlen steuern?« Ich kaue an einer Nagelhaut.

»Nein, das hoffe ich wirklich nicht!« Sie klingt ein wenig verletzt und verschränkt die Arme vor der Brust.

Ich glaube ihr und schäme mich, sie überhaupt gefragt zu haben, aber um Bens willen möchte ich das wenigstens bestätigt bekommen. Ich hatte eher das Gefühl, dass Fredrika immer noch Angst vor ihrem Bruder hat und alles tut, um sich mit ihm gut zu stellen. Was auch ein wenig traurig ist.

Fredrika lässt die Arme sinken und sagt dann: »Aber ich wünsche mir doch, dass Marielle die Chance bekommt, zu zeigen, was sie kann, und selbstverständlich können bestimmte Ratschläge von der Vergangenheit beeinflusst sein. Ben sollte nicht den gleichen Fehler machen wie ich. Manchmal wünsche ich mir, ich hätte doch Kraft genug gehabt, um zu widerstehen…« Ihre Stimme versiegt, ihr Blick wird distanziert, als wäre sie auf einmal ganz weit weg.

Sie scheint anzudeuten, dass Ben, genau wie sie selbst, ein Geschäftsführer wider Willen ist. Ich muss daran denken, dass er zu mir gesagt hat, die Arbeit mache ihm nicht besonders viel Spaß. Und trotzdem will er den Gedanken nicht zulassen, es könnte auch andere Wahlmöglichkeiten für die Zukunft geben. Ich kann das wohl kaum bewerten, ich sehe ja nicht das ganze Bild – das hat er mir gegenüber betont. Und das werde ich auch nie sehen können. Auf einmal bin ich unglaublich schwermütig.

Fredrika klopft mir leicht auf den Schenkel, als würde sie spüren, in welcher Stimmung ich bin. »Ich habe fürchterlichen Hunger. Sollen wir nicht auftischen, was in der Kühltasche ist, und dann wieder nach Hause fahren?«

»Das klingt nach einem perfekten Plan.«

Ich strecke die Beine aus und möchte gerade aufstehen, halte jedoch inne und schaue Fredrika an. »Danke für alles, was du mir anvertraut hast. Ich fühle mich …« Ich muss schlucken. »Ich fühle mich sehr privilegiert und auserwählt.«

Sie schaut mich erstaunt an. Dann werden ihre Augen feucht, sie nimmt meine Hand und drückt sie fest. »Ich bin so froh, dass du mir zugehört hast.«

KAPITEL 31

Ich sitze an meinem Küchentisch und lese all die Notizen, die ich mir entweder während oder nach den Gesprächen mit Fredrika gemacht habe. Ich frage mich insgeheim, welchen Teil ihrer Geschichte ich aufschreiben kann. Und was sie schlussendlich akzeptieren wird. Sie hat sich schrittweise aus der Deckung getraut. Ich hätte zu Anfang nie zu hoffen gewagt, dass sie sich mir öffnen und mich an ihren schmerzhafteren Erinnerungen teilhaben lassen würde. Sie hat mir ein enormes Vertrauen entgegengebracht. Wir haben jedoch nie darüber gesprochen, was sie eigentlich im Buch erzählen möchte. Ich muss nicht unbedingt ihre unglückliche Liebesgeschichte niederschreiben. Die ist zwar an ihr Ende gekommen, scheint aber dennoch nicht fertig zu sein.

Ich sehe Fredrikas Gesicht vor mir und höre ihre Stimme: *Außerdem, er wusste ja, wo ich bin... Wenn er mich hätte aufsuchen wollen, dann hätte er das tun können. Ich hatte lange gehofft, er würde es tun.*

Ich stelle mir vor, wie trostlos das Warten war, als sie noch hoffte, dass er tatsächlich zurückkommen würde, wie sie am Boden zerstört war vor Enttäuschung – immer und immer wieder –, wenn nie ein Lebenszeichen von ihm im Briefkasten war. Ich kann ihre Verzweiflung, ihre Trauer nachempfinden.

Das ist nicht mein Leben oder meine Tragödie, sage ich mir. Aber während Fredrika den Mut hatte, aus vollem Herzen zu lieben und ihr Innerstes vor John zu entblößen, war es ihm vor allem wichtig, aus seinem täglichen Leben etwas Größeres zu machen. Das frustriert und betrübt mich. Ich würde ihm gerne erzählen, was für eine wunderbare Frau er verloren hat, denn das hat er offensichtlich nicht verstanden.

Aber ich weiß ja nicht, was er denkt, das hat Fredrika auch angedeutet.

Mir ist fast unbegreiflich, wie sie es ausgehalten hat, nicht zu wissen, was aus ihm geworden ist. Ich selbst kann den Gedanken kaum ertragen, dass sie nie wieder voneinander gehört haben. Sie wollte es ja wissen, wollte Kontakt mit ihm haben, sie hatte nur solche Angst. Dann hat sie Henry geheiratet, und ihr Leben nahm eine neue Richtung.

Ein Gedanke kommt mir: Sollte ich ihr heute helfen können? Muss es wirklich zu spät sein, wie sie sagte? Eine Gewissheit wächst in mir. Ich könnte herausfinden, was mit John passiert ist, ihn vielleicht sogar finden. Ich zucke innerlich zusammen, die Geschichte ist womöglich doch noch nicht zu Ende. Nach diesen Überlegungen geht es mir erheblich besser.

Ich rufe Fredrika an, um ein paar allgemeine Fragen zu stellen. Ganz nebenbei frage ich, wie John mit Nachnamen heißt. Wir haben kaum aufgelegt, da mache ich meinen Laptop auf und google *John Sarri*. Es gibt nur eine Person mit diesem Namen, ich lese die Wikipedia-Seite so schnell durch, wie ich nur kann:

John Sarri, geboren am 3. März 1944 in Kiruna, gestorben am 5. Januar 2019 in Umeå, war ein schwedischer Koch und Gastronom. Er hat viele Jahre den Joesjögården *betrieben, ein Restaurant etwa dreißig Kilometer westlich von Hemavan und Tärnaby, an der norwegischen Grenze.*

Ich starre auf den Bildschirm. Es fühlt sich an wie ein Nadelstich, und ich falle zusammen wie ein kaputter Ballon. *Gestorben?!* Er kann doch nicht tot sein. Das geht nicht. Das lasse ich einfach nicht zu! Und natürlich muss das der richtige John sein, den ich gefunden habe, auch wenn ich nicht wirklich erwartet hatte, dass er an der norwegischen Grenze landen würde, ganz weit oben im Norden, wo er doch nach Spanien fahren wollte. Aber das alles war ja vor einundfünfzig Jahren, rufe ich mir in Erinnerung. Seither ist viel Wasser unter den Brücken hindurchgeflossen.

Ich war so sicher, dass John lebt, und jetzt, wo das nicht mehr der Fall ist, fühle ich mich nicht nur um die Wahrheit betrogen, sondern noch trauriger und niedergeschlagener als zuvor. Das Märchen von Fredrika und John ist *wirklich* zu Ende. Es ist das definitivste und unwiderruflichste Ende, das es geben kann.

Mein Herz fühlt sich an wie ein schwerer Stein in der Brust. Von ihrer Liebesgeschichte sollten doch nicht nur unglückliche Erinnerungen übrig sein. Gebrochene Herzen. Ich bin mit einem Mal so erfüllt von dem Gedanken, dass sie einundfünfzig Jahre lang in parallelen Wirklichkeiten gelebt haben, ohne sich je wiederzusehen. Das gibt den sachlichen Informationen des Wikipedia-Eintrags einen so hoffnungslosen Beigeschmack. Ich kann nicht akzeptieren, dass Johns Geschichte mit ihm ins Grab gegangen ist und ich hier mit einer Menge von unbeantworteten Fragen stehe.

Falls nicht...? Ich schaue wieder auf den Bildschirm meines Laptops. In dem kleinen Infofeld auf Wikipedia steht, dass John eine Tochter hatte: Laila Sarri. Meine Finger fliegen über die Tastatur, und kurz darauf habe ich ein Facebook-Profil gefunden, das zu ihr passen würde.

Meine Gedanken drehen sich im Kreis, ich finde Argumente dafür und dagegen. Wenn ich mir vorstelle, ich könnte herausfinden, was mit John passiert ist, nachdem sie sich getrennt haben! Fredrika wäre vielleicht empört, weil ich auf eigene Initiative hin Nachforschungen angestellt habe, aber vielleicht würde es ihr auch eine Art Frieden geben? Und sie würde mir doch verzeihen, denke ich dann.

Bevor ich es mir anders überlege, schreibe ich eine Mitteilung an Laila Sarri. Ich sei auf der Suche nach einem John Sarri, weil er und ich eine gemeinsame Bekannte haben, die ihn vor vielen Jahren kannte und gerne wissen möchte, was aus ihm geworden ist. Ich entschuldige mich, dass ich sie auf diese Art und Weise kontaktiere, und hoffe, sie möge es mir nachsehen. Schließlich füge ich noch meine Mailadresse dazu und meine Telefonnummer, und schreibe, dass ich es wirklich sehr begrüßen würde, von ihr zu hören.

Aber schon Sekunden, nachdem ich die Nachricht verschickt habe, zweifle ich an dem, was ich da getan habe.

Eine gemeinsame Bekannte, die wissen möchte, was aus ihm geworden ist?

Fredrika hat mich wahrhaftig nicht darum gebeten, in der Vergangenheit zu wühlen, und ich hätte das auch nicht als Notlüge verwenden dürfen. Zudem möchte ich ihre Gefühle von Verlust nicht noch vergrößern.

Geht es wirklich um Fredrika und John, wenn ich ganz ehrlich bin? Oder geht es vielmehr darum, im Verliebtsein und der Liebe etwas ganz Wunderbares zu sehen, dass die Wirklichkeit jedoch oft schmerzhaft ist und ich das irgendwie nicht aushalte? Geht es darum, dass ich den Gedanken, *nie mehr voneinander zu hören*, nicht ertrage, ohne zusammenzubrechen?

Aber Ben hat sich nicht so ausgedrückt. So wie es jetzt aussieht, werden wir in parallelen Wirklichkeiten leben, genau so, wie wir gelebt hatten, bevor wir uns trafen. Wir werden nur wenige Kilometer voneinander wohnen, aber der Abstand könnte genauso gut Tausende Kilometer betragen. Ein tiefes, beständiges Gefühl von Verlust durchfährt mich. Aber der einzige Mensch, der daran etwas ändern könnte, das bin ich selbst. Als würde es ausschließlich an mir hängen, ob ich ihn je wieder treffen werde.

Die Konsequenzen sind jedoch riesig. Ich weiß nicht, ob ich dazu bereit bin. Ob ich es wage, diesen Schritt zu gehen. Warum kann Ben nicht einfach mein Freund sein?

Aus dem gleichen Grund, aus dem du es eigentlich auch nicht willst, dröhnt eine Stimme in meinem Hinterkopf. Aber muss es wirklich alles oder nichts sein?

Ich stelle mich an die Balkontür und schaue hinaus, dann öffne ich sie und gehe zum Geländer. Graue, schwere Wolken hängen am Himmel, und es liegt Regen in der Luft. Typisches schwedisches Sommerwetter, es bläst ein kalter, nördlicher Wind. Ich habe nur ein Unterhemd und Jeansshorts an, ich bekomme Gänsehaut an den nackten Armen und Beinen. Dennoch bleibe ich stehen.

Ich mag dich zu sehr.

Viel zu sehr.

Ich versuche, die Worte zu verdrängen, sie in die Vergangenheit zu schieben. Wie alles andere, was Ben betrifft. Aber es gelingt mir nicht. Es hat mir schon viele schlaflose Nächte bereitet, während Leon neben mir im Bett geschlafen hat. Und gestern habe ich nicht einmal Leons Anwesenheit ausgehalten, zu heftige Schuldgefühle haben mich dazu gebracht, zu behaupten, ich müsse noch viel arbeiten und es sei besser, wenn wir uns nicht sehen. Stattdessen stand ich in der Küche am Fenster und hielt meine von Gedanken heiße Stirn an das kalte Glas. Der dunkle Abendhimmel spiegelte meine Stimmung wider.

Ich muss für mich und Leon kämpfen. Oder, muss ich das wirklich?, frage ich mich dann direkt. Alle Argumente, die ich für eine Fortsetzung habe, fallen in sich zusammen. Es fühlt sich an, als wäre unsere Beziehung eine einzige große Anstrengung. Ist das wirklich Liebe? Natürlich muss man sich füreinander anstrengen, aber muss man sich anstrengen, jemand zu sein, die man nicht ist?

Mach dir keine Sorgen. Wir sind perfekt zusammen.

Es gibt da draußen niemand Besseres.

Glaubt Leon immer noch daran? Es fühlt sich an wie ein Warnzeichen, dass er immer noch sehr viel Kontakt mit Hanna hat, obwohl beide jetzt Ferien haben. Vielleicht geht es nur um eine kollegiale Freundschaft, die zwischen ihnen entstanden ist ... Aber ich habe das Gefühl, als sei da mehr.

Ich hole mein Telefon heraus und wiege es in der Hand. Ich versuche, meine ganze Willensstärke zu aktivieren, um das Bild von Bens Gesicht auf meiner Netzhaut auszuradieren und das Gefühl von seinem Körper an meinem zu verdrängen. Mein unzuverlässiges Herz will sich sofort daran erinnern, wie lebendig und präsent ich mich in seinen Armen gefühlt habe. Als ob die Welt um mich herum lange schwarzweiß gewesen wäre, aber jetzt wieder Farbe besäße, und mir klar wurde, was ich all die Jahre vermisst hatte. Es macht mir Angst, wie gerne ich in diese Welt zurückkehren möchte.

Die Gedanken drehen sich im Kopf. Ich weiß nicht einmal, was ich sagen würde, sollte ich Ben tatsächlich anrufen. Irgendwie sehne ich mich nach dem Gespräch, das wir schon vor zwölf Jahren hätten führen sollen. Aber wenn ich jetzt jemanden anrufen sollte, dann nicht Ben, sondern Leon. Dieses Gespräch müsste ich führen! Sobald ich diesen Gedanken denke, zucke ich zusammen.

Sekunden später taucht Bens Name auf dem Bildschirm auf. Ich blinzele erschrocken – kann es kaum glauben, dass wir gleichzeitig aneinander denken. Langsam, mit steigendem Puls wische ich mit dem Finger über den Bildschirm und halte das Handy ans Ohr, aber als ich antworte, ist da niemand.

Ich halte das Handy vor mich und schaue dumm den Bildschirm an. Warte ein paar lange Minuten, dann rufe ich Ben an. Es tutet sofort besetzt, als würde er das Gespräch wegdrücken. Ich weiß nicht, was ich glauben soll. Nach einer Weile versuche ich noch einmal, ihn anzurufen, jetzt klingelt es bei ihm, und er antwortet nicht.

Verwirrt gehe ich auf dem Balkon auf und ab. Ich könnte ihm eine Nachricht schicken und fragen, ob er etwas Besonderes wollte. Aber das traue ich mich nicht. Ich möchte nicht riskieren, zu hören, dass er sich verwählt hat. Die Minuten vergehen, von Ben kommt kein Lebenszeichen.

Ich gehe hinein, an den Küchentisch und versuche, die Arbeit an Fredrikas Buch wieder aufzunehmen. Aber ich kann mich ganz einfach nicht konzentrieren. Ein Wirrwarr aus Gefühlen und Gedanken wogt in mir, wie Ebbe und Flut.

Ich mag dich zu sehr.

Vor meinem Inneren sehe ich Bens Gesicht, als er dies zu mir sagte. Er sah ganz aufrichtig aus. Das war er wohl auch? Das hörte man an der Stimme, und ich habe es gefühlt. Es gibt keinen Grund, es zu bezweifeln, weil ich das Gleiche gefühlt habe. Aber ich würde mir doch gerne dessen gewiss sein, was nicht sein kann: dass er nicht nur mit meinen Gefühlen spielt und wir mehr vor uns haben als gelegentliche Begegnungen, ich das Ganze nicht größer mache, als es ist, was ich ein klein wenig befürchte. Auf einmal möchte ich das bestätigt bekommen, jetzt sofort.

Ich suche Bens Nummer im Handy, aber nein – ich halte es nicht aus, dass er wieder nicht dran geht. Und diese Fragen sind auch zu groß und zu wichtig, um sie am Telefon zu besprechen.

Ich ziehe mich schnell um, mache mich zurecht und packe die Sachen, die ich später am Abend für die Chorprobe brauche, in eine Tasche und verlasse die Wohnung. Ich laufe schnell zur U-Bahn und steige in einen Zug nach Süden ein, bevor ich es mir anders überlegen kann. An der Haltestelle Slussen steige ich aus und beschließe, das letzte Stück zu Fuß zu gehen und nicht umzusteigen. Je näher ich Bens Adresse in der Heleneborgsgatan komme, desto langsamer werden meine Schritte. Er ist bestimmt nicht zu Hause, und ich kenne auch seinen Türcode nicht. Was denke ich mir eigentlich? Dass ich unangemeldet an seiner Tür klingele, wie der letzte Stalker? Das macht man doch nicht, auf jeden Fall nicht in Stockholm. Wenn er tatsächlich einen Grund hatte, meine Anrufe abzulehnen?

Ich glaube, Ben hat seine Gründe… Dieser Gedanke lässt mich stehenbleiben, ich hyperventiliere fast.

Als ich Bens Haustür erreiche, kommt gerade ein älterer Herr heraus. Er hält mir die Tür auf, als sei es selbstverständlich, dass ich hineingehen will, ich habe irgendwie keine Wahl, genau das zu tun. Schließlich stehe ich doch vor Bens Wohnungstür. Mein

Herz schlägt so fest in der Brust, dass mir fast übel wird, ich hebe die Hand, um auf die Klingel zu drücken. Aber dann höre ich Stimmen von drinnen und ziehe mich in letzter Sekunde zurück. Ich höre nicht nur Bens Stimme, sondern zweifellos auch eine Frauenstimme. Das Gespräch ist leise, fast intim, aber ich kann nicht verstehen, was sie sagen. Ich stehe wie gelähmt vor der Tür. Es flimmert mir vor den Augen, ich blinzele, dann drehe ich mich auf dem Absatz um und laufe die Treppen hinunter.

KAPITEL 32

»Du weißt schon, dass es in der Kirche auch noch andere Chöre gibt?«, sagt Freja, als wir zusammen den Altargang entlanggehen. Die anderen Chormitglieder sind schon nach Hause gegangen. Jill hatte es heute Abend auch eilig, nur wir beide sind noch da. »Und es gibt ja auch außerhalb der Kirche jede Menge Chöre ...« Sie schaut mich von der Seite her an und schiebt die Tasche mit den Notenblättern auf die Schulter.

Ich schaue sie erstaunt an. »Dieser Chor passt mir ausgezeichnet. Ich habe doch gerade erst hier angefangen.«

Freja schüttelt den Kopf und lächelt. »Ich habe mich sehr über dein Kommen gefreut, und ich kann es kaum glauben, dass du erst jetzt in einem Chor singst. Das habe ich damit gemeint, als ich neulich sagte, vielleicht ist das nicht die richtige Herausforderung für dich. Ich habe nämlich über etwas nachgedacht und hoffe, du fasst es nicht als Kritik auf.« Sie bleibt stehen und schaut mich an. »Ich habe das Gefühl, du nimmst dich beim Singen zurück, du traust dich nicht, richtig auszusingen.«

Ich muss auf einmal schlucken und gehe weiter. »Findest du?«

Freja nickt, sie beeilt sich, neben mir aufzuschließen. »Ja, aber ansonsten ist es beinahe so, als würde man deine Schwester sehen und hören, wenn du da vorne stehst. Das ist fantastisch, aber auch ein wenig gruselig.« Sie drückt ganz fest meinen Arm.

Ich verstehe, dass sie das aus Freundlichkeit sagt, aber ihre Worte haben den gegenteiligen Effekt. »Wenn ich wie meine Schwester klinge, dann habe ich wirklich das Gefühl, ich muss mich ... zurückhalten.« Ich öffne die Kirchentür für uns, mache sie jedoch instinktiv wieder zu, als ich sehe, wie sehr es regnet. Auf dem Weg zum Chor hat es schon ein wenig genieselt, aber jetzt hat der Himmel sich ganz geöffnet.

Freja schaut mich erstaunt an, dann sagt sie: »Ich wollte damit nicht sagen, dass du genauso klingst wie sie. Jede Stimme ist einzigartig.« Ihre grünen Augen sind freundlich und warm, ihre Worte tun mir gut.

»Es ist einfach so, Liv war eine Klasse für sich«, sage ich, »und ich möchte, dass sie das weiterhin ist, auch wenn sie tot ist. Denn sonst…« Sonst verblasst vielleicht die Erinnerung an sie, denke ich, genau was ich zu Ben sagte.

Freja blinzelt mit den Augen. »Nur weil Liv fantastisch war, ist der Gesang doch nicht für sie reserviert. Sie wäre überglücklich, wenn du jetzt in ihren Fußspuren gehst.«

»Glaubst du?« Ein warmes Gefühl steigt in mir auf.

»Ja, und außerdem…« Freja zupft einen losen Faden aus dem Riemen ihrer Tasche. »Liv mochte am Ende das Singen nicht mehr besonders. Sie hat sogar überlegt, ganz damit aufzuhören.«

Frejas Worte hallen zwischen den Wänden, und auf einmal fällt mir ein, was Jill mir erzählt hat – damals wollte ich das überhaupt nicht glauben. »Jill hat angedeutet, dass Liv eigentlich nicht auftreten wollte, auf jeden Fall nicht als Solistin. Dies sei vor allem die Idee meiner Eltern gewesen. Stimmt das?«

Freja schaut weg und scheint zu überlegen, bevor sie mich wieder anschaut. »Ich glaube, sie wollte anfangs schon auftreten, und sie haben sie nicht direkt dazu gezwungen. Aber irgendwann wurde der Druck zu groß, und die ursprüngliche Freude verschwand. Aber Liv wollte weiterhin mit Musik arbeiten.«

»Als Chorleiterin?«, frage ich.

Freja nickt und stellt ihre Tasche ab. »Ja, das hat ihr Spaß gemacht.«

Ich kann Freja nur anschauen, das kommt mir alles so unglaubwürdig vor. Dann muss ich auf einmal an ein Foto mit Liv denken, da war sie gerade bei einem Abschlussfest aufgetreten. Sie sah so erleichtert aus! Das war sie vermutlich auch, erleichtert, dass der Auftritt vorüber war.

Ich fülle meine Wangen mit Luft, die ich dann langsam wieder ausblase. »Unglaublich, ich habe das nicht gewusst, solange Liv am Leben war. Ich war so sicher, dass sie wahnsinnig gerne sang!« Wie wenn sie nur für mich sang; das klang so aufrichtig und innerlich, als käme der Gesang direkt aus dem Herzen. Und das war sicher auch der Fall, denn da sang sie ohne Druck und großes Publikum.

Freja holt einen Regenschirm aus ihrer Tasche, sie scheint gehen zu wollen. »Egal wie, du musst einfach das machen, was du willst. Nicht, was andere von dir erwarten. Das hätte bestimmt auch Liv gewollt, da bin ich ganz sicher, du bist ja schon einen Schritt gegangen, indem du in unseren Chor gekommen bist. Und ich möchte auch, dass du weiterhin kommst, ich hoffe, du hast mich nicht falsch verstanden.« Sie legt mir eine Hand leicht auf die Schulter.

Ich schüttele den Kopf, aber dann muss ich den Mund wieder zusammenkneifen. Frejas recht trivialer Ratschlag trifft mich tief im Inneren. Es tut beinahe weh, obwohl ich in letzter Zeit selbst immer wieder diesen Gedanken hatte: *Du musst tun, was du willst. Nicht, was andere von dir erwarten.* Das gilt natürlich nicht nur für das Singen. Das gilt für alles. Ich muss auf mein eigenes Herz hören, mein eigenes Leben leben. Das klingt so einfach und selbstverständlich, aber die Realität hat anders ausgesehen. Plötzlich frage ich mich, ob ich das jemals wirklich getan habe?

Fast alle wichtigen Entscheidungen habe ich aus Rücksicht auf jemand anderen gefällt. Entweder meine tote Schwester, meine Eltern oder Leon. Ich habe mich von den Meinungen anderer beeinflussen lassen, auch wenn die selbst nicht überzeugt waren. Ich muss an Josefin denken, und das, was sie neulich über mich und Leon gesagt hat. Aber manchmal war es auch einfach bequem, auf andere zu hören, anstatt auf die eigene Stimme. Ich bin Risiken ausgewichen und musste nicht herausfinden, wer *ich* eigentlich bin. Was ich wirklich will. So habe ich mir auch Grenzen gesetzt. Und das muss in Zukunft nicht so sein. Ich muss nicht für den Rest meines Lebens diese Person sein. Es ist, als würde der Nebel sich lichten, und ich könnte dahinter meilenweit schauen.

»Ich möchte gern weiterhin im Chor singen«, sage ich zu Freja, als wir die Kirche verlassen. »Und ich will versuchen… das nächste Mal werde ich ganz aussingen«, füge ich noch bestimmter hinzu.

* * *

Kurze Zeit später bin ich in meinem Elternhaus auf der Insel Resarö. Es kommt mir fast schon lustig vor, innerhalb von so kurzer Zeit zweimal hierherzukommen, aber als meine Mutter erfuhr, dass ich in der Nähe bin, hat sie mich ausdrücklich gebeten vorbeizukommen. Ich möchte sie auch gerne von Angesicht zu Angesicht treffen und ihre Gedanken und Überlegungen zur Scheidung hören.

»Dein Vater ist einkaufen gefahren, damit wir ungestört sprechen können«, sagt sie sofort, als wir uns mit unseren Teetassen an den Küchentisch gesetzt haben. »Du singst also wieder hier draußen in einem Chor?«

»Ja, ihr findet das vielleicht nicht okay. Aber ich singe sehr gerne!« Ich höre, dass ich sofort in die Verteidigungsstellung gehe, obwohl Mutter nur ihr Interesse bekundet hat. Das Gespräch mit Freja hat sich festgefressen, und ich hatte Angst, dass ich sonst vielleicht nicht diese Worte gefunden hätte.

»Dann solltest du es unbedingt machen«, sagt Mutter und lächelt.

Ich lächle unsicher zurück. »Das kommt euch also nicht merkwürdig vor?«, sage ich in einer etwas beherrschteren Tonlage und blase vorsichtig in meine Teetasse. »Das Singen war ja so wichtig für Liv.«

»Es war für uns alle wichtig«, antwortet Mutter.

Ich schaue auf und frage mich, ob sie auf das anspielt, was ich vermute. Worauf Jill und Freja mich schon hingewiesen haben.

Mutter rührt in der Tasse und schaut mich an, dann rührt sie noch ein wenig weiter. »Wir haben sie gedrängt, Ella. Sie war ja so gut, und wir wollten so gerne, dass sie sich ganz dem Singen widmet, und wir haben nicht richtig zugehört, ob sie das selbst auch wollte. Wie habe ich das bereut, und was habe ich mir nach Livs Tod für Vorwürfe gemacht!« Sie legt den Löffel auf die Untertasse und trinkt einen kleinen Schluck.

»Das solltest du nicht...« Ich wollte *tun* sagen, aber stattdessen schweige ich. »Es ist nur irgendwie merkwürdig, dass ich davon nichts wusste«, murmele ich. »Also, dass Liv nicht wirklich singen wollte.«

Mutter zuckt mit den Schultern. »Liv zeigte ihre Gefühle nicht besonders offen. Und vielleicht ist auch deshalb…« Mutter schaut mich ängstlich an. »Ich weiß nicht so recht, wie ich es ausdrücken soll, damit du mich richtig verstehst, aber nachdem Liv gestorben war, hattest du sicher oft das Gefühl, dass wir uns nicht für dich interessieren. Und das tut mir so leid! Aber mir war es wichtig, dir keine Richtung vorzugeben. Ich hatte solche Angst, den gleichen Fehler noch einmal zu machen.«

Ich schaue sie erstaunt an. Dann sage ich: »Und ich hatte die Angst, es euch nicht recht zu machen. Ich wollte es euch erleichtern.«

Unsere Blicke treffen sich. Mutter nimmt meine Hand und hält sie lange, dann sagt sie: »Die Zeit des Schweigens ist vorbei.« Ich nehme an, sie möchte von der Scheidung sprechen und warte deshalb darauf, dass sie fortfährt. »Ella, ich bin krank! Ich habe es erfahren, als dein Vater und ich schon entschieden hatten, uns scheiden zu lassen, aber die Lage war dann doch eine andere. Wir hatten es nicht so eilig, auseinander zu ziehen. Dein Vater war während dieser Zeit eine fantastische Unterstützung!«

Etwas Kaltes fährt durch mich hindurch, ich kann sie nur noch anstarren.

»Eierstockkrebs«, flüstert Mutter und streicht mit ihrem Daumen über meinen Handrücken. »Aber ich bin operiert und habe eine Chemo hinter mir. Es sollte alles weg sein. Ich hatte Glück, der Krebs hatte noch nicht gestreut, als man ihn entdeckte. Er kann natürlich wiederkommen, nichts ist sicher. Du bist wahrscheinlich sehr böse auf mich, weil ich dir nichts erzählt habe, bis jetzt, aber ich wollte nicht, dass du noch einmal das Gleiche durchmachst wie bei Liv. Und die Ärzte haben von Anfang an gesagt, ich hätte eine gute Chance, wieder ganz gesund zu werden. Da habe ich beschlossen, es dir zu erzählen, wenn die Gefahr vorüber ist.«

Die Worte schweben zwischen uns. Ich warte darauf, dass sie sagt, ich hätte mich verhört, es sei ein Missverständnis. Es ist, als würde aller Sauerstoff meine Lungen verlassen. Ich schnappe nach Luft. »Und das ist jetzt der Fall? Aber was, wenn es nicht so wäre? Stell dir vor, du wärst auf dem Operationstisch gestorben, und ich hätte nicht einmal gewusst, dass du Krebs hast!« Meine Stimme überschlägt sich beinahe, ich ziehe meine Hand weg und versuche, zu begreifen, was sie gerade erzählt hat. Ich sehe sie plötzlich mit ganz anderen Augen. Ihr blasses, müdes Gesicht und die tiefen, dunklen Ringe unter den Augen, ihr großer, magerer Körper – viel schmaler und irgendwie zerbrechlicher als sonst. Das Hemd, das sie anhat, hängt ganz lose an ihr. Das Ganze ist ein deutliches Zeichen dafür, dass nicht nur die Scheidung sie belastet. Ich hätte es vielleicht sofort merken sollen, als ich sie sah. Oder als Josefin ein bisschen wie nebenbei bemerkte, meine Mutter hätte an Mittsommer ein wenig erschöpft gewirkt. Andererseits, woher hätte ich es wissen sollen?

Es ist wie ein Schlag ins Gesicht. Eine Welle aus Angst und Übelkeit rollt über mich hinweg. »Du hast dich gefragt, ob ich dir böse sein würde, und ja, ich bin böse – sehr böse, ich hätte es nicht ausgehalten, auch dich noch zu verlieren«, fahre ich fort, und doch verstehe ich den Grund für ihr Schweigen. Deshalb war sie wohl auch so ablehnend, als ich sie vor einiger Zeit besuchen wollte. Ich habe es damals wirklich nicht verstanden und war nur unglaublich traurig. Sie wollte nicht, dass ich sie in dem Zustand sehe, als es ihr noch schlechter ging als jetzt. Aber das Gespräch hinterlässt auch ein unangenehmes Gefühl. Ich schiebe den Stuhl nach hinten und stehe auf, ich kann ihr nicht richtig ins Gesicht schauen. Dann fällt mir ein, dass mein Vater mich kürzlich bat, nicht böse zu sein auf Mutter, ich lasse mich also wieder auf den Stuhl fallen. Doch kann ich das Gefühl, hinters Licht geführt worden zu sein, nicht ganz unterdrücken, ich muss mich zwingen, ruhig und gleichmäßig zu atmen. Ich habe mich schon über ihr Verhalten mir gegenüber gewundert. Jetzt weiß ich, was Sache ist. »Wollt ihr nun die Scheidung vorantreiben, jetzt, wo du gesund genug bist?«, frage ich nach einer Weile.

Mutter sieht schuldbewusst drein. »Ja, das haben wir vor.«

Ich beuge mich vor. »Aber du hast doch selbst gesagt, Papa hat dich so unterstützt, und du hast doch weiter hier gewohnt, könnt ihr nicht einfach zusammenbleiben? Ich habe das Gefühl, Papa möchte das.« Ich weiß, ich suche vielleicht nach dem Strohhalm, aber ich kann nicht anders.

Mutter nimmt die Serviette vom Teller und dreht sie zwischen den Fingern. »Wir sind uns, ironischerweise, während der Krankheit nähergekommen, näher als seit langem. Aber das sind Gefühle, die man hat, wenn alles sich zuspitzt, und ich glaube, wir beide, du und ich, wissen genau, wir hätten uns schon vor langer Zeit trennen sollen.«

Die Hoffnung verfliegt, aber ich weiß eigentlich, dass sie recht hat. »Ja, vielleicht, aber wenn ihr euch näher wart als seit langem... Und schaffst du das jetzt wirklich mit einer Trennung?« Auf einmal fällt mir ein, wie ängstlich mein Vater schaute, als ich ihn zuletzt sah. Man stelle sich vor, Mutter hätte so ein Todesurteil bekommen wie Liv, und sie hätte nichts davon gesagt! »Erzählst du mir jetzt wirklich die ganze Wahrheit, oder versuchst du, mich zu schonen?«

Mutter greift nach meiner Hand. »So gemein könnte ich niemals sein! Ich liebe dich.« Sie drückt die zusammengefaltete Serviette unter das Auge. »Und es tut mir so leid, dass ich dir das fast nie sage. Ich muss mich heute für vieles bei dir entschuldigen.«

Ich schüttele ein wenig den Kopf, aber ich weiß nicht so recht, was ich antworten soll. Ich habe das Gefühl, es gibt keine Antwort auf nichts. Ich kämpfe immer noch mit der Erkenntnis, dass sie ernsthaft krank gewesen ist und ich nichts davon gewusst habe. Aber es ist viel wichtiger, sich geliebt *zu fühlen*, das war wirklich nicht immer der Fall. Nicht einmal bevor meine Schwester starb.

Ein Klingeln unterbricht meine Gedanken, und ich hole rasch mein Handy aus der Schultertasche. Enttäuschung überschwemmt mich, als ich sehe, wer mich anruft. Warum habe ich auch nur einen Augenblick lang gehofft, es könnte Ben sein?

»Geh ruhig dran«, sagt Mutter, als ich immer noch auf das Handy starre.

»Nein, ich kann jetzt nicht«, sage ich und nehme das Gespräch nicht an. Ich muss mit Leon reden, aber nicht hier und jetzt. Und auch nicht am Telefon, dafür ist es zu wichtig. Außerdem bin ich nicht vorbereitet. Ich stecke das Handy mit einem tiefen Seufzer wieder ein.

»Alles okay mit Leon?«, fragt Mutter, sie hat auch gesehen, wer angerufen hat.

»Ja, ich … glaube schon.« Ich kann die Unsicherheit in meiner Stimme nicht verbergen. Mutter schaut mich forschend an. Ich hole tief Luft, ich will jetzt wirklich nicht über Leon und mich reden. Aber nach dem Gespräch, das sie und ich gerade geführt haben, fällt es mir unglaublich schwer, so zu tun, als sei alles in Ordnung. »Ich habe nur so ein Gefühl, dass ich und Leon … Ich weiß nicht, ob wir noch zusammenbleiben können.« Ich kneife die Augen zusammen. Es ist das erste Mal, dass ich diese Worte laut ausspreche, der Inhalt kommt mir immer noch beinahe unwirklich vor. Aber weiterhin mit Leon zusammenzubleiben, fühlt sich noch unmöglicher an. Ich glaube, ich habe das erkannt, als ich vor Bens Tür stand und hörte, wie er mit einer anderen Frau sprach. Oder eher, ich wurde brutal darauf gestoßen, dass es im Grunde nicht um Ben geht. Auch wenn ich ihn nie mehr wiedersehe – ein langer Schmerz durchfährt mich bei diesem Gedanken –, so ändert das nichts daran, wie ich über das Verhältnis zwischen mir und Leon denke, und wahrscheinlich geht es am allermeisten um mich selbst. Das Gespräch mit Freja in der Kirche hat mir das klargemacht.

»Ich weiß nicht mehr richtig, wer ich bin, wenn ich mit Leon zusammen bin«, versuche ich, meiner Mutter zu erklären, was ich fühle. »Klingt das sehr merkwürdig? Und ich verstehe, wenn das wie ein Schock für dich kommt.« Ich weiß schon, was sie sagen wird: Leon und ich haben eine lange Geschichte zusammen, darüber kann man nicht einfach hinwegsehen. Sie weiß, wie geborgen ich mich bei ihm gefühlt habe, und sie hat immer nur Gutes über ihn gesagt. Es wird ihr nicht gefallen, wenn Leon und ich getrennte Wege gehen. Schon gar nicht, wenn man bedenkt, in welcher Situation sie selbst ist.

Mit einem Mal bin ich erfüllt von Angst, und ein wohlbekanntes Gefühl überschwemmt mich. Das Letzte, was ich in dieser Situation möchte, ist, dass Mutter sich Sorgen um mich macht.

Sie streckt sich nach meinen beiden Händen aus. »Nein, das klingt überhaupt nicht merkwürdig. Ich weiß, wie viel er dir bedeutet hat, seit Liv gestorben ist. Leon ist ein richtig netter Kerl. Aber wenn wir schon davon reden, ich habe immer versucht, mich nicht einzumischen, doch ich habe schon seit langem gespürt, dass immer Leon und seine Gefühle in eurer Beziehung an erster Stelle stehen.«

Ich schaue Mutter erstaunt an. Wir haben noch nie über so etwas gesprochen. Aber das ist wohl typisch für Mütter. Sie sehen Dinge, sie spüren sie, ohne dass man etwas erzählen muss. Ich dachte, ich müsste mich vor ihr verteidigen. Dass alles leichter für sie wäre, wenn es so weitergeht, wie es schon immer war. Da war ich mir ganz sicher.

Ich schaue auf unsere Hände, die sich festhalten. »Es ist so ein Gefühl, als sei es an der Zeit für mich, meine eigene Reise anzutreten.«

»Und ich muss mich auf meine begeben, und Papa auf die seine.«

Meine Augen füllen sich mit Tränen, meine Schultern beben. »Ich habe immer gehofft, alles wird wieder gut zwischen euch beiden, und wir drei ... wir könnten so eine glückliche Familie werden. Ich weiß, das ist reines Wunschdenken, aber ...« Aber das hilft jetzt auch nicht.

Mutter kommt auf meine Seite des Tischs herüber, sie wischt meine Wangen ab, dann nimmt sie mich in den Arm. »Wir werden trotzdem eine Familie bleiben. Und wenn Papa und ich diesen Schritt schon vor langer Zeit gemacht hätten, dann wären wir vielleicht...« Sie hält inne. »Ich glaube, wir werden jetzt die glückliche Familie«, sagt sie dann und drückt meinen Kopf gegen ihre Schulter.

Ich drücke sie fest, und ich weiß, sie will mit diesen Worten auch versuchen, zu verstehen, dass ich richtig denke, was Leon und mich angeht. Ich hatte keine Ahnung, was mich erwartete, bevor ich hierherkam, unser Gespräch hat sich wirklich anders entwickelt, als ich geglaubt hatte.

Die Wärme meiner Mutter geht auf mich über, erfüllt mich, bis eine Unruhe sie plötzlich verdrängen will. Meine Mutter fühlt sich in meiner Umarmung wirklich zerbrechlich an, und auch wenn ich versuche, die Unruhe zu verdrängen, so bohrt sie sich doch immer tiefer in meiner Brust.

KAPITEL 33

Nach einer unruhigen Nacht gehe ich barfuß über das Fischgrät-
parkett in meinem kombinierten Schlaf- und Arbeitszimmer, in
die Decke eingewickelt. Ich drücke vorsichtig die Balkontür auf
und trete hinaus. Es ist erst kurz nach halb fünf, aber ich will gar
nicht versuchen, noch einmal einzuschlafen. Die Morgendäm-
merung schiebt sich durch die grauen Wolken, lässt sie leicht er-
röten und malt ein schmales Band in Rosa und Violett über den
Himmel. Alles ist still, nur ganz in der Ferne hört man ein leises
Verkehrsrauschen. Stockholm ist noch nicht aufgewacht, und Birkastan, eine eigene kleine Stadt in der Stadt, ist ganz gewiss noch
nicht aufgewacht, aber die Stille wird bald vorbei sein. Ich ahne
eine Wiederholung des Regenwetters von gestern. Das Wasser
stürzte aus den Regenrinnen, und der Regen trommelte taktfest
auf die Hausdächer, als ich gestern Abend von Resarö nach Hause kam.

Die Sonnenliege in einer Ecke des Balkons ist wundersamer-
weise trocken geblieben, ich lege mich hinein und kuschele mich
unter die Decke. Eigentlich war der Plan, dass ich heute mit Leon
sprechen würde, aber als ich gestern Abend im Bus nach Hause
saß, schrieb er mir eine Nachricht, seine Eltern würden Hilfe bei
irgendeinem Projekt auf Singö brauchen. Er hätte ja Ferien und
würde zwei, drei Tage dortbleiben, was natürlich völlig richtig
war. Mich nervte es ein wenig, als könnte ich es kaum erwarten,
ihm zu erzählen, welche Gedanken mich in Bezug auf uns beide
bewegen. Und gleichzeitig verspürte ich eine Welle von Traurigkeit, wenn ich mir mein neues Leben vorstellte, ohne ihn.

Wir waren sieben, als wir beste Freunde wurden. Seither ist kaum ein Tag vergangen, ohne dass wir miteinander kommuniziert hätten, uns nicht gesehen hätten. Mit ihm bin ich groß geworden, und mit ihm habe ich einige der besten Erlebnisse meines Lebens geteilt, aber auch die schlimmsten. Und er weiß alles über mich. *Fast alles.*

Das war zumindest bisher so, denn ganz ehrlich gesagt, ich möchte Leon jetzt nicht einmal von der Krankheit meiner Mutter erzählen. Nicht nach seiner eigenartigen Reaktion, als ich am Mittsommerabend bei meinem Vater war und wir über die Scheidung gesprochen haben. Ich hatte das Gefühl, als würde Leon meine Eltern und meine Familie irgendwie verurteilen. Er scheint das zu brauchen.

Wenn ich auf unsere Beziehung zurückschaue, dann frage ich mich, ob nicht alles auf diesen Punkt zugesteuert ist. In den Jahren, seit wir zusammen sind, haben wir uns eigentlich immer weiter voneinander entfernt, anstatt noch fester verbunden zu sein. Wir wollten beide das Beste für den anderen, aber dennoch ist es falsch. Ich mache mir keine Vorwürfe, dass wir ein Paar wurden, aber ich bin ziemlich sicher, wir wurden es aus den falschen Gründen, und es war der Todesstoß für unsere Freundschaft. Es ist eine fürchterliche Gewissheit, aber er fehlt mir auch im Moment nicht.

Was mir fehlt, so schrecklich fehlt, ist das, was wir früher zusammen hatten, was mit der Zeit erstickt wurde. Die Trauer über den Verlust lähmt mich fast.

Ich versuche, nicht darüber nachzudenken, wie zerbrechlich meine Mutter sich in meinen Armen angefühlt hatte und wie gezeichnet sie bereits von der Krankheit ist, aber das klappt irgendwie nicht. Schließlich suchen meine Gedanken sich doch immer wieder zu Ben. Ich gestatte mir, ihn in meine Gedankengänge aufzunehmen, und ich weiß nicht, wie ich es interpretieren soll, dass eine Frau bei ihm war. Es muss ja eigentlich nichts bedeuten. Überhaupt nichts. Das müsste ich doch wissen, ich war so viele Jahre die beste Freundin eines Mannes. Und doch fühle ich mich ein wenig eingeschüchtert, ich kann den Zweifel nicht verjagen, der schon in mir wuchs, als ich die Treppen in Bens Haus hinunter und hinaus auf die Straße lief.

Fredrika hat angedeutet, Ben habe nicht zu viele Menschen, mit denen er sprechen kann. Die Art von leisem Gespräch, die ich hinter seiner Tür hörte, hat man wohl kaum mit einer neuen Bekanntschaft, es sei denn, es ist mehr als eine Bekannte. Oder… ist es ein Wunder, dass meine Gedanken auch meine schöne, kluge Auftraggeberin streifen, die ja auch seine Ex ist? Oder wäre das eher ganz normal?

Ich bin auch nur ein Mensch. Auf einmal dröhnen Bens eigene Worte in meinem Kopf, drehen sich im Kreis. Natürlich trifft er Frauen. Das hat er selbst gesagt. Aber das war, bevor er ausgedrückt hat, was er von mir dachte. Daran, als er auch flüsterte, es sei nicht mehr unsere Zeit, erinnere ich mich genau. Eine Welle widersprüchlicher Gefühle durchströmt mich. Ich war so überzeugt, dass Ben meinte, ich sei nicht zu haben. Aber vielleicht meinte er genauso sich selbst?

Ein kalter Wind bläst über den Balkon, ich ziehe die Decke fester um mich. Ich bin jetzt lange genug hier draußen gelegen und spüre, wie kalt und steif ich bin, ich nehme also die Decke und gehe hinein. Ich dusche lange, um mich aufzuwärmen, dann ziehe ich Jeans und einen großen Wollpullover an. Ich koche eine

Kanne Kaffee und setze mich dann an den Küchentisch. Meine Notizen vom Gespräch mit Fredrika liegen da, wo ich sie gestern verlassen habe, ich wecke meinen Laptop auf und lese durch, was ich bisher geschrieben habe. Ziemlich bald sitze ich mit meiner Kaffeetasse in der Hand da und starre leer vor mich hin. Ich kann mich nicht auf Fredrika und ihr Leben konzentrieren, wenn meine Gedanken ganz woanders sind.

Es ist ja immer noch früh, noch nicht einmal sieben. Ich kann einen Spaziergang machen, den Kopf auslüften und mir etwas zum Frühstücken kaufen, bevor ich mit der Arbeit anfange. Im Ernst. Ich brauche keine Panik zu bekommen, weil ich offenbar in denselben Zustand wie gestern gerate.

Gesagt, getan. Ich ziehe meine Allwetterjacke an, schnüre die Laufschuhe und gehe hinaus. Der Bürgersteig ist noch sehr nass, und ich muss aufpassen, dass ich in keine Pfützen trete. Die Lücken in der Wolkendecke sind verschwunden, kompakte, dunkle Wolken hängen jetzt wieder am Himmel. Aber jetzt bin ich in Bewegung und kann wenigstens die frische, sauerstoffgesättigte Luft genießen und liege nicht still auf dem Balkon.

Aus alter Gewohnheit lande ich vor Leons Haustür unten in der Västmannagatan. Von dort geht es weiter in Richtung Norra Bantorget und Vasagatan. Da bleibe ich stehen. Als ich warte und überlege, ob ich umkehren soll, fallen ein paar Regentropfen. Ich ziehe die Kapuze über den Kopf. Da sehe ich eine Gestalt in die entgegengesetzte Richtung auf der ansonsten leeren Straße laufen. Irgendetwas an dieser Person kommt mir … Warte, das ist ja Ben! Er trägt einen Anzug und schaut bekümmert in den Himmel, als würde er sich fragen, ob er es schafft, bevor es zu schütten anfängt. Er fängt an zu laufen, bleibt aber dann plötzlich stehen.

»Ella! Was machst du hier? Und so früh am Morgen.«

Ich schiebe die Kapuze in die Stirn und schaue ihn beinahe fassungslos an. Das ist wirklich ein merkwürdiges Zusammentreffen. »Ich wollte dich gerade das Gleiche fragen.«

»Canavans hat ein paar Straßen weiter ein Büro.« Ben nickt in Richtung der Drottninggatan. »Ich konnte nicht schlafen, und da dachte ich, dann kann ich auch arbeiten gehen.«

Ich versuche, mich zu sammeln, aber allein, ihn zu sehen, macht mir Schmerzen in der Brust. »Mir ging es ähnlich. Wollte einen Morgenspaziergang machen, bevor ich richtig mit der Arbeit beginne.« Plötzlich teilen ein paar Blitze den Himmel, Ben und ich schauen nach oben. »Aber ich muss jetzt wieder nach Hause, ich habe noch nicht gefrühstückt...« Einige Regentropfen, gefolgt von entferntem dumpfen Grollen hacken den Satz ab. Der Regen nimmt an Stärke zu.

»Oje, wir befinden uns mitten in einem Wolkenbruch«, sagt Ben. »Wenn du Zeit hast... Wenn du willst... ich habe auch noch nicht gefrühstückt, und da vorne ist ein Café, das sehr früh aufmacht.« Er macht eine Geste in die Richtung, aus der er kam. In dem Moment fängt es so richtig an zu schütten, und Ben, der weder einen Regenschirm dabei- noch eine Regenjacke anhat, versucht verzweifelt, sich mit den Armen zu schützen. Er tut mir leid, und ich überlege, ob ich meine Jacke ausziehen und sie über uns beide halten soll. Aber besser ist ein rascher Entschluss, ich nicke also und sage: »Ich habe Zeit.« *Ich will.*

Wir laufen schnell zum Café und gehen hinein. Die Schultern und der Rücken von Bens Anzugsjacke sind ganz dunkel vom Regen, das ganze Sakko hängt ihm schwer auf dem Oberkörper. Es tropft aus seinen Haaren.

»Warte hier«, sage ich und hole einen Stapel Servietten vom Tresen des Cafés und reibe Bens Rücken damit trocken. Aber dann wird mir klar, was ich mache, und ich werde knallrot. Ich mache rasch einen Schritt nach hinten. »Entschuldige, ich weiß nicht, was da über mich kam.« Ich reiche ihm den Stapel mit den Servietten und steige dann auf einen der Barstühle an dem hohen Tresen, der an den Fenstern zur Straße entlangläuft. Ich ziehe meine Jacke aus.

Ben kann nicht aufhören zu lächeln, er legt die Servietten ab und zieht sein Sakko aus. Er setzt sich neben mich und streicht sich die nassen Haare aus dem Gesicht. »Es hat mir gefallen, wie du dich um mich gekümmert hast.«

Mir wird ganz warm, ich schaue zur Seite und treffe seinen Blick. Seine Augen sind ernst, beinahe traurig, ich kann nur schwer atmen und schaue rasch wieder geradeaus.

»Oje, das hätte ich nicht sagen sollen ...«, sagt Ben.

Ich weiß nicht, wie ich das deuten soll, aber auf einmal bin ich wieder bei den Überlegungen, die mich belastet haben, als ich noch zu Hause war. »Nein, es ist ja nicht mehr unsere Zeit«, murmele ich und schaue ihn dann etwas prüfend an.

»So ist es«, bestätigt er, und das macht mich noch niedergeschlagener. Ein betretenes Schweigen breitet sich zwischen uns aus. Die Radiomusik vom Tresen und das gedämpfte Murmeln im Café scheinen es nur noch schlimmer zu machen. Wir sitzen nebeneinander und starren auf die Straße, wo hin und wieder, unbekannte Menschen unter Regenschirmen vorbeieilen. Ich schaue sein schönes Gesicht von der Seite an, die breiten Schultern und die Hände, die er nicht so recht unterzubringen weiß. Ich wünschte mir, die Anziehung zu ihm würde verschwinden und er nicht einen so großen Teil meines Herzens in Anspruch nehmen. Schließlich rutscht Ben vom Stuhl. »Ich hole uns etwas zum Frühstücken. Was möchtest du? Latte, Espresso, normalen Kaffee, Brötchen, Croissant...?«

Ich schaue hinüber zum Tresen. »Nur einen normalen Kaffee und ein Käsebrötchen, danke.«

Ben kommt sehr bald mit Kaffee und Käsebrötchen für uns beide zurück. »Anderes Wetter als letztes Mal, als wir uns auf Strandbacka sahen.«

»Das stimmt, aber es ist gutes Arbeitswetter.«

Er schaut mich neugierig an. »Arbeitest du jetzt viel an Fredrikas Buch?«

»Ich müsste, aber gestern war ich ja...« Ich halte inne, kurz bevor ich mich verplappere. Noch einmal werde ich glühend rot im Gesicht und merke, dass Bens rechte Augenbraue sich hebt. »Ich war im Chor und zu Hause bei meinen Eltern.« Ich weiche seinem Blick aus und beiße in das Brötchen und überlege, ob ich erwähnen soll, dass wir gestern aneinander vorbei telefoniert haben. Aber das könnte ja auch er sagen. Und wenn ich an seinen weiblichen Gast gestern denke, dann spielt es auch keine Rolle.

»Ist das mit ihrer Scheidung sehr belastend?«, fragt Ben, nachdem auch er in sein Brötchen gebissen hat.

Ich nicke. »Noch belastender ist allerdings... ich habe noch etwas erfahren, das die Scheidung in den Hintergrund treten lässt.«

Er schaut mich nachdenklich an. »Aha?«

Ich sehe meine magere und zerbrechliche Mutter vor mir, und es ist, als gerate ich in eine schwere, schwarze Wolke, und nichts in meinem Leben ist mehr sicher. »Meine Mutter hat erzählt, dass sie Krebs hat. Eierstockkrebs«, sage ich mit leiser Stimme. »Sie ist schon operiert und so, und sie behauptet, die Gefahr sei vorbei. Vielleicht stimmt das, aber sie sah sehr mitgenommen aus.«

»Und du machst dir natürlich Sorgen ohne Ende. Du Ärmste!« Ben zieht mich rasch an sich. Ich kann gerade noch seinen Geruch und die Körperwärme durch das feuchte Hemd wahrnehmen, da besinnt er sich und lässt mich los. »Ich weiß alles über die Gefahr, die angeblich vorbei ist«, murmelt er dann. »Aber bei deiner Mutter ist es bestimmt so. Ich möchte dich nicht beunruhigen. Wie plump von mir, es überhaupt ...« Er rührt in seiner Kaffeetasse und trinkt dann in großen Schlucken.

»War dein Vater ...? War er krank?«, sage ich. Ben hatte ja erwähnt, dass es seinem Vater nicht gut ging, aber ich dachte, er sei an einem ... an einer Art Unfall gestorben. Meine Knie werden weich, wenn ich daran denke.

Ben löst seinen Schlips ein wenig. »Ja, aber nicht so. Er war depressiv. Oder, er hatte schwere Depressionen, warum sage ich nicht, wie es ist?« Er macht eine Miene, als sei er enttäuscht von sich selbst. »Sie kamen und gingen. Er nahm alle möglichen Medikamente und ging zu Psychologen. Es gab Zeiten, da schien die Lage stabil zu sein, und es ging ihm sehr viel besser. Und dann glaubten wir ... ja, wir hofften natürlich, dass alles gut wird. Aber am Ende schaffte er es doch nicht. Er hat es schon einmal versucht, kurz nachdem ich zurück nach Kiruna gekommen war, als wir uns getroffen hatten. Dann vergingen doch noch fünf Jahre, bis ... ja, bis ...« Ben sitzt über die Kaffeetasse gebeugt, mit angespanntem Kiefer. Er kann den Satz kaum beenden. Ich spüre eine beginnende Panik, möchte ihn fast bitten, es nicht zu tun. »Bis er sich das Leben nahm«, fügt Ben leise hinzu.

Ich schaue ihn an wie gelähmt und versuche, den schrecklichen Inhalt seiner Worte zu verstehen. Ich hatte es ja schon befürchtet. Gerade eben war es, als würde mein Körper auf das reagieren, was der Kopf nicht akzeptieren wollte. Ich hatte so gehofft, es wäre nicht wahr. Ich atme aus und möchte Ben nur in die Arme nehmen. Aber dann legt er die Ellbogen auf den Tresen und fährt sich mit den Fingern durch die Haare, immer wieder. In seinen Augen wachsen die Vorwürfe, die er sich macht, und er schaut mich von der Seite her an. »Ich habe mich dafür geschämt, als es ihm so schlecht ging. Andere Krankheiten sind akzeptierter. Und dann habe ich mich geschämt, dass ich mich geschämt habe und versucht habe, davor zu fliehen. In meine Musik zu fliehen. Deshalb dachte ich, das mindeste, was ich für meinen Vater tun kann, als er gestorben war, das war, zu versuchen, sein Lebenswerk fortzuführen.«

Ich nicke langsam, die Puzzleteile fallen auf ihren Platz.

Jeder einzelne Muskel in Bens Körper scheint angespannt zu sein, er versucht so intensiv, seine Gefühle unter Kontrolle zu halten. Ich wünschte mir, er würde nicht denken, sich so anstrengen zu müssen, wenn er mit mir zusammen ist. Vorsichtig streiche ich mit einer Hand über seinen Rücken, dann lasse ich sie sinken. »Aber auch, wenn du vielleicht das Gefühl hast ... deinen Vater im Stich gelassen zu haben, als er lebte, so musst du doch ...« *Jetzt an dich selbst denken.* Die letzten Worte behalte ich für mich. So etwas in dieser Situation zu sagen, ist unsensibel. Ich habe keinerlei Recht dazu, und ich kann mich auch nicht in seine Zukunft einmischen. Und ich bin auch nicht in seiner Situation gewesen, weiß also nicht, was das für Gefühle auslöst. Wenn jemand krank wird und stirbt, das ist eine Sache, wenn jemand sich entscheidet, das Leben zu beenden, ist das wahrscheinlich viel komplizierter für diejenigen, die zurückbleiben. Ich komme mir auf einmal schrecklich unbeholfen vor.

»Du, das tut mir so leid, das mit deinem Vater«, sage ich. »Wenn ich dir irgendwie helfen kann ...«

Ben schaut auf, und seine dunklen Augen bohren sich in mich. »Danke! Und wenn du etwas brauchst, dann ...« Er schweigt und sieht auf einmal etwas beschämt aus. »Du hast von deiner Mutter erzählt, und dann habe ich das Gespräch mit meiner Geschichte übernommen.«

»Das musst du wirklich nicht denken!«, protestiere ich sofort. »Ich *möchte* es wissen.« Ich schreie das fast hinaus.

Seine Lippen verziehen sich zu einem milden Lächeln. »Was für ein Start für einen Arbeitstag, ihn in Moll zu beginnen ...«

»Vielleicht endet er dann in Dur?«, sage ich ein wenig albern.

»Das kann man nur hoffen.« Er kehrt ein paar Brotkrumen auf dem Tresen zusammen und schaut mich aus den Augenwinkeln an. »Ich nehme an, dein Freund unterstützt dich auch?«

Ich schließe die Augen und schlucke. »Ich habe ihm noch gar nichts von der Krankheit meiner Mutter erzählt.« Ben scheint zusammenzuzucken. »Er hat Ferien und ist für ein paar Tage weggefahren. Ich weiß es auch erst seit gestern«, füge ich hinzu. Allerdings, wenn zwischen uns alles wie immer wäre, dann hätte ich natürlich Leon direkt angerufen, nachdem meine Mutter es mir erzählt hatte. »Und du, hast du jemanden, mit dem du reden kannst, außer vielleicht deiner Mutter?«, sage ich in einem Versuch, von mir abzulenken.

Ben scheint einen Augenblick lang in seinen Gedanken zu verschwinden. »Das habe ich tatsächlich jetzt«, sagt er etwas geheimnisvoll, mit einem Glanz in den Augen.

Ich starre ihn an, und eine große Leere erfüllt mich, als meine Befürchtungen wahr zu werden scheinen – ich muss mir Mühe geben, meine Stimme wiederzufinden. »Na prima«, murmele ich dumpf. »Und da du und ich keine Freunde sein können ...«, plappere ich weiter. »Das hast du zumindest bisher gesagt.« Bitte, widersprich mir, denke ich. Wir sitzen doch hier und reden und benehmen uns genauso, wie Freunde es tun? Oder verstehe ich da etwas falsch?

»Weil nichts sich verändert hat ...« Ben schaut mich mit einem unergründlichen Blick an.

Ich kippe fast vom Stuhl. »Ja dann«, sage ich munter – in totalem Kontrast zu meinem innerlichen Zustand.

Wieder herrscht Schweigen zwischen uns, wird zu einem Abgrund. Es gibt so vieles, was ich ihm gerne sagen würde. Dinge, die ich nicht sagen kann, bevor ich mit Leon gesprochen habe. Ich hätte mir so sehr gewünscht, ihn zu fragen, was er damit meinte, als er sagte, er mag mich. Aber was würde das ändern, jetzt, wo Ben sich auch in *etwas* zu befinden scheint. Ich komme mir plötzlich gefühlsmäßig so nackt vor, dass ich überhaupt nicht mehr weiß, wohin mit mir. »Ich sollte vielleicht nach Hause gehen und am Buch weiterarbeiten«, murmele ich.

Ben wirft einen Blick auf die große Wanduhr im Café. »Ich muss auch gehen, und vielleicht sollten wir den Moment zwischen zwei Regenschauern nutzen.«

Ich schaue durch die beschlagenen, regennassen Fenster. Der Regen scheint tatsächlich eine Pause zu machen.

Ben nimmt sein Sakko und steht auf, schaut mich abwartend an. Vielleicht denkt er, was ich denke: dass wir ein Stück miteinander gehen könnten. Aber ich schaffe das nicht, und ein paar weitere Minuten würden auch nichts ändern. Alles zwischen uns wird doch genauso unabgeschlossen sein. Findet er das nicht auch?

»Ich hoffe wirklich, dass deine Mutter wieder ganz gesund werden wird.« Er lächelt angespannt.

Ich bohre die Nägel in die Handfläche, um nicht zu zeigen, wie verletzlich ich mich fühle. Das klingt wirklich so, als würden wir uns nie mehr sehen. »Ja …« Meine halb erstickte Stimme kommt von irgendwo tief drinnen in meiner Brust. »Und ich hoffe, dass sich mit Canavans alles zum Besten wenden wird.«

Ben murmelt ein Danke, dann schaut er zur Tür, als würde er überlegen, ob er gehen oder noch etwas sagen soll. Schließlich nimmt er meine Hand und hält sie ganz fest. Ich greife verzweifelt nach seiner, erschrocken, wie sehr ich ihn mag. So vieles zwischen uns ist ungesagt, die Schwere macht mich atemlos. Ich möchte ja nicht, dass er geht. Aber dann zieht er sich sanft zurück.

»Tschüss, Ella.« Als er das sagt, muss ich fast weinen, ich möchte nichts lieber, als ihn zu bitten zu bleiben. Aber Ben geht rasch zur Tür, als könne er nicht schnell genug wegkommen. Ich bleibe ganz still sitzen, bis die Tür sich hinter ihm geschlossen hat. Dann sinke ich mit der Stirn auf den Tisch. Mein Gesicht zieht sich zusammen, jetzt, wo er es nicht mehr sehen kann. Zu viel ist in den letzten Tagen passiert, es ist, als wolle mein Herz aufgeben.

Ich zucke zusammen, als die Tür plötzlich wieder aufgerissen wird. Sekunden später bin ich an Bens Brust gepresst, seine Arme halten mich. Seine Lippen berühren meine Stirn. Ich bin so unglaublich froh, dass er zurückgekommen ist. Verzweifelt sauge ich seinen Duft ein, wie Sauerstoff. Ich klammere mich an ihn fest, viel zu fest, aber es ist mir egal. Ich bin mir bewusst, dass dies wirklich ein Abschied ist. Mein Hals schmerzt, und ich kämpfe gegen die Tränen.

Dann lässt er mich ein zweites Mal los. Unsere Blicke treffen sich, ich blinzele, dann schaue ich weg. Als ich mich umdrehe, ist er verschwunden. Irgendetwas in mir geht kaputt, ich fühle mich abgrundtief allein.

KAPITEL 34

Es gelingt mir irgendwie, mich zu konzentrieren und den größten Teil des Vormittags an Fredrikas Buch zu arbeiten. Ich habe mein Mailprogramm und alle anderen Ablenkungen abgestellt. Erst nach dem Mittagessen starte ich wieder alle Programme und finde die Mail von Laila Sarri in meinem Briefkasten.

Einen Moment lang stockt mir der Atem. Ich war so von meinen eigenen Kümmernissen in Beschlag genommen, so in meiner eigenen kleinen Welt und habe total vergessen, dass ich Johns Tochter kontaktiert hatte.

Ja, John Sarri war mein Vater. Er ist im Januar gestorben, ich kann dir also nicht helfen.

Doch, natürlich kann sie mir helfen! Glaube ich zumindest. Ich bin so aufgeregt über den Kontakt, ich tippe also rasch eine Antwort zusammen und erzähle ein wenig mehr als in meiner kurzen Mitteilung auf Facebook.

Ich wusste, dass er gestorben war, und es hat mich sehr traurig gemacht! Deshalb habe ich mit dir Kontakt aufgenommen. Ich schreibe die Memoiren von Fredrika Bergh. Sie kannte deinen Vater gut. Wir haben oft über ihn gesprochen, als ich sie über ihr Leben interviewte. Dies ist vielleicht viel erwartet, aber kann ich dich anrufen? Oder könnten wir uns sogar treffen? Ich würde so gerne wissen, was nach dem Sommer 1968 geschah, als sie ihn das letzte Mal sah.

Aber eigentlich weiß ich ja, was mit John nach dem Sommer 1968 geschah, denke ich etwas resigniert, als ich die Mail abgeschickt habe. Das stand ja in dem kurzen Wikipedia-Artikel. Was erwarte ich also, was könnte seine Tochter beitragen? Auf welche Informationen bin ich eigentlich aus? Will ich wirklich hören, wie John ihre Mutter getroffen hat, oder von anderen Frauen in seinem Leben? Alles, was Fredrika betraf, war beendet in dem Augenblick, als John Strandbacka verließ. Über diese Geschichte gibt es nichts mehr zu sagen. Und wenn ich ganz ehrlich bin, dann will ich auch nicht sehr viel mehr über seine Karriere als Koch wissen. Als es pling macht im Posteingang, bin ich nicht mehr ganz so aufgeregt, aber ich lese doch sofort Lailas Antwort durch:

Das wird schwierig mit einem Treffen. Ich gehe morgen auf eine längere Reise, und ich habe noch nie gehört, dass mein Vater eine Fredrika Bergh gekannt hat.

Sie hat also noch nicht einmal etwas von Fredrika gehört! Fredrikas Worte dröhnen in meinem Kopf: *Ich hatte Angst vor der Antwort, die ich bekommen würde.* Es sieht so aus, als seien ihre Befürchtungen berechtigt gewesen, als sie John nicht kontaktieren wollte. Als seine Tochter müsste Laila seine Geschichte doch irgendwie kennen, zumindest, dass er einige Jahre auf Strandbacka gearbeitet hat. Wenn er in diesem Zusammenhang Fredrika Bergh nicht einmal erwähnt hat, kann sie schlussendlich nicht sehr wichtig für John gewesen sein.

Die arme Fredrika! Das hatte ich nun davon, dass ich Laila kontaktiert habe, ohne Fredrika um Erlaubnis zu bitten. Das hätte ich natürlich nicht tun sollen, aber Fredrika braucht es ja nie zu erfahren. Es ist jedoch schwieriger geworden, ihre Geschichte aufzuschreiben. Und es wird mühsam werden, ihr in die Augen zu blicken und dabei das Gesicht zu wahren.

Denn etwas müsste mir seine Tochter doch erzählen können, damit ich, und Fredrika, besser verstehen, warum er sich so entschieden hat. Und wenn Laila morgen auf eine lange Reise geht, dann sollte ich am besten heute noch mit ihr sprechen.

Entschuldige mein Insistieren, aber ich weiß mit Sicherheit, dass sie einander kannten. Es würde mir sehr viel bedeuten, wenn ich wenigstens ein paar Minuten deiner Zeit bekommen könnte. Gibt es heute vielleicht doch noch eine Lücke? Ich kann hinkommen, wo es dir passt. Ich möchte nur ein bisschen mehr über das Leben deines Vaters wissen, für Fredrika!

Ich schicke die Mail ab und halte dann die Luft an. *Für Fredrika?* Wieder einmal sage ich etwas, wozu ich kein Recht habe. Aber irgendetwas musste ich ja vorbringen, damit Laila Sarri anbeißt. Das scheint jedoch nicht der Fall zu sein. Sekunden werden zu Minuten, schließlich ist mindestens eine halbe Stunde vergangen. Bis sie endlich antwortet, habe ich eine Tasse Kaffee getrunken und bin viele Runden nervös durch meine kleine Wohnung gegangen.

Ich weiß immer noch nicht richtig, was ich dazu beitragen könnte. Aber okay, wir können uns heute um fünfzehn Uhr im Café Vetekatten treffen. Aber ich habe mein Gepäck dabei und noch einiges zu erledigen, es wird also kurz.

Das Café liegt so nahe, dass ich zu Fuß gehen kann, in der Nähe des Cafés, wo Ben und ich heute Morgen gefrühstückt haben. Ich schiebe den Gedanken an ihn beiseite, damit ich nicht in eine Abwärtsspirale gerate und mich von Leere überrumpeln lasse. Arbeit, sage ich zu mir selbst. Jetzt geht es um die Arbeit. Die digitale Uhr auf meinem Bildschirm zeigt 13:30, ich habe also noch eine halbe Stunde, um mich fertig zu machen und zu dem alteingesessenen Café zu begeben. Eine halbe Ewigkeit, gewissermaßen. Ich schreibe Laila noch rasch eine Mail und teile ihr mit, dass ich komme.

Als ich kurze Zeit später vor dem Badezimmerspiegel stehe und ein leichtes Make-up auflege, wird mir klar, was ich eigentlich bestätigt bekommen möchte – dass es eine noch größere Liebe als Fredrika gab, die auf John da draußen wartete. Die größte. Das ist nämlich das Einzige, was mir einfällt, damit ich ihm verzeihen und akzeptieren kann, dass er Fredrika nie wieder aufgesucht hat. Wie schrecklich und traurig das auch klingt.

* * *

Ich beiße vorsichtig in mein Mandelgebäck mit Nussglasur. Laila Sarri und ich haben gerade noch den letzten freien Tisch im Café *Vetekatten* gefunden. Ich wollte nicht unnötig Zeit vergeuden oder peinliche Pausen riskieren – da gab es schon einige, als wir in der Schlange standen, um zu bestellen –, und deshalb sage ich ohne Umschweife:

»Ich bin dir unglaublich dankbar, dass du bereit bist, mich zu treffen, aber ich muss dich doch fragen: Was hat dich dazu gebracht, ja zu sagen?«

Laila lächelt etwas steif. »Als der Name Fredrika fiel. Ich ahnte, dass die Frau, über die mein Vater in seinem Tagebuch schrieb, und sie die gleiche Person sein müssen. Die Jahreszahl, die du genannt hast, stimmte auch, und als ich dann Fredrika Bergh googelte und ein paar ältere Bilder sah, die ... Ja, sie sah der Frau sehr ähnlich, deren Foto im Tagebuch steckte, es war schwarz-weiß und abgegriffen. Sie war offenbar ein sehr wichtiger Mensch für meinen Vater, und da hatte ich das Gefühl, ich müsste vielleicht doch ...«

»Dein Vater hat also über Fredrika in seinem Tagebuch geschrieben?«, frage ich und spüre, wie alle Nerven in meinem Körper sich anspannen.

Laila nippt am Wasserglas, das sie am Tresen aufgefüllt hat. »Er hat nie ihren Namen genannt. Ich habe sein Tagebuch gefunden, als ich nach seinem Tod seine Sachen durchging. Als ich in dem Tagebuch blätterte, fiel das Foto heraus. Ich habe mich natürlich gefragt, wer die schöne Frau auf dem Bild war, besonders weil ...« Sie drückt das Glas zwischen ihren Händen. »Ich musste einfach lesen, was im Tagebuch stand.«

»Ich verstehe. Aber jetzt bist du beinah sicher, dass es Fredrika Bergh war?«

Laila schaut zu Boden. »Es kommt mir unglaublich vor, aber als ich das Tagebuch hervorsuchte und wieder darin las, sah ich, dass er Strandbacka erwähnte, das offenbar Fredrika Bergh gehört. Er schrieb auch andere Dinge, die mit dem übereinstimmen, was ich im Netz über sie gelesen habe. Zum Beispiel erwähnt er einen Henry. Das ist mir nicht besonders aufgefallen, als ich das Tagebuch zum ersten Mal las. Jetzt allerdings ist mir klargeworden, dass ihr Mann so hieß. Und dann war da auch das Foto. Du bist also sicher, dass sie sich kannten.«

Ich nicke langsam. »Aber er hat nie von Strandbacka und Fredrika erzählt, solange er noch lebte?«

Lailas Augen glänzen. »Nein, nie. Ich wusste, dass er auf einem Hof gearbeitet hatte, bevor er nach Spanien ging, aber nicht, wie der hieß. Und ich weiß nicht richtig, wie ich reagiert hätte, wenn er es mir erzählt hätte, solange er noch lebte. Als Kind möchte man ja nicht direkt wissen, dass der eigene Vater in eine andere Frau als die Mutter verliebt war.« Sie lächelt ein wenig schief. »Allerdings hatten meine Mutter und mein Vater nur eine sehr kurze Beziehung, und sie waren nicht verheiratet. Ich war traurig, dass mein Vater nie wieder eine Liebe gefunden zu haben schien. Er war wirklich der ewige Junggeselle, so, wie man sich einen Koch vorstellt, der für seinen Beruf und sein Restaurant lebt.« Laila verdreht die Augen und lacht trocken. »Ich war also fast erleichtert, als ich erfuhr, dass es jemanden gegeben hat, den er wirklich geliebt hat. Und den er bis ans Ende seines Lebens geliebt hat. Ja, das war schön«, fügt sie mit einem leichten Zittern in der Stimme hinzu. »Er hat auch später im Leben kurze Tagebucheinträge geschrieben, da wurde mir klar, dass es wirklich so war.«

Ich merke, dass ich die Augen aufsperre, und ich bekomme fast keinen Ton heraus. *Bis ans Ende seines Lebens.*

»Aber wie lange war er denn in Spanien? Und wann hat er deine Mutter getroffen? Wie alt bist du?« Ich stolpere fast über meine Worte.

Laila verzieht ein wenig den Mund, als sie meine Aufregung bemerkt. »Sie haben sich 1973 kennengelernt, und ich bin 1974 geboren. Aber er ist schon lange zuvor aus Spanien zurückgekehrt. Er war nur für kurze Zeit dort.«

»Aha. Aber das Restaurant hatte doch einen Stern im *Guide Michelin*? Warum ist er dann wieder weg… Er schien doch solche Träume über den Beruf des Kochs zu haben. Vielleicht kommt es dir merkwürdig vor, dass ich so viel über deinen Vater weiß, aber Fredrika hat mir so viel von ihm erzählt.«

Laila schaut mich schweigend an. »Man könnte meinen, das wäre der Traum für einen jungen Mann mit großen Ambitionen als Koch«, stimmt sie mir dann zu. »Aber manchmal läuft es nicht richtig so, wie man es sich vorgestellt hat. Ich bin in zwei Welten aufgewachsen, könnte man sagen, in den Bergen und in der Großstadt. Mein Vater zog schon 1977 nach Joesjö, da war ich erst drei Jahre alt. Ich habe ihn immer im Sommer und an Weihnachten und in den Ferien besucht. Es war ihm sehr wichtig, dass ich so oft kam, wie es nur ging.« Ihre Hand umfasst instinktiv den Stein, den sie an einer Kette um den Hals trägt, vielleicht ein Geschenk ihres Vaters und deshalb besonders wertvoll für sie. »Aber ich bin hier in Stockholm in die Schule gegangen«, fährt sie dann fort, »meine Mutter, die in Stockholm geboren ist, wohnte hier. Mein Vater war ja Same und hatte seine Wurzeln dort oben. Als er den Hof Joesjö erbte, beschloss er zurückzukehren, und da ist er dann geblieben.«

Ich nicke, meine Gedanken wirbeln im Kopf umher. »Das in Spanien war also nicht so, wie er es sich vorgestellt hatte?«

»Nein, offenbar nicht«, sagt Laila nachdenklich.

Ich habe so gespannt zugehört, ich zittere fast, aber jetzt merke ich, wie eine vertraute Enttäuschung mich einholt. Trotz allem, was ich erfahren habe, was mehr ist, als ich je zu hoffen gewagt hatte, muss ich doch denken: Ist das alles? Ist das wirklich die ganze Geschichte? Ich weiß nicht so recht, was ich erwartet habe, aber irgendwie ist es, als würde etwas fehlen.

Ich suche Lailas Blick. »Aber eines verstehe ich immer noch nicht ganz. Wenn er Fredrika weiterhin geliebt hat, und das sein Leben lang, und wenn er keine andere hatte, warum hat er sie dann nie wieder aufgesucht? Sie hat darauf gewartet!«, nehme ich mir die Freiheit zu sagen.

»Aber das hat er doch getan«, antwortet Laila erstaunt.

Jetzt verliere ich völlig die Fassung. »Hat er?«

Laila trinkt einen Schluck Wasser, und wie aus weiter Ferne höre ich sie erzählen, was sie in Johns Tagebuch gelesen hat...

KAPITEL 35
Herbst 1968
John

John konnte fast nicht still sitzen, als das Flugzeug zur Landung in Arlanda ansetzte. Er war die letzten Monate so unglaublich dumm gewesen. Aber dann, eines Morgens in der letzten Woche war er klarer im Kopf als je zuvor aufgewacht und hatte eingesehen, dass es ihm nicht schlecht gehen musste. Er brauchte sich nicht jede Nacht von Gedanken jagen zu lassen und sich einzureden, er sei glücklich und habe die Chance seines Lebens bekommen und könne seinen Traum verwirklichen. Was war der Traum wert, wenn er das Wichtigste im Leben für immer verloren hatte? Die Liebe. Denn er wusste schon jetzt, es würde nie eine andere Frau für ihn geben.

Er hatte geglaubt, er könnte sein neues Leben ohne sie leben. Hatte sich mehr oder weniger gezwungen, so zu denken, auch schon bevor er Strandbacka verlassen hatte. Und Matteo hatte ihn darin bestätigt. Obwohl John sah, wie sehr er seine Geliebte verletzte, und damit auch sich selbst, hatte er sie verlassen, als sie ihn am nötigsten brauchte. Das war unverzeihlich, aber als Matteo mit dem Traum vor seinen Augen wedelte, da war es, als würde in seinem Kopf etwas schieflaufen ... John wusste, er hatte zu viel von seiner Liebsten verlangt, als wäre es ihre Entscheidung, wo es doch die seine war. Sie war nicht frei und würde es vielleicht nie werden. Genau deshalb hätte er bleiben müssen.

Stattdessen war er weggefahren und hatte jede Sekunde an sie gedacht. In der stressigen Restaurantküche, wo er wirklich konzentriert und auf Zack sein musste, hatte er sich ständig dabei erwischt, wie er ins Leere starrte. Oft nahm er seine Arbeit erst wieder auf, kurz bevor der Küchenchef merkte, wie zerstreut er war. Sie war anders als alle anderen Frauen, die er getroffen hatte – so gut und freundlich, so leidenschaftlich und stark. Warum hat er das nicht mehr zu würdigen gewusst und sich stattdessen von ihrer Stärke einschüchtern lassen?

Jetzt sehnte er sich danach, sie in die Arme zu nehmen und ihr zu sagen, er sei zur Vernunft gekommen und habe sich für sie entschieden. Am Ende. Und er wünschte sich, dass sie sofort wieder versuchten, ein Kind zu bekommen. Oder später. Ganz egal. Er würde sie jetzt unterstützen und eine Arbeit in Stockholm annehmen, ihre Zukunft an erste Stelle setzen, so wie es von Anfang an gedacht war – alles tun, um sie glücklich zu machen.

Er wusste nur nicht, wo er sie finden würde. Auf Strandbacka oder in der Wohnung am Vanadisplan – *ihrer Wohnung*. Sie musste da inzwischen eingezogen sein. Oder sollte er zu ihrem Büro fahren? Eigentlich war die Antwort klar, und er wusste nicht, warum er sich diese Frage gestellt hatte. Er kannte seine Geliebte und wusste, dass er sie im Büro finden würde, auch wenn es schon Abend war.

Eine knappe Stunde später stand er vor dem stattlichen Gebäude auf Östermalm, außer Atem, weil er das letzte Stück gelaufen war. Saß sie in dem erleuchteten Zimmer im zweiten Stockwerk? Sein Hals war ganz trocken. Und er war aufgeregt, weil er gleich wieder mit ihr vereint sein würde. Er machte ein paar Schritte auf die Eingangstür zu, den Blick immer noch auf das Fenster gerichtet. Ich komme, mein Liebling, dachte er. Im nächsten Augenblick stieß er gegen eine Person, musste rasch den Blick senken und einen Schritt zurück machen.

»Henry?«

Der andere Mann betrachtete ihn misstrauisch. »John! Was machst du hier? Bist du nicht in Spanien?«

»Ich bin wieder da.«

Die beiden Männer standen einen Moment unter dem Schein der Straßenlaterne und maßen einander mit Blicken. John hatte Henry nur einmal getroffen, sie waren einander vorgestellt worden. Aber er hatte den Kindheitsfreund seiner Geliebten wahrlich nicht vergessen, das war der Mann, den ihr Vater offensichtlich favorisierte. Und es war deutlich zu sehen, auch Henry hatte ihn nicht vergessen. Sein intensiver Blick war beinahe giftig.

»Wieder da, sieh an?«, sagte er. »Ich möchte nur hoffen, dass du nicht wegen *ihr* wieder da bist. Du weißt schon, dass wir heiraten werden? Ich habe letzte Woche um ihre Hand angehalten.«

John erstarrte zu Eis. »Heiraten … ihr?« Die Worte kamen stoßweise. »Das kann nicht wahr sein …« War das ein höhnisches Lächeln auf Henrys Lippen? Der Mann, über den seine Geliebte immer nur Gutes gesagt hatte.

Henry hob seine linke Hand und drehte demonstrativ am Verlobungsring. »Ihr Vater ist sehr krank, und ich wollte ihn beruhigen, indem ich ihm versicherte, an ihrer Seite zu sein. Das wollte sie auch. Ich musste sie wahrlich nicht zwingen, sich mit mir zu verloben, wenn du verstehst, was ich meine?« Der Blick, mit dem Henry John ansah, ließ ihn erschauern. »Und wenn man bedenkt, was du ihr schon alles angetan hast – ja, sie hat es mir erzählt«, sagte er scharf, »gehe ich davon aus, dass du so viel Respekt und Anstand besitzt, dich fernzuhalten.«

John betrachtete Henry mit geballten Fäusten und einem wunden Herz, wobei ihm langsam die düstere Wahrheit aufging. Sie würde heiraten. Er war zu spät gekommen!

Aber sie war ja tatsächlich noch nicht verheiratet. Und er hatte wahrlich nicht die lange Reise unternommen, um an der Tür wieder umzukehren. Nein, er musste sie sehen und ihr erzählen, dass er sich anders entschieden hatte. Er war bereit für alles, worum sie ihn bitten würde.

»Okay, aber ich möchte auf jeden Fall mit ihr sprechen.« John versuchte, an Henry vorbeizukommen, aber der machte einen Schritt zur Seite und hinderte ihn.

»Das solltest du auf gar keinen Fall tun!«, sagte er scharf, stellte sich breitbeinig hin und fixierte John mit dem Blick. »Du hast schon einmal ihr Herz gebrochen, das genügt. Ihr Vater ist sterbenskrank. Sie würde zusammenbrechen, wenn du jetzt wieder auftauchst.«

John richtete sich auf, spannte die Brust und versuchte, die gleiche selbstsichere Haltung einzunehmen wie der Mann vor ihm. Der zukünftige Mann seiner Geliebten. Das konnte doch überhaupt nicht sein, dass sie Henry heiraten wollte. Sie liebte doch ihn, John! »Oder sie bricht zusammen, wenn ich nicht auftauche«, sagte er. »Was weißt du schon?«

Henry drehte wieder am Ring, lachte ein wenig und wurde dann fast unheimlich ruhig. »Dann geh doch hoch und sprich mit ihr«, sagte er herausfordernd. »Aber glaubst du wirklich, dass sie, ein so pflichtbewusster Mensch, in diesem Moment die Verlobung mit mir brechen würde – falls das deine Erwartung sein sollte – und damit das Herz ihres Vaters, im wahrsten Sinn des Wortes? Er, der von Anfang an, seit wir Kinder waren, wollte, dass sie mich eines Tages heiratet, und der überglücklich war, als er erfuhr, dass sie meinen Antrag angenommen hatte. Nein, das glaube ich nicht«, sagte Henry und beantwortete die Frage selbst. »Du würdest sie nur unnötig in Angst versetzen. Kannst du das wirklich mit deinem Gewissen vereinbaren? Auch noch! Findest du das richtig ihr gegenüber?«

Johns Herz schlug wie ein Eisenhammer in der Brust. Er wollte gegen alles protestieren, was Henry gesagt hatte, aber das war nicht möglich, nachdem er es so dargelegt hatte, denn er wusste, dass Henry leider recht hatte. Es war der größte Wunsch ihres Vaters gewesen, dass sie und Henry ein Paar wurden, auch wenn seine Geliebte versucht hatte, sich darüber lustig zu machen, wenn die Sprache darauf kam. Und ihr Vater bedeutete alles für sie, das hatte er selbst erfahren, als sie sich trennten. Mit einem Mal klangen ihre Worte in seinen Ohren: *Ich kann meinen Vater jetzt nicht verlassen, er wäre am Boden zerstört.*

Und noch niedergeschlagener wäre ihr Vater natürlich, wenn sie jetzt nicht Henry heiraten würde, wie es geplant war. Das könnte wirklich bedeuten, ihn im letzten Moment zu verraten. Gewissermaßen auf dem Sterbebett. Das würde sie niemals machen. Sie liebte ihren Vater aus ganzem Herzen und war viel zu gutherzig und loyal, um so etwas tun zu können – und dafür konnte John sie nur umso mehr lieben.

Henry schaute ihm geradewegs in die Augen. »Also, wenn du sie wirklich liebst, dann schlage ich vor, dass du von hier verschwindest und so tust, als wärst du nie hergekommen. Und ich bitte dich inständig: Suche sie nicht auf! Versuche nicht, sie zu kontaktieren.« Henry packte ihn beim Jackenärmel, ohne ihn aus den Augen zu lassen, wie um sicher zu sein, dass John den Ernst der Lage verstand. Dann drehte er sich um und ging wieder zur Tür hinein, anstatt die Straße hinunter. Kurz darauf hörte er ein Klicken, als ob die Tür verschlossen würde.

John starrte ihm nach, dann wandte er den Blick hinauf zum Fenster, aber seine Geliebte war da nicht zu sehen. Er stand noch eine lange Weile vor der Tür und wartete, aber es kam niemand heraus. Schließlich wurden alle Lichter im Gebäude gelöscht. Als immer noch niemand an der Haustür auftauchte, wurde ihm klar, dass es noch einen anderen Ausgang geben musste, auf der Rückseite des Hauses. Er lief um den Häuserblock. Als er dort ankam, war die ganze Straße leer, ihm blieb keine andere Wahl, als wegzugehen. Durchgefroren und mit klappernden Zähnen.

Am nächsten Abend landete er wieder in Spanien. Der Vollmond erleuchtete die gewundene Straße zurück in das Dorf. Es war ein selten schöner Abend, was seine Qualen und sein Leiden nur noch verschlimmerte. Um seiner Liebsten willen, das wusste er, musste er dem Rat von Henry folgen. Aber es war so unendlich schwer zu akzeptieren, dass er ohne die Frau, die er so geliebt hatte, weiterleben müssen, auch wenn das ganz und gar seine eigene Schuld war. Er hatte ein Stück seiner Seele verkauft, als er mit Matteo nach Spanien gegangen war. So fühlte es sich an. Das würde er nie zurückbekommen, was auch immer er tat.

Die Trauer überwältigte ihn in Wellen, immer wieder, Tag und Nacht. Sie quälte ihn unbarmherzig, er bekam seine Strafe. Sie hatte für sein schlechtes Selbstvertrauen büßen müssen, er war zu erfüllt davon, sein Ego zufriedenzustellen. Die Bilder von ihr waren ständig auf seiner Netzhaut, was ihn noch mehr quälte. Was immer er tat, wo immer er sich befand. Wenn er am Tisch stand und Gemüse schnitt oder an einem der großen Herde eine Sauce rührte, dann erinnerte er sich, wie sie neben ihm auf der Anrichte gesessen hatte, als er das Gleiche in der Küche von Strandbacka machte. Da hatte sie ihn mit reiner Liebe im Blick angeschaut. Und wenn er hin und wieder in der Dämmerung ausritt, dann hatte er nicht die goldgelben Wiesen vor sich, sondern das Bild seiner Geliebten – sie war eine einzige Offenbarung in Gold, und er erinnerte sich an die vielen Male, die sie vor ihm in der Dämmerung auf Strandbacka geritten war.

Er sah sie überall, würde sie immer überall sehen. Als der lange Herbst in den Winter überging und die Nächte kühler wurden, schienen die Trauer und der Verlust nur noch größer zu werden. In dem Haus, das er mit dem übrigen Personal des Restaurants teilte, gab es keine Heizung. Er hätte alles getan, um sie in seiner Nähe zu haben. Zitternd wickelte er sich in seine Decke, sein Atem dampfte in der kühlen Luft, er kämpfte gegen die Erkenntnis, dass es für ihn nichts mehr gab. Der Verlust war so groß. Es hätte so wenig gefehlt und sie wären alles füreinander geworden, aber jetzt würde sie niemals die seine werden. Wie sollte er weiterleben mit diesem Wissen? Wie sollte er je aufhören, sich Vorwürfe zu machen?

Schließlich verstand er, das Einzige, was ihn vor dem endgültigen Untergang retten konnte, war, alle Kraft und Energie in das zu legen, was er von Anfang an hier vorgehabt hatte. Wenn sein ganzes Tun überhaupt einen Sinn haben sollte, dann musste er zumindest versuchen, ein so guter Koch wie möglich zu werden. Als er sich schließlich richtig ins Zeug legte, dauerte es auch nicht lange, bis er von der Küchenhilfe aufstieg und auch offiziell Koch genannt werden konnte.

Aber er fühlte sich in Spanien nicht zu Hause. Er sehnte sich zurück nach Schweden, er wollte näher bei seiner Geliebten sein, auch wenn sie nicht mehr die seine war. Der physische Abstand war einfach zu groß, und als es Sommer wurde, kehrte er zurück. Nur wenige Tage nach der Heimkehr blätterte er eine alte Tageszeitung durch, die in dem Zimmer herumlag, das er hatte mieten können. Eine große Anzeige teilte mit, dass sie und Henry vor einigen Monaten geheiratet hatten. Dort und damals schwor er sich hoch und heilig, sie nie wieder zu kontaktieren. Und er wusste, er würde sie bis zum letzten Atemzug lieben.

KAPITEL 36

Juli 2019

Fredrika wischt ihre Wangen mit einem Taschentuch ab. »Das ist so ... Ich weiß gar nicht, was ich sagen soll, Ella. Das ist beinahe zu viel für eine so alte Seele wie mich.«

Sie hatte mir konzentriert zugehört, mit jedem Millimeter ihres Seins. Während die Sonne immer höher stieg, hatte sie völlig regungslos in ihrem Korbstuhl auf der Terrasse gesessen, als ich ihr so exakt wie möglich die Geschichte nacherzählte, die Laila Sarri mir ihrerseits gestern Nachmittag berichtet hatte. Nachdem Laila und ich uns verabschiedet hatten, wäre ich am liebsten sofort nach Strandbacka hinausgefahren, aber Fredrika hatte einen Arzttermin. Ich wollte ihr so schnell wie möglich berichten, dass John seinen Fehler eingesehen hatte und *sehr wohl* zurückgekommen war. Und sie sollte erfahren, wie unendlich er sie geliebt hatte: so sehr, dass er sich gezwungen sah, ihr für immer fernzubleiben. Auch wenn mit Johns Tod jegliche Hoffnung auf eine Wiedervereinigung zwischen den beiden verloren war – nie war es eiliger gewesen, einer Person etwas zu berichten. Ich strecke mich nach Fredrikas Hand und möchte sagen, dass die Liebe in uns weiterlebt, aber die Worte bleiben mir im Hals stecken. Obwohl es ein wunderbarer Morgen ist, liegt Melancholie in der Luft, ganz Strandbacka scheint verlorene Liebe auszustrahlen.

Was, wenn ich Fredrikas Memoiren geschrieben hätte, als John noch am Leben war! Wenn sie sich wiedergetroffen hätten und wenn es nur ein letztes Lebewohl gewesen wäre. Sie haben sich nur um ein paar Monate verpasst! Wie ungerecht.

Auch in mir steigt eine große Trauer auf, vermutlich nur ein Wellenkräuseln im Vergleich mit Fredrikas Tsunami. »Ich hätte mir so gewünscht, dass John selbst hätte erzählen können, wie sehr er dich geliebt hat.« Vielleicht hat sie ganz oft daran gezweifelt. Aber das ist jetzt vorbei. Er hat sie aus ganzem Herzen geliebt!

Fredrika hält das Taschentuch in einem festen Griff in der Hand und antwortet: »Das wünsche ich mir auch. Aber natürlich ist es unglaublich befreiend, zu wissen, dass John tatsächlich zurückgekommen ist…« Ihre Augen glänzen von neuen Tränen, und sie drückt das Taschentuch in die Augenwinkel. »Es ist kaum zu begreifen«, flüstert sie heiser. »Manchmal dachte ich, er liebt mich noch, aber er hält sich fern. Und dennoch, zu erfahren, dass er die ganze Zeit dort oben auf seinem Berg saß und unglücklich in mich verliebt war, während ich hier mit den entsprechenden Gefühlen…« Die Farbe ihrer Augen ändert sich. »Ich bin so wütend auf mich selbst! *Ich* hätte ihn aufsuchen müssen. Ich *wollte* es ja. Ich bin eine eigensinnige alte Frau, genau das bin ich!« Ihr Kinn und ihre Hände zittern.

Ich schaue sie bestürzt an. »Du bist keine alte Frau! Und du hast dir wohl selbst eingeredet, dass eure Liebesgeschichte vor langer Zeit vorbei war?«

Fredrika streicht sich über die geschlossenen Augen. »Ja, so war es wohl«, antwortet sie mit ruhiger Stimme. »Und wenn es diese Memoiren nicht geben würde und alles, was du aus mir herausgelockt hast, was ich berichtet und woran ich mich erinnert habe, dann hätte ich wohl immer noch so gedacht.«

Es wäre vielleicht besser gewesen, denke ich sofort, Schuldgefühle überwältigen mich. Wie schön die Wahrheit auch ist, sie kann auch grausam und quälend sein. Ich habe Fredrika einen Bärendienst erwiesen, ich hatte ja auch meine Zweifel, bevor ich Kontakt mit Laila Sarri aufnahm. Dabei hätte es bleiben sollen.

»Ich bin so unglaublich froh und gerührt, dass ich deine Geschichte hören durfte, wie ich schon das letzte Mal gesagt habe. Aber ich bin auch traurig, dass ich alte Wunden aufgerissen habe. Ich hätte John nicht nachspüren oder Laila kontaktieren sollen. Zumindest nicht, ohne dich vorher zu fragen. Ich wollte dir nur helfen, aber dabei habe ich eine Grenze überschritten. Verzeih mir!« Meine Stimme klingt rau und dick.

Fredrikas Pupillen öffnen sich ein wenig. »Aber meine Liebe, ich habe mich über viel im Leben aufgeregt. Jedoch nicht hierüber.« Sie streichelt meine Hand. »Ich habe mich eben vielleicht falsch ausgedrückt. Ich wollte ja erzählen! Und als ich angefangen hatte, da wollte ich nichts lieber, als von mir und John zu erzählen, wie ich es auch tat. Ich wollte mich an uns erinnern.«

Ich nicke unsicher und entspanne mich ein wenig. Ich erinnere mich, dass ich Fredrika nach unseren anfänglichen Problemen tatsächlich nicht zum Reden zwingen musste. »John hat sich wirklich an dich erinnert. Du warst seine Geliebte«, sage ich mit den Worten, die Laila verwendete.

Fredrika strahlt und lächelt fast scheu. Einen Moment lang habe ich ein eigenartiges Gefühl von Zeitlosigkeit, ich sehe die junge, so verliebte Frau, die sie einmal war. »Ich habe heute ein richtiges Geschenk von dir bekommen«, sagt sie, als der nostalgische Glanz sich ein wenig gelegt hat. »Das wollte ich eben ausgedrückt haben.«

Ich schüttle langsam den Kopf. »Laila hat die Geschichte erzählt.« Nach anfänglichem Misstrauen und Überredung, denke ich im Stillen. Ich sollte sie und Fredrika vielleicht einmal zusammenbringen, schießt es mir durch den Kopf. Würde das zu weit gehen? Aber Laila hat sich beim Abschied erheblich mehr für Fredrika und ihr Leben interessiert, das ist mir aufgefallen. Und auch sie schien große Probleme zu haben, wieder ins Heute zurückzukehren, als sie die Geschichte zu Ende erzählt hatte. Wir saßen noch eine lange Weile schweigend beieinander.

»Ich bin froh, dass John ein Kind bekommen hat«, sagt Fredrika, und sie sieht aus, als würde sie das wirklich meinen, aber die Stimme hat einen wehmütigen Klang. Denkt sie an die Fehlgeburt? Die erste von mehreren...

Meine Gedanken gehen weiter zu Henry. Was für ein Kontrast muss das gewesen sein, von ihm umarmt zu werden, nach dem leidenschaftlichen Verhältnis mit John. Ich denke, wir müssen ein wenig mehr über seinen Anteil am Handlungsverlauf sprechen. »Aber bist du denn nicht wütend auf deinen Mann?«, frage ich vorsichtig. »Wenn er nicht gewesen wäre, hättest du vielleicht doch mit John leben können, trotz allem?« Schließlich hat Henry sich eingemischt und damit ihr Schicksal beeinflusst, das muss doch so unerhört schwer zu verdauen sein. Ich zumindest hätte Probleme, damit fertig zu werden.

Fredrika denkt eine Weile nach, ehe sie antwortet. »Henry hatte recht, das hat John verstanden. Ich hätte zu diesem Zeitpunkt Henry nicht verlassen können. Aber ich wünschte mir natürlich, dass er John nicht gezwungen hätte, zu verschwinden. Da wäre mir erspart geblieben, mit dieser Ungewissheit

zu leben! Aber du musst wissen, Henry war kein böser Mann.«
Sie hält meinen Blick fest.

Nein, das habe ich auch nicht geglaubt. Dann muss ich an
etwas denken, was mir schon aufgefallen war, als Laila Sarri mir
die Geschichte erzählte. »Mir war nicht klar, dass Henry von
deiner Beziehung zu John wusste. Ich hatte den Eindruck, nur
dein Vater wusste Bescheid.«

Eine leichte Brise lässt Fredrikas Haare flattern, aber dann ist
es, als würde die klare Morgenluft um uns herum stillstehen.
»Ich habe Henry nie von uns erzählt, er hat John also belogen«,
bestätigt sie. »Und das war natürlich fürchterlich. Aber vielleicht war es nicht besonders schwierig für ihn, sich auszurech-
nen, was Sache war. Ich war am Boden zerstört, als John nach
Spanien abgereist war, das hatte ich berichtet. Henry war natürlich schlau genug, zu verstehen, dass meine Verzweiflung nicht
nur meinem Vater galt. Aber irgendetwas stimmt dennoch nicht«,
fügt sie hinzu und schaut plötzlich sehr besorgt drein. »Es sieht
ja so aus, als ob Henry erheblich mehr wusste. Vielleicht hatte
jemand vom Personal auf Strandbacka sehr große Ohren ... Vielleicht hat Henry sie sogar gefragt ...« Sie schweigt und starrt
mich entsetzt an.

»Im Krieg und in der Liebe ist wohl alles erlaubt«, murmele
ich, damit sie sich nicht weiter mit Fragen quält, auf die sie doch
keine Antwort bekommen kann. »Es ist doch ganz offensichtlich, du hattest zwei Männer, die dich sehr geliebt haben.«

Fredrika holt tief Luft. »Das hast du vielleicht auch?«, sagt
sie dann.

Ich weiche ihrem Blick aus, aber ich spüre trotzdem, wie er
brennt. Und ganz ehrlich gesagt, ich bin ja nicht einmal sicher,

ob Leon mich liebt. Auf jeden Fall nicht so, wie ich es mir wünsche.

»Apropos gemeinsamer Bekannter, ich habe da eine Neuigkeit über Ben«, sagt Fredrika, als ich nicht antworte. »Marielle hat angerufen, kurz bevor du herkamst.«

»Ja?«, sage ich leise und spüre, wie ich mich anspanne. Ich weiß nicht so recht, ob ich diese *Neuigkeit* wirklich hören will.

»Berghs International kauft Canavans Industriepumpen!«

Ich schaue sie verwirrt an. »Aber das ist doch keine Neuigkeit?«

»Doch, weil sie es *kaufen*!«, sagt Fredrika nachdrücklich. »Sie steigen nicht nur mit Kapital ein, davon war zunächst die Rede. Ben hat beschlossen, Canavans zu verkaufen.«

Ich denke an das Gespräch zwischen Ben und mir in dem Café zurück. »Aber ich verstehe nicht so recht...« Ich schiebe den Sessel ein wenig vom Tisch nach hinten, schlage die Beine übereinander und falte meine Hände über dem Knie. »Gestern hat Ben so geklungen, als...« *Als wäre es unmöglich, das Lebenswerk seines Vaters zu verkaufen.* Wenn man bedenkt, was er mir über seinen Vater anvertraut hat, kann ich ihn wirklich verstehen, und auch, dass ich mich nie richtig in seine Situation hineinversetzen können würde.

»Ich weiß tatsächlich nicht, was ihn zu diesem Schritt veranlasst hat.« Fredrika nestelt an der weißen Perle, die in ihrem Ohrläppchen glänzt. »Wir hatten in letzter Zeit ja keinen Kontakt.«

Ich schaue über den Rasen, betrachte die Streifen von buttergelbem Sonnenlicht unter den alten Eichen. »Nein«, stimme ich zu, »er hat sich außerdem Sorgen gemacht, dass Marcus immer noch großen Einfluss bei Berghs hat.«

Fredrika nickt. »Marielle sagte, Ben habe seine Befürchtungen am Ende sehr deutlich gemacht, und das hat schließlich Gustaf auf den Plan gerufen. Und als Marcus Marielles Rolle als Ratgeberin im Konzern nicht akzeptieren wollte – sie war die Kompetenteste für diesen Auftrag –, da reichte es Gustaf. Ich habe schon immer gewusst, dass Gustaf die Ansichten seines Vaters nicht teilt, aber ich hätte nicht gedacht, dass er es wagen würde, sich gegen ihn aufzulehnen. Niemand traut sich das, nicht einmal ich. Aber jetzt hat er ihn ein für alle Mal gebeten, sich nicht einzumischen. Und da Marcus keine formelle Macht bei Berghs besitzt, da…«

Ich lächle, obwohl ich das nicht tun sollte. »Ich muss zugeben, ich war ein wenig erstaunt, als ich erfuhr, dass Marielle an einem Kauf von Canavans interessiert war, sie ist ja so erfolgreich mit dem Verlag Bergh. Aber dann habe ich doch ziemlich rasch verstanden, das eine muss das andere nicht ausschließen, auch wenn es völlig unterschiedliche Branchen sind. Ist sie denn nicht enttäuscht, dass sie Canavans nicht kaufen durfte?«, muss ich dann doch noch fragen.

Fredrika lächelt. »Ganz im Gegenteil, glaube ich! Wenn man bedenkt, dass sie einen Verlag zu führen hat, dann passt doch die Rolle als Ratgeberin viel besser zu ihr. Außerdem wollte sie schon lange eine Position bei Berghs haben.«

»Schon damals, als Gustaf Geschäftsführer wurde«, füge ich hinzu und bekomme ein Nicken als Antwort. Es scheint mir keine allzu wilde Vermutung zu sein, Marielle könnte sich in naher Zukunft vom Verlag trennen, denke ich. Sowohl sie als auch Ben haben ja angedeutet, der hauptsächliche Anlass für die Verlagsgründung war, dass sie sich zurückgesetzt gefühlt hatte. Schließ-

lich ist sie im Konzern Berghs aufgewachsen. »Ende gut also –
und eine Art Revanche, sowohl für sie als auch für dich?«, sage
ich und schaue Fredrika an.

Ihr Lächeln verblasst. »Doch, schon. Aber was Marcus angeht, wünsche ich mir, wir könnten eine normale Geschwister-
beziehung haben. Dass er …« Ihre Stimme zittert ein wenig, und
sie braucht den Satz nicht zu vollenden, ich verstehe auch so,
was sie meint.

Dass er sie mochte, sie liebte. Die unausgesprochenen Worte
und der Anblick ihres gequälten Gesichtsausdrucks sind herz-
zerreißend. Ich beuge mich vor und drücke ihre beiden Hände.
»Oh, Fredrika.« Nach allem, was ich jetzt über sie erfahren habe, sollte ich wissen, dass sie sich nicht in den Rückschlägen
ihres Bruders suhlt, um eine Art persönliche Vendetta zu führen.
Und ich verstehe jetzt auch, warum sie sich ständig fügt. Es
geht um die Sehnsucht einer Schwester, Bestätigung und Liebe
vom Bruder zu bekommen. Eine Bestätigung, die Marcus wiederum nicht von ihrem Vater bekommen zu haben schien.

Das führt mich zu weiteren Überlegungen. »Fredrika, du hast
einmal gesagt, du würdest dir wünschen, die Kraft zu haben, Widerstand zu leisten … Wenn du dein Leben noch einmal leben
könntest, würdest du dann andere Entscheidungen treffen?«,
frage ich.

Fredrika schaut mich beinahe fassungslos an. »Natürlich
hätte ich mich anders entschieden! Und heute wurde ich wahrlich daran erinnert, man hat nur ein Leben, und man sollte nicht
eine Minute davon vergeuden. Man kann definitiv nicht fünfzig
Jahre verstreichen lassen und sich wünschen, man hätte anders
gelebt.« Sie holt tief Luft und schaut auf ihre Hände. »Ich habe

ein gutes Leben gelebt«, betont sie. »Und es ist mir meistens recht gut gegangen. Nur, das ist etwas anderes, etwas ganz anderes, als glücklich zu sein. Man kann lachen und lächeln, aber man ist nie bis in die Seele froh. Oft hat man das Gefühl, man geht umher und tut nur so. Ich wünschte, mein Vater hätte das verstanden! Und ich hätte ihm erzählt, wie es mir geht, lange bevor er krank wurde. Ich habe meinen Vater sehr geliebt, aber er hatte wirklich nicht immer recht.« Sie schaut auf, und ihre Augen glühen.

Mein Hals verengt sich. Ihre Worte treffen mich hart, und ich muss ein paarmal schlucken, um widersprechen zu können. »Ich wollte dich eigentlich fragen, was du in den Memoiren von dir preisgeben möchtest, aber ich habe das Gefühl, du hast mir gerade schon die Antwort gegeben.«

Fredrika fischt etwas aus ihrer Rocktasche. Ich sehe gleich, es ist das Foto von John. Sie streicht zärtlich über das Bild. »John war die große Liebe meines Lebens. Ich weiß, ich habe manchmal versucht, bei unseren Gesprächen die Bedeutung dieser Liebe zu unterminieren, behauptet, wir wären zusammen doch nicht glücklich geworden. Ich musste mir das einreden. Wie hätte ich sonst überleben sollen? *Das* ist das Buch, das ich der Nachwelt hinterlassen möchte.«

Und das ist das Buch, das ich am liebsten schreiben möchte, denke ich.

Plötzlich merke ich, dass ich unentwegt blinzele und Seufzer in mir hochsteigen. Ein Impuls lässt mich aufstehen und um den Tisch herum zu Fredrika gehen. Ich lege die Arme um ihre Schultern und sage: »Ich bin so stolz auf dich!«

Fredrika schüttelt abwehrend den Kopf. Aber nach einer Weile dreht sie sich zu mir um und schaut mich mit tränenvollen Augen an. Es zuckt in ihren Mundwinkeln, ein Lächeln breitet sich langsam auf ihrem Gesicht aus.

KAPITEL 37

»Ich habe das Gefühl, mich verloren zu haben.« Ich mache eine Geste der Hilflosigkeit und lehne mich mit der Schulter an die Wand im Flur. Bereits eine ganze Weile versuche ich, Leon zu erklären, wie ich mich fühle, aber irgendwie erreiche ich ihn nicht. Und das ist schon lange so.

»Aber deswegen brauchst du doch nicht so drastisch zu werden und Schluss machen?« Leon stellt sich vor mich hin und sucht meinen Blick. »Du kannst doch zusammen mit mir wieder zurückfinden? Das hast du doch schon einmal gemacht. Und angesichts unserer Geschichte bist du uns das schuldig, finde ich. Du kannst doch nicht einfach aufgeben, Ella!« Leon rauft sich die Haare. »Wir wollen doch zusammen eine Wohnung kaufen.«

»Willst *du* das wirklich immer noch? Wir haben schon länger nicht mehr über neue Besichtigungen gesprochen.«

»Weil ich gemerkt habe, dass du nicht willst«, antwortet er unmittelbar.

Das ist bestimmt ein Teil der Wahrheit, aber ich bin nicht sicher, ob es die ganze ist. Er war nicht nur deshalb nicht mehr so eifrig wie bisher am Wohnungskauf interessiert. Ich höre plötzlich Frejas Worte ganz deutlich in mir: *Du musst tun, was du willst. Nicht, was andere von dir erwarten.*

»Ehrlich gesagt, habe ich viel eher so ein Gefühl, als wäre ich es mir schuldig, alleine zurückzufinden«, sage ich so schonend wie möglich. »Ich muss mich auf mein eigenes Abenteuer begeben. Es war sehr lange immer nur unseres.« *Und deine Gefühle standen immer an erster Stelle*, wie meine Mutter gesagt hat, und das war auch mein Eindruck. Aber es ist wirklich nicht nötig, Leon noch mehr zu verletzen, indem ich das erwähne.

Ich schaue ihn bittend an. »Ich gebe nicht auf, ich gebe uns vielmehr die Gelegenheit, jeder für sich weiterzukommen.« Noch ehe die Worte meinen Mund verlassen haben, höre ich, was für einen Gemeinplatz ich da hervorbringe, und ich wünschte, ich könnte ihn zurücknehmen. Leon hat Besseres verdient.

Er schaut mich schockiert an, als könne er nicht verstehen, was da passiert. »Aber ich will das doch nicht! Du kannst mich doch nicht einfach so verlassen. Denk dran, wie oft ich für dich da war.«

Einen Moment lang spüre ich, wie die Schuldgefühle Besitz von mir ergreifen, aber mein Herz erlaubt nicht, dass ich die Entscheidung, die ich getroffen habe, zurücknehme, ich bin jetzt stärker als bisher. »Ich war auch für dich da, wenn auch anders. Ich war zum Beispiel jahrein, jahraus an deiner Seite, als du ein Date nach dem anderen hattest.«

»Aber eigentlich wollte ich doch immer nur dich!« Er wirft sich beinahe auf mich und legt seine Hände um meine Wangen.

Ich frage mich insgeheim, ob er mich jetzt überhaupt haben will oder ob seine Reaktion etwas anderes bedeutet. Ich zwinge mich, seinem Blick nicht auszuweichen, und sage: »War das wirklich so? Bist du jetzt ehrlich zu dir? Oder hattest du einfach keine Lust mehr, zu suchen? Es gab ja mich, wie passend, ich war immer da.« Ich sehe, dass Leon protestieren will, und schüttele den Kopf.

Er lässt mich los und geht im Flur auf und ab, die Hände hinter dem Nacken gefaltet. »Ich kann überhaupt nicht verstehen, warum du nicht schon länger etwas gesagt hast. Du gibst mir nicht einmal eine Chance! Findest du das okay?« Er schaut mich wütend von der Seite an.

Ich folge ihm mit dem Blick und kann ein schreckliches Gefühl nicht vertreiben. Da hat er wohl recht, ich hätte ihn vorwarnen sollen. Andererseits, wann hätte ich das tun sollen? Wäre es okay gewesen, wenn ich ihn jetzt vorgewarnt und dann noch ein wenig gewartet hätte? Irgendwie finde ich das nicht. »Es ist noch nicht sehr lange her, dass ich mir gestattet habe, meine Gefühle zu hinterfragen. Ich bin nicht mehr froh, Leon, und ehrlich gesagt, ich weiß nicht, wann ich es zuletzt war.«

»Und ich bin daran schuld, ja?«, sagt er steif, bleibt stehen und schaut mich wütend an.

»Nein!«, jammere ich beinahe. Ganz gleich, was ich sage, ich scheine alles nur noch schlimmer zu machen. »Aber ich habe nicht das Gefühl, dass wir noch alles füreinander sind, und das nicht erst seit gestern.« Ich verabscheue die Worte, die mir über die Lippen kommen. Vielleicht bin ich viel zu hart. Aber es sieht so aus, als ob die nackte Wahrheit das Einzige wäre, was er versteht. Ich berühre leicht seine Hand. »Es tut mir so leid, dass ich alles so vorbringe. Ich hätte dir gegenüber deutlicher sein müssen. Ich habe allerdings einige Male versucht, mit dir zu reden...« Nur dass Leon nie zugehört und wirklich verstanden hat, was ich sage, denke ich.

Er schaut mich nachdenklich an, mit einer tiefen Falte in der Stirn, als würde er die Frau suchen, die er so gut zu kennen glaubt. »Aha, und wie hast du dir das Ganze gedacht?«, spuckt er geradezu hervor, als würde er allmählich einsehen, dass dies tatsächlich das Ende für uns beide ist. »Dass wir uns nie mehr hören und sehen? Wir waren doch immer Freunde!« Er fasst mich an den Schultern und macht dann schnell einen Schritt zurück.

Ich presse die Lippen zusammen, ich habe Angst, sein Herz noch mehr zu brechen, wenn ich sage, ich hätte nicht das Gefühl, wir seien noch Freunde. »Du warst meine ganze Welt, meine Geborgenheit...« Als ich das sage, möchte ich fast alles zurücknehmen, was ich bisher gesagt habe, die Zeit zurückspulen bis zu dem Moment, bevor er kam. Ich atme tief ein. »Ich muss herausfinden, was es jenseits dieser Welt gibt.«

»Wir werden also nie wieder miteinander sprechen? Meinst du das wirklich? Unglaublich!«, stößt Leon hervor, als er meinen Gesichtsausdruck sieht. »Was werden die anderen sagen? Was werden meine Eltern sagen? Sie werden denken, dass du verrückt geworden bist.« Er schaut mich ganz fremd an, als sei ich tatsächlich verrückt geworden.

Ich muss schlucken. »Dieses Risiko muss und will ich eingehen. Meine eigene Mutter...« Ich spreize die Finger an der Wand hinter mir, wie um mich festzuhalten, ich spüre im ganzen Körper, dass ich ihre Unterstützung habe und sie nicht findet, ich sei verrückt.

»Aber ich liebe dich doch!«, sagt Leon frustriert und läuft wieder im Flur auf und ab.

»Und ich liebe dich, uns. Was wir früher hatten. Aber das gibt es nicht mehr, Leon.« Warum nur kann er das nicht verstehen? Oder geht es nur um mich? Aber ich weiß, es ist nicht so, auch wenn es scheint, als könne er das nicht zugeben. Ich drücke die Hände gegen die Stirn und massiere sie.

Er bleibt plötzlich stehen. »Hat das etwas mit diesen Memoiren zu tun? Seit du diese Fredrika triffst, benimmst du dich so merkwürdig.«

Diese Fredrika, er war nie sonderlich daran interessiert, etwas von ihr zu erfahren. Ich nehme die Hände von der Stirn. »Nein, das hat damit nichts zu tun. Aber mir war nicht klar, wie...« Unglücklich ich zuvor war, und bevor ich Ben wiedergetroffen habe und verstand, dass das Leben so viel mehr sein kann als okay, denke ich im Stillen. Auf jeden Fall in gewissen Augenblicken, und das ist alles, was ich begehre. Das Leben muss wirklich nicht ständig fantastisch sein, man muss sich nicht auf jede Sekunde freuen, aber es muss wenigstens manchmal fantastisch sein. Aber auch das kann ich Leon so nicht sagen.

Er starrt völlig vernichtet auf das schwarzweiße Muster des Fußbodens. Ich kann fast nicht atmen und fühle mich wie die gemeinste Person auf der ganzen Welt. Andererseits ist es auch nicht gerecht, dass er mich ganz allein in diesem Sturm umhertreiben lässt.

Langsam schaut Leon hoch. »Du machst also Schluss? Du gibst uns nicht die Chance, den Rest unseres Lebens zusammenzubleiben?« Sein Adamsapfel bewegt sich, als würde er mehrmals schlucken.

Mir dreht sich der Magen um, und ein paar ewige Sekunden lang schaue ich in sein Gesicht: Jede Linie, jeder Zug und jede kleine Narbe ist in mein Gedächtnis eingegraben. Wir kennen uns, seit wir Kinder waren. Er war so lange Zeit meine Geborgenheit. Ich mache einen Schritt auf ihn zu, die Hand auf den Mund gedrückt. »Es tut mir so leid, Leon. Ich bin so schrecklich, so schrecklich...«

Er hebt die Hand. »Hör auf!«, unterbricht er mich brüsk. »Und fällt dir wirklich nichts Besseres ein, nach allem, was wir beide erlebt und geteilt haben? Ich kann es nicht glauben, das darf nicht wahr sein!«

»Ich habe viel zu sagen, und ich habe es doch versucht«, bricht es aus mir hervor.

»Jetzt brauchst du es nicht mehr zu versuchen!«, sagt Leon barsch. »Ich komm noch mal her und hole meine Sachen, wenn du nicht zu Hause bist – und ich erwarte, dass du das Gleiche bei mir zu Hause tust.« Er verlässt meine Wohnung und schlägt die Tür so hart hinter sich zu, dass der Spiegel an der Wand wackelt.

Ich starre ihm nach, völlig unbeweglich. Es fühlt sich so entsetzlich endgültig an. Ich kann es auch fast nicht glauben, es kann doch nicht wahr sein, dass wir uns so trennen. Es fühlt sich falsch an, beinahe unwürdig, ich sinke schwer auf dem Boden zusammen.

KAPITEL 38

Mitte August 2019, ein paar Wochen später

»Ich bin so froh, dass du mit mir zum Konzert gegangen bist.« Josefin umarmt mich, dann schlängeln wir uns weiter durch die Menschenmenge und verlassen den Vergnügungspark Gröna Lund.

»Du weißt ja, ich bin auch ein großer Fan von Veronica Maggio, genau wie du. Und natürlich konnte ich mir die Gelegenheit nicht entgehen lassen, dich noch einmal zu treffen, wenn du plötzlich beschließt, auf der anderen Seite der Erde zu studieren.« Ich sage das so leichthin, aber als unsere Blicke sich treffen, werden wir wieder ernst.

»Glaubst du, das war das letzte Mal, dass wir zusammen hierhergegangen sind?«, sagt sie mit schicksalsschwerer Stimme«.

»Nein, warum meinst du das?« Ich kann in solchen Bahnen nicht denken. Und nur weil wir nicht mehr jedes Jahr den Park besuchen, um Karussell zu fahren wie früher, kommen wir doch manchmal zu Konzerten hierher. »Falls du nicht die Absicht hast, für immer in Australien zu bleiben?« Ich bleibe stehen und wünsche mir, ich hätte diese Frage nicht gestellt.

Josefin schaut verwirrt. »Nein, das glaube ich nicht ... Aber ich glaube, es ist richtig, dass ich jetzt meinem Herzen folge.«

Ich lege den Arm um sie und lehne meinen Kopf an ihren Oberarm. Ich finde es schrecklich, dass sie sehr bald so weit weg von mir sein wird und die Frage, ob sie zurückkommen wird, nicht beantworten kann. Aber sie tut natürlich das Richtige! »Irgendwie gehören deine Männer nach Australien, entweder sie kommen von dort oder auch nicht.«

Josefin windet sich ein wenig. »Ich kann es immer noch nicht richtig glauben. Ich kenne Craig ja schon viele Jahre durch die Arbeit – ja, seit er aus Melbourne hierhergezogen ist –, aber ich habe ihn immer nur als netten Kollegen betrachtet. Auf meinem Abschiedsfest habe ich ihn auf einmal in einem völlig neuen Licht gesehen.«

»Und ihm ist es offenbar genauso ergangen«, füge ich hinzu. »Erst, als klar wurde, dass ihr euch trennen würdet, habt ihr es zugelassen, euch ineinander zu verlieben. Noch romantischer geht doch nicht?«

»Ach was, ich weiß nicht.« Josefin errötet. »Aber ich kann mich auf jeden Fall bei Tinder abmelden. Mama findet natürlich, ich sei völlig verrückt, wegen eines Mannes nach Australien zu ziehen. Eines Mannes, mit dem ich mich außerdem erst seit einem Monat treffe ...«

»Natürlich findet sie das, sie macht sich Sorgen und will, dass es dir gut geht. Aber du kennst ihn ja schon viel länger.«

Josefin kann ihre Freude nicht verbergen und nickt. »Ich erinnere mich, ich habe einmal so eine Brandrede gehalten, dass Ted ›meine Person‹ sei, aber mit Craig ist es anders. Da habe ich wirklich das Gefühl, wir gehören zusammen, Ella!« Sie lacht glücklich.

»Man kann doch mehrere große Lieben in seinem Leben haben«, antworte ich. Nachdem ich Craig und Josefin zusammen erlebt habe, frage ich mich allerdings, ob das wahr ist. Ihre Verliebtheit scheint von anderer Qualität zu sein. Sie hat etwas Weiches im Blick, sobald sie von ihm spricht. »Natürlich kommt es einem wie ein Zeichen vor, dass er beschlossen hatte, nach Hause zu ziehen, just in dem Moment, als du überlegt hattest, dort zu studieren!«, rufe ich aus.

Josefin schaut mich rasch an. »Ja, aber nur, dass du es weißt, diesen Einfall hatte ich nicht, weil Ted dort lebt«, betont sie. »Ich wollte nur herausfinden, was ich verpasst habe, als ich nicht mit ihm dorthin gegangen bin.«

Ich drücke ihre Hand. »Du brauchst dich vor mir nicht zu verteidigen. Du weißt doch, ich bin überglücklich für dich!« Das bin ich selbstverständlich, obwohl ich doch weinen musste, als sie mir erzählte, sie würde wegziehen. Ich habe den Eindruck, in letzter Zeit ziemlich oft geweint zu haben.

Josefin lächelt, aber ihre Augen glänzen. Ich drücke ihre Hand noch fester, damit die sentimentalen Gedanken nicht noch tiefer in meinen Kopf eindringen. Ich weiß, sie wird nur ein Facetime-Gespräch oder eine Nachricht entfernt sein, wenn sie dort ist, aber es ist doch nicht das Gleiche. Ich kann nicht umhin, das Gefühl zu haben, sie ein klein wenig zu verlieren.

Wir bleiben ein Stück vor dem Eingang von Gröna Lund stehen, damit die vielen Menschen, die herausströmen, an uns vorbeigehen können. »Irgendwie fühlt es sich an, als wären unsere Rollen vertauscht. Du bist jetzt Single, und ich …« Josefin zuckt hilflos mit den Schultern und schaut fast schuldbewusst drein. »Und du, ich kann nicht an das andere Ende der Erde ziehen, ohne mich bei dir zu entschuldigen. Ich hätte verständnisvoller sein sollen, als wir über die Beziehung zwischen Leon und dir gesprochen haben. Ich habe ja verstanden, dass es mehr als eine Krise war und du dich in eurer Beziehung nicht mehr wohl gefühlt hast. Aber ich glaube, ich hatte Angst. Wenn es nicht mal bei Leon und dir klappt, was gab es dann für eine Hoffnung für mich? Ich weiß, es ist unglaublich selbstbezogen, so zu denken…« Ihre Stimme zittert ein wenig. »Und ich schäme mich ja auch, dass ich ein wenig neidisch wurde, als du von Ben erzählt hast. Da musste ich an Ted denken.«

»Josefin, bitte, darüber haben wir schon gesprochen. Du musst dich wirklich nicht noch einmal entschuldigen. Es gibt wirklich wichtigere Dinge, über die wir reden müssen«, sage ich bestimmt. »Du verschwindest, ja, verdammt noch mal, in einer Woche!« Jetzt versagt mir die Stimme. Wir stehen dicht beieinander, ich drücke ihre Hand.

Sie nickt, ihre Lippen zittern, dann legt sie ihre Hände auf meine Schultern. »Ich habe kein gutes Gefühl, dich ausgerechnet jetzt zu verlassen. Kommst du zurecht?«

Ich kann ihr kaum in die Augen schauen. Wirke ich so einsam? »Doch, ich komme zurecht, ich habe ja genug zu tun«, sage ich und versuche zu lächeln. »Ich bin im Endspurt mit meinem Manuskript, ich werde noch bis in den Herbst daran arbeiten müssen, parallel mit ein paar neuen Aufträgen, die ich hoffentlich bekommen werde. Und bald fängt auch der Chor nach der Sommerpause wieder an. Außerdem werde ich meiner Mutter beim Umzug und beim Einrichten der neuen Wohnung helfen, und danach meinem Vater, das Haus in Ordnung zu bringen, wenn sie ausgezogen ist.« Meine Mutter hat eine Dreizimmerwohnung in Täby gekauft und zieht Ende August, Anfang September ein.

»Wie geht es ihr?«, fragt Josefin vorsichtig.

Ich muss an das letzte Treffen mit meiner Mutter denken. Es hatte den Anschein, als würde sie ganz langsam wieder zu Kräften kommen, sie ist auch nicht mehr ganz so blass und dünn. Aber ich weiß nur zu gut, wie heimtückisch und unberechenbar diese Krankheit ist. »Sie sieht besser aus als vor ein paar Wochen, aber ich traue mich noch nicht richtig zu hoffen«, sage ich zu Josefin. »Ich werde auf jeden Fall so viel Zeit wie möglich mit beiden verbringen, mit ihr und meinem Vater.«

Josefin schaut mich zärtlich an. »Wie lieb von dir.«

Ich zucke mit den Schultern. »Ich weiß nicht, wie ich es nicht tun könnte. Du weißt ja, meine Beziehung zu ihnen war kompliziert, aber jetzt habe ich das Gefühl, als würden wir ein neues Kapitel beginnen.«

»Das ist gut!« Josefin drückt meine Schultern.

»Ja«, antworte ich. Die Krankheit meiner Mutter scheint ein weiteres Mal meine Sicht auf die Welt ins Wanken gebracht zu haben. An manchen Tagen habe ich das Gefühl, als hätte ich Treibsand unter den Füßen, und ich muss mich zusammenreißen und mir einreden, es wird nicht immer so sein.

Josefins Blick hat etwas Besorgtes, sie schaut mich lange schweigend an, dann sagt sie: »Apropos Beziehungen: Hat Leon sich gemeldet?«

Ich seufze tief. »Nein, aber ich habe auch sehr deutlich gemacht, was ich will. Seine Mutter hat mich angerufen, kurz nachdem wir Schluss gemacht haben, und ich hatte den Eindruck, sie hat es verstanden. Ich hoffe, es geht ihm einigermaßen ...« Denn eins weiß ich sicher, Leon wird mir nie gleichgültig sein. Er wird immer in meinen Gedanken sein. Und ich hoffe, wir werden eines Tages wieder ein normales Gespräch führen können, hin und wieder miteinander reden, auch wenn das im Moment noch nicht geht. Er hat einen viel zu großen Platz in meinem

Leben eingenommen, als dass ich diese Vorstellung ganz aufgeben könnte. Aber ich weiß natürlich auch, ich muss es akzeptieren, wenn es nicht so wird.

»Ihr werdet euch sicher hin und wieder begegnen. Ihr wohnt doch recht nah beieinander«, sagt Josefin.

»Ja, vielleicht«, murmele ich, aber dann muss ich den Blick abwenden. Auch wenn ich den ersten Schritt gemacht habe und weiß, es war richtig, so ist es doch ein Trauerprozess. Ich habe das bestimmte Gefühl, Leon geht es erheblich besser als mir. Und ich kann auch nicht ganz akzeptieren, dass ich alleine alle Schuld auf mich nehmen muss.

»Du, das wird schon.« Josefin streicht mir über die Wange. »Und Ben? Habt ihr Kontakt?«

»Nein, das war ja auch nicht so gedacht.«

»Da liegst du falsch, glaube ich!«, insistiert Josefin, obwohl ich ihr erzählt habe, wie unsere letzte Begegnung geendet hat.

Ich weiß nicht, was ich antworten soll. Es ist, als hätte ich ein riesiges Loch in meinem Herzen. Es ist schon eigenartig, wie sehr man jemanden vermissen kann, der nie ein wichtiger Teil des Lebens war, außer in Gedanken. Die Stille war nie so laut wie jetzt, die Nächte nie so lang. Ich habe abends fast Angst, mich schlafen zu legen. Und sobald ich daran denke, was Ben vielleicht macht, mit wem er zusammen ist, verkrampft sich mein Magen. Ob er wohl überhaupt an mich denkt? Und spielt das eine Rolle?

»Meine Güte, weißt du was?«, ruft Josefin plötzlich aus. Ich sehe, dass sie von ihrem Handy aufschaut, das gerade pling gemacht hat, mit einem glücklichen Lächeln auf den Lippen. »Craig kommt her, um uns abzuholen. Er ist schon in der Straßenbahn.

Du kommst doch noch ein Stündchen mit zu mir nach Hause?«

»Ähm, ich ...« Er kommt, um Josefin abzuholen, nicht um mich zu treffen. Seine Geste rührt mich, es ist wirklich total lieb, sie zu überraschen.

»Ich möchte nicht, dass du ...«, sagt Josefin.

Ich lege meine Hand auf ihren Arm. »Ich hatte sowieso vor, nach Hause zu fahren.«

»Wirklich? Aber du fährst doch wenigstens mit uns zusammen mit der Bahn?«, sagt sie besorgt. Ich schaue hinüber zum Kai, wo die Djurgårdenfähre ablegt. Wann bin ich zuletzt mit der Fähre gefahren? Das muss Jahre her sein. Und ich gönne Josefin die Zeit zu zweit mit ihrem Craig. »Ich nehme die Fähre und steige bei Slussen aus.« Und ich gehe vielleicht von dort zu Fuß nach Hause, denke ich. Es ist schon ein wenig kühl, aber dieser Spaziergang wird mir guttun.

Josefin runzelt die Stirn. »Das ist auch eine Idee. Aber du musst mir versprechen, mir eine Nachricht zu schicken, wenn du zu Hause bist, damit ich weiß, dass alles okay ist.«

Ich nicke, und wir umarmen uns ganz fest. »Geh jetzt«, sage ich dann mit einem Blick zur Straße.

Sie schaut mich noch einmal unsicher an, dann trennen wir uns.

* * *

Die Fähre pflügt gemächlich durch die Wellen, ich stehe an der Reling und schaue hinüber zu Skeppsholmen, Gamla Stan und Södermalm. Aus der Dämmerung ist schon lange Dunkelheit geworden, alle Straßenlampen an Land werfen einen glitzernden, warmen Schein über das Wasser. Der Himmel ist voller Sterne. An Abenden wie diesen frage ich mich, ob es auf der ganzen Welt eine schönere Stadt gibt als Stockholm. Es war ein Impuls, die Fähre zu nehmen, aber es war auf keinen Fall eine falsche Entscheidung. Ich biege den Kopf nach hinten und lasse die Meeresbrise mein Gesicht erfrischen.

»Was für ein schöner Abend«, höre ich jemanden hinter mir sagen.

Ich werde ganz still, denke, das bilde ich mir nur ein. »Ja, ein magischer Abend«, antworte ich, obwohl ich immer noch nicht richtig glauben kann, dass die Stimme ihm gehört, auch wenn ich es im ganzen Körper spüre. Ich drehe mich langsam um, in diesen Augen kann man sich nicht täuschen – diese wunderbaren dunklen Augen, die nur er hat.

»Ich dachte, ich sehe nicht recht.« Ben lächelt und zeigt dann hinter sich. »Du warst also auch auf Djurgården?«

Ich drücke den Rücken an die Reling, spüre eine tiefe Bewegung in mir. Auf einmal habe ich das Gefühl, mich hinsetzen zu müssen. »Sogar in Gröna Lund. Meine Cousine und ich waren bei einem Veronica-Maggio-Konzert.«

Seine Augen glitzern. »Wart ihr auch dort? Ich und ...« Er hält inne, als ich aufgeregt als Antwort nicke. Ich möchte nicht wissen, mit wem er bei diesem Konzert war, und stelle fest, ich habe wieder dieses Gefühl im Bauch, war total unvorbereitet darauf, ihn zu treffen. Obwohl nur ein paar Wochen vergangen sind, habe ich den Eindruck, etwas an Ben ist anders. Der Ausdruck seiner Augen, sein ganzes Gesicht. Im Gegensatz zu mir sieht er entspannter aus. Als ob er mit etwas Ruhe gefunden hätte.

Eine leichte Übelkeit erfasst mich bei diesem Gedanken. Wir lächeln uns verlegen an, aber das Lächeln vergeht sehr schnell. »Du magst Veronica Maggio also auch?«, sage ich.

»Ich bin nicht sehr wählerisch, wenn es um Musik geht, und ich habe jetzt etwas mehr Zeit, ich habe ja Canavans verkauft, auch wenn da noch viel zu tun ist.« Er zieht seine Krawatte aus, die lose um seinen Hals hing, und steckt sie in die Sakkotasche.

»Ja, ich habe gehört, dass du die Firma verkauft hast. Was hat den Ausschlag für die Entscheidung gegeben?« Ich lege nachdenklich den Kopf schief.

Er legt eine Hand in den Nacken. »Tja. Das ist eine lange Geschichte, und bestimmt auch nicht besonders interessant.«

»Ich habe nichts vor! Oder, ich meine, im Moment nicht ...« Ben verzieht langsam den Mund, mein Herz schlägt plötzlich wie wild.

Er stellt sich neben mich, die Unterarme auf die Reling gestützt. Ich drehe mich ebenfalls um, die Nasenspitze wieder Richtung Wasser. »Ist das nicht Schicksal, dass wir uns hier treffen, oder was meinst du?«, murmelt er kaum hörbar.

Ich würde gerne ja sagen, traue mich aber nicht so recht. Ich bin auch fast böse auf ihn, weil er das so einfach heraus sagt. Aber seine Worte haben auch irgendwie eine beruhigende Wirkung.

»Ich weiß gar nicht, wo ich anfangen soll«, sagt Ben nach einem kurzen Schweigen. »Ich möchte auch diesen schönen Abend nicht zerstören. Und die Hälfte der Geschichte hast du wohl schon gehört. Es geht um ... meinen Vater.«

Seine Stimme ist so empfindsam, das macht mich schwach, ich zwinge mich, meine ambivalenten Gefühle, wieder in seiner Nähe zu sein, zu vertreiben. Einen Moment lang berührt meine Hand die seine. »Dann würde es mir eine Ehre sein, auch den Rest der Geschichte zu hören, wenn du sie erzählen willst.«

»Okay.« Er schaut mich an mit einem Blick, der sagen will, er habe mich gewarnt, dann holt er tief Luft, wie um sich zu sammeln, und legt los. »An dem Tag, an dem wir beide uns das letzte Mal zufällig getroffen haben, war ich zum Mittagessen mit meiner Mutter verabredet, und nach diesem Gespräch habe ich so einiges besser verstanden. Sie hatte schon zuvor versucht, mit mir zu reden, aber ich war nicht so recht bereit, ihr zuzuhören. Ich war einfach blind drauflosgefahren. Ich wollte nicht einsehen, dass Canavans der Grund für meinen Vater ...« Ben hält plötzlich inne. »Der Druck, diese Firma zu leiten, war der Grund für ... es ging ihm immer schlechter, und schließlich machte er diesen Schritt«, fuhr Ben langsam fort, als müsse er sich selbst davon überzeugen.

»Ich hatte ja gedacht, ich verrate meinen Vater, wenn ich nicht versuche, die Erinnerung an ihn hochzuhalten, aber es war genau umgekehrt. Ich hätte Canavans schon lange verkaufen sollen. Diese Firma war nur eine Qual für mich, und sie war auch eine Qual für meinen Vater gewesen. Er hatte so damit gekämpft, ein starker Geschäftsmann zu sein – der Mann, der alles kann –, dabei fühlte er sich innerlich überhaupt nicht stark. Das konnte natürlich nicht gut gehen. Aber das alles wusste ich ja nicht. Ich war schon lange vor seinem Tod überfordert gewesen, und hinterher war es nur noch schlimmer. Ich hatte das Gefühl, ich sei schuld an allem, ich sei falsch! Also, wenn nicht einmal ich, sein einziges Kind, ihm das Gefühl geben konnte, dass das

Leben einen Wert hatte, dann...« Bens Stimme bricht, er schlägt sich die Hand vor den Mund. »Sorry«, murmelt er.

Mein Herz zieht sich zusammen, und ich wünschte, ich könnte seinen Schmerz auffangen, damit er ihn für immer los wäre. »Ben, so darfst du nicht denken! Du kannst nichts dafür, dass es deinem Vater schlecht ging.«

Er senkt die Hand und holt tief Luft. »Ich weiß, und ich habe das noch besser kapiert seit meinem Gespräch mit...« Er hält inne und erstarrt. »Im Lauf der Jahre habe ich natürlich jede Menge Unterstützung angeboten bekommen, aber am Ende habe ich verstanden, dass ich mit jemandem sprechen musste, der in einer ähnlichen Situation war.«

Ich atme aus, ein wenig zu heftig, und nicke dann rasch, um es zu verbergen. »Das verstehe ich, es klingt nach einer guten Idee.« Als er nichts mehr sagt, berühre ich seinen Ellenbogen. »Fredrika wusste davon? Von deinem Vater.«

Ben beißt die Zähne zusammen. »Ja, und gleich als wir miteinander zu sprechen begannen, war ihr klar, wie ungern ich meine Arbeit mache. Vor ihr konnte ich das nicht verbergen. Dennoch wurde ich ärgerlich, wenn sie vorschlug, Canavans abzustoßen. Dieser Wahrheit direkt ins Gesicht zu sehen, das hat mir größere Schmerzen verursacht, als ich gedacht hätte.« Ein schiefes Lächeln huscht bei dieser Erinnerung über sein Gesicht. »Da wusste ich auch noch nicht alles beziehungsweise ich wollte es nicht wissen, bevor ich mich mit meiner Mutter traf. Ich hatte mich ja mit Fredrika ausgesprochen. Wir beendeten unsere Mentorentreffen ziemlich abrupt, und ich hatte das Gefühl, mich bei ihr entschuldigen zu müssen.«

»Das hat sie bestimmt zu schätzen gewusst«, werfe ich ein,

denn Fredrika wirkte etwas bekümmert, als diese Zusammenarbeit beendet war, obwohl sie darauf bestanden hatte.

»Das hoffe ich.« Ben hält sich an der Reling fest und schaut hinunter in das schäumende Wasser. Seine Haare glänzen so schön unter dem Sternenhimmel, ich muss an mich halten, dass ich nicht die Hand ausstrecke und sie berühre, ihn berühre. Im nächsten Moment ergreift mich ein Schmerz, dass ich Ben so nahe bin, und ich mache einen Schritt zur Seite. »Von wegen Aussprache...«, sagt er dann und schaut mich aus dem Augenwinkel an. »Irgendwas lief schief zwischen uns, als wir uns das letzte Mal sahen. Ich wollte dich in diesem Café eigentlich nicht verlassen. Vielleicht sollte ich das nicht sagen, schließlich hast du ja einen Freund, aber ich möchte dich nicht noch einmal verlassen, ohne dir zu sagen, was ich empfinde. Du hast mir gefehlt!« Er schaut mich von der Seite an. »Wie schrecklich es auch ist, dass wir beide nicht zusammenfinden können, ich bin zu dem Schluss gekommen, ich möchte lieber mit dir befreundet sein, als überhaupt nichts. Meinst du, du könntest das auch so sehen? Darf man seine Meinung ändern? Denn gar nichts...« Er schüttelt resigniert den Kopf. »Das Leben ist so schrecklich leer, grau und traurig ohne dich.«

Ich versuche zu begreifen, was er sagt, aber das geht nicht. Es ist, als würde mein Körper sich verspannen und Widerstand leisten. »Ich habe – keinen Freund mehr. Leon und ich haben Schluss gemacht.«

»Wirklich?« Ben hebt den Kopf und schaut mir ins Gesicht, als würde er nicht glauben können, was ich sage.

»Ich wusste es schon, als wir uns in diesem Café trafen. Und ich wollte es dir erzählen. Aber irgendwie schien es mir nicht

okay, allen gegenüber. Außerdem glaubte ich, dass du auch –
gebunden warst.« Ich schaue zu Boden und bebe vor seiner
Antwort. Aber mein Leben steht und fällt tatsächlich nicht mit
ihm. Vielleicht muss man fast alles verlieren, um sich selbst zu
finden? Ich habe dreißig Jahre lang gewartet, bis ich herausge-
funden habe, wer ich eigentlich bin.

»Was? Dass *ich* gebunden bin? Nein, ganz bestimmt nicht.«
Als ich hochblicke, sieht es fast so aus, als würde Ben in Lachen
ausbrechen. »Warum hast du das geglaubt?«

Ich schaue ihn lange und forschend an. Ich hatte das Gefühl,
viele Gründe für diese Annahme zu haben, aber vielleicht war
es auch nur in meinem Kopf. »Du hast also keine Beziehung…
In diesem Sinn?«, frage ich noch einmal und umfasse die Reling
noch fester.

Ben schüttelt den Kopf. Ganz langsam entspanne ich mich.
Eine Frage muss ich noch beantwortet bekommen. Aber ich
kann Ben doch wohl nicht erzählen, dass ich vor seiner Tür
stand. Oder kann ich? »Ja, ich dachte das, weil ich zufällig etwas
gehört habe.« Ich sehe die Verwirrung in Bens Augen und befeuchte die Lippen. »Du hast mich doch angerufen, aus Versehen. Glaubte ich zumindest. Denn als ich geantwortet habe, war
da niemand, und als ich zurückrief, hast du nicht geantwortet.
Das hat etwas in mir ausgelöst, ich hatte das Gefühl, mit dir reden zu müssen, genau in diesem Moment. Ich bin also zu dir
nach Hause gefahren, und als ich vor deiner Tür stand und klingeln wollte, da…« Meine Wangen werden heiß, ich sage nichts
mehr, weil ich selbst höre, wie verrückt das klingt.

»Da?«, wiederholt Ben weich.

»Ich habe gehört, wie du mit einer Frau gesprochen hast, also bin ich wieder gegangen«, sage ich und kann ihn nicht anschauen.

»Daraus hast du also geschlossen, dass ich mit ihr zusammen bin?«

»Ich wusste nicht, was ich glauben soll, dann war mir das Ganze so peinlich, dass ich zu dir nach Hause gefahren bin und alles. Genauso peinlich ist es mir jetzt, dir das alles zu erzählen.«

Ben seufzt leicht. Dann hebt er vorsichtig mein Kinn, sodass unsere Blicke sich treffen. Mein Herz schlägt immer lauter. Ich kann nicht fliehen. »Ich muss dir wohl ein paar Dinge erklären. Erstens habe ich dich an diesem Tag nicht aus Versehen angerufen. Ich habe angerufen, um dir zu sagen … dir zu sagen …« Jetzt kann er nicht mehr weiter. »Dir zu sagen, dass du Leon verlassen sollst und uns eine Chance geben. Aber genau in diesem Moment klingelte es an der Tür. Ich habe doch gerade erwähnt, dass ich begonnen habe, mit jemandem zu sprechen, der in der gleichen Situation ist wie ich. Und das war Emma, die in diesem Moment kam. Sie hat ihren Vater auf ähnliche Weise wie ich verloren. Wir sind vor ein paar Monaten in einem Forum im Netz miteinander in Kontakt gekommen und haben gechattet, und jetzt haben wir uns auch ein paar Mal getroffen. Aber zwischen uns ist wirklich sonst nichts! Emma ist nur eine Freundin. Eine richtig gute Freundin, die …« Er hebt die Schultern. »Sie versteht es ganz einfach.«

»Das freut mich so sehr!«, sage ich rasch. Wärme und Erleichterung durchströmen mich. »Ich habe ja wirklich alles falsch verstanden.«

Seine Daumen reiben meine Schultern, und ich spüre, wie mein ganzer Körper wach wird. »Ja, ich hätte dich noch einmal anrufen sollen. Aber dann war ich wohl zu feige dafür. Wie soll ich dich bitten können, jemanden zu verlassen, mit dem du schon so lange zusammen bist – für mich, jemanden, den du kaum kennst?« Ich sehe die Verletzlichkeit in seinen Augen, und ich habe mich selbst noch nie so verwundbar gefühlt. Er hat mir schon einmal das Herz gebrochen, und auch wenn es nicht seine Absicht war, so hat es doch sehr lange gedauert, bis ich mich davon erholt hatte. Ich bemühe mich, nicht schwach zu werden, aber das wird immer schwerer, Bens Hand findet meine Wange und streichelt sie. »Aber es fühlt sich wirklich so an, als ob wir beide... als würden wir zusammengehören. Da bin ich mir ganz sicher.«

Ich schaue ihn erstaunt an. Da ist er sich ganz sicher! Vielleicht ist es wirklich so einfach? Die Unruhe weicht allmählich, und ein vorsichtiger Glücksrausch durchströmt mich.

»Worüber wolltest du denn mit mir sprechen, als du zu mir nach Hause gefahren bist?«, fragt Ben und streicht meine Haare hinter das Ohr. Ich schließe die Augen, gestatte mir, seine Berührung zu genießen, und will gar nicht daran denken, wie schmerzhaft es wäre, neue Wunden zugefügt zu bekommen. Es gibt schließlich keine Garantien für nichts.

»Ähm, also, ich wollte nur...« Ich öffne die Augen wieder, ich habe noch Augenkontakt mit ihm. Ich muss es jetzt wagen, ich möchte auch nichts ungesagt lassen. »Ich wollte dich fragen, wie sehr du mich eigentlich magst?«, traue ich mich schließlich zu sagen.

Ben versucht, nicht zu lächeln, aber dann schenkt er mir das schönste Lächeln, das ich je gesehen habe. »Sehr, sehr! Ich bin in dich verliebt, Ella.«

Ich atme vorsichtig aus und lehne mich leicht an seine Brust. »Und ich bin so verliebt in dich. Du hast mir zwölf Jahre lang gefehlt.«

»Und du hast mir schon davor gefehlt!«, ruft er aus, legt seine Hände um meine Wangen und hebt mein Gesicht, damit er es sehen kann.

Wir schauen uns an, als könnten wir kaum glauben, was gerade passiert. Dann beugt er sich herab und küsst mich. Als unsere Lippen sich treffen, breitet sich eine große Erleichterung in meinem ganzen Körper aus. Wir küssen uns, bis mein Mund schmerzt, küssen zwölf Jahre Verlust und Sehnsucht weg. Schließlich lösen wir uns widerwillig voneinander, um Luft zu holen, und lachen. Aber wir berühren uns immer noch. Können nicht aufhören, jetzt wo wir endlich dürfen und können. Ich streiche mit den Fingern über seinen Rücken, unter seinem Sakko. »Und was passiert jetzt?«, sage ich, als mir klar wird, dass wir uns dem Kai nähern.

»Wenn du genau jetzt meinst, dann können wir leider nicht den Sonnenuntergang vom Skinnarviksberg anschauen, denn den haben wir gründlich verpasst – auch wenn ich das gerne gewollt hätte.« Er führt meine Hand zu seinen Lippen und küsst meine Handfläche. »Aber wenn du willst, dann könnten wir zu mir nach Hause gehen? Mir ist, als wäre es an der Zeit, dass du tatsächlich durch meine Tür kommst. In mein Leben trittst.« Ben zieht mich wieder an sich. Er macht das auf eine Weise, als würde er mich aufsammeln, bis ich ganz von ihm umschlossen bin, das gibt mir ein Gefühl der Geborgenheit, und gleichzeitig entzündet es etwas in mir. Ich umarme ihn und drücke ihn an mich, bohre mein Gesicht an seine Brust.

»Ich möchte nichts lieber«, murmele ich.

Ben küsst meine Haare. »Ich glaube es ganz fest, jetzt *ist* unsere Zeit, trotz allem.«

Ich nicke und schaue auf. »Und vielleicht ist das immer so gewesen? Wir haben nur verschiedene Wege gebraucht, um anzukommen.«

Ben schaut mich an, mit so viel Liebe im Blick, dass mein Herz beinahe überfließt. Die Leere in mir füllt sich ganz. »Die Idee gefällt mir. Nein, ich liebe sie!« Er drückt seine Lippen erst auf meine Stirn und dann auf meine Lippen, ich zittere und genieße die Wärme und das Gefühl, ihm so nahe zu sein. Unsere Küsse und unsere Hände, die jetzt fest verschlungen sind, erfüllen ein unausgesprochenes Versprechen, dass wir immer zusammenbleiben werden.

EPILOG
Oktober 2019

Fredrika und ich haben in ihrem Obstgarten auf Strandbacka so unermüdlich Äpfel aufgesammelt, dass die Schmerzen in den Armen und dem Rücken schon lange in eine Art Gefühllosigkeit übergegangen sind. Ich wollte sie schon ein paarmal bremsen, aber ich weiß ja auch, warum sie weiterarbeitet und keine Pause macht. Sie braucht etwas, um ihre Gedanken von dem anstehenden Besuch abzulenken.

Sie richtet sich auf und schaut mich an. »Ich sollte anrufen und absagen.«

Ich lasse die Äpfel, ich aufgesammelt habe, in den großen Korb fallen. »Okay … geht es dir nicht gut? Wir haben sehr viel gearbeitet.«

Fredrika schüttelt den Kopf. »Es war eine Sache, als du und ich über John geredet haben. Und es ist sogar eine andere Sache, dass bald die ganze Welt durch die Memoiren von uns erfahren wird, auch wenn er anonym bleiben wird. Aber dass Johns Tochter hierher nach Strandbacka kommt, um mich zu treffen, das ist so …« Fredrika verzieht das Gesicht. »Ich glaube, sie wird enttäuscht sein! Sie wird nicht verstehen, warum John ausgerechnet in mich verliebt war. Wie sollte sie auch ahnen, wie gut wir zusammenpassten? Es wäre besser, wenn sie nur dem vertraute, was er im Tagebuch geschrieben hat.«

Ich schaue Fredrika erstaunt an. Ich habe sie so noch nie gesehen. Sie vibriert vor Nervosität. Allerdings hat sie den Vorschlag gemacht, Laila Sarri einzuladen, obwohl auch ich schon

den Gedanken gehabt hatte, sie sollten sich vielleicht kennenlernen.

Ich versuche, Fredrikas Blick einzufangen. »Sie wird nicht
enttäuscht sein! Du hast doch selbst gesagt, wie sie sich gefreut
hat, als du sie gefragt hast, ob sie herkommen möchte.«

»Was soll sie denn sonst sagen? Sie hatte bestimmt das Gefühl, es John schuldig zu sein. Schau mich doch an ...« Fredrika
breitet die Arme aus und schaut auf ihre Schürze. »Ich bin total
schmutzig und ganz bestimmt ein schrecklicher Anblick für
wen auch immer. Warum habe ich nur darauf bestanden, dass
wir die Äpfel aufheben, anstatt mich ein wenig zurechtzuma-
chen?«

»Die Jacke und das Kleid unter der Schürze sind nicht schmutzig, und du siehst jetzt frischer aus als vorhin, bevor wir draußen waren«, sage ich bestimmt. Und ich lüge nicht. Die Arbeit
draußen hat eine frische Röte auf Fredrikas Wangen gebracht,
und ihre Augen sind ganz klar.

Fredrika nimmt die Schürze ab und fährt sich mit der Hand
durch die Haare, dabei schimpft sie weiter, fast für sich selbst:
»Und Laila isst vielleicht gar nichts Süßes? Ist ja weit verbreitet
heutzutage. Ich hätte vielleicht belegte Brötchen richten sollen,
anstatt einen Kuchen zu backen.«

»Wenn das so ist, können wir das immer noch machen, wenn
sie da ist«, sage ich so ruhig, wie ich nur kann.

»Und du hast auf alles eine Antwort!«, zischt sie beinahe,
flüstert dann jedoch ein leises »entschuldige«.

Im nächsten Moment hört man schwach den Lärm eines Autos. Fredrika erstarrt, wir schauen hinüber zum Hügel. Kurz darauf erscheint ein roter Mini. »Ja, jetzt ist es sowieso zu spät, es

sich anders zu überlegen«, murmelt Fredrika seufzend. »Das wird wohl sie sein.«

Ich laufe zu Fredrika und nehme sie fest in die Arme. »Das wird schon gut gehen.«

»Glaubst du das wirklich?« Ihre Stimme ist leise, und sie scheint auch keine Antwort zu erwarten.

Ich blinzle ihr aufmunternd zu, und wir gehen zusammen zum Wendeplatz. Ihr Gang ist noch ein wenig unsicher, seit der Gips abgenommen wurde.

Es knirscht im Kies, als Laila auf den Wendeplatz rollt und ihr Auto neben uns parkt. Ich sehe eine junge Frau neben ihr auf dem Beifahrersitz. Als die Türen geöffnet werden und sie aussteigen, sagt Laila: »Ich hoffe, es ist okay, dass ich meine Tochter Celine mitbringe? Sie war meine Kartenleserin.«

»Selbstverständlich«, sage ich und schaue ein wenig ängstlich hinüber zu Fredrika, der ich offenbar die Worte aus dem Mund genommen habe, was sie jedoch nicht bemerkt hat.

»Laila und Celine ...«. Fredrika wirkt schon ganz ergriffen. »Seid herzlich willkommen auf Strandbacka.« Sie zögert einen Moment, aber dann umarmt sie erst Laila und dann Celine, als wäre es ihre Tochter und Enkeltochter.

Dann stehen sie und Laila sich gegenüber – die ältere Frau und die Tochter ihres Geliebten. Sie lassen einander nicht aus den Augen, betrachten einander genau. Die Gefühle, die sich in Fredrikas Gesicht widerspiegeln, verraten, dass sie in Laila eine deutliche Ähnlichkeit mit John erkennt. Da gibt es etwas Wohlbekanntes, etwas, das ihr sehr lieb ist. Nach einer kleinen Weile legt sie leicht ihre Hand auf Lailas Wange.

Laila hebt rasch ihre Hand und legt sie auf Fredrikas, drückt sie auf ihre Wange. Als wir beide uns trafen, war sie so zurückhaltend, und jetzt scheint sie ein wenig aus der Fassung gebracht zu sein. Und erheblich ergriffener, die Frau zu treffen, die ihrem Vater so viel mehr bedeutet hatte, als sie vielleicht erwartet hatte.

»Ach ja, ich habe etwas dabei.« Laila geht zum Auto und kommt mit einem Buch mit einem Einband in schwarzem, abgegriffenem Leder zurück. Sie hält es Fredrika hin. »Ich möchte dir das Tagebuch meines Vaters geben. Es enthält allerlei Aufzeichnungen und ein Foto von dir, also …«

Fredrika nimmt das Tagebuch entgegen, als sei es das wertvollste Geschenk, das sie je bekommen hat. Vielleicht ist es das auch. »Ich werde achtsam damit umgehen«, sagt sie mit belegter Stimme und streicht über den Einband. »Vielen Dank, du Liebe.«

Als Laila dann Fredrika bittet, ihr das Anwesen zu zeigen, merke ich, dass ich Tränen in den Augen habe. Ich trockne mir die Augenwinkel und wende mich an Celine.

»Ein großer Moment für die beiden, so scheint es doch«, murmelt sie. »Mama hat mir erzählt … das meiste. Was ungewöhnlich ist, normalerweise ist sie verdammt verschlossen.«

Ich runzele ein wenig die Stirn bei Celines Antwort, aber dann scheint sie sich zu entspannen und wie ich vom Augenblick ergriffen zu sein. »Hier also haben Großvater und Fredrika sich ineinander verliebt? Das scheint ein passender Ort für so etwas zu sein«, kommentiert sie und lässt voller Bewunderung die Schönheit von Strandbacka auf sich wirken, das sich zur Feier des Tages in seiner buntesten herbstlichen Schönheit zeigt. Der Himmel ist beinahe unwirklich blau.

»Ja«, lächle ich. »Hier kann man sich gut verlieben.«

Wir bleiben stehen und betrachten Fredrikas schönes Haus und die Umgebung, die vor knapp fünfzig Jahren ihr Leben und das von John mit solcher Freude, Trauer und Liebe erfüllt hat. Dann folgen wir Fredrika und Laila auf dem Kiesweg hinunter zum Wasser.

DANKSAGUNG

Ich möchte zunächst allen meinen wunderbaren Leser:innen danken. Ohne eure Liebe und Anerkennung gäbe es keine Bücher, die vielen kleinen Mitteilungen von euch bedeuten mir alles.

Ein großer Dank geht an meine fantastische Lektorin Jennifer Lindström, die von Anfang an mich geglaubt hat, für dein Input, dein Feedback und dein Engagement. Dank an meine Lektorin Sofia Hannar – für deine Unterstützung und die treffenden Kommentare, die es gebraucht hat, um meinen Text zu verbessern.

Sara Dobareh, Kommunikationschefin bei Norstedts, danke für alles, was du für mein Buch tust und Dank auch den übrigen Menschen bei Norstedts, die für die Verbreitung der Bücher arbeiten.

Und wie immer möchte ich meinem Mann Robert danken, der diese Reise mit mir zusammen macht, und meinen geliebten Kindern Hugo und Alice. Ohne euch ist alles ohne Bedeutung!

Meiner Mutter Monica, die immer für mich da ist und mir zur Seite steht – auch in dieser besonderen Zeit.

Und schließlich: … *Ein Wiedersehen in Stockholm* ist eine fiktive Geschichte, für alle Ungenauigkeiten in Bezug auf Fakten bin alleine ich verantwortlich. Ich habe Anpassungen vorgenommen, wenn die Geschichte es verlangt hat, beispielsweise, was den Zeitpunkt für Veronica Maggios Konzert angeht.

Anna Lönnqvist, Juni 2021

**Der neue Roman der
Bestsellerautorin**

Gut versteckt in einem alten Bücherschrank findet Rebecka alte
Briefe und ein Tagebuch ihrer Großmutter aus den vierziger Jahren. Welche Geheimnisse sind darin verborgen?

Rebecka lebt weit entfernt von ihrer Familie in Stockholm; zu ihrer Mutter hat sie schon lange keinen Kontakt mehr. Als ihre Großmutter Anna ins Krankenhaus kommt, beschließt Rebecka, die
ohnehin eine Auszeit braucht, für ein paar Tage in die südschwe-
dische Heimat zu fahren. Sie bezieht das alte Haus ihrer Großmutter, lernt den charmanten Nachbarn Arvid kennen und sieht sich
plötzlich mit einer unbekannten Vergangenheit konfrontiert: Im
Tagebuch liest Rebecka von Annas erster großer Liebe, Luca, der im
Widerstand war und dänischen Juden bei der Flucht geholfen hat,
bis er eines Tages spurlos verschwindet. Was ist mit ihm geschehen?
Rebecka beginnt zu recherchieren und entdeckt Unglaubliches.
Frida Skybäcks neuer Roman erzählt zwei berührende und herz-
ergreifende Liebesgeschichten: die der ersten unvergessenen Liebe, und die der Liebe zur eigenen Familie.

Frida Skybäck, Das Geheimnis des Bücherschranks. Roman.
Aus dem Schwedischen von Hanna Granz. insel taschenbuch 4877.
345 Seiten. Auch als eBook erhältlich

»*Zwischen Himmel und Meer* ist ein wahres Juwel von einem Buch!«
Bokmumriken

Sally lebt mit Anfang fünfzig allein in Stockholm. Zu ihrer erwachsenen Tochter Josefin hat sie nur sporadisch Kontakt, die eigene Mutter nie kennengelernt. Dann erbt Sally überraschend das Haus ihres Onkels in ihrem Heimatdorf in Skåne. Die perfekte Gelegenheit für einen Neuanfang, denn auch ihre Tochter lebt mittlerweile in dem kleinen Dorf. Aus dem baufälligen Haus soll ein wunderschönes Bed & Breakfast werden. Doch was Sally nicht weiß: Auch ihre Mutter Vanja wohnt dort und hat eine enge Bindung zu ihrer Enkeltochter aufgebaut ...

Frühling, Sommer und Herbst im Bed & Breakfast von Sally in Skåne: drei Frauen, drei Generationen und drei Geschichten darüber, was es bedeutet, Mutter und Tochter zu sein.

Anna Fredriksson, Zwischen Himmel und Meer. Die Jahreszeiten-Saga: Frühling. Aus dem Schwedischen von Elke Ranzinger. insel taschenbuch 4902. 431 Seiten. Auch als eBook erhältlich

Die Jahreszeiten-Saga:
Sommer: *Ein einfacheres Leben* (Band 2)
Herbst: *Der Weg ins Apfelreich* (Band 3)

Das Geheimnis der Bronzeglocke

Linnea hat gerade eine Trennung hinter sich. Sie braucht dringend einen Tapetenwechsel, will nur raus aus Oslo. Ihre beste Freundin bietet ihr an, erst mal ins Haus ihrer kürzlich verstorbenen Großtante Marie zu ziehen. Das alte Haus mit wunderschönem Garten steht auf einer kleinen Insel in Nordnorwegen – weit genug weg also. Linnea lässt sich auf das Abenteuer ein und zieht an einem stürmischen Winterabend auf die felsige Insel. Nach und nach lebt sie sich in ihrer neuen Umgebung ein, lernt die Nachbarn und den charmanten Karsten kennen ... Und entdeckt auch das Haus für sich und darin eine alte bronzene Glocke mit geheimnisvoller Inschrift, die einst Marie gehörte. Dieser Fund löst eine Suche aus, durch die Linnea mehr und mehr über Maries dramatische Vergangenheit erfährt, die auch ihr eigenes Leben für immer verändern wird ...

Jorid Mathiassen, Die Insel der weißen Lilien. Roman. Aus dem Norwegischen von Nina Hoyer und Nora Pröfrock. insel taschenbuch 5006. 335 Seiten. Auch als eBook erhältlich